W0341491

FEDERHERZ
VERLAG

© *privat*

Jody White ist ein Pseudonym der deutschen Autorin Jacqueline Ehi. Sie lebt in ihrer Wahlheimat München und arbeitet als Immobilienmaklerin und Texterin. Wenn sie nicht gerade prickelnde, spannende und dramatische Liebesromane schreibt, liebt sie es, Serien zu suchten, in der Natur spazieren zu gehen, Yoga zu machen und zu essen.

Jody White lässt ihre Leser:innen auf Social Media einen Blick hinter die Kulissen werfen und freut sich über den Austausch mit ihnen.

Instagram: @jody.white_autorin

Tiktok: Jodywhite_autorin

JODY WHITE

BETWEEN Summer & FALL

BETWEEN SUMMER & FALL

Bildmaterial: Shutterstock, Freepik, Rawpixel
Korrektorat: Anika Lorenz-Damschke

Bestellung und Vertrieb: Nova MD GmbH, Vachendorf

ISBN: 978-3-98595-721-7

Druckerei Smilkov Print Ltd
Pokrovnishko shose
2700, Blagoevgrad

Federherz Verlag
Süntelstraße 70
31848 Bad Münder
www.federherzshop.de
Instagram: @federherz.verlag

Für meinen Opa.

Für alle, die lieben, lachen und leben, als gäbe es kein Morgen. Ihr macht alles richtig.

– Summer & Raphael

Triggerwarnung

Liebe Leser:innen,
dieses Buch enthält Elemente, die potenziell triggern können.
Eine konkrete Auflistung der Triggerthemen befinden sich im Anhang des Buches.
Achtung: Diese können unter Umständen Spoiler für das gesamte Buch enthalten.
Jody White und das gesamte Federherz Team wünschen euch viel Lesevergnügen.

Prolog

Summer

2023

Mit schwitzigen Fingern drücke ich das Smartphone an mein Ohr. Abgehackt höre ich Jakes Stimme durch das Telefon. Ich verfluche den Empfang in Kanadas Einöde, die ich sonst so liebe.

Mein Herz klopft wie wild gegen meinen Brustkorb. Alles in meinem Inneren tobt und der Druck hinter meinen Augen wird unerträglich.

Ein Fluch entfährt mir, weil ich Jakes Bitte nachgegangen war und zurück an den Lhori-Lake gefahren bin. Der Tierarzt, bei dem ich seit knapp zwei Jahren arbeite, ist ein guter Freund für mich geworden. Deshalb hatte ich ihm vertraut, als er meinte, es würde Raphael nichts passieren.

»Die Operation ... schlecht ... Du ...« Es ergibt keinen Sinn. Jakes Stammeln sorgt dafür, dass ich nur noch hektischer meine Sachen zusammensuche. Mein Inneres zieht sich zusammen, es muss etwas Schreckliches passiert sein.

Und ich bin nicht dort.

»Ich bin auf dem Weg«, schluchze ich ins Telefon, auch wenn es vergeblich scheint, dass er mich hört.

Das Wetter hat sich binnen Stunden verschlechtert. Der Sturm peitscht um das Haus und ich fröstle allein beim Gedanken daran, nun einen Schritt in die kühle Nacht zu wagen. Gleichzeitig ist mir noch nie etwas so egal gewesen. In meinem Kopf bleibt nur Raphael, mein bester Freund, der meilenweit entfernt um sein Leben kämpft. Der nur Jake bei sich hat, obwohl ich seine Hand halten sollte.

Die Schlüssel des Wagens liegen in der Schale auf der Kommode im Gang und ich greife nach ihnen. Tränen brennen hinter meinen Augen und ich unterdrücke ein Schluchzen, als das kühle Metall zwischen meinen Fingern durchrutscht. Klirrend fällt das Bündel zu Boden. »Komm schon«, murmle ich drängend, fasse erneut nach den Schlüsseln.

Ich muss mich beeilen. Es sind knapp hundertfünfzig Meilen nach Toronto. Viel zu lange.

Verdammt, ich könnte jetzt bei meinem besten Freund sein. Könnte einfach nur an seinem Bett sitzen, seine Hand halten, ihn küssen ... stattdessen öffne ich die Haustür der Pension. Augenblicklich weht mir die eiskalte Luft entgegen.

Seit drei Tagen ist die Temperatur um locker fünfzehn Grad gefallen. War es gerade noch Herbst, ist es nun tiefster Winter. Kaum zu glauben, dass das Wetter in Kanada solch einen Umschwung hat. Von meiner Heimatstadt kenne ich das nicht.

Ich schlinge die Arme um meinen Körper, ziehe

damit den Parker enger um mich und eile über die Veranda.

»Fuck«, schreie ich gegen den Wind, der mir die dunklen Haare ins Gesicht peitscht.

Eine heftige Welle Adrenalin pumpt durch meinen Körper, lässt mein Herz heftig gegen meinen Brustkorb hämmern und schnürt mir die Kehle enger zu, sodass ich kaum atmen kann.

Sobald ich einen Fuß auf die Treppe der Pension setze, rutsche ich über die eisigen Stufen. Ich greife nach dem Geländer, schlittere und ...

»Au!«

Hart landet mein Steißbein auf dem Beton, was sofort einen stechenden, dumpfen Schmerz durch meinen Körper fluten lässt. Ächzend schließe ich die Augen. »Mann!«

Hektisch greife ich nach der Brüstung neben der Treppe. Ich kriege sie zum Glück zu fassen und ziehe mich vorsichtig nach oben. Das gibt sicherlich einen fetten blauen Fleck.

Ich angle nach meinem Handy. Es muss bei meinem Sturz weggerutscht sein.

Blinzelnd schaue ich mich im Dunkeln um. Nur spärlich flutet das Verandalicht den Boden, sodass ich kaum etwas zwischen den dichten, fallenden Schneeflocken erkennen kann.

Irgendwo muss es doch sein ...

Fluchend und zitternd tapse ich einige Schritte umher, spähe neben das Geländer ins Gebüsch und –

Erleichterung durchflutet mich. Dankbar recke ich mein Kinn gen Himmel und greife nach meinem Smartphone, das oben auf dem Schnee liegt. Der Bildschirm erstrahlt zu meinem Glück. Sonst hätte ich es wahrscheinlich gar nicht finden können.

Ein Blick aufs Display verrät, dass Jake aufgelegt hat. Oder dass er aus der Leitung geschmissen wurde.

Als ich hierhergezogen bin, hat Faith mir von dem schlechten Empfang berichtet. Ständig regte sie sich darüber auf, was ich nur belächeln konnte. Im Grunde liebte ich es, für niemanden erreichbar zu sein. Einzig und allein der E-Mail-Kontakt zu meinem besten Freund Raphael war von Bedeutung, was tadellos funktionierte, wenn wir nicht dutzende Fotos versendeten. Als er mir nicht mehr schrieb, verloren das Internet und auch die Netzanbieter gänzlich an Bedeutung für mich. Für Faith und ihre Frau ist es eine weitaus schlimmere Tragödie mit einer Pension. Um Buchungen abzurufen oder um mit ihren Gästen zu telefonieren, sind sie schließlich auf eine gute Verbindung angewiesen.

Ebenso wie auf ein Auto, das für mich in den vergangenen Jahren ebenfalls keine Bedeutung hatte. Ich bin mit dem Fahrrad zur Arbeit gefahren. Oder bei starkem Schneefall gelaufen. Es ist schließlich nicht weit zu Jakes Tierarztpraxis, in der ich die Sekretärin mime. Jetzt, am heutigen Abend weiß ich auch, wieso ich mich gegen einen Wagen entschieden habe, obwohl ich doch nach meinem Highschool-Abschluss mit einem Bully viele amerikanische Staaten bereist hatte.

Denn das Exemplar auf vier Rädern vor mir ist in einem Sturm wie diesem nicht zu gebrauchen. Die Scheiben sind zugefroren und die Schneeketten muss ich auch noch kontrollieren. Das kostet viel Zeit ... Zeit, die ich nicht habe.

Aber zu Fuß oder mit dem Fahrrad könnte ich die nächsten anderthalb Stunden auch nicht zurücklegen. Ich beeile mich, mit dem Schaber die Windschutzscheibe freizumachen.

Eine Seite reicht ... ganz sicher. Ich starte den Motor,

drehe die Heizung auf und kratze draußen noch schnell die Seitenfenster sowie Heckscheibe frei und steige dann endlich in den Wagen.

Meine Finger zittern nun nicht mehr nur aus Angst, sondern auch, weil es draußen bitterkalt ist. Das Thermometer des Wagens zeigt nicht einmal ein Grad an.

Wie ich gerade am eigenen Leib erfahren habe, ist es glatt und mitten in der Nacht wird nicht gestreut, also muss ich langsam fahren.

Die anderthalb Stunden zum Krankenhaus ziehen sich gewaltig. Ohne Radio, mit schlechter Sicht, mit der Furcht bei jedem einzelnen Atemzug, es könnte zu spät sein. Aber egal, wie oft ich auch versuche, Jake erneut zu kontaktieren, der Empfang reicht nicht aus.

Als ich endlich an der Kreuzung direkt neben der Krankenhauseinfahrt zum Stehen komme, könnte ich vor Freude heulen. Nur noch wenige Minuten trennen mich von meinem besten Freund. Dann werde ich endlich wissen, was passiert ist. Ich werde für ihn da sein können.

Nervös starre ich die rote Ampel an. Ich tipple mit den Füßen und umklammere wartend das Lenkrad. »Mach schon.«

Es flackert.

Endlich.

In Zeitlupe schwindet das rote Licht und wechselt auf Grün.

Erleichtert, übermütig gebe ich Gas, fahre und ...

Metall scheppert. Mein Körper schmerzt. Ein Dröhnen in meinen Ohren. Ich schmecke Eisen. Ist das Blut?

Und dann ... wird alles schwarz.

Kapitel 1

Summer

2010

Nachdenklich sehe ich der Glut zu, die sich weiter zurückzieht und meiner Haut gefährlich nahekommt. Der Zigarettenstummel zwischen meinen Fingern wird mich gleich verbrennen, das weiß ich. Trotzdem schnipse ich ihn nicht auf den Boden.

»Ach, fick dich doch, Robert«, vernehme ich das Brüllen meiner Mom.

»Fick dich selbst! Ich brauche diese Scheiße nicht, Liz«, keift mein Stiefvater zurück.

Diese Situation fühlt sich an wie ein Déjà-vu. In diesem Moment donnert die Tür des Trailers hinter mir gegen das Metall. Leicht zucke ich zusammen und kehre zurück in meinen Körper, auf die Treppenstufen.

Seufzend drücke ich nun doch die Kippe auf dem Holz aus. Die Springerstiefel meines Stiefvaters verfehlen nur knapp meine Finger, als er mit festen Schritten die Stufen neben mir nimmt.

»Mach's gut, *Pedobaby*«, säusle ich und rolle mit den Augen. Einerseits zuversichtlich, weil ich seine Fresse nicht mehr tagtäglich sehen muss. Andererseits misstrauisch, weil es nie ›einfach so‹ vorbei ist. Und wenn doch, bei meiner Mutter der nächste Typ schon in den Startlöchern sitzt und darauf wartet, sie und mein Leben noch mehr zu versauen.

Knurrend hält Robert inne. Er wirft mir einen vernichtenden Blick über seine Schulter zu. Unbeeindruckt kuschle ich mich tiefer in meine Jacke, die für den Übergang von Sommer zu Herbst in Downhill ungünstig ist. Sie ist zu dünn. Aber eine neue kann ich mir nicht leisten. Alles, was mein Job abwirft, fließt ins Ersparte.

»Deine Mutter ist eine verdammte Fotze, Sum.« Er lacht zynisch. »Und du weißt, was aus Kindern von Schlampen wird ...« Flink zieht er eine Zigarette aus seiner Hosentasche und steckt sie mit der anderen Hand an. Nach seinem ersten Zug mustert er mich von oben bis unten.

Fröstelnd schlinge ich die Arme enger um den Körper. Ein leichter Schauer rinnt über meinen Rücken. ›Pedoboy-Robert‹ hat mich schon immer auf eine Art angesehen, die in einer Stiefvater-Kind-Beziehung seltsam ist. Zumindest denke ich das. Wenn er mich nach dem Duschen beobachtete, als wäre ich Freiwild, kann bei diesem Kerl doch etwas nicht stimmen, oder?

Ich bin dreizehn. Seine Stieftochter. Hallo?!

Deshalb hat er von mir diesen Spitznamen bekommen. Das kriegen sie alle. So wird das Drama erträglicher.

Es stellen sich mir die Haare auf, wenn ich Robert da so stehen sehe. Aber er ist besser als ›Schläger-Schmidti‹. Er zog nach nur zwei Tagen bei Mom ein, verschaffte ihr

Drogen und schlug sie, wenn sie nicht imstande war, Geld zu erarbeiten, um mehr von dem Scheiß zu beschaffen.

Puh, ein ewiger Kreislauf. Der zum Glück unterbrochen wurde, weil Mom herausfand, dass er mit unserer Nachbarin schläft. Mit der ist er vor drei Monaten abgehauen. Ein kurzweiliger Sieg, denn dann folgte ›Pedoboy-Robert‹.

»Danke, dass du mir als Dreizehnjährige alle Karrierechancen aufweist. Prostituierte stand bis jetzt noch nicht auf meinem Plan, allerdings klingt es so, als sollte ich es auf meiner Jobliste ergänzen.« Gespielt nachdenklich blicke ich in den Himmel.

Roberts Lachen ist hart und ich höre seine Schritte auf dem Asphalt. Er kommt näher. Ohne dass ich es will, schlägt mein Herz schneller.

Mein Blick schweift zu Boden.

Keine Schwäche zeigen!

Aber wieso fühle ich mich schlagartig kleiner?

Männer schüchtern mich ein. Auch wenn ich mir ständig einreden möchte, dass es nicht so ist. Kann man es mir verübeln? Ich meine, ich hatte nicht die besten männlichen Vorbilder in meinem Leben. Mein Vater verließ uns, da war ich kaum fünf Jahre alt und die darauffolgenden Ärsche, die Mom anschleppte, waren allesamt keine Bezugspersonen gewesen.

Roberts Hand umfasst hart mein Kinn und zwingt mich, ihn anzusehen. Schluckend blicke ich in seine grauen, undurchdringlichen Augen. Ein gieriges Grinsen umspielt seine Lippen. »Kleine, wenn du's lernen willst, stehe ich dir zur Verfügung. Übung macht schließlich den Meister.«

Etwas Galle verirrt sich in meinen Hals. Selten war ich Robert so nah oder so angeekelt. Seine Blicke haben mich des Öfteren ausgezogen, doch noch nie hat er mich berührt.

»Lass mich in Ruhe!« Die leichte Panik sorgt dafür, dass ich mich zittrig anhöre. Sicher riecht er meine Angst. Und Menschen wie Robert nähren sich an der Furcht anderer. Eine gute Charaktereigenschaft, wenn man zu einem der größten Drogendealer der Westküste gehört.

Mein Atem geht schnell, heftig zucken meine Muskeln.

In die Eier treten? Ihn anspucken?

Mich losreißen und davonrennen?

»Hey!«

Ich kann meinen Kopf nicht bewegen, selbst als Robert seinen Griff etwas lockert und sein Kinn in Richtung der unbekannten Stimme reckt. »Was willst du, kleiner Hosenscheißer! Verpiss dich!«

»Dann ist das hier nur ein Vater-Tochter-Gespräch?« Die fremde Stimme klingt bestimmend. Sie beruhigt mich. Ein kleines bisschen zumindest.

Sie klingt nach ... Hilfe.

Hilfe, in einer Welt, in der es das generell nicht für mich gibt.

Robert lässt von mir ab. Ich schnappe nach Luft und taumle zurück auf die Treppenstufen, die unter mir knarzen, als ich mich darauf setze. Schwindel erfasst mich.

»Fuck, was willst du?« Mein temporärer Stiefvater klingt gereizt. Aber das ist keine Seltenheit. Eigentlich ist er immer mies gelaunt.

Ich hebe vorsichtig meinen Kopf und erhasche damit einen Blick auf die Rettung im Kapuzenpulli. Der Junge mit der gebräunten Haut, den dunklen Augen und dem wuscheligen Haar hat seine Hände in der Jeans vergraben. Mich musternd kommt er näher. »Nichts. Bin hier gerade eingezogen und wollte mich umschauen.« Er zuckt ungerührt mit den Schultern und wendet sich an mich. »Alles okay?«

Ein warmes Gefühl breitet sich in meinem Inneren aus. Nickend recke ich mein Kinn. *Keine Schwäche zeigen, Summer.*

»Nein, ich habe dich gefragt, was du in *diesem Land* willst.« Roberts Springerstiefel quietschen auf dem nassen Beton. Er macht zwar Geschäfte mit Menschen, die einen Migrationshintergrund haben, reagiert in seiner Freizeit aber weniger erfreut über Einwanderer.

»Geh einfach wieder!«, dränge ich den Fremden krächzend. Robert kennt kein Erbarmen, wenn es um seine lächerliche Ideologie geht. Vielleicht sollte ihm mal jemand sagen, dass Mom die Erste aus ihrer Familie ist, die in diesem Land geboren wurde. Idiot.

»Nein, der *Illegale* kann ruhig hierbleiben und wir spielen ein bisschen. Offenbar möchte er mir doch erklären, wie ich in *meinem Land* mit den Frauen umzugehen habe.« Robert tritt näher an den Jungen heran, der ruhig und gelassen wirkt.

Ist ihm nicht klar, dass das hier *kein* Spiel ist?!

Mann, er sollte gehen! Lieb, dass er mir hilft, aber er muss lernen, dass in dieser Gegend jeder für sich allein kämpft!

»Du hast recht. Vielleicht sollten noch mehr von *meiner Sorte* über die Grenze kommen, um euch Benehmen beizubringen.« Das hat er jetzt nicht gesagt!

Das Knacken von Knochen, die ein Gesicht treffen, lässt mich zusammenzucken. Pedoboy-Robert hat sich auf den Wehrlosen geworfen. Erneut rauscht seine geballte Faust auf das Gesicht des Jungen zu. Mein Herz hämmert in meiner Brust, als ich sein gequältes Stöhnen höre. Es ist offensichtlich, dass der Fremde ebenso gut austeilen kann. Denn auch er hat seine Fäuste geballt und verpasst meinem Stiefvater einen rechten Haken in die Rippen.

Hastig rapple ich mich auf.

»Fuck, Robert!« Mein Schrei hallt durch den Trailerpark. Doch die Nachbarn werden sich umdrehen, weiterschlafen oder ihre Kopfhörer aufsetzen. Wie schon erwähnt, hier kämpft jeder für sich selbst. »Willst du in den Knast, verdammt?«

Scheiße, wie soll ich einen Muskelprotz wie Pedoboy-Robert mit sicher hundert Kilo von diesem Typen runterkriegen? Ich habe schon einige Schlägereien beobachtet und erkenne den Schwächeren sofort. Und selbst wenn dies das erste Mal wäre, dass ich einen Kampf sehe, wüsste ich, dass der Junge keine Chance hat.

Kurz huscht mein Blick zum Trailer.

Mom kann ich vergessen. Sie hat sich, so vermute ich, schon den nächsten Schuss gegeben. Andauernd muss sie high sein, um ihr beschissenes Leben ertragen zu können. An mich denkt sie dabei nie.

Meine Haare wehen mir ins Gesicht, versperren mir für einen Moment die Sicht, trotzdem kriege ich meinen Stiefvater am Oberarm zu fassen und zerre an ihm.

»Lass ihn in Ruhe!«

Um uns herum rascheln die Blätter. Das Metall der Wohnwägen knarzt und der Himmel hat sich verdunkelt. Das Wetter scheint sich meiner Gefühlswelt anzupassen.

Spitz schreie ich auf, als Robert dem Unbekannten einen erneuten Schlag verpasst, ehe dieser ihn abwehren kann.

Der Kopf des Fremden fällt zurück. Aus seiner Nase sickert schlagartig Blut. Entsetzt reiße ich die Augen auf. Das Keuchen aus meiner Kehle klingt erstickt, doch die Hand vor meinem Mund dämpft es.

»Er soll lernen, dass man so nicht mit …« Roberts

Worte gehen in einer Sirene unter. Er hält in seiner Bewegung inne und starrt gen Himmeln. Blinzelnd blicke ich den leblosen Körper des Jungen an, der schrecklich aussieht. Es braucht einen Moment, dann verstehe auch ich, was dieser durchdringende Alarm bedeutet.

Ein Sturm. Zwischen Herbst und Sommer. Ein verdammter Wirbelsturm, der uns hier den Arsch rettet!

»Fuck. Diese verkackte Kleinstadt!« Mit einem letzten Ruck lässt er von dem Fremden ab. Dumpf fällt sein Körper zurück auf den Boden.

Gott!

Pedoboy dreht sich um und geht, gleich darauf sind quietschende Reifen zu vernehmen und damit ist er verschwunden. Ich sehe ihm nicht nach, sondern stürze mich auf den Jungen, dessen Anblick mich erstickt aufschluchzen lässt. Der Wind peitscht mir erneut meine braunen, glatten Haare ins Gesicht, die mir zum Teil die Sicht auf die geschundene Haut des Unbekannten versperren. Mir ist das Ausmaß seiner Verletzungen bewusst.

Erneut heult die Sirene. Ein lauter durchdringender Klang, der mich daran erinnert, dass wir keinen Schutzbunker haben. Hier gibt es so etwas nicht. In diesem Teil der Stadt sind die Menschen froh, wenn sie warmes Wasser oder Strom haben.

»Wach auf. Wir müssen hier weg!«, bitte ich und rüttle am Arm des Jungen, der leicht stöhnt. Sein Gesicht sieht so mitgenommen aus, dass ich am liebsten schreien möchte. Nach Hilfe. Nach einem Arzt, auch wenn ich mir diesen nicht leisten könnte und die Rechnung wahrscheinlich noch bis in meine Seniorenjahre abstottern müsste.

Auf der rechten Seite an der Augenbraue hat er eine blutende Wunde. Seine Lippe ist aufgeplatzt und auf seiner linken Wange hat sich ein Veilchen gebildet. Auch aus seiner Nase sickert die rote Flüssigkeit.

»Mist, was hast du dir dabei gedacht?« Meine Stimme klingt hysterisch. Doch der Wind trägt sie davon und nur ein Hauch bleibt zurück. »Wir müssen uns verstecken, hast du gehört?«

Blinzelnd öffnet mein Retter die Augen. Er sieht scheiße aus. Um die Wunden werde ich mich später kümmern. Jetzt müssen wir irgendwo unterkriechen, sonst wird dieser Vorfall unser geringstes Problem sein.

Der Unbekannte möchte sich aufrappeln, bricht jedoch stöhnend wieder in sich zusammen.

Verdammt! Adrenalin durchflutet mich, ich kann ihn hier nicht liegen lassen. Ein Druck entsteht hinter meinen Lidern. Wut und Verzweiflung machen sich in mir breit. Wenn der Kerl nicht aufgetaucht wäre, hätte Robert vielleicht zum ersten Mal eine Grenze überschritten. Allein der Gedanke daran lässt Übelkeit in mir aufsteigen.

Okay, ich werde den Jungen hinter mir herziehen. Er ist schmächtig, also kann er nicht so schwer sein wie Tired-Warren. Einer von Moms Bekanntschaften, den ich ständig von meinem Bett ziehen musste, weil er besoffen sein eigenes nicht mehr gefunden hatte.

Mit einem Ruck ziehe ich den Jungen an den Armen hoch und umfasse seinen Brustkorb. »Tut mir leid«, flüstere ich in den Wind und ziehe ihn über den Schotter. Er stöhnt gequält auf.

Ich muss mit ihm nur unter das Gerüst des Trailers. Dort sind wir sicherer. Auf der offenen Straße haben wir keine Chance. Die Tornados können ganz schön heftig sein, sie reißen alles mit sich und die umher wirbelnden Teile könnten uns gefährlich werden.

Mann, wie schwer ist der Kerl?!

Die Zähne zusammenbeißend und mit aller Kraft, die ich habe, kämpfe ich gegen den einsetzenden Regen, den aufbrausenden Wind und meine eigene Schwäche an. Ich bin stark. *Keine Schwäche zeigen, Summer!*

Als ich erschöpft am Unterbau ankomme, sind sowohl der Junge als auch ich völlig durchnässt. Schweratmend schiebe ich ihn in die schmale Lücke und krabble neben ihn. Das Gerüst des Trailers hat in etwa ein Meter. Hier lagern, nicht ganz ungefährlich, Gasflaschen, die wir zum Heizen und Kochen benötigen. Den engen Spalt zwischen Wassertank und Rohren habe ich an meinem dritten Tag im Trailerpark gefunden. Er dient als Rückzugsort, wenn Mom im Wohnwagen eine Party feiert. Oder, wenn ich genug von ihr und ihren Männern habe.

Ich zittere leicht und der Sand unter mir knirscht. Doch nach dem nächsten bedrohlichen Donnergrollen schlägt mein Herz so unerträglich laut, dass es das Einzige ist, was ich noch wahrnehmen kann. Ich schlinge die Arme um meine Beine, mache mich klein und beginne zu zählen.

Das hat Dad mir gezeigt. Eins, zwei, drei, vier ... Die Panik legt sich ein wenig. Ich hasse die Stürme, ich hasse es, dass ich sie immer allein durchstehen muss. Seit wir in den Trailerpark von Downhill gezogen sind und die Tornados sowie der Winter und der Sommer zu unserem Leben gehören, bin ich allein. Schon zuvor spürte ich oft die Ablehnung meiner Mutter, doch seit wir in dem Wohnwagen leben, weiß ich, dass ich ihr egal bin. Vielleicht sind es auch nur die Drogen, die sie zu diesem Menschen mutieren lassen ... vielleicht ist es der Umstand, dass ich meinem Vater ähnlich sehe? Keine Ahnung. Ehrlich gesagt, kann ich mich nicht einmal mehr an sein Gesicht erinnern. Ich habe es wahrscheinlich aus meinem Gehirn verbannt. Schließlich war ich ihm nicht wichtig genug, sonst wäre er nicht gegangen.

Du musst ein wirklich schlimmes Kind sein, wenn dich sogar dein eigener Vater im Stich lässt, oder? Und es deiner Mom vollkommen egal ist, wo du dich bei solch einem Sturm herumtreibst.

Diese Erkenntnis bringt mich dazu, erneut aufzuschluchzen.

Ich weiß nicht, wie viel Zeit verstreicht. Alles, was ich höre, sind der Donner, der prasselnde Regen und der Wind, welcher die wenigen, schrottreifen Möbelstücke da draußen mit sich reißt. Die nassen Klamotten liegen stramm an meinem Körper und fühlen sich an wie eine zweite Haut. Ich presse meine Lippen aufeinander, um zu verhindern, dass meine Zähne klappern.

»Was ist passiert?«

Erschrocken über die unbekannte Stimme, sehe ich auf. Für einen kurzen Augenblick habe ich vergessen, dass ich nicht allein bin.

Der Junge ist wach. Rasch wische ich die Tränen von meinen Wangen und schlucke die Traurigkeit und Angst hinunter.

»Ein Sturm«, kläre ich ihn krächzend auf.

Der Fremde richtet sich, so gut das hier unten geht, auf. Er stützt seine Ellenbogen auf dem Sand ab und späht durch den Spalt.

»Tztztz.« Schnell versuche ich ihn an der Schulter zurückzudrücken. »Am besten rührst du dich nicht, Robin Hood. Keine Ahnung, ob da was gebrochen ist.« Was wir noch weniger gebrauchen können, wäre ein Arztbesuch. Das würde Unmengen von Geld kosten, das wir, davon gehe ich aus, beide nicht haben.

»Robin Hood?« Der Fremde ignoriert mich. Er berührt seine blutige Stirn und verzieht das Gesicht, als er die rote Flüssigkeit an seinen Fingern betrachtet. »Mann, hast du die Ballade von Hood jemals gelesen?«

»Ist doch egal. Du weißt, was ich meine«, murmle ich und beobachte, wie der Typ sich noch aufrechter hinsetzt. Er ist groß und wirkt in dieser engen Kulisse deplatziert.

Er lacht und krümmt mit schmerzverzerrter Miene seinen Körper. Das hat wohl wehgetan. Sichtlich nachdenklich greift er in die Tasche seiner Lederjacke und zieht ein Tuch hervor.

»Mann, war klar, dass mein Vater die Nazi-Gegend aussucht«, grummelt er dann und wischt das Blut von seinen Fingern. Ehe er das Taschentuch an seine Stirn drückt, spuckt er darauf. Leicht zuckt er zusammen, als er seine geschundene Haut abtupft.

»Hey! Hier wohnen auch nette Leute«, verteidige ich sofort den Ort, den ich seit sechs Jahren mein Zuhause nenne. Klar, im Trailerpark leben hauptsächlich gescheiterte Persönlichkeiten, die aber meist einiges zu geben haben. Selbst wenn die Menschen hier nichts besitzen, opfern sie trotzdem ihr letztes Hemd für dich. Nur aus Streitigkeiten hält man sich raus. Die meisten sind hier auf Bewährung und können es sich nicht leisten, in eine Schlägerei verwickelt zu werden.

»Gib her. Das kann man ja nicht mitansehen.« Ein wenig schroff entreiße ich ihm das Taschentuch, um ihm zu helfen.

»Nett, also ... so wie du?« Der Unbekannte grinst schief, wobei sich ein leichtes Kribbeln in meinem Inneren ausbreitet.

Ich verdrehe die Augen und schnaube. »Tut mir leid, dass ich nicht so höflich bin. Ich wurde gerade fast von meinem Stiefvater misshandelt, musste einem lebensmüden Kerl den Arsch retten und seinen ziemlich schweren Körper unter den Trailer zerren«, erkläre ich theatralisch. Ich weiß, dass ich nicht fair bin. Schließlich hat der Typ mich gerettet. Doch ich kann nichts gegen die Worte tun, die aus mir herausplatzen. Nicht nur um uns herum tobt ein Sturm, sondern auch in meinem Inneren. Gewitter und Tornados führen mir stets vor Augen, wie ... bedeutungslos mein Leben ist. Wie allein ich bin und wahrscheinlich für immer sein werde. Hilfe ist immer mit Verbindlichkeiten verbunden. Und ich wette, er möchte auch etwas dafür, dass er mich gerettet hat.

Außerdem bin ich dreizehn und darf rebellisch sein!

»Das ist Bodyshaming«, wirft er belehrend ein und zieht eine seiner Augenbrauen nach oben, sodass die Wunde an seinem Kopf zwischen leichten Falten verschwindet.

Mit gerunzelter Stirn ziehe ich mich zurück und sehe ihn an.

Was hat er nur mit diesen komischen Begriffen?

»Du bist also ganz frisch in Downhill?« Kopfschüttelnd ignoriere ich seine Bemerkung und mache mich daran, seine aufgeplatzte Lippe zu versorgen.

»Seit heute.« Er zieht scharf die Luft ein, als ich versehentlich zu nah an seine Wunde komme.

»Tut mir leid.« Mitleidig sehe ich ihn an und halte einen Moment inne. Vielleicht will er, dass ich aufhöre. Das Grinsen auf seinen Lippen ist schief, wirkt aber nicht so, als hätte er ernsthafte Schmerzen.

»Schon okay«, murmelt er und wedelt mit der Hand, als wolle er mir sagen, dass ich weitermachen kann.

»Und wieso Downhill?«, will ich wissen und begutachte sein Gesicht. Seine dunklen Augen glitzern, als ich ihn mustere. Einen Moment verirrt sich mein Blick in seinem, bevor ich mich räuspere und das Taschentuch in meine Jackentasche schiebe.

Der Fremde zuckt mit den Schultern. Ich spüre, dass er mich anschaut, und eine leichte Hitze erfüllt mich. »Weil mein Vater in der Fabrik arbeitet.«

So wie die meisten Leute hier. Vor allem Menschen mit Migrationshintergrund verirren sich in das kleine Städtchen Amerikas an der Südküste. Da es nicht weit von Mexiko entfernt ist, liegt es nahe, dass die Einwanderer glauben, sich hier ihren amerikanischen Traum erfüllen zu können.

Ach, diese blöde Hoffnung. Die hatte Moms Familie auch. Und sie hatten es sogar geschafft. *Hatten.*

»Seid ihr zugewandert?«, frage ich neugierig.

Er schüttelt den Kopf. »Nein. Ich bin hier geboren. Meine Mutter ist, als ich zwei Jahre alt war, verschwunden. Mein Vater musste irgendwann seinen Job als Ingenieur aufgeben. Seither hat er eine größere Liebe zu Tabletten entwickelt als jeder Pharmazeut. Und nach jedem Entzug ziehen wir um. So wie jetzt auch.«

Die Art, wie er spricht, ist anders. Intelligent.

Belesen. So redet kaum jemand, der hier lebt. Er kann doch nicht viel älter sein als ich, oder?

»Es tut mir leid, was mein Stiefvater dir angetan hat,« sage ich ehrlich und schaue ihm nun doch wieder in die dunkelbraunen Augen. Irgendwie setzt dieses komische Kribbeln erneut ein. Klar, er ist schön. Als wäre er ein Mitglied einer Boyband oder so. Aber wer braucht schon ein gebrochenes Herz? Nein danke. Ich habe echt oft genug bei Mom gesehen, was Männer anrichten.

»Schon vergessen.« Mit schmerzverzerrtem Gesicht hebt er eine Hand, um abzuwinken. Dann streckt er sie mir grinsend entgegen. »Raphael Fall.«

Kichernd lege ich meine Stirn in Falten. »Echt jetzt?« Das ist komisch auf eine interessante Art. »Summer Sky.« Ich fasse nach seiner Hand und schüttle sie.

»Herbst und Sommer«, bemerkt Raphael, was mich belustigt. »Die zwei Jahreszeiten waren mir schon immer am liebsten.« Er lässt meine Hand los und mir wird die Kälte auf meiner Haut bewusst. Eilig ziehe ich die Ärmel meiner Jacke lang, um sie zu wärmen.

Ich kräusle meine Nase. »Mann, da wo du aufgewachsen bist, möchte ich leben! Hier besteht die Zeit zwischen Sommer und Herbst praktisch nur aus Stürmen, Tornados und anderen Katastrophen.« Kopfschüttelnd lache ich. »Okay, Katastrophen gibt es hier immer.«

»Ist mir gar nicht aufgefallen.« Der Sarkasmus in seiner Stimme bringt mich dazu, die Kinnlade aufzuklappen und ihn mit zusammengekniffenen Augen anzustarren. Als wäre er ein Alien. Was er, zugegeben, für mich ist. Er ist schlagfertig und … cool. Ich kenne kaum Menschen, die so sind. Oder es liegt einfach daran, dass er ein wenig älter ist als ich. Zumindest vermute ich das. Er agiert einfach so … erwachsen.

Raphael grinst und ich schwöre, das feuert dieses seltsame Kribbeln in meiner Magengegend an. Als ich bemerke, dass ich ihn anstarre, wende ich verlegen den Blick ab und fische nach der Zigarettenschachtel in meiner Jacke.

Aus dem Augenwinkel sehe ich, wie Raphael mich dabei beobachtet. »Dir ist klar, dass diese Dinger töten?«

Das Feuerzeug flammt auf, ich führe es an die Kippe und ziehe daran.

Entsetzt blicke ich zwischen ihm und der Zigarette hin und her. »Was? Oh Gott, wieso hat mir das keiner gesagt?!«

Er verdreht die Augen, lacht und boxt mich leicht an den Oberarm. »Sehr witzig, du Komikerin!«

Kichernd ziehe ich erneut an der Zigarette und sehe durch den Spalt hinaus. Die Blätter rascheln im Wind, der Regen hat nachgelassen, die Gartenmöbel fliegen nicht mehr über den Schotter und es scheint, als wäre der Sturm vorüber. Zum Glück war er nicht so heftig. Ich puste mit dem Rauch auch die letzten Reste meiner Angst aus.

»Wie alt bist du?« Seine Stimme klingt interessiert, aber nicht anklagend.

Schulterzuckend ziehe ich erneut an der Zigarette, um die Leere in meinem Inneren zu füllen. »Alles, was ich jetzt sage, wirst du gegen mich verwenden, Sherlock. Habe ich recht?«

Raphael lacht und schickt damit einen weiteren Hauch Wärme durch mich hindurch.

Nun weiß ich, was ich so Seltsames in seiner Gegenwart fühle. Nähe. Eine verwirrende Vertrautheit, die ich so bei keinem Menschen kenne. Ich werfe ein Blick in seine unnahbaren, tiefen und geheimnisvollen Augen, die so verschlossen wirken. Dennoch strahlen sie eine Wärme aus, die mich anspricht. Es erinnert mich an eine Umarmung nach einem langen, furchtbaren Tag.

Wie ist es möglich, dass ich mich einem Fremden so nah fühlen kann? Ich war stets allein mit mir. Nun einen Menschen hier zu wissen, der ... der mir auf verdrehte Weise bekannt vorkommt, ist gut.

»Ich bin fünfzehn.« Sein Blick trifft meinen. »Und ich kann übrigens verstehen, wieso du rauchst.«

Eine meiner Augenbrauen wandert fragend nach oben. Er zuckt nur mit den Schultern. »Hey, wieso sollten wir leben wollen? Da draußen gibt es für Menschen wie dich und mich nichts zu holen, oder?«

Ein Stich geht durch meine Brust. Eilig wende ich mich von ihm ab und stiere wieder auf den gegenüberliegenden Trailer von Mr. Sims, der mit fünf Hunden darin haust. Ihr ängstliches Gebell dringt erst jetzt zu mir durch. Sie hassen den Sturm, ebenso wie ich.

»Ich bin dreizehn«, kläre ich Raphael auf, weil ich nicht über seine Worte nachdenken möchte. »Du bist nicht so 'n Stimmungsmacher, oder? Sollte man nicht Hoffnung geben, anstatt sie zu nehmen?«

Sein Lachen ist herzlich, laut und erreicht mein Innerstes. Es bringt mich dazu, ein wenig mit zu kichern. Was selten vorkommt. Einfach nur, weil jemand anders es tut. Das ist gut.

»Nein, ich gehöre eher zu der ehrlichen Sorte.« Er stützt sich mit einer gequälten Miene auf den Ellenbogen ab und sieht zu mir auf. »Die Wahrheit mag ich. Die ist gut. Unschön. So wie das echte Leben. Deshalb fotografiere ich auch so gerne.«

»Du machst Fotos?«, frage ich verblüfft. Alle Jungen, die ich kennenlerne, interessieren sich für Drogen, schnelle Autos, Partys und Geld. Sie wollen Dealer werden, zur Mafia oder so. Aber kein ... Fotograf.

»Jetzt guck nicht so, *Summersky*.« Er sagt es so, als wäre Sommerhimmel mein ganzer Vorname. »Hast du keine Träume?« In seinem Gesicht verändert sich etwas. Ungläubig sieht er mich an.

Ein komischer, fast lächerlicher Laut dringt aus meiner Kehle. »Klar. Ich gehe mit den Hunden da drüben Gassi und spare mir dadurch etwas Geld, damit ich so schnell wie möglich von hier abhauen kann.«

»Und wohin willst du?« Eine seiner Augenbrauen ist wieder nach oben gehüpft. Keine Ahnung warum, aber ich mag das.

»Irgendwohin. Vielleicht dahin, wo es keine Stürme zwischen Sommer und Herbst gibt?« Leicht ziehen sich meine Mundwinkel nach oben, ehe ich nochmals an der Zigarette ziehe.

Raphael lacht. Das macht er oft, oder?

»Und was magst du sonst noch?« Er betrachtet mich, weshalb sich augenblicklich eine Gänsehaut auf meinem Körper ausbreitet. Er schafft es, einen nahtlosen Übergang zwischen warm und kalt in meinem Inneren zu verursachen. Aber nicht auf die schlechte Art oder so.

»Es muss doch noch etwas neben Kippen und Gassi gehen geben, auf das du stehst.« Eine Mischung aus ehrlichem Interesse und Sorge schwingt in seiner Stimme mit.

»Auf Liam Hennings«, sage ich nachdenklich und erinnere mich an meinen Mitschüler. »Footballstar, groß, drei Stufen über mir und ...« Auch ein paar Nummern zu groß für mich. Mit Sicherheit würde er mich nicht einmal bemerken, wenn ich grün wäre.

Er stöhnt belustigt. »Mann, ich meine 'ne Leidenschaft.«

Ich stoße angestaute Luft aus und drehe mich etwas in seine Richtung. Weil ich nicht antworte, verdreht er die Augen und lässt sich vorsichtig auf den Rücken sinken. Ich mache es ihm nach. Die Holzbretter über mir haben kleine Luftschlitze, deswegen könnte man sehen, wenn sich über uns etwas bewegen würde. Aber da ist nur Stille. Wahrscheinlich hat meine Mom nicht einmal mitbekommen, dass die Tornado-Sirenen vor einiger Zeit losgegangen sind.

»Ich mag die Natur und würde gerne die ganze Welt sehen«, platzt es aus mir heraus. Noch nie zuvor habe ich jemandem davon erzählt. »Ich mag die Küste, an der ich gerne mit den Hunden spaziere und das allein sein. Wenn ich mehr Geld für Bücher hätte, würde ich lesen und ›Carl‹, der in meinem Zimmer steht, schütze ich mit meinem Leben.«

»Carl?«

Ich bemerke, dass Raphael seinen Kopf in meine Richtung dreht und tue es ihm nach.

»Eine Dieffenbachie, eine Pflanze, die ich von meinem Dad bekommen habe, bevor …« Meine Stimme bricht. Wann habe ich das letzte Mal mit jemandem über meinen Vater gesprochen?

Nach seinem Weggang hatte er anfangs ständig mit mir telefoniert. Andauernd rief er an, schickte mir Geschenke an den Feiertagen und besuchte mich sogar zweimal, bis er mir eröffnete, mit Ramona, seiner neuen Freundin, ein Kind zu bekommen. Nach dieser Wendung hörte ich kaum noch von ihm. Und mit den Jahren verliefen sich seine Gefälligkeiten, bis sie sich gänzlich einstellten.

Raphael bewegt sich neben mir. Ächzend richtet er sich auf und beugt sich über mich. Sofort schlägt mein Herz schneller. Meine Muskeln krampfen sich zusammen. *Was hat er vor?*

Er beobachtet mich lächelnd, ohne mich zu berühren, und trotzdem spüre ich seine Anwesenheit überall. Wie Nieselregen, der sich kaum merklich auf die Haut legt. Im Hochsommer. Wenn die Sonne viel zu stark ist.

»Lass uns dafür sorgen, dass es zwischen Sommer und Herbst keine Stürme mehr gibt.« Er mustert mich und ich kriege nicht mehr heraus, als ein krächzendes: »Hä?«

Raphael schnalzt mit der Zunge. »Mann, jeder braucht doch einen Kumpel und vor allem jemanden in der Nachbarschaft, der einen verteidigt.« Als wäre ich schwer von Begriff verdreht er die Augen.

Einen kurzen Moment sehe ich den Jungen nachdenklich an, den ich vor vielleicht einer halben Stunde kennengelernt habe. Die Information seiner Worte sickert nur langsam zu mir durch. Wie Münzen, die klirrend nacheinander in ein Sparschwein geworfen werden.

»Und eine Person, die einen dann versorgt, wenn er den Arsch versohlt bekommen hat«, merke ich tonlos an und bin darüber selbst überrascht.

Ich bin ein einsamer Wolf. Kein Rudel. Happy Ends gibt es nicht und einen Seelenverwandten zu finden, bedeutet auch, sich verletzlich zu machen.

Nein. Auch wenn es sich verlockend anhört, brauche ich keinen ›Freund‹. Am Ende verlässt er mich dann doch nur.

Raphael nickt. »Genau. Deshalb sollten wir Freunde sein, Summersky.«

»Das willst du nicht«, stelle ich resigniert fest und wende meinen Blick ab.

»Und das bestimmst du jetzt, oder wie?« Grunzend schnaubt Raphael. »Darf ich bitte meine eigene Meinung behalten?«

Genervt seufze ich und sehe ihn an. »Okay, Fall. Und was bedeutet das?« Es gab bisher selten einen Menschen, den ich näher an mich heranlassen wollte. Es tut zu sehr weh, wenn sie sich dann doch nur wieder verpissen. Und das tun sie. Immer. Aber es wäre schon schön, jemanden in unmittelbarer Nähe zu wissen, der sich nicht nur für seinen eigenen Arsch interessiert. Der mir hilft, wenn Pedoboy-Robert wieder zurückkommt, oder bei all den nachfolgenden *Katastrophen*, die meine Mom anschleppt.

»Dass wir einander aufmuntern. Scheiße, wir müssen keinesfalls die Statistik untermauern. Wir können unser eigenes Leben leben!« Er klingt mutig und motiviert, was in meinem Inneren eine Hoffnung schürt. Ich erlaube mir nicht, zu träumen. Das geht schief. Trotzdem nistet sich so etwas wie ein Funke in mir ein.

»Lass uns Summer und Fall sein, ohne Wirbelstürme.« Sein zuversichtlicher Ton und das Grinsen in seinem Gesicht erweichen mich.

Kichernd schüttle ich den Kopf. »Du bist doof, Raphi. Wir kennen uns doch gar nicht.«

»Genau. Das heißt, wir wissen keinesfalls, wer wir eigentlich sind. Ich hatte bis eben keine Meinung über dich. Für mich bist du Summer, das Mädchen, das irgendwann mal in der Welt umherreisen wird. In der Natur, mit ihrer ›Diefenbach‹ und einem Hund.«

Nun lache ich. »Die Pflanze heißt doch ganz anders!« Ich spüre etwas wie Normalität. Schließen Menschen so Freundschaften? Ist es das, was ich mir schon ein Leben lang wünsche? Oder entwickelt es sich zum größten Albtraum? Den, den ich fürchte.

»Das ist doch egal!« Raphaels Augen glitzern und reißen mich mit. »Es ist vollkommen egal, wie das Ding heißt. Tatsache ist, dass wir das Leben haben werden, das wir wollen.«

Skeptisch beäuge ich die Begeisterung in seinen Gesichtszügen. Als würde ich vor einer Klippe stehen, die Arme heben und vergeblich darauf hoffen, fliegen zu können, sobald ich springe. Aber landete ich nicht immer auf dem Boden der Tatsachen? Früher oder später?

War das nicht auch der Fall, als sich meine Großeltern von mir abwendeten? Ist es nicht das, was passiert, wenn mich die anderen in der Schule näher kennenlernen? Sobald sie wussten, wo ich wohne, war ich die von der ›Müllhalde‹. Bin ich eine Freundschaft wert? Bin ich es wert, geliebt, gemocht und beschützt zu werden?

»Mann, das ist … total …«, beginne ich. Wie soll ich ihm erklären, dass ich die Falsche bin. Dass er mich nicht mögen wird, wenn wir uns kennen. Nicht einmal meine eigene Mutter liebt mich, wie könnte er es dann?

»Gut«, ergänzt Raphael. »Du kannst mir vertrauen. Immerhin habe ich mir gerade für dich ein paar Schläge eingefangen.«

Stimmt, das spricht eindeutig für ihn. Schließlich hat Mom mich noch nie vor ihren Typen beschützt. Ich stellte sie mal vor die Wahl. Die Kerle oder ich. Da hatte sie nur gelacht, als würde ich scherzen.

»Wir werden nie wieder allein sein. Nie. Das brauchen Menschen«, schiebt Raphael nach. Braucht er auch einen Anker? Genauso sehr wie ich? Und vielleicht ist es genau dieses Flehen in seinen Worten oder der Ausdruck in seinen Augen, der mich dazu bringt, noch mehr Hoffnung zu schöpfen.

Ich puste etwas Luft aus. »Das sagst du nur so lange, bis wir uns richtig kennen. Dann mögen wir uns vielleicht gar nicht mehr und …«

»Gott, denkst du immer so viel?« Die kurzen Locken auf seinem Kopf bewegen sich hektisch, während er knurrt. »Lass dich drauf ein, Summer.«

»Okay.« Beschwichtigend lege ich meine Hände neben meinen Kopf und lache. »Ich bin dabei, Fall.«

Kapitel 2

Summer

2023

»Sollen wir es ihm sagen?« Faith legt den Kopf schief. Ein verschmitztes Lächeln umspielt ihre Lippen.

»Nope, wir warten noch einen Moment.« Was mir bei Jakes Anblick eigentlich durch den Kopf geht, verschweige ich lieber. Seine Muskeln ziehen sich bei jedem weiteren Schlag zusammen. Ich habe selten einen Menschen gesehen, der so erotisch beim Holzhacken aussieht.

»Du hast recht. Dieses Bild muss sich erst in meine Netzhaut einbrennen.« Meine beste Freundin klingt, als wäre sie gedanklich in anderen Sphären. Ebenso, wie ich mich fühle, wenn Jake in meinem Garten steht und ein Holzstück nach dem anderen zerkleinert, ohne dabei zu beachten, dass seine Jeans ein paar Zentimeter zu tief gerutscht sind.

Gott, dieses verdammte Muskelspiel, das in einem himmlischen ›V‹ endet. Das würde sogar einen Atheisten zu einem ›Halleluja‹ zwingen! Wie kann ein Kerl wie er überhaupt Single sein?

»Er ist in letzter Zeit oft hier.« Es klingt beiläufig, aber ich weiß, was Faith mit diesen Worten bezwecken möchte. Sie will wissen, was da zwischen mir und dem Arzt vor sich geht.

Ich puste etwas Luft aus und wende mich nur widerwillig von Jake ab. »Wir sind Freunde.«

Sie grunzt und lacht. Leicht schüttelt sie den Kopf, bevor sie mich ansieht. »Komm schon, Summer. Er ist fast jeden Tag bei dir!«

Ich winke ab, während ich nach meiner Limonade greife. »Aber doch nur, weil er seine Hilfe angeboten hat.«

»Welche?« Schelmisch grinst Faith. Sie fächert sich mit der Hand Luft zu. Belustigt verdrehe ich die Augen und werfe den verpackten Spekulatiuskeks, der in einer Schüssel vor uns steht, nach ihr. Sie duckt sich kichernd, trotzdem erwischt sie mein Wurfgeschoss an der Wange.

»Er ist mein Boss!«

»Das macht das Ganze doch noch schärfer.« Zwinkernd wackelt sie mit den Augenbrauen.

Sie hat recht.

Mein Blick wandert zurück zu Jake, dessen Augen in diesem Moment direkt in meine blicken. Der Tierarzt ist perfekt. Höflich, lieb und zuvorkommend, ein absoluter Pluspunkt. Er mag Tiere und hat handwerkliche Fähigkeiten, sodass mein altes, gekauftes Haus eine Generalüberholung von ihm bekommt.

Das gewohnte Gefühl in seiner Nähe meldet sich in meiner Magengegend. Die Empfindungen, die so einnehmend sind, dass sie beinahe etwas verdrängen, von dem ich nicht will, dass es verschwindet. Ich mag den Tierarzt. Vermutlich schon länger, als ich zugeben will. Das sollte ich mir langsam mal eingestehen.

Doch nicht heute.

Hastig wende ich den Blick ab.

Jake hat wirklich alles. Alles, was ein Traumtyp braucht.

Aber es gibt einen Haken. Jake ist nicht Raphael Fall.

Kopfschüttelnd räuspere ich mich. »Nein. Wir sind nur Freunde und Arbeitskollegen, ganz sicher.«

Faiths Gesichtszüge werden ernster. »Du wartest auf ein Lebenszeichen, habe ich recht?«

Eine Gänsehaut überzieht schlagartig meinen Körper. Seit knapp zwei Jahren herrscht schon Funkstille. Eine unerträgliche Ruhe, die sich anfühlt, als hätte mir jemand ein Bein abgehackt. Oder einen Arm. Oder das Herz herausgerissen.

»Was, wenn er ... er weitermacht ohne dich?« Faiths Stimme klingt zaghaft. Sie weiß, dass dieses Thema bei mir einschlagen kann wie eine Granate. Manchmal beginne ich ohne Grund zu weinen ... oder zu toben. Verdrängung birgt eben seine Tücken.

Messerscharf schneiden ihre Worte durch meine Seele. Wie oft habe ich mich schon gefragt, weshalb sich Raphael nicht mehr meldet. Wie viele Nächte lag ich wach, weil ich weinte. Er hatte auf keine meiner Nachrichten geantwortet. Selbst dann nicht, als ich drohte, ihn in New York zu besuchen.

Eine Drohung, die mir fast elf Monate später lächerlich vorkommt. Es ist offensichtlich, dass mein bester Freund, mein Seelenverwandter, mich aus seinem Leben gestrichen hat. Anfangs dachte ich, er läge eventuell in irgendeinem Graben. Weil ich aber besser recherchieren kann als eine FBI-Agentin, ergab die Observation seines

Facebook-Profils eindeutig, dass er noch immer für und mit Agenturen arbeitet. Er muss also leben.

Ich recke meinen Kopf und verziehe meine Mundwinkel zu einem Lächeln, das schmerzt. »Du hast recht.« Nickend und zuversichtlich atme ich durch. »Jake ist ... er ist perfekt. Und er macht mir Avancen, die ich annehmen sollte. Vielleicht gehe ich einfach mal mit ihm aus?« Mir ist nicht klar, ob ich diese Frage an mich selbst richte, weil ich tatsächlich mit dem Gedanken spiele, ihn zu daten, oder sie bloß ausspreche, um meine Freundin ruhigzustellen. Die Unterhaltungen über Raphael kosten eine unglaubliche Kraft, die ich im Moment einfach nicht aufbringen kann. Ich bin wütend auf ihn, würde ihn am liebsten vergessen oder tatsächlich nach New York reisen, um diesem Idioten meine Meinung zu geigen. Doch gleichzeitig weiß ich, dass nichts von all dem eine Bedeutung hat. Wenn es aussieht wie eine Ente, schwimmt wie eine Ente und quakt wie eine Ente, dann ist es wahrscheinlich eine Ente.

Und wenn mein bester Freund sich nicht mehr meldet, dann ... dann hat er mich wohl abgehakt. Als eine Erinnerung. Noch einmal werde ich nicht den Fehler machen und ihm nachlaufen. Ganz sicher nicht. Also vielleicht ... vielleicht möchte ich wirklich mit Jake ausgehen?

Faith klatscht aufgeregt in die Hände. Ihre grünen Augen leuchten. »Endlich!«

Ja, endlich. Die Geschichte mit mir und Raphael hatte einen Abschluss gefunden, obwohl wir damals so sehr gehofft hatten, dass es niemals so enden würde.

Kaum fünf Minuten später halte ich Faiths Grinsen nicht mehr aus. »Ich mach ja schon«, hatte ich gemurmelt, war aufgestanden und in die Küche gegangen, um ein Getränk aus dem Kühlschrank zu holen.

Es ist September und Hochsommer in Kanada. Heute sind die Temperaturen auf fünfunddreißig Grad geklettert, was kaum auszuhalten ist. Kein einziges Lüftchen weht durch den Garten, als ich von der Veranda trete auf meinem Tablett ein Glas Limonade balancierend.

Jake richtet sich auf, wischt sich mit der flachen Hand über seine Stirn und lächelt, als ich näher an ihn herantrete. Durch seine Hilfe sieht der Garten schon viel besser aus.

Als ich das Grundstück mit dem Altbestand darauf gefunden hatte, war mir sofort klar, dass es viel Arbeit werden würde. Doch das Herrichten macht auch Spaß. Vor allem mit solch einer tatkräftigen und hübschen Unterstützung.

»Du bringst mir etwas zu trinken?« Jakes Lächeln ist herzlich und schickt sofort ein paar euphorische Impulse durch meinen Körper.

»Selbstgemachte Limonade.« Stolz überreiche ich ihm das trübe Getränk und lasse das Tablett sinken. »Das Rezept ist zwar nicht von meiner Familie, aber Leah hat mir gezeigt, wie es geht. Und damit kann es eigentlich nur gut sein.« Ich sehe an ihm vorbei, um nicht auf sein Sixpack zu starren. Er hat das gesamte Altholz zugesägt und meinte, wir könnten es für den Winter aufbewahren.

Mein Blick wandert weiter zu den Rosenbüschen rechts von uns, die er gestern geschnitten hat. Daneben befindet sich ein Gemüsebeet, um das ich mich liebevoll kümmere. Jedoch befürchte ich, dass so manches diese trockene Hitze nicht überleben wird.

Jake lacht und zieht meine Aufmerksamkeit wieder auf sich. Die Eiswürfel im Glas, das er zwischen seinen Fingern hält, klackern. Dankbar setzt er es an seine Lippen an. Ich beobachte seinen Adamsapfel, der auf und ab springt, während er das Trinkgefäß in einem Zug leert.

Herr, erbarme dich!

Ja, Jake gehört definitiv zur Kategorie *Liam Hennings*, in den ich mit dreizehn unheimlich verliebt war. Er ist groß und trainiert gerne in seiner Freizeit. Wetten, er hat an irgendeiner Elite-Uni studiert, um Tierarzt zu werden. Ein Mann, der zu gut scheint, um wahr zu sein. Meine Mutter würde jetzt sagen, dass ich mich nur für diese Art von Mann interessiere, weil ich gegen meinen Vaterkomplex ankämpfe. Aber das stimmt keineswegs. Vielmehr ängstigen mich diese Art von Kerlen. Sie strahlen eine Perfektion aus, die ich ihnen nicht bieten kann.

»Danke für deine Hilfe.« Ich lächle ihm ehrlich entgegen, denn ohne ihn würde ich im Chaos versinken. Das Grundstück ist zu groß für eine Person. Mal davon abgesehen, dass ich mich nicht mit handwerklichen Tätigkeiten auskenne, reicht es, dass ich das Rasenmähen lernen musste.

»Sieht gut aus, oder?« Jake wendet sich von mir ab und macht eine Handbewegung, die den angrenzenden Wald sowie den See hinter meinem Garten mit einschließt.

»Du bist ein Held, wirklich!« Es stimmt. Der Tierarzt hatte mir nicht nur einmal den Arsch gerettet.

Jake zuckt mit den Schultern. Er gibt mir dasGefühl, dassseine Unterstützung selbstverständlich ist. Als wäre ich nicht eine dahergelaufene Mitarbeiterin und das sein einziger freier Tag in der Woche, den er mit Renovierungsarbeiten verbringt.

»Nein, wirklich. Du hast mir einen Job gegeben, nachdem ich hier in Kanada gestrandet bin. Und du unterstützt mich auch noch bei der Renovierung«, schiebe ich nach, da mir seine Freundschaft viel bedeutet. Noch so ein Grund, der es mir schwer macht, mit ihm auf ein Date zu gehen. Ich meine, wenn es zwischen uns schiefläuft, was passiert dann? Würde ich meinen Job verlieren? Das wäre gar nicht gut, weil ich diesen ganz dringend brauche. Mein Erspartes ging für dieses kleine Schmuckstück drauf.

»Nichts lieber als das.« Er stellt das geleerte Glas auf den Holzblock vor sich und sieht auf mich herab. Freundlich wartet er, weil man mir wohl ansieht, dass ich mit mir ringe.

Verdammt, ich habe noch nie einen Kerl, um ein Date gebeten. Geschweige denn, weiß ich, ob das so eine gute Idee ist. Nervös reibe ich meine verschwitzten Finger an der Hose, nur um sie dann vor dem Körper zu verschränken.

»Also ... ich, also ...« Angespannt lecke ich mir über die Lippen. »Für deine ganze Mühe würde ich dich gerne zum Essen einladen.« Die Worte platzen förmlich aus mir heraus und sind viel lauter, als zuvor gedacht. Gott, peinlich!

Augenblicklich dringt Faiths Kichern zu mir durch. Verdammt, natürlich hat sie das jetzt mitbekommen! Und es klang sicher ziemlich kindisch. Ich bin absolut für Feminismus und finde, dass alle Menschen den ersten Schritt machen sollten. Trotzdem komme ich mir in diesem Moment so unheimlich dämlich vor. Schließlich habe ich seine Einladungen schon so oft abgelehnt.

Ich senke meinen Blick verlegen zu Boden, ehe ich ihn hebe und durchatme. Hastig versuche ich zu retten, was zu retten ist. »Das muss auch wirklich kein Date sein.« Sein Gesichtsausdruck macht mir etwas Angst, eine Mischung aus Verwirrung und Unsicherheit liegt darin. Hat er seine Meinung geändert und will mich gar nicht mehr kennenlernen?

Jake schüttelt schmunzelnd den Kopf und die restlichen Emotionen in seinen Zügen sind wie weggeblasen. Amüsiert fährt er sich durch das blonde, glatte Haar, das ihm ständig in die Stirn fällt. Er greift nach meinen Händen und nimmt sie in seine.

Erleichtert atme ich angestaute Luft aus. Geborgenheit erfasst mich, als er mir tief in die Augen blickt. »Bitte lass es ein Date sein, Summer. Alles andere verträgt mein Ego nicht.«

Er entlockt mir ein Lachen. »Okay?«

»Okay.« Viel zu schnell lässt er meine Hände wieder los.

»Morgen Abend, achtzehn Uhr. Ich hole dich ab.«

»Du weißt schon, dass wir keine Teenies mehr sind. Ich habe ein Fahrrad. Es ist also okay, wenn wir uns in der Stadt treffen«, erinnere ich ihn.

Er schüttelt den Kopf und tritt näher. Er senkt sein Gesicht an meines, berührt dabei fast meine Wange und treibt meinen Herzschlag in die Höhe.

»Wir wissen, dass du die Stadt nicht magst. Ich habe da etwas anderes geplant.« Interessant, er erinnert sich noch daran, obwohl ich es beiläufig während einer Untersuchung erwähnt hatte. Jake hatte an diesem Tag davon gesprochen, dass er es liebt, auf den Markt zu gehen oder die Feste der Kleinstadt zu besuchen. Leider kann ich diesen Veranstaltungen nichts abgewinnen. Meist sind mir dort zu viele Menschen. Außerdem wurde mir nach meinem ersten Besuch einer Halloween-Party eine Affäre mit Faith angedichtet, die glücklich verheiratet ist. Seither meide ich Restaurantbesuche mitten in der Stadt. Das idyllische Leben hat eben auch seine Schattenseiten.

Dass er so aufmerksam ist, versetzt jedes Molekül

meines Körpers in Aktion. Jake zieht sich zurück. Einen Moment sehen wir uns an, dann nicke ich langsam.

Okay?

Okay, ich lasse mich auf einen neuen Menschen ein.

Raphael meldet sich nicht mehr. Und das ausgerechnet, nachdem ich unseren Traum von Kanada lebe. Es ist an der Zeit, mir einzugestehen, dass all meine Befürchtungen wahr geworden sind. Wir sind gescheitert. Es herrscht Sturm, obwohl das das Einzige war, was wir immer vermeiden wollten.

Raphael

Jeden Morgen ist es das Gleiche.

Kate bespritzt den Spiegel, weil sie, seit sie reden kann, nicht einmal beim Zähneputzen damit aufhört. Ihre kleine Schwester Daisy schläft munter, da sie die ganze Nacht wach war, und ich ackere zwischen den beiden Kindern hin und her. Brote vorbereiten, die Taschen packen, mein Equipment herrichten und dabei nicht vergessen, mich selbst fertigzumachen, um nicht auszusehen wie ein Penner.

Mrs. Palos von gegenüber hat mich sowieso schon auf dem Schirm. Ständig schimpft sie uns einen ›Sozialfall‹ und ›Einwandererpack‹, sodass ich, um ehrlich zu sein, Angst habe, sie beschwert sich irgendwann beim Jugendamt.

Dabei geht es mir wahrscheinlich wie allen Eltern. Ich bin alleinerziehender Vater, verdammt. Das ist hart. Da läuft nicht immer alles glatt. Aber Kate und Daisy fehlt es keineswegs an etwas. Es ist wohl eher so, dass es meiner Nachbarin nicht passt, dass wir in der Upper-East wohnen. Für sie gehören Menschen wie *wir* nicht in die guten Gegenden. Die Statistik lügt schließlich nicht. Sie ist sehr konservativ und ich weiß nicht, ob es an meiner Ethnie liegt, dass sie mich nicht mag oder daran, dass sie einfach alt und verbittert ist. Eines ist nur klar, ich darf ihr niemals das Gefühl geben, die beiden Mädchen zu vernachlässigen. Oder mich selbst.

»Daddy, wo ist Mommy?« Mit ihren großen, hellblauen Augen blickt mich Kate an. Da sie darauf bestanden hat, ihre Haare heute selbst zu kämmen, sehen sie verwuschelt aus.

»Ach, Schei ... so ein Schnitzel«, korrigiere ich mich schnell und hebe den Holzbecher auf, den Daisy mit ihren zarten Fingerchen in einem meiner unaufmerksameren Momente vom Holzesstisch gefegt hat. Ich schiebe meinen Stuhl zurück, fasse nach dem Tuchspender, die überall in der Wohnung verteilt stehen, und beuge mich zum Boden. Der Brei klebt auf den Fliesen.

Statt »Scheiße« zu sagen, habe ich das Wort »Schnitzel« eingeführt. Summer fand es nach ihrem Deutschlandaufenthalt sehr witzig und steckte mich damit an. Da ich in meinem Leben häufig fluche, war das wohl die beste Entscheidung. Sie werden noch früh genug damit anfangen, Schimpfwörter zu benutzen, doch begünstigen muss ich es nicht.

Daisy gluckst, als hätte sie den größten Spaß. »Dada, guck!« Sie strampelt und bewegt sich wild, wobei der Holzbecher wieder zu Boden fällt. Beinahe hätte ich genervt geschnaubt. Etwas, das ich versuche zu unterdrücken, bis die Kinder mich nicht mehr sehen oder hören können. Sie sollen nie das Gefühl verspüren, eine Last für mich zu sein. Das sind sie nicht.

Zum Glück ist der Wohn- und Essbereich mit der offenen Küche ausgestattet mit Fliesen, die leicht zu reinigen sind. Als wir uns damals für das Penthouse mit den bodentiefen Fenstern und dem herrlichen Blick über Manhattan entschieden hatten, waren die Fliesen ein Streitpunkt gewesen. Denn meine Frau hasste sie und wollte unbedingt Parkett. Wenn sie noch hier wäre, würde ich ihr es nun unter die Nase reiben, dass das Parkett nicht so robust ist wie dieser Boden.

»Daddy, stimmt es, dass Mommy eine *Bich* ist?« Kate klingt interessiert.

Mit einem Ruck richte ich mich auf. Was hat sie da gerade gesagt? In der einen Hand das Taschentuch, das ich auf den Esstisch ablege, starre ich meine Tochter an. Ihre hellblauen Augen funkeln neugierig, während sie sich einen gehäuften Löffel in den Mund schiebt.

»Toni hat gemeint, dass Mommy eine *Bich* ist. Was ist das?«, wiederholt sie schmatzend.

Kate ist gerade einmal vier. Sie plappert alles nach, was man ihr sagt, und hat ein unglaubliches Interesse an neuen Namen. Zum Glück spricht sie das Wort nicht richtig aus, trotzdem beunruhigt es mich, dass sie es nun kennt. Das war's dann wohl mit den Schimpfwörtern ...

»Bich«, spricht nun auch Daisy nach, die mit ihren anderthalb eigentlich kaum redet. Ihre schwarzen Kulleraugen starren mich an, während sie grinst und damit zwei einzelne Zähne entblößt.

»Äh ...« Ich lege ein Lächeln auf, sodass Kate meine Unsicherheit nicht sieht. Es kommt mir manchmal so vor, als würde sie mir anmerken, wenn ich lüge oder mich ertappt fühle. »Eine Bich ist ein wirklich böses Wort.«

In der Hoffnung, das Thema ist nun endlich erledigt, greife ich nach meinem eigenen Löffel und tunke ihn in meine Portion, um Daisy damit zu füttern.

Aus dem Augenwinkel sehe ich, dass meine Tochter den Kopf schief legt. »Toni meint, seine Mommy hat gesagt, dass meine Mommy das ist.«

»Das stimmt aber nicht«, murmle ich und schiebe den Gedanken beiseite, dass ich meine Frau manchmal selbst für ein Miststück halte. Daisy wackelt mit ihren Händen, während ich versuche, sie zu füttern. »Alleine!«, bittet sie und ich weiß jetzt schon, dass sie ein riesiges Theater macht, wenn sie nicht den Löffel bekommt.

Heute gebe ich mich geschlagen. Die Müdigkeit zerrt an mir. Andauernd habe ich Kopfschmerzen und dieser Husten, den ich seit ein paar Tagen habe, kann auch nicht gesund sein. Ich habe mir fest vorgenommen, deshalb nächste Woche zu einem Arzt zu gehen. Zwischen der Arbeit und den Kindern habe ich es bisher einfach noch nicht geschafft.

»Wieso sagt Tonis Mommy dann das?«, will Kate nun drängender wissen. Schon an ihrer Tonlage höre ich, dass sie gleich explodieren könnte.

»Mäuschen, manchmal sagen Erwachsene etwas, das sie gar nicht so meinen«, versuche ich sie zu besänftigen. Ich sehe sie eindringlich an, was sie nachdenklich zum Nicken bringt. »Und wo ist Mommy?«

Ich unterdrücke ein Seufzen. Daisys Blick landet auf mir und sie mustert mich, während sie den ganzen Brei in ihrem Gesicht verteilt. Wahrscheinlich kann ich sie danach erst einmal umziehen und komplett sauber machen. Liebend gerne möchte ich sie stundenlang einfach nur ansehen, da sie mich an einen Menschen erinnert, den ich leider aus den Augen verloren habe. Daisy kommt ganz nach mir, während Kates Puppengesicht gänzlich dem ihrer Mutter gleicht.

»Daddy!«, reißt sie mich aus meinen Gedanken an die Frau, die ich einst liebte. Lächelnd wende ich mich wieder an meine andere Tochter. »Sie ist auf einer Reise.« *Einer langen, nie endenden, um genau zu sein.*

»Wie lang?« Kate starrt mich mit gekräuselten Lippen an. Sie hat den Löffel abgelegt, die Arme vor der Brust verschränkt und wirkt, als würde sie gleich zu toben beginnen. Diese Situation hatten wir leider schon einige Male und jedes Mal aufs Neue, weiß ich nicht, wie ich damit umgehen soll.

»Schätzchen, das wissen wir leider nicht.« Ich hasse es, sie anzulügen. Aber ist es eine Lüge, wenn ich hoffe?

Kate nickt lang gezogen, widmet sich wieder ihrem Essen und ich atme erleichtert aus. Verhör überstanden. Wenigstens hoffe ich das, denn so wirklich eine Antwort auf ihre Fragen habe ich nicht. In den ersten Jahren von Kates Leben war ich ständig unterwegs. Mal in Kapstadt, Europa und Asien. Manchmal habe ich sie ganze zwei Monate nur über Facetime gesehen.

Wem mache ich also etwas vor? Ein *Vater* bin ich nicht unbedingt. Zwischen dem Druck, genügend Geld zu verdienen und meiner Familie mehr bieten zu können, als ich in meiner Kindheit hatte, vergaß ich, dass sie meine Liebe und Anwesenheit genauso sehr benötigen wie das Geld, das ich verdiene. Aber im Nachhinein ist man immer schlauer, nicht wahr?

Ein wenig kann ich sogar verstehen, wieso Jenna mich verlassen hat. Kaum ein halbes Jahr nach Daisys Geburt saß sie eines Morgens am Küchentisch, die Kinder schliefen noch, und weinte. Koffer standen um sie herum. Und ihr müder Gesichtsausdruck gab mir den Rest.

»Ich will dieses Leben nicht führen, Raph.« Sie sah mich an und es brach mir das Herz. »Du hast mich nur wegen der Kinder geheiratet. Ich habe meine Träume aufgegeben, während du deine leben konntest, und nun sollen wir uns auch noch um das Sorgerecht streiten, obwohl ich …« Sie zitterte und ein tiefer Schluchzer, der mir heute noch in den Knochen steckt, entfuhr ihrer Kehle. »Obwohl ich das alles gar nicht will.«

Als ich Jenna kennenlernte, gestand sie mir schon nach den ersten Wochen unserer Freundschaft Plus, dass sie niemals eine Familie gründen möchte. Ihr Traum war es, Model zu werden oder Content Creator. Sie wollte gesehen werden, und das liebte ich an ihr. Doch nur ein paar Jahre danach wurde sie schwanger, wir heirateten, ich ging arbeiten, sie blieb zu Hause. Wir stritten andauernd miteinander, redeten oft von Scheidung und darüber, dass wir uns eigentlich nicht mochten. Und eines Abends hatten wir wieder gestritten, dabei getrunken und dann – ja, ich bin auch nicht stolz darauf – vergessen, beim Versöhnungssex zu verhüten. Sie hielt den Schwangerschaftstest in die Höhe und mir war klar, dass ich für sie und die Kinder da sein würde. Jenna schien in dieser Zeit nie glücklich. Sie stand vollkommen neben sich, machte oft deutlich, dass sie gerne mehr wäre, als ein ›Brutkasten‹, mehr als eine ›Mom‹, obwohl sie doch für ein Kind die ganze Welt ist. Und als sie an diesem Morgen in unserer Küche saß, wusste ich, dass sie sich gegen all das entschieden hatte.

Natürlich habe ich versucht, mit Jenna zu sprechen. Sie aufzuhalten, schließlich hätte ich in der Firma kürzer treten und sie sich dafür etwas mehr ausprobieren können. Doch Jen hatte ihre Entscheidung sicherlich oft überdacht. Ich sah ihr an, dass es ihr das Herz brach, aber sie entschied sich gegen ein Leben mit mir und unseren zwei Mädchen. Sie ging.

Natürlich schrieb ich ihr, schickte Fotos und hielt sie damit auf dem Laufenden. Doch von ihr kam nie auch nur ein Wort zurück.

»Schnitzel!«, brüllt meine Tochter und reißt mich damit zurück an den Frühstückstisch. Sie funkelt mich aus ihren blauen Augen an und verschränkt die Arme wieder wütend vor der Brust. Gott, können diese hormonellen Schwankungen auch schon früher beginnen? Geht das? Gerade war doch noch alles gut!

»Mama hat uns lieb! Du hast sie verjagt, ne? Toni hat gesagt, dass nur deshalb Mommys weglaufen«, keift der kleine Wirbelwind.

Dieser Toni geht mir auf die Eier.

»Nein, Kate. Manchmal brauchen Mamas ein wenig Zeit für sich«, sage ich sanft und sehe sie aufrichtig an, während ich die Schüssel halte, die Daisy gefährlich nahe an den Rand ihres Hochstuhls bringt.

Mein Herz schmerzt bei meinen Worten. Nur zu gut weiß ich, wie es sich anfühlt, sitzen gelassen zu werden. Und das von den eigenen Eltern. Man fühlt sich verdammt allein und einsam. Als gäbe es keinen Halt, der einem Zuflucht bietet, wenn die gesamte Welt über einem zusammenbricht.

Ich hatte all das nie, weil mein Vater entweder total zugedröhnt oder depressiv war. Nie konnte ich mich auf ihn verlassen. Kein Mensch konnte für mich je ein Anker werden. Leider.

Jetzt fegt Kate ihre Holzschüssel vom Tisch. Scheppernd rutschen die Essensreste und das Besteck über den Fliesenboden. Dann stampft sie durch die Sauerei.

Na toll!

Im nächsten Moment fliegt die Kinderzimmertür hinter ihr ins Schloss. Ich zucke zusammen. Natürlich könnte ich sie jetzt belehren, dass in unserem Haus keine Türen zugeworfen werden, allerdings kann ich ihre Wut verstehen. Es ist furchtbar, wenn die Erwachsenen etwas verheimlichen. Auch wenn es nur zu deinem Besten ist.

»Mommy weg«, piepst Daisy und schlägt mit ihrem Löffel auf den Tisch des Hochsitzes.

Ich stütze meine Ellbogen auf dem Holz der Esstischplatte ab, lasse meinen Kopf in meine Hände fallen. Wie beschreibt man diese Art von Erschöpfungszustand? Es ist eine Mischung aus Müdigkeit, emotionaler Kraftlosigkeit und dem dringenden Gefühl, etwas an der Situation ändern zu müssen. Derzeit sind die Kinder in der Tagesbetreuungen, damit ich, so gut es eben geht, arbeiten kann. Nicht mehr mit journalistischen Fotografien, die mich künstlerisch gefördert haben, sondern mit Modelbildern für die Fast-Fashion-Industrie. Etwas, das ich hasse, jedoch nicht ändern kann. Auf Reisen zu gehen und Tragödien an die Öffentlichkeit zu bringen, um sie in Berichten zusammenzufassen, ist einfach nicht mehr möglich.

Ein Gedanke schleicht sich zwischen meine Sorgen. Eine Hoffnung, die es da schon immer gab. Summer Sky.

Augenblicklich tauchen ihre hellgrauen Augen in meinem inneren Geiste auf. Die dunklen, glatten Haare und ihr Lachen, das heller strahlte, als jede verfickte Sonne es jemals könnte.

Seit knapp zwei Jahren habe ich keinen Kontakt mehr zu ihr und es fühlt sich an, als hätte mich jemand aus meiner Umlaufbahn geworfen. Als würde ich frei in diesem Universum herumschweben und keinen Platz mehr finden. Wann immer ich daran denke, ihr zu schreiben, hindere ich mich daran. Summer und Fall. Kein Sturm, keine Katastrophen. Nur wir. Sie soll nicht sehen, was aus mir geworden ist, denn mein ganzes Leben ist ein Kampf. Ein verdammter Krieg und da kann ich sie unmöglich mit reinziehen.

Kapitel 3

Raphael

2012

Die Hände tief in meinen Hosentaschen vergraben, gehe ich auf Summer zu. Sie steht an die Mauer gelehnt, hat die Kapuze ihres Pullis über die Haare gezogen und raucht genervt. Ohne sie zu fragen, weiß ich, was los ist.

»Dieser verdammte Arsch«, motzt meine beste Freundin da auch schon los, weil sie mich kommen sieht.

Ich stelle mich vor sie, greife nach der Kapuze, die ihr halbes Gesicht verdeckt, und möchte mir die neuen blauen Flecken ansehen. Doch Summer umfasst meine Handgelenke. »Es ist gar nicht so schlimm, Fall.«

Ihr Blick landet in meinem. Gott, wie sehr ich es hasse, dass dieser Kerl ihr das antut. Und wie sehr ich ihre Mutter verabscheue, weil sie nichts dagegen unternimmt.

Wütend stoße ich einen Schwall Luft aus und lehne mich neben sie an die Mauer. »Du könntest eine Zeit lang bei uns wohnen.«

Summer prustet. »Und dann? Sie haben geheiratet, Raphael. Ich werde den Kerl nicht so schnell wieder los.«

Seufzend blicke ich auf den Trailerpark, der uns zu Füßen liegt. Oft treffen wir uns hier oben an einem Sperrgebiet. Es ist das Versorgungszentrum der Stadt und bietet allerdings einen hervorragenden Ausblick. Da das hier viele Jugendliche tun und sich die Polizei nur selten in unsere Ecke der Stadt verirrt, ist diese Straftat okay.

Ein leises Schluchzen trägt die laue Sommerbrise zu mir herüber. Mein Herz zieht sich schmerzlich zusammen. Ich schiebe mich wieder vor sie und stütze eine Hand neben ihrem Kopf ab. Ihr Anblick macht es mir schwer zu atmen und unweigerlich möchte ich, ihrem Stiefvater Schmerzen zufügen. Mit einem Messer. Okay, nein. Ich verletze kein Lebewesen, auch wenn er es verdient hätte.

Summer fixiert eine Stelle auf dem Boden. Sie hasst es, wenn ich ihre Tränen sehe. Ich schiebe meine Finger unter ihr Kinn, hebe es an und erzwinge so, dass sie ihre hellgrauen, geröteten Augen auf mich richtet.

»Scheiße, ich würde den Kerl gerne umbringen.« Knurrend balle ich meine Hände zu Fäusten und hämmere gegen die Betonmauer, hinter ihr.

Zwischen die leisen Schluchzer mischt sich ein Lächeln. »Wenn du in den Knast gehst, untermauerst du die Statistik. Erinnerst du dich?«

Scheiß drauf! Für Summer würde ich alles tun. Von mir aus in den Bau wandern. Seit zwei Jahren ist sie nun an meiner Seite und während es am Anfang, zugegeben, nur ein Versuch war, ihr näherzukommen, habe ich bemerkt, wie sehr ich eine Freundin wie sie gebraucht habe.

Summer haucht mir einen Kuss auf die Wange. Der Tabakgeruch vermischt mit ihrem süßen Deodorant hüllt mich dabei einen Moment ein und lässt mich automatisch wünschen, dass sie den Kuss auf meine Lippen platziert.

»Ich liebe dich dafür, Raphael. Aber ich habe inzwischen knapp Zehntausend gespart. Wenn es gut läuft, habe ich die Fünfzehn zusammen, sobald ich meinen Abschluss in der Tasche habe. Dann bin ich weg.« Sie lächelt. »Dann sind wir weg!«

Und wieder zieht sich mein Herz zusammen.

Das Gefühl in meinem Inneren ignoriere ich. Stattdessen schiebe ich Summers verirrte Haarsträhnen aus ihrem Gesicht.

»Ja. Wir.«

Das Lächeln auf ihren Lippen lässt mich vergessen, dass ich Downhill schon früher verlassen werde. Ohne sie. »Und jetzt schwing dich in meine Kiste. Wir fahren zum Strand.«

Sie rollt die schönen Augen. »Fall!«, jammert sie sofort.

»Heute nicht.«

Ich habe mich schon von ihr losgerissen und gehe auf den alten roten Mustang zu. Das Ding habe ich von einem Kollegen für fünfhundert Mäuse bekommen. Auch wenn ich ständig daran schrauben muss, macht der Wagen mich stolz. Mein erster eigener Besitz.

Über das Dach hinweg sehe ich meine beste Freundin an, die ihre Arme vor dem Körper verschlungen hat.

»Irgendwann musst du schwimmen lernen, Summer. Wieso nicht heute?«

»Weil heute ein beschissener Tag ist!« Sie zeigt auf das Veilchen an ihrer Wange, das nun, wo ihre Kapuze herabgerutscht ist, sichtbar wird.

Ich schwinge mich auf das beige Leder und ziehe die Autotür hinter mir zu. Flink greife ich über den Beifahrersitz, öffne die andere Seite und sehe zu ihr auf. »Na komm schon, Summer. Du liebst das Meer, würdest darin aber absaufen, das ist doch nicht gesund. Außerdem haben wir fantastisches Wetter!« Ich grinse noch breiter. »Und, aus einem schlechten Tag, kann immer ein guter werden, richtig?«

Sie stoßt sich mit einem genervten Schnauben von der Mauer ab und kommt auf mich zu. Erst steckt sie ihren Kopf durch die Tür. »Weißt du, was noch schlecht für mich ist? Die Panik, jedes Mal wenn du mich zwingst, diese komischen Schwimmärmel anzuziehen.«

»Ist mir egal.« Ich starte den Motor.

Summer rutscht neben mich. »Außerdem hat Mrs. Hemsing, meine Englischlehrerin gemeint, dass man schwimmen in stillen Gewässern lernen sollte.«

»Pah!« Ich fahre los, was meine Freundin quietschen lässt, denn ihre Tür ist noch offen. Ihr Schreck wandelt sich in Belustigung. Lachend schnallt sie sich an und schließt eilig die Tür.

»Du bist verrückt, Raphael.« Ihre Stimme klingt so ehrlich. So ungefiltert und authentisch, dass ich mich schuldig fühle. Ich werde ihr das Herz brechen. Ich werde den Sturm in unsere Mitte lassen, obwohl wir diesen immer ausschließen wollten.

Und nur drei Stunden später beobachten wir die absinkende Sonne, die am Horizont verschwindet. Ein paar Möwen ziehen ihre Kreise über uns. Meeresrauschen mischt sich mit Kinderlachen, das zu uns herüberweht. Summer hat ihren Kopf auf meiner Schulter abgelegt, vertilgt ein Chip nach dem anderen und ich genieße dieses wunderbare Gefühl von vollkommener Zufriedenheit. Ich würde gerne behaupten, dass es an dem salzigen Geruch, dem Rauschen und den Möwen liegt, doch eigentlich könnte ich überall sein, solange Summer mit mir dort ist.

»Wir sollten diesen Moment einschließen. Nur für alle Fälle. In ein paar Wochen beginnt die Sturmsaison und dann wäre es doch schön, wenn wir das hier immer bei uns hätten?« Summer hat ihren Kopf gehoben und lächelt mich an. Ihre hellen Augen glitzern und ich weiß, was sie meint. Anfangs durfte ich sie nie fotografieren, doch inzwischen besteht sie sogar darauf, dass wir unsere Erinnerungen festhalten.

Hastig krame ich in der schwarzen Umhängetasche nach der alten Kamera, die ich mir von meinem ersten Gehalt gekauft habe. Mit ein paar Handgriffen stelle ich ein, dass sie per Selbstauslöser eine Reihe von Bildern macht.

Sie rutscht enger an mich heran, ich halte den Fotoapparat in die Höhe, sodass er uns beide drauf hat. Summer formt ein Duckface, ich ziehe eine Grimasse. Es klickt. Einmal, zweimal. Lachend wendet sie ihren Kopf in meine Richtung. Wieder ein Klick.

Ein Kribbeln nistet sich in meiner Magengegend ein. So nah war ich ihr noch nie. Selbst dann nicht, als wir uns um die letzten Froot Loops gestritten haben und deshalb kämpfend auf der Couch gelandet waren. Oder war ihr Mund damals ebenfalls nur einen Zentimeter von meinem entfernt?

Mein Blick fällt auf den leichten Schwung ihrer Oberlippe. Ein Gedanke, den ich bis jetzt nur zu einem einzigen Zeitpunkt hatte, geht mir durch den Kopf. Wie gerne würde ich sie küssen.

Zum ersten Mal dachte ich es unter dem Trailer, bei unserem ersten Zusammentreffen. Sie lag auf dem Rücken und in ihren Augen war eine tiefe Hoffnungslosigkeit abzulesen, die ich ihr nehmen wollte.

»Ich muss da einfach mal eine Sache probieren.« Klick.

»Was …?« Meine Stirn legt sich in Falten, doch ehe ich den Satz fortführen kann, drückt Summer ihre Lippen auf meine.

Klick.

Überrumpelt krampft sich alles in meinem Körper zusammen. Ein Flattern lodert in meinem Inneren auf. Die Kamera rutscht durch meine Finger und alles, was bleibt, ist meine beste Freundin. Ihr Geschmack nach Paprikachips, das süße Eigene und das Salz, des Meeres. Ich öffne meinen Mund, kralle meine Hände in ihr Haar, ziehe sie enger an mich und will, dass dieser Moment für immer bleibt.

Meine Zunge gleitet über ihre Oberlippe. Sie stöhnt leise, sehnsuchtsvoll in meinem Mund und ich ziehe sie noch ein wenig enger an mein Gesicht. Die frische Brise, die zuvor meine Haut abkühlte, erreicht mich nicht mehr. Es ist, als ob die Möwen verstummen, das Kinderlachen verebbt und die Zeit stillsteht. Zurück bleibt nur Summer. Dieses Mädchen, das ich vor zwei Jahren kennengelernt habe und das mir den Mut gab, mehr zu wollen. Mehr von diesem Leben.

Fuck. Wie eine neonpinke, leuchtende Reklame blinkt ein Warnschild in meinem Hirn auf.

Ich reiße meine Augen auf.

Verdammt!

Automatisch rücke ich von ihr ab und schlagartig kehren alle Geräusche zurück.

Schwer atmend sehe ich auf ihren geschwollenen Mund. Ihre dunklen Locken fallen über die Schultern, ihr Brustkorb hebt und senkt sich, die Hände zittern. Ungläubig blickt sie mich an.

»Eh … oh … das …« Summers Finger gleiten zu ihren Lippen. »Es tut mir leid«, will sie beginnen, doch ich schüttle den Kopf.

»Fuck, Summer. Ich gehe.« Stammelnd und viel zu energisch brülle ich ihr die Worte förmlich entgegen.

Das darf nicht wahr sein. Wie lange hatte ich diesem Moment entgegengefiebert? Wie lange schon wollte ich ihr so nah sein?

Ihre Stirn legt sich in Falten. Eine Mischung aus Verwirrung, Unverständnis und Schmerz spiegelt sich in ihren Zügen wider. »Was willst du damit sagen? Du willst … wegen des Kusses? Ich … wollte nicht …«

Seufzend schiebe ich mich wieder näher an sie heran und fasse nach ihren Fingern. Sie sind kalt und beben, obwohl es locker achtundzwanzig Grad sind.

Meine Augen versinken in ihren blauen, die einen seltsamen Schimmer angenommen haben.

»Verdammt, nein. Der Kuss war unglaublich, Summer. Nur, er kommt auch *unglaublich* spät.« Der Schmerz in meiner Stimme ist zu hören und ich gebe mir keine Mühe, ihn zu verstecken.

Wir mögen uns in den letzten Jahren eine Stütze gewesen sein. Ja, manchmal, wenn wir auf dem Parkplatz in meinem alten Wagen saßen und die halbe Nacht redeten, weil keiner von uns nach Hause wollte, gab es nichts außer uns. Diese Freundschaft bedeutet mir mein Leben und dennoch – oder vielleicht genau deshalb – habe ich Summer angelogen. Ich wollte es selbst nicht wahrhaben. Doch es geschieht. In weniger als ein paar Monaten werde ich von ihr Abschied nehmen müssen.

Weder will ich sie verlieren noch mir eingestehen, dass das wahrscheinlich passieren wird.

Nein ... ich würde alles dafür tun, dass wir einander immer nahe sind.

Tief hole ich Luft und krächze: »Ich hasse mich dafür, wirklich. Weil ich nichts sehnlicher wollte, als das hier. Mit dir. Aber ...«

Unverständnis mischt sich in ihren Blick, während sie mich mustert und ihre Finger sich drängender in meine schmiegen.

»Ich habe ein Stipendium in Medienwissenschaften bekommen. In einem halben Jahr könnte ich an die New York University.«

Kapitel 4

Summer

2023

Vornüber tauche ich in das kühle Wasser. Meine Muskeln schmerzen leicht, doch ich fokussiere mich auf die Bewegungen meiner Arme, um nicht unterzugehen. Rasch schwimme ich die ersten Meter in dem See direkt vor meiner Haustür. Schon allein deswegen hätte ich das Grundstück gekauft. Es ist ein Traum am Morgen auf dem Steg zu stehen, den Nebel über dem Weiher zu beobachten und einen Kaffee zu trinken. Das war genau das, was ich mir damals in der Trailersiedlung vorgestellt hatte. Mein eigener kleiner Zufluchtsort in der Natur. Ganz ohne Katastrophen und Stürme.

Ich tauche ab, spüre die Kälte an meinen Schläfen, an meinen Haaren und beginne zu genießen. Die Stille unter Wasser und darüber. Dieses völlige Gefühl, allein zu sein, ohne dass ich einsam bin.

Hätte ich damals nur geahnt, dass ich mich irgendwann einmal so fühlen würde, hätte es geholfen, das Leid zu ertragen. Aber das ist wahrscheinlich die Ironie des Lebens, oder?

Mit einem Ruck hebe ich meinen Kopf aus dem See. Schwer atmend und blinzelnd schwimme ich in die Richtung, in der ich den Steg erwarte. Sobald ich ihn erreiche, drücke ich mich hoch und setze mich auf das Holz. Mit dem darauf abgelegten Handtuch trockne ich mein Gesicht. Ohne Raphael könnte ich dieses sommerliche Morgenritual vergessen. Er war es, der mir das Schwimmen beigebracht hat. Andauernd nervte er mich damit, es zu lernen.

Ein leises Lächeln bildet sich auf meinen Lippen. Er hat mir so viel gezeigt. Wir haben so viel miteinander durch.

Die Erinnerungen an unseren letzten Tag am Meer schleicht sich in mein Gedächtnis. Wie wir zusammen auf dem Sand saßen, ganz nass vom Schwimmen, selig, weil wir einfach beieinander waren.

Automatisch gleiten meine Finger an meinen Mund. Ich schlucke hart. An diesem Tag ist ein Kuss gefallen. Einer von ... von ein paar in all der Zeit, die wir miteinander verbracht haben. Er sagte mir, dass er an einer Universität angenommen wurde. Und anders als man das vielleicht vermuten würde, war ich stolz. Ich habe mich für meinen besten Freund gefreut. Einfach, weil ich wusste, dass wir uns niemals aus den Augen verlieren würden. Dafür ist das, was wir haben, zu gut. Zu perfekt.

Meine Finger fallen auf meinen Schoß. Ich fühle eine Träne auf meiner Wange und wische sie hastig davon. Blinzelnd versuche ich die Gedanken zu vertreiben.

Es *ist* nicht mehr. Es *war*. Denn Raphael hat sich wieso auch immer dafür entschieden, es zu beenden.

Werde ich jemals dazu imstande sein, diese Entscheidung zu akzeptieren? Wird es jemals in meinem Leben keinen Moment mehr geben, der mich in Erinnerungen mit ihm schwelgen lässt? Wird dieses blöde Gefühl, ihm alles erzählen zu wollen, jemals schwinden?

Nein. Ich werde nie bereit sein, Raphael gehen zu lassen. Niemals. Für mich ist und bleibt er ein Teil in meinem Leben. Auch wenn er mich für sein Glück vergessen musste.

Vielleicht lernen wir, masochistisch zu sein, wenn alles um uns herum andauernd zusammenbricht, und der Schmerz das Einzige bleibt, das einem nicht genommen wird. Wahrscheinlich hatte ich auch deshalb das Bedürfnis nach einer heißen Dusche, die alte Box mit Kram aus der hintersten Ecke des Schrankes herauszuholen.

Mit meinen Fingern streiche ich über das Polaroid. Es zeigt Raphael und mich bei unserem ersten Kuss. Eigentlich ist das Bild nur aus Zufall entstanden. So wie wir ... Aber es bedeutet mir unheimlich viel. Nicht mehr und auch nicht weniger als andere Erinnerungen. Trotzdem verursacht dieses ein komisches Ziehen in meinem Inneren. Denn, obwohl wir über Jahre hinweg Freunde sind, habe ich mich immer schon gefragt, *was wäre, wenn ...* Hätten wir eine Chance gehabt, wäre er nicht auf die NYU gegangen? Welche Menschen wären wir wohl jetzt?

Ich betrachte meine jüngere Version auf dem Bild und unterdrücke ein Seufzen. Es muss dämlich klingen, wenn ich mir eingestehe, dass diese Zeit berauschend war. Ja, Mom hatte wieder geheiratet und dann noch einen Mann, der sich mit Fäusten ausdrückte, statt Worte zu nutzen. Dennoch war ich jung, unbeschwert und mit Raphael immer die beste Version meiner selbst. Wie viel wir allein an diesem Tag gelacht haben, hallt noch heute in meinen Erinnerungen wider. Es war schön. Der Kuss war schön. Alles … einfach alles war unsagbar schön an diesem Tag.

Ein Klingeln lässt mich aufschrecken.

Irritiert blicke ich mich um. Mein Handy. Es vibriert auf der Kommode neben der Badezimmertür. Den Schmerz davon blinzelnd, richte ich mich auf und gehe zum Smartphone. Das Display zeigt ein Bild von mir und Faith, das wir letztes Jahr im Winter beim Schlittschuhlaufen gemacht haben.

»Nein, ich mache keinen Rückzieher«, gehe ich ran, weil ich weiß, weshalb meine Freundin anruft.

»Gut. Hast du dich auch rasiert?« Unverblümt wie immer.

»Faith!« Ich öffne entsetzt den Mund und schüttle leicht amüsiert den Kopf.

»Was?« Man kann förmlich hören, wie sie ihre Augen verdreht. Sie stöhnt angespannt. »Man darf doch wohl fragen!« Faith schnalzt mit der Zunge. »Oh, oder gehörst du zu den Frauen, die es natürlich mögen? Das geht selbstverständlich auch.«

Belustigt über ihre Unbeholfenheit grinse ich und öffne die Schublade mit der Unterwäsche. Meine Freundin hat recht. Es ist an der Zeit, dass ich wieder zurück ins Leben kehre. Seit ich von den Reisen zurückgekommen und in Kanada sesshaft geworden bin, hoffte ich auf Raphael. Dass er endlich unseren Traum mit mir lebt. Doch nach zwei Jahren sollte ich mir eingestehen, dass dieser Moment vielleicht nie eintrifft. Und ich muss nach vorne blicken. Neue Bekanntschaften schließen. Ausgehen. Sex haben.

»Okay, was soll ich deiner Meinung nach anziehen?«

»Du hast doch dieses weiße Kleid, das mit den Blümchen«, sagt sie aufgeregt.

Meine Stirn legt sich in Falten. »Hm …« Ich nehme mir die rote Spitzenwäsche aus dem Schrank und werfe sie auf mein Bett. »Sind Blümchen nicht zu bieder?« Mit einem Ruck öffne ich den Schrank, an der gegenüberliegenden Seite. Einige Teile darin habe ich schon gefühlt mein ganzes Leben. Sie sind ich in irgendeiner Form, deshalb kann ich sie auch nicht entsorgen. Da ist das Crop-Top, welches ich trug, als Raphael mir die Haare hielt und ich mir die Seele aus dem Leib kotzte. Die Schlaghose, die mit gelber Farbe bekleckert ist, weil wir den alten VW-Bus zusammen gestrichen haben.

Mein Herz wird schwer bei all den Erinnerungen. Aus Sehnsucht, aus Liebe, aus Angst, dass sie tatsächlich nur noch ein Überbleibsel aus meinem alten Leben sind. Vieles hat sich geändert. Ich bin keineswegs mehr das unnahbare Gör, das lieber rebellierte, statt an eine Universität zu gehen. Zigaretten gehören der Vergangenheit an, Alkohol nur noch in Maßen und Partys habe ich ganz abgeschworen. Ist einfach nicht mehr mein Ding. Ach und die pinken Haarsträhnchen sowie Rastazöpfe-Phase habe ich ebenfalls überwunden.

So wie es Raphael nun mit mir macht.

Vielleicht ist es seine neue Familie, sein neues Ich. Könnte ja sein, dass er mich verbannt hat, wie ich die alten Klamotten in den Schrank. Vielleicht sieht er sich manchmal Fotos von uns an und lacht, aber das war es dann auch schon. In seinem neuen Leben bin ich vielleicht einfach nicht mehr relevant.

»Bieder?« Faiths Stimme hallt durch das Telefon und

reißt mich aus meinen Gedanken zurück vor meinen Kleiderschrank. Offenbar steht meine Freundin etwas von ihrem Handy entfernt. Wahrscheinlich malt sie. Wenn Leah, ihre Frau, sich um die Pension kümmert, macht Faith das eigentlich ständig.

»Du hast recht. Ich bin fünfundzwanzig. Ein Blümchenkleid ist wahrscheinlich genau das Richtige zu einem Date mit einem Tierarzt«, murmle ich und greife nach dem besagten Stück. Es war ein eindeutiger Rebellionskauf, weil ich mich endlich als Erwachsene sehen wollte, nachdem ich das Haus gekauft und einen Job gefunden hatte. ›Hey, seht her! Ich bin Summer aus der Gosse, die sich hochgearbeitet hat.‹ Oder so.

»Ja.« Es klappert in der Leitung. Faith hat wohl ihre Palette beiseitegelegt und tritt näher an das Handy. »Was macht ihr überhaupt?«

Ich zucke aus Reflex mit den Schultern, drücke auf den Lautsprecherbutton und werfe das Smartphone in die Laken meines Bettes. »Keine Ahnung. Er meinte, er holt mich ab.«

»Sexy!« Im letzten Jahr wurde Faith eine richtig gute Freundin. Die Abende in ihrer Pension mit ihrer Frau Leah sind zu einem festen Bestandteil meiner Wochenenden geworden. Lustig, wenn man bedenkt, wie lange unsere Verbindung schon besteht und dass wir uns erst, seit ich hier wohne, richtig kennengelernt haben. »Da ich den ganzen Abend zu Hause mit *E.T.* verbringe, kannst du immer anrufen, wenn du Hilfe brauchst. Leah hat heute die meist gefürchtete Spätschicht.«

Dass ihre Katze den Namen eines Außerirdischen trägt, brachte mich anfangs andauernd zum Lachen. Kichernd entledige ich mich meines Bademantels und streife die Unterwäsche über meine Beine. »Er wird mich nicht verschleppen, Faith. Ich bin seine Angestellte.«

Sie zieht scharf die Luft ein. »Vor Kurzem habe ich ein Buch gelesen, da …«

»Es sind Bücher. Fiktiv. Keineswegs das echte Leben. Da passieren solche Dinge nicht.« Sonst wäre ich heute mit Raphael hier und nicht allein.

Faith schnalzt mit der Zunge und ich kann förmlich sehen, wie sie kampflustig die Arme unter ihrer Brust verschränkt. »Okay, dann kann ich mir auch Siebzigerjahre Mucke auflegen und mir die Kante mit einem Merlot geben.«

»Kannst du.« Lachend ziehe ich das Kleid über meinen Kopf und zerzause mir damit sicherlich die Haare.

Kurz herrscht Schweigen am anderen Ende der Leitung. Fast glaube ich, dass meine Freundin beleidigt ist.

»Es ist schön, dass du ausgehst«, sagt sie dann aber und es klingt angenehm verträumt. Leise seufzt Faith, was dazu führt, dass meine Wangen erhitzen. Meine Finger kribbeln und ein warmes Gefühl breitet sich im Rest meines Körpers aus. Es tut gut, wenigstens eine Freundin in meinem Leben zu haben. Jemand, der einfach da ist.

Leah ist ebenfalls großartig, doch statt mit uns zu quatschen, liebt sie das Kochen, schaut gerne Sportsendungen oder werkelt an der Pension herum.

»Danke«, hauche ich und halte einen Moment inne. »Kommst du morgen Früh zum Brunch?«

»Aber hallo!« Damit ist die gewohnte, überschwängliche Art von Faith zurückgekehrt. »Ich will alles wissen. Von der Schwanzlänge, bis hin zum …«

»Gott!«, unterbreche ich sie. »Gerade war ich noch froh, dich meine Freundin nennen zu können.« Mit den Augen rollend gehe ich zu meinem Handy, während Faith kichert. »Ich lege jetzt auf«, teile ich ihr mit.

»Viel Spaß!«, flötet sie.

Ich kappe die Verbindung, atme einen Moment durch und drehe mich dann um. Kaum habe ich den Laptop aufgeklappt, führe ich den Cursor auch schon zu meinen Nachrichten. Es kann ja sein, dass ich einfach etwas übersehen habe. Keine Briefe, keine E-Mail, keine WhatsApp, aber vielleicht eine SMS, die fälschlicherweise nur auf meinem Notebook sichtbar ist ...

Sobald ich seinen Namen eingegeben habe, tauchen alle Nachrichten auf. Die letzte von vor zwei Jahren.

Diese Hoffnung ist ein Arschloch.

Ich klicke auf *die* Nachricht. Die, die unsere Geschichte endlich gemacht hat, ohne dass ich es damals ahnte.

Hello Summersky,

dein Brief ist angekommen! Geile Fotos. Ich kann es kaum erwarten, dich mit den Kids und Jen dort zu besuchen. Erzähl mir alles über Kanada, ich muss wissen, wie es dort ist. Wie du dich fühlst und ob du mich vermisst. Okay, letzteres ist Quatsch. Hoffe ich. Denn du fehlst mir mehr als irgendetwas auf dieser Welt.

Mir geht es gut, danke der Nachfrage. Das Geschäft läuft, aber seit Daisys Geburt, reise ich nicht mehr so viel. Ebenso wie du, komme ich an. Zwar in New York (stell dir hier einmal vor, wie ich frustriert in meine Hand puste :D), aber wir, du und ich, leben unser Leben fernab von irgendwelchen Stürmen. Wir haben es geschafft.

Verdammt, Summer. Ich möchte nichts mehr, als dich in den Arm zu nehmen. Nichts mehr als das.

Aber ein Lichtblick! Sobald die Kleine sechs Monate alt ist, steige ich in den ersten Flieger.

Ich liebe dich, Fall

Hör auf zu heulen!

Mit einem Ruck klappe ich das Notebook zu.

Es reicht. Es muss reichen. Bis hier und nicht weiter. Ja, er ist dein bester Freund und ja, ihr habt viel miteinander erlebt.

Doch das Leben muss weitergehen. Du kannst nicht hier sitzen, die Bilder von ihm anstarren, seine Nachrichten lesen und hoffen, dass ein ... ein Wunder geschieht. Du musst loslassen.

Der Wind streicht durch mein Haar und entlockt mir ein Lächeln. Jake hat mich mit seinem Porsche abgeholt, ich habe die Augen geschlossen und genieße die frische Luft, die durch das Fenster streift. Leise dudelt irgendein Popsong aus den Lautsprechern. Ich atme den Geruch von Lavendel ein. Dieser Moment ist wunderschön. So schön, dass ich meine Augen öffne und meinen Kopf zu Jake wende, um ihn anzugrinsen.

»Was ist los?« Auf seiner Stirn hat sich eine leichte Furche gebildet. Lachfältchen zeichnen sich neben seinen Augen ab.

»Ich genieße den Tag«, lasse ich ihn wissen und bin dabei einfach nur ehrlich. Es gab eine Zeit, da hätte ich meine Verletzlichkeit niemals preisgegeben. Doch das Leben, Raphael und all die anderen wundervollen Momente haben mir gezeigt, dass Schwächen mich erst zu einem Menschen machen.

»Das beruhigt meine Seele, Summer. Ich dachte schon, du gehst vielleicht aus Mitleid mit mir aus.«

Ein Kribbeln breitet sich in meinem Inneren aus.

»Nein.« Ich wende meinen Kopf zurück zum Fenster und spähe auf die Lavendelfelder, die an uns vorbeiziehen. Keine Ahnung, was er eigentlich mit mir vorhat, aber inzwischen freue ich mich sogar richtig darauf. »Es ging dabei um jemanden, auf den ich seit Jahren warte«, vertraue ich mich Jake an.

»Oh.«

Hastig drehe ich mich wieder zu ihm um und hebe beschwichtigend die Hände. »Also, nein. Ich ... Er ist mein bester Freund. Er hat mich mein halbes Leben begleitet und ...« Ich unterbreche mich, weil das dann doch schon etwas zu weit geht, oder? Bin ich bereit, mit ihm über mich und Raphael zu sprechen? Klar, ich kenne Jake. Er ist mein Vorgesetzter, aber sind wir uns so nahe, dass er verstehen könnte, was ich durchmache?

»Du musst es nicht erklären, Summer. Es ist einfach nur schön, dass du heute mit mir hier bist. Und das nicht aus Mitleid.« Er greift über die Mittelkonsole nach meiner Hand und drückt sie leicht.

Mein Herz wird warm. Augenblicklich ziehen sich meine Mundwinkel nach oben. Als er seine Finger wieder zurückziehen möchte, halte ich sie fest. Ich will ihn noch nicht loslassen, denn diese Verbindung schenkt mir Wärme. Weil ich Jake mag und weil das nicht bedeutet, dass ich Raphael dafür aufgeben muss. Wir werden ewig Freunde sein. Nichts kann die Erinnerungen mit ihm trüben. Nichts.

Kapitel 5

Summer

2014

Wo steckst du?

Gleich da.

Vielleicht erkenne ich dich gar nicht wieder :D

Summersky, es war ein Jahr und kein Jahrzehnt.

Lange genug, wenn du mich fragst!

»Ja, viel zu lange.«

Ich hebe meinen Kopf vom Smartphone und sehe in die dunkelbraunen Augen, die ich so lange vermisst habe. Sofort schießen Tränen in meine Augen. Raphael wirft sein Gepäck auf den Bahnsteig.

Ehe er seine Arme für mich öffnen kann, schlinge ich meine schon um seinen Hals.

Er lacht rau und taumelt etwas, drückt mich aber an sich, als hätte er das Wertvollste in seinem Leben gerade wieder zurückerhalten. Das liebe ich so an uns, an ihm. Es ist nie so, als wären wir lange getrennt gewesen.

Raphael schiebt seine großen Hände in mein Haar und drückt mich enger an sich. Sein Atem streift meine nasse Wange.

»Verdammt, ich habe deinen Geruch vermisst.«

Ein leises Kichern dringt durch meine Kehle, während ich mich an seinem Kapuzenpulli festkralle. Nie wieder werde ich ihn loslassen.

»Wobei.« Ich höre, dass er spielerisch mit sich ringt. »Du hast noch immer nicht aufgehört, zu rauchen, und deshalb stinkst du nach Kippen.«

Okay. Hastig entziehe ich mich ihm und stoße gegen seine Schulter. »Du hast den Hang, jegliche schöne Situationen kaputt zu machen.« Ich beuge mich zu seinem Zeug und schultere eine seiner Taschen.

Sein Lachen setzt einige euphorische Schmetterlinge in meiner Magengegend frei. Trotzdem gehe ich einfach davon.

»Wolltest du es nicht mit Kaugummis versuchen, Sum? Meintest du nicht, es kostet zu viel Geld und du musst sparen für deinen Bus?«

Ich drehe mich zu ihm um und laufe rückwärts weiter. Schulterzuckend greife ich in meine Jackentasche. »Fred hat mir die gekauft.«

»Dieser Typ geht mir auf die Eier.« Mein bester Freund rollt mit den Augen.

»Mir auch«, stimme ich ihm zu. »Heute Abend ist seine Party und rate mal?« Statt Raphael zu Wort kommen zu lassen, sage ich: »Er hat mich nicht gefragt, ob ich danach bei ihm bleibe.«

»Spielt mir in die Karten.« Fall zuckt mit den Schultern und zwinkert. Mit meiner freien Hand stecke ich mir die Zigaretten zwischen den Lippen an. »Vielleicht ist es aber auch besser, schließlich bin ich in zwei Wochen sowieso weg.« Ich puste den Rauch aus und werde langsamer, um neben meinem besten Freund zu laufen. »Wie ist das Studium?«

Raphael grinst. »Gut, ich werde die Semesterferien bei Hearst Corporation verbringen, die Magazine wie Men's Health und Runner's World herausbringen.«

Meine Augen werden groß. Ich halte inne und schüttle unglaubwürdig den Kopf. »Und das sagst du mir mal eben nebenbei?«

Wieso ist er so bescheiden? Jedes Mal, wenn wir miteinander telefonieren, darf ich mich zuerst über alles in meinem Leben beschweren, bevor er mit all den Neuigkeiten herausplatzt. Sein Leben hat Glitzer und Glamour, während meines stinkt!

Er zuckt mit den Schultern. »Es ist nur ein Praktikum.«

»Um das sich sehr viele Studenten reißen! Du bist ein gefragter Journalist, verdammt.«

»Aber auch wieder ein paar Ferien ohne dich.«

Daher weht also der Wind. Ich schnalze mit der Zunge, lege, so gut es geht, einen Arm um seinen Hals und grinse ihn an.

»Kein Problem. Ich werde sowieso irgendwo in Amerika mit meinem Camper herumfahren.«

Raphaels besorgter Blick erreicht mich. »Und du willst das wirklich machen? So ganz allein?«

Ich winke mit der Hand, in der die Zigarette vor sich hin qualmt, ab. »Du kennst mich, Fall? Ich komme gut ohne Hilfe zurecht. Schließlich gab es auch dreizehn Jahre vor dir. Und wo könnte ich sicherer sein, als weit weg von meiner Mom und ihrem Macker?«

Er lacht. »Okay ...« Raphael drückt mir im Gehen einen Kuss auf die Wange. »Dann feiern wir unsere Erfolge doch und sprengen diese Party heute Abend.«

Es ist voll, stickig und riecht nach Unmengen von unterschiedlichem Alkohol und Gras. Diese Partys sind in der Oberstufe üblich. Alle versammeln sich bei einem Schüler zu Hause, dieser verliert die Kontrolle über die Gäste und dann arten diese Feiern meist komplett aus. Deshalb mag ich sie.

»Ich hasse es.«

Lachend schlage ich Raphael auf die Schulter.

»Nein, im Ernst. Hier kann man sich doch nur lächerlich machen und dann ist man das Schulgespräch der nächsten Wochen.«

»Woche. Schließlich gibt es jeden Samstag eine neue vermeidliche Schlagzeilen-Situation«, korrigiere ich ihn und recke meinen Kopf, um nach Fred zu suchen. »Außerdem wohnst du rund sechshundert Meilen von hier entfernt! Du musst dir keine Gedanken über irgendein Gerücht machen.«

Da ist er ja! Ein beflügeltes Grinsen breitet sich auf meinem Gesicht aus, als ich meinen Freund in der Menge entdecke. Nachdem ich heute Nachmittag doch noch mit Fred geschrieben habe, steht fest, dass wir den Abend auf unsere Weise genießen wollen. Wenn auch nur kurz. Und er soll Raphael kennenlernen. Unbedingt.

»Da ist mein Freund.« Ich drehe mich zu Fall um, der

seinen ersten Drink kippt und unbeeindruckt nickt, als ich auf den Quarterback zeige.

Das Haus von Freds Familie ist riesig und eignet sich deshalb hervorragend für Highschool-Partys. Sie haben einen Pool im Garten, ein Waldstück und ewig viele Quadratmeter, weshalb sich zig Menschen allein im Wohn- und Essbereich tummeln. Mein Freund lehnt am Tresen, der durch die offenen Schiebetüren zur Küche, erkennbar ist.

Ich schiebe uns durch die Menschenmengen und entschuldige mich, wenn wir dabei jemanden anrempeln. Als wir uns endlich durch alle durchgekämpft haben, stolpern wir förmlich aus den Massen heraus. Erneut suche ich mit den Augen den Tresen ab, an dem Fred gerade noch gelehnt hatte.

»Eh …« Raphael meldet sich zu Wort. Seine Stimme klingt benommen. Wahrscheinlich ist er schon etwas beschwipst, immerhin hat er auf dem Weg hier her schon ordentlich gebechert. »Ich glaube, ich habe *deinen Freund* gefunden.« Seine Stimme ist mehr ein Knurren und noch bevor ich seinem Blick folgen kann, weiß ich, dass Fred sich gerade wie ein Arsch verhält. Seit vier Monaten gehen wir nun schon miteinander und eigentlich ist er wirklich ein toller Typ, wenn er sich nicht ständig wie ein Idiot aufführen würde, wenn wir in der Öffentlichkeit sind.

Als ich mich an den letzten Gästen vorbeischiebe, macht mein Herz einen Satz. Nun erkenne ich, dass Fred nicht allein in der großzügigen, hellen Küche steht. Mit ihm sind noch ein paar weitere Feierwütige dabei, Tequila zu kippen. Das ist es aber nicht, was mich irritiert. Es ist vielmehr Jasmin, die neben Fred steht, und wie selbstverständlich eine Hand auf seinem Hintern abgelegt hat.

Meine Kinnlade klappt nach unten, als ich sehe, dass er mit dem Arm ihre Hüfte umfasst. Sie sehen einander an, als würden sie sich gleich ausziehen wollen. Obwohl da an Jasmin nicht viele Klamotten dran sind, die wegkönnten. Kichernd hält sie ihm ihren Shot entgegen. Ich beobachte, wie sie das kleine Gläschen zwischen ihre Brüste steckt und er gierig ihren Bewegungen folgt.

Hart schlucke ich.

»Dieser Wichser!« Raphael möchte sich von meiner Hand losreißen. Offensichtlich ist auch ihm nicht entgangen, was hier gerade abgeht. Schnell halte ich meinen besten Freund zurück. »Nein!«

Noch weniger, als die sich anbahnenden Tränen hinter meinen Augen, kann ich nun einen Streit gebrauchen.

Raphael wirbelt herum, da ich ihn am Handgelenk gepackt habe und so davon abhalte, weiterzugehen. Mit geballten Fäusten und bebenden Nasenflügeln sieht er mich an, dann presst er die Lippen aufeinander und wirft Fred einen Blick zu. Mein ›Freund‹ hat sein Gesicht tief in Jasmins Dekolleté vergraben, um den Tequila zu trinken.

In mir bricht etwas, das ich nicht in Worte fassen kann. »Dieser verfickte Kerl wird jetzt ganz sicher lernen, wie …«, knurrt Raphael, was fast in der Musik um uns herum untergeht.

Natürlich war er es gewesen, der sich in den letzten Monaten oft mein Gejammer über Fred anhören musste. Schließlich ist er kein Kind von Traurigkeit. Es ist nicht das erste Mal, dass ich diesen Idioten im Dekolleté einer anderen vorfinde. Andauernd wenn Fred betrunken ist, benimmt er sich wie ein Arsch. Nur um am nächsten Tag bei mir anzukommen und sich im großen Stil zu entschuldigen.

Es klingt sicherlich dämlich, wenn ich dem Alkohol die Schuld für sein Verhalten gebe. Verdammt ... Manchmal glaube ich, immer mehr wie Mom zu werden.

»Nein.« Ich schüttle heftiger den Kopf und trete näher an Raphael heran. Obwohl wir umringt sind von Menschen und die Musik unendlich laut ist, fühlt es sich in diesem Moment an, als wären wir ganz allein. Ich bin meinem besten Freund unendlich dankbar, dass er mich so verteidigt. Aber ...

»Lass dich nicht auf dieses Niveau herab, Fall.«

Geht es wirklich darum, Summer? Oder fürchtest du dich davor, allein zu sein? Denn dein bester Freund ist meilenweit entfernt und du ziemlich einsam, wenn Fred mit dir Schluss macht.

Stumm blicken Raphael und ich uns an. Sicherlich sind es nur Sekunden, in denen viele unterschiedliche Emotionen über sein Gesicht huschen. Doch es fühlt sich an, als würden Stunden während unseren Blickkontakts vergehen.

Langsam lockert sich die Muskulatur an seinem Kiefer. Seine Schultern sacken ab und er wirkt, als gäbe er sich geschlagen.

Er wuschelt sich durch sein Haar, sieht zur Decke und grummelt leise, ehe er sagt: »Fein!«

Dankbar und erleichtert atme ich aus. Kurz schließe ich die Augen, da es sich so anfühlt, als würde mir ein Stein von meinem Herzen fallen. Wenn Raphael ihn geschlagen hätte, wäre das nicht gut ausgegangen. Mein bester Freund macht, seit ich ihn kenne, Kampfsport. Früher habe ich es ihm nie angesehen, doch nun zieren Sehnen und Muskeln seine Arme. Fred ist nicht gerade ein Leichtgewicht und es ist seine Party. Mit Sicherheit würden seine ›Jünger‹ aka das Footballteam ihn unterstützen. Einer gegen etwa dreiunddreißig ist nicht nur unfair, sondern auch unmöglich.

»Aber eine Sache muss ich machen.« Ehe ich fragen kann, was er meint, zerrt mich mein bester Freund in Richtung Küche.

Wir schreiten durch die Schiebetür, ich stolpere förmlich in den Raum, sodass wir direkt vor meinem Freund zum Stehen kommen. Es ist offensichtlich, dass er ganz vertieft in Jasmin ist, denn er schaut nicht einmal auf, als ich mich räuspere.

Tiefer Hass überkommt mich. Sofort rebelliert mein Magen und der Raum beginnt sich zu drehen.

»Hey.« Raphael stiert meinen Ex an. Fred legt seine Stirn unverständlich kraus und schaut zu meinem besten Freund, ehe er nun anscheinend auch von meiner Wenigkeit Kenntnis nimmt. Schnell verändert er seine Position und steht deshalb nicht mehr an Jasmins Oberweite gepresst. Beschwichtigend hebt er die Hände, die er eben noch um ihre Brüste gelegt hatte. Wie ein beschämter Hund sieht er mich an. Ich bemühe mich, meine Enttäuschung und meine Trauer zu verbergen. Doch der Kloß in meinem Hals wird drängender.

»Das ist nicht so, wie es aussieht, Sumsum. Jasmin ist doch nur eine Freundin.« Fred grinst schief und erinnerte mich damit an die Neandertaler, die wir uns beim letzten Schulausflug im Museum angeschaut haben. Als würde dieser Idiot nicht wissen, dass er gerade Mist gebaut hat. Ich bin nicht blöd. Vielleicht naiv und glutgläubig, einsam und ängstlich – aber nicht komplett bescheuert. Ich weiß, dass er mich betrügt. Nicht nur heute, sondern ständig. Das ist es, was ich in Kauf nehme, um ihn nicht zu verlieren.

»Natürlich. Wenn Freunde dir auch einen blasen ist das ja ziemlich nett«, kontere ich.

Wow. Obwohl ich in meinem Inneren die Angst verspüre, die mich immer begleitet, wenn ich Fred die Stirn biete, erfüllt mich eine Stärke. Eine, die von Raphaels und meinem Händedruck ausgeht.

»Schließlich weiß jeder, was die mit den Kerlen macht.«

Ja, es ist nicht richtig, auf Jasmin loszugehen, doch ich nicke in ihre Richtung. Es ist, als würde der ganze Hass, den ich in den letzten Wochen ständig heruntergeschluckt habe, nun einen Weg an die Oberfläche finden.

Jasmin zieht empört die Luft ein, doch ich ignoriere sie.

»Kannst du nicht einfach Schluss machen?«, schreie ich Fred an und ziehe damit sicherlich ein paar Blicke auf mich. Doch es ist mir egal. In diesem Moment fühle ich mich endlich bereit, Fred all das zu sagen, was mir seit Wochen auf der Seele brennt. Schließlich bin ich nicht allein, oder? Raphael ist immer an meiner Seite. Wenn nicht physisch, haben wir in den letzten Wochen jeden Tag geschrieben und andauernd telefoniert. Wahrscheinlich finde ich deshalb keine anderen Freunde. Wer könnte Raphael auch ersetzen?

Ich brauche keinen Mann in meinem Leben, der es noch schlimmer macht, als es ist, verdammt. Ich brauche ihn.

Mein Blick fällt automatisch auf Fall, der mich mit einem verwunderten und fast schon stolzen Ausdruck im Gesicht beobachtet. Er grinst und umschließt meine Finger noch fester.

»Baby«, säuselt Fred und tritt näher an mich heran. Doch ehe ich mich ihm zuwenden kann, stellt sich Raphael zwischen uns. Er hat meine Hand losgelassen und stiert meinen Freund auf eine Weise an, die einem wütenden, fletschenden Hund gleicht. »Fass sie nicht an.«

»Sonst was?« Fred verdreht belustigt die Augen und beginnt zu lachen. Offensichtlich ist die geladene Stimmung im Raum nicht nur für mich zu spüren. Auch wenn sich nicht ganz so viele Menschen in der Küche aufhalten und einige davon einen glasigen, betrunkenen Blick haben, scheinen sie gespannt darauf zu warten, was als Nächstes zwischen Raphael und Fred passiert.

»Sie hat etwas Besseres verdient als dich, du Lappen!«, bleibt mein bester Freund zu meiner Überraschung gelassen. Als hätte unser kurzer Augenkontakt dafür gesorgt, dass ich mich stärker fühle und er ruhiger wird. So war das schon immer. Als würden wir uns gegenseitig ausgleichen, wie die Sommerblüten und das farbenfrohe Gewand vom Herbst.

»Ach ja, und lass mich raten, das bist natürlich du.« Fred gibt einen Laut von sich, der sich anhört wie ein amüsiertes Schnauben. Einige um uns herum stimmen mit ein und ich merke, dass jemand die Schiebetür zur Küche geschlossen hat, sodass die Bässe nun nur noch gedämpft durch die Tür dringen. Alle Augen sind auf die beiden gerichtet.

Raphael zieht langsam eine seiner Brauen nach oben. Seine Schultern flachen ab, sein Kiefer entspannt sich und ein leises Lächeln bildet sich auf seinem Mund. Er wirft mir einen Blick zu, den ich nicht deuten kann. Automatisch legt sich meine Stirn kraus, doch ehe ich ihn fragen kann, was los ist, wendet er sich von Fred ab. Raphael hebt seine Hände, legt sie sanft um mein Gesicht und zieht mich ihm nächsten Moment an sich. Ich halte die Luft an, atme aber gleichzeitig seinen Duft ein. Geht das? Keine Ahnung. Mit Raphael ist alles möglich.

Gierig öffne ich meinen Lippen, als er mit seinen darüber streicht. Seit zwei Jahren sehne ich mich nach eben diesem Augenblick. Nach ihm. Nach allem, was er mir in unserem letzten Kuss mitteilte. Dass er für mich da ist, mich beschützt und mich niemals verlassen würde.

Ich öffne meinen Mund, gewähre Raphael Zutritt zu mir, zu meinem Herzen und bin unendlich. Alles in meinem Inneren wird weit.

Er schmeckt nach Herbst, nach zu Hause, nach einem lauen Nieselregen und Lachen. Nach so viel, dass mir schwindelig wird und doch nach nichts, weil mein Gehirn jegliche Funktionen einzustellen scheint. Unwillkürlich schlinge ich meine Arme um ihn und ziehe ihn noch näher an mich. Und er lässt es zu. Er vertieft den Kuss. *Verdammt, er tut was?*

Haben wir nicht vor einem Jahr den gleichen Fehler begangen und uns darauf geeinigt, es nie wieder zu tun? Wir sind Freunde. Freunde ... Freunde ... Oder? Sind wir mehr? Schon immer? Könnte das der Beginn sein?

»Okay, es reicht.« Ich spüre eine Berührung an meinem Arm. Jemand packt mich, zieht an mir, doch ich schaffe es nicht, meine Augen zu öffnen. Es geht nicht. Denn ich bin angekommen.

»Ey, ist das dein Ernst?!« Freds Stimme ist scharf. Verdammt ...

Fred!

Ich kehre zurück in das Jetzt. Hektisch öffne ich meine Augen und blicke erschrocken in die von Raphael. Schlagartig wird mir schwindelig. Was habe ich getan?! Was haben wir getan?

Hastig sehe ich zwischen Fred und meinem besten Freund hin und her. Bis ich wieder in die fast schwarzen Iriden starre, die mir alles auf dieser Welt bedeuten.

Ich kenne Raphael seit knapp fünf Jahren. In all der Zeit erlebten wir unheimlich viel. Seien es die Nächte, in denen wir in seinem Auto verweilten oder das Zählen von Sternen am Strand. Wie wir uns totgelacht haben, als

Moms Kerl sich fast wegen einer Tornadowarnung in die Hosen geschissen hat.

Wir kennen uns gefühlt das halbe Leben. Immer konnte ich von seinem Gesicht ablesen, was gerade in ihm vor sich ging. Aber nicht jetzt. Jetzt sehe ich in seinen Augen, was ich fühle. Eine Leere. Ein mattes Nichts, weil ich keine Ahnung habe, was das zu bedeuten hat.

Passiert das hier wirklich? Sind wir ... Setzen wir hier erneut etwas aufs Spiel, das wichtiger sein sollte als ein Flirt?

»Hey, Sumsum, alles okay?« Fred rüttelt schon wieder an mir. Offenbar hat er nicht einen Funken Empathie übrig. Selbst ein Blinder würde doch checken, dass ich gerade nicht okay bin!

›*Nein*‹, möchte ich schreien. Denn ich ertrage dieses Wirrwarr in meinem Kopf nicht. Da sind so viele Emotionen. Freude, Liebe, unendliche Liebe, Hass, Wut, Verzweiflung, Trauer und Enttäuschung. Ist es möglich, so viel auf einmal zu fühlen? Können Menschen sterben, weil sie zu viel empfinden?

Es fühlt sich so an. Mein Herz schmerzt, in meinem Kopf pocht etwas heftig und sorgt dafür, dass ich blinzeln muss, um klar zu sehen. Alles dreht sich, in meinem Inneren hat sich ein Druck eingenistet und ich ... ich kriege keine Luft. Oh Gott ...

Energisch fasse ich an meine Brust, um meine Faust gegen sie zu pressen. Vielleicht kann ich das Gefühl der Zerrissenheit in mir so im Zaum halten?

Da Fred erneut versucht, nach mir zu greifen, hebe ich abwehrend die Hände. »Fass mich nicht an!«, blaffe ich ihm entgegen und taumle einen Schritt zurück.

Ich kann nicht mehr. Nein.

Einen letzten Blick werfe ich meinem besten Freund

noch zu, bevor ich eilig in der Menge verschwinde. Ich ertrage die ganzen Gefühle einfach nicht.

Ich muss hier raus.

Raphael

Scheiße, was war das?

Mein Puls rast. Verloren stehe ich in der offensichtlich teuren Küche und starre meiner besten Freundin nach. Überstürzt ist sie durch die Schiebetür verschwunden. Und ich kann es ihr nicht verübeln.

»Mann, musstest du sie küssen?« Dieser komische Typ stellt sich mir in den Weg. Weicher als vorhin sieht er mich an. Ein Seufzen stiehlt sich aus seiner Kehle, als wolle er mir sagen, dass ich es verkackt habe. Ich? Ey, dieser Kerl hat echt 'n Problem!

Wütend schubse ich ihn zur Seite, um an ihm vorbeizugehen. Ich muss Summer hinterher. Verdammt, keine Ahnung, was mich gerade geritten hat. Doch seit ich ihr heute am Bahnsteig entgegengerannt bin, möchte ich nichts mehr, als sie in meine Arme zu schließen und zu küssen. Es ist wie ein Drang. Als wäre ich süchtig nach ihr. Nach ihrem wunderschönen Mund, der so himmlisch schmeckt, dass selbst Schokolade gegen ihn keine Chance hätte.

Aber wir hatten das Thema schon. Wir haben uns am Strand geküsst und uns darauf geeinigt, es zu vergessen. Diese Freundschaft ist letztlich mehr als das. Summer hat schon genügend Menschen in ihrem Leben verloren.

Ich dränge mich durch die Massen im Wohnzimmer

und kann Summers rotes, kurzes Kleid in der Menschenmenge ausmachen. Als sie sich vorhin dafür entschieden hatte, verfluchte ich die gesamte Welt. Denn ich hatte keinen Plan, wie ich es neben ihr aushalten sollte, wenn sie so hervorragend aussieht. Doch nun bin ich dankbar, denn die Signalfarbe sorgt dafür, dass ich sie nur schwer aus den Augen verlieren kann.

Ich schiebe mich entschuldigend an den tanzenden Massen vorbei, halte Summers Rücken dabei fest im Blick und ... Verdammt! Einige Mädels versammeln sich kichernd um mich, da eine von ihnen ihr Getränk auf mir verschüttet hat.

Ein süßlicher Geruch dringt in meine Nase. Sofort durchweicht mein Shirt und klebt im nächsten Moment an meinem Oberkörper.

»Sorry«, gackert die Blonde und verzieht entschuldigend das Gesicht, da ich fluchend innehalte. Kurz begutachte ich das Malheur auf dem Stoff, ehe ich meinen Kopf wieder hebe, um Summer zu suchen.

Doch sie ist verschwunden.

Fuck.

»Soll ich dir etwas ho...«, beginnt die junge Frau, doch ich winke nur ab und haste weiter.

Scheiß auf das nasse Shirt. Ich muss zu Summer und retten, was ich angerichtet habe. Wieso musste ich diesem drängenden Gefühl auch nachgeben und sie küssen?

Die Fäuste geballt, komme ich in der Diele zum Stehen. Ich drehe mich im Kreis, spähe nach den dunklen Locken meiner besten Freundin, doch kann sie einfach nicht mehr ausmachen.

Verdammt. Ich taumle ein wenig zurück und lehne mich mit dem Rücken gegen die einzige freie Stelle an der Wand im Flur.

Die Musik dröhnt durch die Räume. Der Geruch nach Alkohol und Gras liegt in der Luft. Gegenüber von mir steht ein Kerl, umringt von zwei Mädels, die ihm den Rücken streicheln, weil er in eine Vase kotzt.

Ich verziehe das Gesicht. Nur kurz lenkt mich dieses Szenario von allem ab, was in mir vor sich geht.

Tief hole ich Luft. Dieses Gefühl ihrer Lippen auf meinen brennt sich gerade in mein Unterbewusstsein. Nie werde ich vergessen können, wie außergewöhnlich es sich anfühlt, Summer Sky zu küssen. Es ist wie das Fotografieren. Immer wieder neu. Scheiße schön und heftiger als jeder Sturm, den wir in Downhill erlebt haben. Meine Muskeln zittern, weil ich überwältigt bin. Von Summer. Von ihrer Kraft und dem, was sie damit mit meinem Herzen anstellt. Wie sie etwas in mir verändert.

Entschlossen stoße ich mich von der Wand ab. Ich muss sie finden. Wir müssen das klären. Sie sollte wissen, was sie mir bedeutet. Dass wir über alles miteinander sprechen, macht uns schließlich zu dem, was wir sind. Summer und Fall. Keine Katastrophen. Oder?

Mit festen Schritten setze ich mich in Bewegung, greife nach einer vollen Sektflasche, die auf der Kommode steht, und trinke, während ich durch die Haustür nach draußen stürme. Wenn Summer aufgewühlt ist, dann flüchtet sie sich in die Natur.

Um meine Nerven zu beruhigen, setze ich den Alkohol erneut an meine Lippen, bemühe mich aber gleichzeitig, den Vorgarten zu überblicken. Die Nacht ist kühl, aber klar. Noch ist es Sommer, in ein paar Wochen wird es allerdings nicht mehr ganz so warm sein. Es tummeln sich einige Menschengruppen auf dem Rasen. Sie rauchen, lachen oder spielen Bier-Pong.

Vielleicht ist sie im hinteren Teil des Gartens?

Ich umrunde das Haus und entdecke sie sofort.

Summer steht mit dem Rücken an einen Geräteschuppen gelehnt im unbeleuchteten Teil der Anlage. Ich sehe lediglich die Glut ihrer Zigarette und ihre Umrisse. Für jemanden, der ihre Anwesenheit nicht unwillkürlich spürt, so wie ich es tue, wäre sie wahrscheinlich gar nicht aufgefallen.

»Es tut mir leid«, platzt es augenblicklich aus mir heraus, sobald ich vor ihr zum Stehen komme. Mein Innerstes krampft sich bei ihrem Anblick zusammen. Es ist, als würde mich alles auf magische Weise zu ihr ziehen. Ich vergesse, was ich eben noch dachte, und möchte ihr nur nah sein.

Sie sieht zu mir auf. Etwas liegt in ihren Augen, das mich schlagartig ruhiger werden lässt. Es war schon immer so, dass wir uns stumm, nur durch Blicke erzählen konnten, was wir fühlen. Etwas, das ich liebe. In diesem Moment bin ich mir sicher, dieser Kuss wird unsere Freundschaft nicht gefährden.

Summer hält unseren Blickkontakt stand. Im Stillen sprechen wir unsere Gedanken aus, dann murmelt sie: »Wäre es schlimm, wenn ich dich gerne küsse?« Ihre Miene wirkt verlegen. Sofort verspüre ich den Drang, sie in den Arm zu nehmen.

Ihre Worte klingen so zart und unschuldig, dass ich meine Stirn in Falten lege. Mein Herz beginnt zu rasen. Sie spricht aus, was ich denke. »Was meinst du damit?«

Summer verdreht die Augen und schnalzt mit der Zunge, als sei ich schwer vom Begriff. »Na ja, dass ich es mag, dass wir Freunde sind. Es aber auch schön finde, wenn wir uns küssen.«

Eben das ist es, was sie so unheimlich niedlich macht. Summer kann nur schwer Dinge für sich behalten. Wenn ihr etwas auf der Seele brennt, lässt sie es auf einen los wie ein Rudel Löwen. Diese Offenheit ist so anders und oft das, was ich bei anderen Menschen häufig vermisse.

Unwillkürlich lächle ich und trete einen Schritt auf sie zu. Ihre hellen Augen glitzern im diffusen Mondlicht.

Automatisch denke ich an die tiefe Verbindung zurück, die wir vorhin miteinander geteilt haben. Ich weiß, was sie sagen will. Auch ich liebe es, ihr nahe zu sein. Sie zu küssen, sie zu fühlen. Eins mit ihr zu sein. Dennoch kann ich mir ein Leben ohne sie als meine beste Freundin nicht vorstellen. Scheiße, wenn man nicht beides haben kann. Aus Angst, es letztlich zu ruinieren.

»Ich weiß, was du denkst, Raphael. Doch ich glaube mich zu erinnern, dass wir es schon einmal geschafft haben, Freunde zu bleiben, oder?« Als könnte sie meine Gedanken lesen, beißt sie sich schulterzuckend auf die Lippen.

Lachend fahre ich mir durch die Haare, um meine Unsicherheit zu überspielen. Dieses Mädchen spricht mir aus der Seele. Auch wenn sie manchmal ängstlich ist, wirkt sie in manchen Momenten furchtloser, als ich es je war.

»Möchtest du damit sagen, dass du dem hier ein Plus anhängen willst?« Meine Stimme krächzt ein wenig, weil ich mir insgeheim für diesen Augenblick nichts mehr wünsche, als sie noch einmal zu küssen. Es ist ein überirdischer, irrationaler Drang, dem ich nicht nachgehen will … aber es ist, als würde ich müssen.

Die Frage ist unangenehm. Ein ›Plus‹. Puh … es würde nie nur ein verdammtes ›Plus‹ sein. Vielmehr ’ne ganze Gleichung. Mit Summer ist es immer alles.

Sie druckst ein wenig herum, nickt aber schließlich und schnippst ihre Zigarette davon. Mit einem einzigen Schritt macht sie den restlichen Abstand zwischen uns wett und blickt mir tief in die Augen.

»*Nur heute?*«, lese ich in ihren Augen. Sie legt ihre Arme um meinen Hals. Ich schlucke angestrengt. Verdammt, nur beim bloßen Gedanken daran, dass wir morgen wieder die ›Alten‹ sind, zieht sich mein Herz sehnsuchtsvoll zusammen.

»Du wurdest gerade verletzt, Summersky.« Vorsichtig streife ich ihr ein paar Haarsträhnen aus dem Gesicht und lege sie hinter ihr Ohr. Allein diese Berührung sorgt dafür, dass ich innerlich gequält seufze. Denn es reicht nicht.

»Aber das würdest du niemals tun ... Du würdest mich nicht ausnutzen. Nie gehen, wenn ich dich nicht darum bitte.« Ihre Stimme ist nur ein Hauch, der meine Lippen streift, als sie näher kommt und mich küsst.

Fast hätte ich vor Erleichterung und Sehnsucht gekeucht. Blinzelnd schließe ich die Augen.

Schachmatt.

Egal, was ich zuvor noch gedacht, geglaubt oder gefühlt habe, es ist nicht mehr greifbar. Ich brauche sie näher. An mir. In mir. Scheiße, wir sollten eins sein. Mit einem Ruck springt sie auf und verschränkt ihre Beine um meine Taille. Dabei gleitet die Sektflasche aus meinen Händen. Sie landet mit einem dumpfen Geräusch auf dem Rasen. Ich lege meine Hände an ihren Hintern, den ich schon Hunderte Male in einem Tanga gesehen habe. Noch nie habe ich etwas dabei empfunden. Wirklich. Doch in diesem Moment kann ich mir nichts Unwiderstehlicheres vorstellen, als ihre nackte Haut an meiner zu spüren.

Wir taumeln wenige Schritte nach vorne. Scharf zieht sie die Luft ein, als sie mit dem Rücken an der Scheune ankommt.

»Die anderen werden uns sehen«, murmelt sie zwischen unseren hungrigen Küssen.

»Scheiß drauf«, bringe ich knurrend hervor und ringe mit meiner Beherrschung. Ich halte sie mit der einen Hand, die andere schiebt ihren String zur Seite.

Genüsslich wimmert sie auf, als ich durch ihre Mitte streife.

»Ich …«, haucht sie gegen meinen Hals. »Das … ich …«

Auch wenn es all meine Kraft benötigt, halte ich inne und sehe sie an. In Summers Augen herrscht ein blauer Sturm. So wunderschön, so berauschend, dass ich gerne unterbrechen würde, um sie für die nächsten Stunden einfach nur anzusehen.

»Das hier ist mein erstes Mal.« Ihre Stimme ist kaum ein Flüstern.

Natürlich weiß ich, dass meine beste Freundin nicht mit jedem Kerl ins Bett geht. Sie ist zu kontrolliert dafür. Die Affären ihrer Mutter haben tiefe Spuren hinterlassen und mir ist klar, dass sie nicht so enden will wie sie. Doch ich … ich dachte, sie hätte …

Schlagartig ziehe ich meine Finger zurück und bringe sie stattdessen an ihr Gesicht.

»Wir werden das hier nicht tun.« Ich kralle meine Hände in ihr Haar und hauche einen Kuss auf ihr Kinn, dann auf ihre Wange, und dann …

Sie entzieht sich mir und zwingt mich damit, sie anzusehen. Eindringlich blickt Summer mir in die Augen. Eine tiefe Entschlossenheit zeichnet ihr Gesicht. »Ich will, dass du es bist.«

Mein Herz wird warm. Alles in meinem Inneren füllt sich mit einer unendlichen Liebe, die ich nicht beschreiben kann.

»Aber nicht, wenn du betrunken bist«, stelle ich klar. Verdammt, ich muss wirklich ein Heiliger sein. Ja, das macht Summer mit Menschen in ihrer Nähe. Sie macht sie zu etwas Besserem.

Entschlossen schüttelt sie den Kopf. »Ich habe höchstens ein Glas getrunken.«

Nein. Ich werde trotzdem nicht mit ihr schlafen. Oder?

Oder?

Mann, keine Ahnung, was mit meinem Hirn los ist.

»Bitte.« Sie zieht schmollend ihr Lippe hinunter und fährt mit ihren Fingern über meine Wange. »Bitte. Ich will wissen, wie es sich anfühlt und ... du könntest es sicher nicht ertragen, wenn es einer wie Fred tun würde. Denen wäre ich doch vollkommen egal. Dir bin ich das nie, Fall.«

Alles in mir möchte nichts mehr, als diesen einen Moment für sie verewigen. Aber das sollte sie mit demjenigen tun, den sie liebt. Einem Mann, der ihr geben kann, was ich niemals haben werde. Ich bin auch nur ein Typ aus dem Slum, Mann. Sie sollte einen kennenlernen, der ihr das Haus mit dem weißen Lattenzaun kauft. Das alles werde ich wahrscheinlich nie sein. Nicht bei meiner Vorgeschichte.

»Nein«, unterbricht sie meine Gedanken. »Ich weiß, was du sagen willst, Raphael. Aber ich möchte nicht auf einen Kerl warten, der vielleicht nicht existiert. Ich will dich! Ich möchte, dass du mein erstes Mal bist«, wiederholt sie noch mal und haucht einen Kuss auf meinen Mund.

Alles in meinem Inneren zieht sich vor Verlangen zusammen. Mein Hirn ist nicht mehr imstande, eine rationale Entscheidung zu treffen.

Ich bin offiziell im Arsch.

Kapitel 6

Summer

Er lässt mich vorsichtig hinunter.

»Wir sollten gehen.« Raphaels Blick hat sich verdunkelt. Seine Iriden haben einen Ton angenommen, den ich nicht kenne. Eine Nuance, die bis heute vor mir verborgen blieb. Ähnlich wie die Intensität unseres Kusses. Ich reagiere wie eine hungrige Löwin auf ihn. Wie eine Verdurstende, die über Monate in der Wüste unterwegs war.

Es ist, wie ich es gesagt habe. Wenn ich Sex habe, dann nur mit ihm. *Er* soll mein erstes Mal sein. Weil ich mich gerne an diesen Moment zurückerinnern möchte. Weil ich möchte, dass es eine Sache wird, die unsere Freundschaft noch ein wenig mehr unterstreicht. Zwischen uns gibt es kaum Geheimnisse. Kaum Momente, kaum Katastrophen, die wir nicht miteinander geteilt haben, wieso dann nicht auch diese eine wundervolle Sache, die so wertvoll ist?

Raphael hat seine Finger mit meinen verschränkt und sich schwungvoll umgedreht. Kichernd lasse ich mich von ihm mitziehen. Er muss nichts sagen. Mir keine Antwort auf meine Forderung geben. Ich weiß auch so, dass mein bester Freund Sex mit mir haben wird. Nicht, weil er muss. Sondern, weil er es ebenso will wie ich.

Er führt mich nach vorne durch den Garten, den einige Leute zum Beer-Pong spielen bevölkert haben. Andere sitzen auf dem Rasen, rauchen Bong und quatschen. Der Geruch von Cannabis schwebt in der Luft und erreicht mich für einen Moment. Doch Raphael hält nicht inne, er führt mich weiter, ins Hausinnere, durch den Flur und geht schnurstracks die Treppen mit mir nach oben. Als würde er sich besser in Freds Haus auskennen als ich, die ständig hier war.

Auf der Empore angekommen schiebt er uns zwischen ein paar anderen Knutschenden sowie Feiernden vorbei und bleibt erst an der Tür stehen, die zum Elternschlafzimmer führt. Das weiß ich, weil Fred mir diese Tür bei einer Hausführung vor einem halben Jahr gezeigt hatte.

Raphaels Rücken spannt sich einen kurzen Augenblick lang an. Meine Stirn legt sich in Falten.

Hat er es sich anders überlegt? Wird er doch gehen wollen, statt mir diese eine Nacht zu schenken?

Bedacht dreht er sich um. Seine Finger sind noch immer mit meinen verschlungen und ich befürchte, dass er diese Verbindung unterbrechen will, deshalb drücke ich fester zu.

Seine dunklen Augen funkeln. Sein Kiefer spannt. »Du bist dir sicher?«

Eine ganz simple Frage. Bin ich es? Keine Ahnung. Gerade hielt ich es noch für die beste Idee, meinem Kindheitsfreund etwas zu geben, von dem ich weiß, dass es kein anderer verdient hätte. Aber würde das nicht auch etwas mit unserer Freundschaft machen? Sie nicht nur vertiefen, sondern auch ... verändern? Könnte es sein, dass danach nichts mehr wäre wie zuvor?

Obwohl sich mir in meinem Kopf mit jeder durchgespielten Situation ein deutliches ›Nein, tu es nicht‹ aufdrängt, nicke ich. Meine Mundwinkel ziehen sich nach oben. Vor allem, wenn ich daran denke, wie sich mein gesamter Körper vor Verlangen zusammenzog, als er mich geküsst hatte. Das war nicht einmal Fred gelungen.

Zart, kaum merklich nickt Raphael. Er dreht sich herum, öffnet die Tür und ich folge ihm.

Das Zimmer liegt im Dunkeln, doch ich sehe, wie riesig es ist. Auch wenn ich schon oft bei Fred war, blieb dieser Bereich für mich immer verborgen. Natürlich, schließlich ist es das Allerheiligste seiner Eltern. Privater geht es wohl kaum. Es wundert mich, dass sie es für die Party nicht abgeschlossen haben.

Raphael dreht sich zur Tür um. Ich beobachte ihn dabei, wie er mit der linken Hand den Schlüssel im Schloss herumdreht und uns damit von der Außenwelt abschottet. Oder die Außenwelt von uns?

Mit einem Mal zittere ich. Eine leichte Gänsehaut hat sich auf meinem Körper gebildet. »Woher wusstest du, dass das ...«

»Zimmer leer ist?«, kommt er mir zuvor. Er zuckt mit den Schultern. »Dachte, wir gucken einfach mal nach.«

Kurz nicke ich.

Okay. Mache ich das gerade wirklich?

Licht durchflutet den Raum. Raphael muss den Schalter dafür betätigt haben. Ein großes Boxspringbett steht inmitten des Zimmers. Dahinter hängt ein Gemälde, davor liegt ein flauschiger Teppich. Gegenüber an der weißen, sterilen Wand ist ein Fernseher angebracht. Daneben gehen zwei Türen ab. Wahrscheinlich führt eine ins Badezimmer, die andere in den Kleiderschrank.

Von Fred weiß ich, dass seine Eltern Geld haben. Das fällt mir hier nun noch einmal mehr auf. Alles wirkt prunkvoll, modern und gut gewählt. Die Möbel scheinen allesamt hochwertig. Nichts im Vergleich zu meinem Zuhause im Trailerpark.

Raphael gibt ein beeindrucktes Pfeifen von sich. Er hat seine Finger von meinen gelöst und ist auf die zwei Türen zugegangen. Er schaut in den Nebenraum. »Ein Whirlpool.« Beeindruckt wirft er mir einen Blick zu. »Fred ist keine schlechte Partie, hm?«

Ich zucke mit den Schultern. »Spielt das eine Rolle? Er ist ein Arsch.«

»Ein Arsch mit Kohle«, murmelt Raphael. Er klingt gedämpft, da er im anderen Raum steht. Ich fixiere den Türrahmen und warte, bis er zurückkommt.

Mit einem Grinsen taucht er darin wieder auf. »Bist du dir sicher, dass wir es tun sollen, statt einfach in diese Wanne zu steigen und zu entspannen?«

Lachend schüttle ich den Kopf und gehe auf ihn zu. »Du würdest also auf Sex mit mir verzichten für ein Bad im Whirlpool?«

Raphael legt seine Hände an meine Taille. Sofort kribbelt die Stelle unter dem roten Stoff des Kleides. Mein Mund trocknet aus, während ich seine schönen Gesichtszüge mustere.

»Ich würde es sein lassen, weil du mir zu wichtig bist. Ein einfacher Fick ist es doch nicht wert, seine beste Freundin zu verlieren, oder?« Seine Augen funkeln. Es scheint, als hätten sie sich um Nuancen verdunkelt. So wie vorhin. Als ich unermüdlich versuchte herauszufinden, wieso ich mich unter diesem Blick so begehrenswert fühle.

»Du hast vor, es *einfach* zu halten?« Ich schiebe mich enger an ihn und schlinge meine Arme um seinen Hals.

Sein Blick wandert über mein Gesicht und bleibt schließlich an meinen Lippen hängen. Sie beginnen zu brennen. So sehr wünsche ich mir, dass er mich küsst.

In diesem Moment ist er nicht mein bester Freund. Er ist ... die geheime Fantasie, die mich manchmal in meinen Träumen heimsucht.

Raphael senkt seine Lippen auf meine. Erleichtert atme ich auf. Ich ziehe seinen Duft in mich ein, fühle mich angekommen, zu Hause und möchte nichts mehr, als ihn für immer um mich zu haben. Und selbst für immer wäre wahrscheinlich nicht genug. Es würde niemals die Sehnsucht stillen, die ich in mir verspüre, wenn Raphael nicht bei mir ist.

Er küsst mich sanft, streichelt über meine Wange und fährt liebevolle Kreise an meiner Haut, bis er meinen Hals erreicht. Seine Zunge hinterlässt hauchzarte Bahnen und ich wimmere, weil meine Brüste augenblicklich schwer werden.

»Wir werden uns Zeit lassen.« Er flüstert die Worte in mein Ohr.

Wie auf Anweisung nicke ich.

»Du wirst es mir sagen, wenn du aufhören möchtest, okay?«

Wieso sollte ich ...?

Seine Finger wandern über meinen Körper und ich höre auf zu denken. All meine Gedanken versiegen. Es bleibt nichts mehr als seine Hände, die wie eine Feder über den Stoff meines Kleides fliegen.

»Wir werden diese Nacht miteinander teilen und nie wieder darüber reden«, haucht er.

Ja. Genau das ist es, was wir tun sollten.

»Ich möchte es von dir hören, Summersky. Sag mir, dass du genau das willst. Dass wir miteinander schlafen, danach nie wieder darüber reden und weiterhin Freunde sind. Ansonsten höre ich jetzt auf. Du bist mir zu wichtig und ich werde dich nicht verlieren, weil wir zu weit gegangen sind.«

Seine Hand massiert meine Brust. Blinzelnd versuche ich mich auf seine Worte zu konzentrieren, die er mir an den Hals raunt. Die Bedeutung möchte aber einfach nicht zu mir durchsickern.

»Bitte, sag es.«

»Ja.« Da ist alles, was ich unter Wimmern hervorbringe. Seine Finger streichen tiefer, so tief, dass sie sich nun an meinem Oberschenkel hinaufarbeiten. Ich weiß jetzt schon, dass es eine glatte Lüge ist. Denn wie soll ich jemals aus meinen Gedanken löschen können, was er gerade mit mir macht? Dabei haben wir noch nicht einmal miteinander geschlafen.

»Du willst, dass wir diesen Moment miteinander teilen?« Er nimmt mein Kinn in seine Hand und fixiert es, während die andere meine Haut bearbeitet. Er sieht mich an und das Dunkel in seinen Augen ist noch tiefer geworden. Verlangender. Es zwingt mich in die Knie.

»Bitte, Raphael. Ich möchte nichts mehr«, sage ich standhaft, schon ein wenig genervt, weil er zögert.

Doch dann krallt er seine Finger in mein Haar. Seine Lippen prallen auf meine. Ausgehungert, als hätten wir Jahre darauf gewartet, uns endlich küssen zu dürfen.

Ich öffne meinen Mund, seufze, als er mit seiner Zunge über meine Lippen fährt. Gierig klammere ich mich an ihn.

Es scheinen Stunden zu vergehen, in denen wir nur da stehen, uns aneinander festhalten und küssen. Es ist die Art von Teenie-Rummacherei, die ich im Sinn hatte, als ich jung war und davon träumte, einen Freund zu haben.

Nur dachte ich dabei nie an das Verlangen, das meinen gesamten Körper unter Strom setzt. Es ist, als hätten meine Hände ein Eigenleben entwickelt, als ich die Lederjacke von seinen kräftigen Schultern streife. Wir lassen nicht voneinander ab. Auch nicht, während er das Kleid über meine Brüste schiebt.

»Wirklich?« Erst jetzt, da der rote Stoff zu Boden gleitet und ich nur noch in BH und Spitzenhöschen vor meinem besten Freund stehe, macht er einen Schritt zurück.

Sein Blick gleitet über meinen Körper. Doch anders als erwartet, fühle ich mich deshalb nicht ... nackt. Ihm nicht ausgeliefert oder gar ... verletzlich. Es ist vielmehr so, dass ich mich ihm zeigen will.

Er fährt sich durch sein Haar. Seine Augen wandern über meine Rundungen und ich fühle mich dadurch ... begehrt. So berauschend attraktiv, dass ich etwas tue, von dem ich niemals auch nur geahnt hätte, es jemals zu versuchen.

Zaghaft führe ich meine Finger zu meinen BH-Trägern. Raphael schluckt und ich sehe seine Muskeln zucken. Sein gesamter Oberkörper hebt und senkt sich, hungrig, als müsste er ein Haufen Kraft aufbringen, um sich nicht zu rühren und mich nur anzuschauen.

Der BH fällt und Raphael knurrt. Sein Gesicht wirkt gequält.

»Ist das dein Ernst?«, zischt er und es reicht ein Blick auf die Jeans, um zu sehen, dass ihm gefällt, was ich tue.

»Na ja, das ist die Nacht der ersten Male und ich

habe noch nie einen Striptease hingelegt.« Kichernd ziehe ich Kreise über meine Haut, wandere mit meinen Fingern über den Bauch, bis hin zum Saum meines Slips.

Raphael zieht scharf die Luft ein.

»Du wirst nicht lachen, oder?« Meine Worte sind von der Lust belegt. Eigentlich bin ich mir sicher, dass mein bester Freund niemals über mich urteilen würde, doch ... es ist zu verdorben, um ihn nicht darum zu bitten.

Er steht einfach da. Bebend, die Augen auf meinen Schritt gerichtet, über den ich streife. Ich blicke ihn an, während ich mich selbst berühre.

In meinem Inneren tobt es. Vor Lust, vor Verlangen, vor Leidenschaft, vor ... vor dem Ungewissen, das nach all dem kommt.

Und dann stöhne ich. Stöhne, weil ich mich selbst zum Höhepunkt bringen möchte. Weil Raphael einfach nur dasteht und seine Blicke ausreichen, um mir zu sagen, dass ich in diesem einen Moment, die schönste Frau auf diesem Planeten für ihn bin.

Raphael

Es ist das erste Mal, dass ich ihre festen Brüste sehe. Das erste Mal, dass mein Blick über ihre Taille gleitet. Das erste Mal, dass ich Summer Sky anschaue und mir nichts sehnlicher wünsche, als dass dieser Moment ewig hält.

Sie hat eine Hand in ihren Slip geschoben, öffnet sinnlich die Lippen und stöhnt, als wäre ich nicht im Raum, während sie es sich macht.

Ich habe noch nie etwas Schöneres in meinem Leben gesehen. Und das, obwohl ich oft Sex hatte. Wirklich oft. Das College ist das reinste Schlaraffenland für Feierwütige und Nymphomanen, was ich natürlich nicht bin.

Aber keine Erinnerung an vergangene Nächte reicht an Summers Anblick heran. Absolut gar nichts und niemand würde ihr jemals das Wasser reichen können. Sie ist einfach nur wunderschön.

Zu gerne würde ich ihr einfach nur zusehen. Sie betrachten, während sie für mich kommt. Doch ich halte es nicht länger aus, hier nur herumzustehen. Meine Härte drückt gegen die Jeans und auch wenn ich etwas Erfahrung sammeln konnte, fühlt es sich mit Summer so an, als wäre dies das erste Mal.

Ich öffne den Knopf meiner Hose, lasse meine beste Freundin aber nicht aus meinen Augen. Flink schiebe ich die Boxershorts samt der Jeans von meinen Beinen und stehe entblößt vor ihr. Ohne Scham, ohne mich verletzlich oder gar nackt zu fühlen.

Summer ist meine beste Freundin. Meine Seelenverwandte. Die einzige Familie, die ich kenne und liebe. Der Mensch, mit dem ich alles teilen würde.

Ich würde mich nie vor ihr verstecken. Nie. Sie bekommt alles von mir. Nicht nur meine Hülle. Nicht nur meinen Schwanz. Alles.

»Möchtest du weiter so herum … herumstehen«, keucht sie und ich sehe an ihrem hektischen Atem, dass sie bald kommen wird. Meine Hände umfassen meine Erektion, was sie mit den Augen verfolgt.

»Wir könnten uns auch einfach zusehen?«, raune ich. Sex mit Summer wäre himmlisch. Dennoch möchte ich nichts überstürzen. Alles soll in ihrem Tempo geschehen.

»Das war nicht der Deal.« Das niedliche Grinsen, das

auf ihrem Gesicht entsteht, lässt eine Sicherung in meinem Hirn durchbrennen.

Ohne Kontrolle überbrücke ich die kurze Distanz zwischen uns, schlinge meine Arme um ihre Taille, zwinge sie dazu, von sich abzulassen, und werfe sie aufs Bett. Quietschend und lachend landet sie mit dem Rücken auf der weichen Matratze. Vorsichtig knie ich mich über sie, stütze meine Ellenbogen rechts und links neben ihrem Kopf ab und sehe sie an.

»Zum Sex gehört doch nicht nur das Rein und Raus, oder?«, fragt sie, grinst und blickt gespielt nachdenklich in eine der Zimmerecken. Ihre Arme liegen um meinen Hals, ich bin ihr so nah, dass ich ihren Duft nach Heimat einatmen kann.

Ich lache ehrlich belustigt. Sanft hauche ich einen Kuss auf ihre Stirn, ehe ich meine Lippen über ihre Haut nach unten streifen lasse.

»Nein«, murmle ich, während sie wimmert, als meine Zunge Kreise um ihren Bauchnabel zieht, bevor ich mich weiter nach unten küsse.

»Was hast du vor?« Höre ich da Angst aus ihrer Stimme? Angst oder Neugierde?

Grinsend streiche ich den Slip über ihre weiche Haut herunter und zucke mit den Schultern. »Du willst das Gesamtpaket, oder?« Ohne ihre Antwort abzuwarten, senke ich meinen Mund auf ihre freigelegte Mitte. Sie ist feucht. So unglaublich feucht, dass ich noch härter werde. Ich liebe, wie sie riecht. Wie sie sich anfühlt.

Summer stöhnt und krallt ihre Finger in mein Haar. Mit dem richtigen Druck lecke ich sie, so lange, bis sie unter mir zuckt. Ihr Becken wölbt sich mir entgegen, ich sauge an ihrem Kitzler.

»Oh, Fall, verdammt!« Sie zittert. Bebt und ich kann nicht anders, als zwischen dem Zungenspiel zu lachen.

»Bitte«, fleht sie. Ihre Hände ziehen mich zu ihr rauf.

Ich überlasse ihr das Kommando, lecke ein letztes Mal durch ihre Mitte, richte mich dann auf und lege mich neben sie. Ihre Wangen sind errötet, die Augen glitzern und ein hübsches, befriedigtes Lächeln liegt auf ihren Lippen. »Das war schön.« Sie klingt beschämt.

»Es war verdammt erotisch, dich so zu sehen. Zu hören«, raune ich und hauche Küsse auf ihren Oberkörper.

»Es war aber noch nicht das, worum ich dich gebeten habe«, murmelt sie und scheint sich mir nochmals hingeben zu wollen. Ihre Finger fummeln nach meiner Erektion, die hart gegen ihren Bauch drückt.

Gierig sucht sie meinen Blick und findet ihn letztlich. »Bitte.«

Sollen wir wirklich so weit gehen? Wird es echt nichts zwischen uns ändern?

»Bitte«, wiederholt sie drängender und hat meinen Penis zwischen ihre Hände genommen. Sie beginnt damit, ihn in einer Auf-und-ab-Bewegung zu reiben.

Zischend lege ich den Kopf in den Nacken. Ihre filigranen Finger um meine Länge ... das ist ... Ich darf diesen Trieb in meinem Inneren nicht nachgeben. Das hier ist kein bedeutungsloser Fick. Das ist Summer.

Ich erhebe mich und laufe zu meiner Hose, in der ich ein Kondom im Geldbeutel verstaut habe.

»Du weißt, dass das nicht sicher ist, oder?«, merkt sie an und stellt damit mal wieder unter Beweis, was für eine Klugscheißerin sie ist.

»Ich hab's gestern erst reingepackt«, versichere ich ihr, komme zurück ins Bett, zerreiße das Plastik und stülpe es über meinen Penis.

Sie nickt. Denn meine beste Freundin weiß, dass sie mir vertrauen kann. Einen Moment zieht ein Schatten über ihr wunderschönes Gesicht, doch als ich mich über sie beuge, ist dieser wieder verschwunden.

»Weißt du, dass ich mir insgeheim immer gewünscht habe, dass du *es* mit mir tun wirst?« Ihre Finger streicheln meine Wange. Das Lächeln auf ihren Lippen ist so schön, dass es mich glatt umhaut. Wie kann es sein, dass ich sie stundenlang ansehen kann und wie bei einem Foto immer etwas Neues entdecke? Diese Frau ist pure Kunst und Sinnlichkeit. Alles, was wundervoll ist auf dieser Welt. Alles für mich.

»Danke, dass du mir so sehr vertraust.« Es sagt alles, was in diesem Moment gesagt werden muss. Ich führe meine Lippen an ihre, fasse mit der einen Hand in ihr Haar und kralle mich fest, während wir uns verschlingen. Hungrig küssen wir einander. So hungrig, dass mir schwindelig wird.

Meine freie Hand fixiert meine Länge vor ihrer Mitte. Kurz entziehe ich mich unserem Kuss und frage stumm nochmals um Erlaubnis. Sie kichert. »Wenn du es nicht gleich tust, werde ich implodieren, Fall!«

Das Grinsen kann ich nicht unterdrücken. Dann schiebe ich mich in sie.

Und bei allen Scheißgöttern dieser Welt: Wenn Summer Sky nicht meine beste Freundin wäre, würde ich behaupten, ich liebe sie. Nicht als Schwester. Nicht als Kumpel.

Fuck, ich sehne mich nach ihr, immer, wenn sie nicht in meiner Nähe ist. Nun in sie einzudringen, das sinnlich geformte ›Oh‹ auf ihren Lippen zu beobachten und das Dunkel in ihren blauen Augen, während ich in sie vorstoße, ist das Wunderschönste, was ich je in meinem Leben gesehen habe.

Ich hauche Küsse auf ihren Oberkörper. Seufze an ihren Lippen, ramme mich entschlossen, aber vorsichtig in sie und spüre, wie ich verlangender und gieriger werde.

Sie blickt mir in die Augen. Ich sehe in ihre. Und als der Höhepunkt uns erfasst, haucht sie »Raphael« und ich kann mit absoluter Sicherheit sagen, dass ich niemals wieder ohne Summer sein möchte.

Kapitel 7

Raphael

2023

Frische Luft weht durch das offene Fenster. Die Hitze in New York ist kaum auszuhalten, doch die Klimaanlage im Kinderzimmer bleibt aus. Laut den Fachzeitschriften, Kinderärzten, Studien und Hebammen soll darauf verzichtet werden. Und auch wenn ich in den ersten Jahren kein guter Vater war, möchte ich nun alles richtig machen.

Erschöpft lasse ich meinen Blick durch den Raum schweifen, der in einem Senfgelb gestrichen ist. Kate hat die Farbe ausgesucht, als Jenna und ich ihr erzählt hatten, dass sie ein Geschwisterchen bekommt. Das Bettchen davor mit dem weißen Schleier wirkt unbenutzt. Daneben stehen die Wickelkommode und der Schrank, der nur wegen Emma, unserer Haushälterin, so gut bestückt ist. Sie ist ein echter Segen für unsere kleine Familie, denn ohne ihre Hilfe würde ich wohl nie zum Wäschewaschen kommen und unser Penthouse wäre nicht so sauber.

Seufzend lasse ich meinen Kopf zurück an die Holzlehne fallen, die dabei knarzt. Die Erinnerungen kommen in Wellen. Manchmal kehren sie zurück. Dann, wenn ich am Abend geschafft und müde vom Tag auf dem Schaukelstuhl sitze. Ich habe Daisy, die japst und ächzt auf dem Arm, kann meine Augen kaum aufhalten und verliere mich in einer Zeit, die vergangen ist. Ich verliere mich in den Erinnerungen. In Summer und meiner Zeit mit ihr. Als wir nichts zu verlieren hatten. Denn wir hatten uns, und das Leben war leicht. Zumindest leichter als jetzt. Vielleicht auch, weil wir aneinander festhalten konnten.

Mit meiner freien Hand massiere ich mir den Nasenrücken, um den Kopfschmerz zu vertreiben. Die Kleine auf meinem Oberkörper schläft weiter. Zum Glück. Es ist die erste Nacht seit Wochen, in der sie kein Drama macht. Sie vermisst ihre Mom, das spüre ich. Und das, obwohl sie sie kaum kennt. Schließlich hat uns Jenna kaum ein halbes Jahr nach Daisys Geburt verlassen.

Ich atme tief durch, greife nach meinem Smartphone und tippe unwillkürlich auf Summers Namen. Dieser seltsame Drang, andauernd auf ihren Chat klicken zu müssen ...

Ihre letzte Nachricht ist nun schon knapp zwei Jahre her. Die, auf die ich nicht geantwortet habe, weil Jenna mich nur wenige Tage zuvor verlassen und damit mein Leben zu einem Trauerspiel gemacht hat.

Ich scrolle durch unseren Verlauf. Über Jahre hinweg haben wir uns über alle möglichen Dinge ausgetauscht. Die Gespräche laufen bis zu einem bestimmten Tag zurück, den ich nie in meinem Leben vergessen werde. Es war der Morgen danach. Nachdem ich Summer entjungfert hatte und alles so anders, so neu war. Verdammt, ich war damals so unheimlich dämlich.

Mein Herz schlägt schneller, als ich beginne zu lesen.

Du bist schon gegangen?

Entschuldigung, ich musste los. Zwischen uns alles okay?

Natürlich! Das hatten wir doch besprochen, als wir gekuschelt haben. Danke, dass du das für mich getan hast. Danke, dass du es warst und nicht irgendein Heini :D

Auch jetzt bricht mir erneut das Herz. Ich habe in dieser Nacht bemerkt, dass ich Summer liebe. Auf die eine oder andere Art, welche war mir egal. Ich wollte sie in meinem Leben haben, für immer. Scheiße, ich hatte sogar darüber nachgedacht, das Studium zu schmeißen, um bei ihr zu sein.

Meine Augen brennen, wenn ich darüber nachdenke, dass wir nun beieinander sein könnten.

Also vergessen wir das?

Vergessen nicht, schließlich war es mein erstes Mal und verdammt gut ;) :D Aber wir machen weiter wie bisher. Du bleibst in New York, ich bereise die Welt. Angefangen in den USA, natürlich.

Ich liebe dich, Summersky. Du bist mein absoluter Lieblingssommer. Der schönste Nachthimmel, die beste Melodie, das perfekteste Foto, wenn ich endlich mal eines von dir allein machen dürfte, und mein Mut und meine Hoffnung, wenn ich mal wieder beides vergeblich suche.

Heb dir das für all die Frauen auf, die da draußen auf dich warten, Raphael. Ich liebe dich auch!

Und damit waren wir wieder nur zwei beste Freunde, die Kilometer voneinander entfernt wohnten und andauernd miteinander schrieben. Nur ein paar Tage später telefonierten wir, während sie ihren VW-Bus gelb strich. Wir lachten, machten Witze und es schien, als hätten wir keine Grenze überschritten.

Dabei hatte ich ihr eine Liebeserklärung gemacht. Ich war über meinen Schatten gesprungen, hatte ihr all meine Gefühle offenbart. Doch sie hat es nicht erwidert. Oder war es möglich, dass sie es einfach nur nicht verstanden hatte? Gott, ich bin auch heute nicht schlauer als damals.

Vielleicht hätte ich es einfach sagen, statt in Lyrik verpacken sollen. Schließlich war ich doch kein Philosoph!

»Daddy.«

Ich blinzle. Mein Blick klärt sich. Kate hat sich in den Türrahmen geschlichen. Mit ihrem rosa Pyjama, der mit Flamingos in einem Quietschgrün bedruckt ist, und dem kleinen Plüschtiger in der Hand wirkt sie noch niedlicher als ohnehin. Sie reibt sich müde die Augen und späht in die Dunkelheit.

»Hallo, Mäuschen«, begrüße ich sie flüsternd, um

ihre Schwester nicht zu wecken. Ich öffne meinen Arm, was sie versteht. Mit schnellen Schritten tapst sie über den Holzboden und klettert vorsichtig auf mein freies Bein. Der Schaukelstuhl ächzt unter uns. Sie schmiegt sich an mich und ich atme ihren Duft ein.

Wie ist es möglich, dass sie nach allem riecht, was gut ist. Nach allem, was mein Herz unglaublich weit werden lässt. Mit einem Mal schließe ich die bösen Geister in meinem Inneren ein und konzentriere mich auf das Hier und Jetzt.

»Kann nicht schlafen, Daddy«, piepst meine Tochter und drückt sich mit ihrem Stofftier noch enger an mich. Einen Arm legt sie um ihre Schwester.

Beschützend drücke ich sie gegen meine Brust und hauche ihr einen Kuss auf die Stirn. »Soll ich dir etwas vorlesen?«, wispere ich. Egal, wie müde ich bin, ich würde alles tun, damit es ihr gut geht.

Früher dachte ich immer, dass Kinder eine Last sind. Oder dass der eigene Lebensinstinkt stärker ist als die Liebe zu ihnen. Sonst hätten sich Summer und meine Eltern doch niemals so verhalten, oder? Enttäuschend musste ich feststellen, dass sie die furchtbare Ausnahme bildeten.

Natürlich. Ich bin ein Mensch. Auch ich habe einen schlechten Tag. Doch ich würde niemals zulassen, dass meine Kinder darunter leiden.

»Nein, nur schmusen«, flüstert sie und gähnt genüsslich, was mir ein verzücktes, leises Lachen entlockt.

Ich liebe es, Dinge festzuhalten. Man sagt schließlich nicht umsonst, ein Bild sagt mehr als tausend Worte. Nach diesem Motto lebte ich. Alles, was ich für Kunst hielt, musste in meiner Linse festgehalten werden.

Bei meinen Töchtern würde ich immer das Bedürfnis verspüren, sie zu fotografieren. Immer. Es gibt für mich kein schöneres Bildnis. Nichts, das gänzlich perfekter wäre. Vor allem, wenn sie beide in meinen Armen liegen, selig atmen und ich sie vor all der Ungerechtigkeit in dieser Welt beschützen kann.

Kate fasst an meinen leichten Bartschatten und fährt über die Stoppeln an meinem Kinn. Beruhigt atme ich aus.

Wie kann ich mir nur wünschen, irgendetwas an meinem Leben zu verändern? Ich trage es schließlich hier auf meinem Schoß.

Das typische Geräusch ertönt, wenn eine SMS versendet wird. Erleichterung breitet sich in mir aus und ich stopfe das Handy zurück in meine Hosentasche. Gestern habe ich die beiden im Schlaf fotografiert, um Jenna die Bilder zukommen zu lassen. Ja, sie hat mir das Sorgerecht überlassen, lebt jetzt irgendwo in Spanien oder so, und hat sich selbst vor Gericht, dazu entschieden, keine Mutter mehr sein zu wollen. Doch ich komme mir dämlich vor, sie nicht auf dem Laufenden zu halten. Sie ist letztlich ihre Mom, oder?

Vielleicht hoffe ich auch einfach nur darauf, dass sie wie aus heiterem Himmel zurückkommt. Nicht für mich. Vielmehr für die beiden Leben, die es verdient hätten. Denen sie mit ihrem Abgang das Gefühl gibt, es nicht wert zu sein, zu bleiben.

Puh, ich hoffe wirklich, dass ich ihnen die Liebe geben kann, die sie von ihr vermissen.

»Mr. Fall.« Der Arzt betritt das Krankenzimmer und lächelt mich freundlich an. Irritiert blicke ich auf. Ganz in Gedanken versunken, bekam ich nicht mit, dass sich die Tür geöffnet hat.

Seine dunklen Haare sind leicht ergraut, um die Augen hat er Lachfalten und seine Statur sagt mir, dass er sich um seinen Körper bemüht. Summer würde nun vom typischen Aussehen von privilegierten, weißen Männern sprechen und die Augen verdrehen.

Wenigstens hätte sie das früher getan. *Früher*.

»Was kann ich für Sie tun?« Der Arzt setzt sich mir gegenüber und legt eine Akte auf dem Tisch zwischen uns ab.

Nachdem die Kopfschmerzen in den letzten Tagen enorm zugenommen haben, habe ich mir den heutigen Morgen freigenommen, um das untersuchen zu lassen. Oder zumindest, um ein Medikament zu bekommen. Der gewöhnliche Drogeriekram hilft leider nicht mehr.

Das Praxiszimmer riecht nicht nach Krankenhaus. Es ist kein typischer Desinfektionsgeruch in der Luft, die Wände sind in einem leichten Beige gestrichen und Pflanzen sorgen dafür, dass man sich wohlfühlt. Na ja, für den Preis hier, sollte es wohl auch einige Annehmlichkeiten bieten.

»Seit ein paar Wochen plagt mich ein Kopfschmerz und Husten. Ich bin alleinerziehend und brauche eigentlich nur ein paar Medikamente, die helfen. Ibuprofen und das ganze Zeug machen das nämlich nicht«, bringe ich es gleich auf den Punkt. Schließlich habe ich in einer Stunde den Termin mit einer neuen Agentur. Und bei dem Mittagsverkehr kann ich nur hoffen, dass ich es pünktlich schaffe, auch ohne noch eine Pause für Essen einzulegen.

»Das klingt nach einer hartnäckigen Erkältung.« Der Arzt zieht eine Augenbraue nach oben, wendet sich freundlich lächelnd an seinen Computer und tippt etwas ein. Sichtlich nachdenklich murmelt er, während er auf der Tastatur herumhämmert: »Wie lange haben Sie das denn schon?«

»Lange. Spielt das eine Rolle? Es geht hier wirklich nur um etwas Medizin, damit ich mich wieder konzentrieren kann.« Es ist mir egal, dass ich gereizt klinge. Die letzten Wochen waren anstrengend und dieses Pochen in meinen Schläfen gibt mir heute den Rest.

Dr. West lächelt gutmütig nickt und dreht sich, ganz in der mitfühlenden Arztmanier, zu mir um. »Ich würde sie gerne erst einmal abhören, in Ordnung?«

Genervt, aber auch kapitulierend, da mir sowieso nichts anderes übrig bleibt, hebe ich die Hände, stehe auf und beginne damit, meinen Oberkörper frei zu machen. Keine Ahnung, weshalb Doktoren so dramatisch werden, wenn man ein paar Beschwerden hat.

»Verspüren Sie eine Übelkeit oder sehen Sie in letzter Zeit schlechter?«, fragt der Arzt und geht um seinen Tisch herum.

Ich setze mich auf die Liege im rechten Eck des Zimmers und zucke mit den Schultern. »Äh ...«, überlege ich, während er mich aufmerksam ansieht. Eine meiner Augenbrauen wandert langsam nach oben. »Einmal hatte ich Migräne. Natürlich sehe ich dann auch schlechter ...«, erkläre ich unsicher, was er von mir hören will.

Meine Antwort scheint aber die richtige zu sein, denn der Arzt nickt. Er macht eine Kreisbewegung mit der Hand und gibt mir damit zu verstehen, dass ich ihm meinen Rücken zuwenden soll.

»Es wird kalt«, warnt der Arzt mich vor und im nächsten Moment spüre ich das Stethoskop auf meinem Rücken. Ein kühler Schauer läuft mir über den Rücken, ehe Dr. West murmelt: »Bitte tief einatmen.«

Ich folge seiner Anweisung, kann aber ein Schnauben danach nicht unterdrücken. Als wäre ich todkrank.

»Noch mal, bitte«, fordert er mich auf und platziert gleichzeitig das kalte Ding an meinem Rücken auf eine andere Stelle.

Boah. Angestrengt blicke ich auf die Uhr über der Wand. Wenn er sich nicht etwas beeilt, kann ich es vergessen, einen neuen Kunden in mein Portfolio einzutragen. Jedoch würde mir das Geld gerade recht kommen. Ich muss nun für zwei Colleges sparen. Etwas Geld zurücklegen, um mir ein wenig mehr Zeit freizuräumen, damit die Kleinen nicht ständig in der Betreuung abhängen.

»Hatten Sie Auswurf beim Husten?« Der Arzt tritt neben mich und nickt in Richtung meines Hemdes.

Ich verstehe die Geste und streife es mir wieder über. »Eh …« So etwas wie Schleim? Keine Ahnung. Dafür müsste ich mich tatsächlich einmal mit mir und meinen Bedürfnissen beschäftigen, dafür bleibt mir leider selten Zeit.

»Ich würde das gerne näher abklären, Mr. Fall.« Der Arzt lächelt und setzt sich auf seinen Stuhl zurück. Er greift nach einem Blatt Papier, schreibt etwas darauf und reicht es mir dann. »Ihre Lunge scheint in Ordnung zu sein, doch diese Kopfschmerzen …«

»Migräne«, werfe ich ein, da dieses Pochen in meiner Schläfe nicht mehr als das sein kann.

»Diese Migräne«, nickt Dr. West. »Wir sollten ein CT machen, um sicherzugehen.«

Halt? Was ist das?

Ich begutachte den Zettel genauer, kann aber nicht entziffern, was darauf steht. Miese Handschriften haben diese Ärzte, Mann!

Ein CT? Eine meine Augenbrauen flippt erneut nach oben und ich mustere kurz den Arzt, der wieder auf der Tastatur des Computers herumtippt.

Okay, wenn er so gelassen bleibt, scheint es sich nur um eine Routineuntersuchung zu handeln, oder? Also schlucke ich die aufkeimende Angst in meinem Inneren runter. Wenn es etwas Schlimmes wäre, würde es mir Dr. West sicherlich nicht verheimlichen.

»Und meine Medikamente?« Ich falte das Stück Papier und stecke es in die Hosentasche.

Er hebt den Finger, als würde ihm ein Licht aufgehen und schüttelt dann den Kopf. »Entschuldigen Sie bitte. Aber natürlich.« Wieder kritzelt der Arzt etwas auf ein Blatt und reicht es mir. »Geben Sie es den netten Kolleginnen am Tresen. Sie wissen dann Bescheid.«

Noch mal mache ich mir nicht die Mühe, etwas auf dem Rezept lesen zu wollen. Also ringe ich mir ein Lächeln ab, hebe die Hand zum Abschied und renne förmlich aus dem Zimmer. Schon auf dem Flur kommen mir einige Menschen entgegen. Entschuldigend lächelnd dränge ich mich an ihnen vorbei und halte erst im Foyer inne.

Ernsthaft? Der Vorraum, den ich vor rund einer halben Stunde betreten habe und der zu dieser Zeit noch nahezu gänzlich leer gewesen war, ist nun brechend voll. Die sterilen, weißen Wände mit den farbenfrohen Gemälden daran sind kaum noch auszumachen, da sich so viele Menschen in dem Zimmer tummeln. Ein Telefon klingelt, die Frauen an der Rezeption sehen gestresst aus und mein Blick fällt ganz automatisch zur Uhr, die über ihnen hängt.

Augenrollend stöhne ich und lasse meinen Kopf in den Nacken fallen. Was ist an diesem Morgen eigentlich los? Welche Götter habe ich verärgert, dass ich das verdiene?

Einen Moment bin ich versucht, einfach zu gehen und meine Kopfschmerzen, Schmerzen sein zu lassen.

Doch dann entscheide ich mich dagegen. Meine Kinder haben die beste Version meiner selbst verdient, also muss ich mich wohl oder übel darum kümmern.

Geschlagen reihe ich mich in die Schlange. Man kann nur hoffen, dass der Kram dann wenigstens auch wirkt. Seufzend fasse ich in meine Hosentasche und ziehe mein Handy hervor. Ehe ich aber eine Nachricht an meinen Kollegen verfassen kann, um ihm zu sagen, dass ich später komme, bemerke ich eine eingegangene von Jenna.

Augenblicklich schlägt mein Herz etwas schneller. Ich vergesse, dass ich in einem vollen Foyer stehe, umringt von Kranken, Genervten, die ebenso warten wie ich. Alles, was bleibt, sind die wenigen Zeilen, die meine Ex-Frau geschrieben hat.

Wirklich, Rap? Wir haben doch darüber gesprochen … Es ist lieb, dass du mich mit Bildern versorgen willst.

Aber ich möchte sie nicht sehen. Kannst du dich noch daran erinnern, was ich zu dir gesagt habe, als ich zum zweiten Mal schwanger war? Dass ich total am Ende bin? Und daran, dass ich ständig geheult habe, als Daisy auf der Welt war? Ich bin keine Mutter und ich wollte nie eine sein. Das ist mir in den letzten Monaten noch bewusster geworden. Ja, das ist egoistisch, und ja, hasse mich dafür. Aber ich kann das einfach nicht … Wenn du die beiden nicht willst, finden wir eine Lösung. Meine Eltern könnten die Kinder für eine Weile nehmen?

Aber höre auf, mir ein schlechtes Gewissen machen zu wollen. Ich liebe die beiden. Doch nicht so sehr, wie ich mich selbst liebe, Raphael.

Die Kinnlade klappt mir auf und mein Herz rutscht mir förmlich in die Kniekehlen. Ein dicker Kloß formt sich in meinem Hals. Da meine Kinder die Nachricht nie zu Gesicht bekommen werden, um ihrer Mutter nachtrauern zu können, fühle ich ihren Schmerz.

Ist es schlimm, dass ich Jenna alles Schlechte auf dieser Welt wünsche? Wie kann sie das den beiden antun? Wie kann sie so mit mir umgehen? Hat sie kein Herz?

Ja, ich verstehe, was sie mir sagen will. Sie litt unter einer tiefen Depression und ja, ich hatte sie mit all der Verantwortung allein gelassen, um Geld zu verdienen. Sie wollte nie Mutter werden – auch das kann ich nachvollziehen. Aber wir haben nun mal zwei Wesen gezeugt. Wir haben nicht verhütet und uns wurde das Glück zuteil, Eltern zu sein. Es gibt verdammt viele Menschen auf dieser Welt, die sich genau dies wünschen!

Meine Muskeln zucken und ich umklammere das Smartphone fester. Das Kribbeln in meinen Fingerspitzen sorgt dafür, dass ich das Handy am liebsten gegen die Wand schleudern würde.

Verdammt, ich wollte, dass es meine Kinder einmal besser haben, als ich es hatte. Sie sollten nicht so aufwachsen wie ich. Ohne Vater, ohne Mutter. Ich wollte verdammt noch mal nicht so sein wie mein Dad.

Und jetzt? Arbeite ich den ganzen Tag, stehe selbst vor einem Zusammenbruch und zerfalle von innen, nur um etwas zu bewahren, das mir vor langer Zeit durch die Hände geglitten ist.

Scheiße, ich habe meinen Vater gehasst … aber vielleicht muss ich mir eingestehen, dass ich ihm gar nicht so unähnlich bin.

Summer

2023

Was soll ich sagen?

Jake ist ein absoluter Traumtyp. Er hat ein Picknick vorbereitet, auf einem Lavendelfeld. Wir sitzen auf einer beigen Decke und die sanfte Sommerbrise wirbelt mein Haar auf. Wenn ich es nicht besser wüsste, würde ich sagen, ich bin der Main Character irgendeiner Kitschkomödie.

»Du stehst also auf Pommes?« Er lacht und streicht sich das blonde Haar zurück, da es ihm ständig in die Stirn fällt. Er wirkt surreal, wie er zwischen den lila Blüten sitzt, die Hände hinter sich abgestützt. Ab und an schließt Jake die Augen, zieht selig die Luft ein und ich glaube, noch nie einem Menschen begegnet zu sein, der so viel Ruhe ausstrahlt. Als könnte man bei ihm loslassen und einfach nur ankommen.

Um uns herum auf der Decke befinden sich Leckereien, die er in der Stadt gekauft hat. Ich stibitze mir noch einen Chip und kaue ihn genüsslich. Sour Cream mochte ich schon immer am liebsten und dass Jake sich auch das gemerkt hat, spricht eindeutig für ihn.

»Auf alle Kartoffelgerichte«, korrigiere ich ihn. »Egal ob frittiert, gebacken, gekocht, mit Gewürzen oder ohne.

Ich fahr einfach darauf ab.« Nachdenklich lege ich den Kopf schief. »Vielleicht stamme ich aus Deutschland?«

Jakes tiefes Lachen erreicht mich überall. Die süßen Grübchen, die sich dabei auf seinen Wangen bilden, hauen mich um. Er ist ein wirklich schöner Mann, ohne Zweifel.

Die Sonne senkt sich langsam über uns und taucht den Himmel in ein traumhaftes Rosa. Durch die Berge um uns herum wirkt diese Kulisse unwirklich, ebenso wie meine Begleitung. Mir ist nicht entgangen, dass der Tierarzt zu der Prinz-Sorte Mann gehört. Die, die einen mit dem Ross abholen würde, statt mit 'nem Dodge. Die, die die dir 'ne Jacke reichen, wenn es kalt ist, statt einen heißen Kuss mit dir zu teilen. Er ist der solide, familiäre Typ. Schwiegermamas Liebling, würde ich sagen. Dennoch ... denke ich ständig daran, wie es wäre mit Raphael in diesem Lavendelfeld zu liegen.

»Dann habe ich mich also richtig entschieden, als ich nach Chips gegriffen habe?«, möchte Jake wissen und seine Augen funkeln interessiert.

»Damit hast du dich praktisch ganz nach oben auf meiner Tanzkarte geschoben.« Kichernd greife ich erneut in die Schüssel mit den Leckereien. Zuerst hat er ein vegetarisches Mahl serviert, wobei ich mich fast verschluckt habe, da ich wirklich nicht gedacht hätte, dass er sich meine Prinzipien gemerkt hat. Schließlich habe ich es nur einmal in der Praxis erwähnt. Und danach packte er Erdbeeren, Chips, Champagner und Salzstangen aus.

»Eine Tanzliste?« Er lehnt sich etwas zurück, wobei ich noch mehr Haut unter seinem Hemd erspähe. Jake prostet mir mit dem Sektglas zu. Die Sehnen an seinen Muskeln spannen leicht und ich frage mich, wie oft er Sport macht. Der Tierarzt hat eher eine athletische, schlanke Form, deshalb denke ich, dass er Joggen geht.

»Da bin ich raus. Ich habe zwei linke Füße.« Er verzieht das Gesicht und trinkt einen großen Schluck vom Alkohol. »Joggen, Schwimmen, von mir aus auch Reiten oder so. Aber Tanzen? Du willst wohl, dass ich dich umbringe.«

Ich halte in meiner Bewegung inne. »Oh.« Bedauern zeichnet mein Gesicht. »Dann weiß ich wirklich nicht, wie das hier etwas werden soll.«

Jake lacht, so herzlich, dass es mich an den tiefsten und dunkelsten Stellen in meinem Inneren wärmt. Eine Hand legt er auf sein Herz, als hätte ich ihn gerade angeschossen. »Nein, bitte. Sag das nicht!«

Grinsend kräusle ich meine Lippen und zucke mit den Schultern. »Tut mir leid. Tanzen ist praktisch eine Grundvoraussetzung, die ich an meinen Future-Husband stelle. Hallo? Ein Tanz zu Ed Sheerans ›Thinking out Loud‹?«, scherze ich, denn ich weiß nicht, ob ich es tatsächlich liebe, mich in den Armen eines anderen Mannes zu wiegen. Eigentlich habe ich das bisher nur mit einem getan. Raphael. Und mit ihm war es … unbeschreiblich.

Hastig verdränge ich den Gedanken und greife nach meinem Glas, um meinem Gehirn eine gänzlich andere Beschäftigung zu geben. Ich muss aufhören an meinen besten Freund zu denken.

Jake schielt nachdenklich zu mir herüber. Dann wendet er sich mir komplett zu. Langsam beugt er sich in meine Richtung. Ich halte die Luft an und beobachte ihn dabei, wie er behutsam über die Decke rutscht. Er kommt näher, sein Blick in meinem.

Seine Finger greifen zaghaft nach meiner Wange. Sofort entspannen sich meine Muskeln ein wenig mehr und ich schmiege mich ganz automatisch an seine warme Haut.

Es war ein wundervoller Tag. Erst die Fahrt mit

seinem alten Cabrio, in dem wir lauthals zu Lewis Capaldi mitgesungen haben. Dann das Geplänkel bei unserem Spaziergang durch die Felder und letztlich dieses Picknick inmitten von Lila.

Ja, es war so schön, dass es in meinem Magen allein bei der Erinnerung an die Stunden kribbelt. Mein Blick landet in seinen blauen Augen und ich halte erneut die Luft an. Unwillkürlich sehe ich auf seine Lippen.

Wie wäre es wohl, ihn zu küssen? Wahrscheinlich ebenso beruhigend, wie mit ihm Zeit zu verbringen. Ob er mich von Raphael reinwaschen könnte? Ob er mir das Gefühl vermitteln könnte, dass ich bei ihm habe? Ist es möglich, dass ich mich noch mal so unwiderruflich und stürmisch verliebe?

Angefeuert von Neugier und dem himmlischen Kribbeln in meinem Magen beuge ich mich zu ihm hinüber. Mein Herz rast, was ich an meinen Rippen spüren kann. Die Umgebung verschwimmt zu einer einzigen lila und rosa-gelben Masse.

Mein Atem geht flacher. Jakes Blick wandert zu meinen Lippen. Seine Finger fahren Kreise an meiner Wange, die andere Hand legt sich um meinen Nacken. Sanft und liebevoll dirigiert er meinen Kopf so näher an seinen.

Ich atme seinen Duft ein, schließe die Augen und lasse mich fallen in dem Moment, der so unendlich scheint. Unsere Lippen berühren sich. So zaghaft und vorsichtig, als würde eine Feder über meine Haut streifen, dann …

»Oh Gott!« Blinzelnd schrecke ich zurück.

Wasserspritzer durchweichen meine Klamotten, treffen auf meine Haut und ich muss lachen, weil Jakes Miene binnen Sekunden zwischen Verwirrung, Erkenntnis und Schock hin und her wechselt.

Quietschend springe ich aus Reflex auf. Noch immer habe ich keine Ahnung, wo die Regentropfen herkommen. Schließlich ist der Himmel klar und … Da fällt mein Blick auf die Sprinkler, die um uns herum ihr Bestes geben, um die Blumen zu bewässern.

»Scheiße!«, flucht Jake und ich sehe ihm dabei zu, wie er hektisch auf seine Armbanduhr sieht. Das blaue Hemd, das sich nun nass an seine Muskeln schmiegt, passt gut zu seinen funkelnden Augen. »Oh, ich habe die Zeit vergessen! Wir sollten nicht mehr hier sein. Die Sprinkler …«, murmelt er zusammenhangslos und beginnt hastig, die Sachen in den Picknickkorb zu werfen.

Für einen Perfektionisten wie Jake ist dies ein Fiasko, dessen bin ich mir sicher. Der Tierarzt liebt die Kontrolle, das ist mir bei der Arbeit mit ihm schon oft aufgefallen. Es wäre aber schön, wenn er für einen Moment mal lockerlassen würde.

Das Wasser hat sowieso schon alles, inklusive uns, komplett durchnässt. Ist es komisch, wenn mich das beflügelt?

Ein tiefes Lachen kriecht aus meiner Kehle, sodass Jake zu mir aufsieht und ich mir meinen Bauch halten muss. Er schüttelt nur entschuldigend den Kopf, während ich abwinke. »Hey, eine Abkühlung an diesem warmen Abend ist doch gar nicht schlecht.«

Unbehagen schleicht sich in seine nachdenkliche Miene. Doch dann zuckt er mit den Schultern. Er lässt vom Picknickkorb ab, nickt entschlossen und tritt näher an mich heran. Das Schmunzeln auf seinen Lippen bringt auch mich erneut zum Kichern. Regentropfen perlen von seiner Haut. In seinen Haaren glitzern sie wie unzählige Diamanten.

»Jetzt ist es auch egal«, sagt er mit fester Stimme. Mit einer ausladenden Bewegung, wie man sie aus Filmen der

Renaissance kennt, fasst er nach meiner Hand und küsst ihren Rücken. »Darf ich Sie um diesen Tanz bitten?«

Ich lege geehrt eine Hand an mein nasses Dekolleté. »Sie würden also mit mir tanzen? Obwohl Sie doch so ungeschickt sind?«

Vorsichtig zieht er mich in seine Arme und wiegt uns hin und her. »Na ja, wenn du mich danach nicht mehr sehen willst, habe ich wenigstens alles versucht.«

Kichernd schmiege ich mich näher an seine Brust. Er hält meine Hand fest in seiner verschränkt und tanzt mit mir in dem Nieselregen. Der Geruch von Petrichor und Lavendel liegt in der Luft, Vögel zwitschern über uns, die Golden Hour vergoldet die Landschaft.

Zum ersten Mal in all den Jahren empfinde ich etwas, als mindestens genauso schön wie mit Raphael.

Es war die richtige Entscheidung, mit dem Tierarzt auszugehen. Auch wenn er mein Chef ist. Jake ist das, was ich niemals gedacht hätte, jemals zu bekommen. Ein Mann, der mich wertschätzt, der es schafft, die Welt zu einem besseren Ort zu machen. Für mich, für die Tiere. Ich möchte mich darauf einlassen. Ja. Ganz sicher.

Seit meinem ersten Mal wünsche ich mir, dass Raphael mich so sieht, wie ich *ihn* in dieser Nacht gesehen habe. Wie Jake mich vielleicht sieht. Doch Fall ist verheiratet, hat Kinder, andere Sorgen und schöne Momente, die ich ihm gönne. Wir haben es geschafft. Beide. Wenn auch nicht miteinander. Und deshalb ist es okay, damit abzuschließen.

»Erzähl mir alles.« Faith sitzt mit großen Augen und einem Cappuccino in den Händen auf meiner Terrasse. Sie hat ihr blondes Haar zu einem hohen Zopf gebunden, trägt kein Make-up und wirkt etwas müde. Die Sommersaison ist gerade zu Ende und neben ihren Kunstwerken hilft sie ihrer Frau in der Pension. Wahrscheinlich ist das alles ziemlich viel für sie. Manchmal frage ich mich, ob ihr Tag mehr Stunden hat als meiner.

Ich lasse mich ihr gegenüber auf dem Stuhl nieder und zucke mit den Schultern, ehe ich einen Schluck von meinem schwarzen Kaffee nehme. »Es war schön.«

Ihr Mund fällt auf. Verschmitzt kräuselt sie ihre Nase und ich weiß, dass ihre Gedanken in eine ganz falsche Richtung gehen. »Du Luder!«

Die Augen rollend schüttle ich den Kopf. »Okay, nicht *so* schön.«

»Dann habt ihr nicht miteinander geschlafen?« Meine Freundin betrachtet mich skeptisch, zieht ihren Fuß auf den Stuhl und stellt die Tasse auf den Tisch. Eine ihrer blonden Locken hat sich aus dem Dutt gestohlen und rahmt nun ihr markantes Gesicht ein.

»Nein.« Ich nippe an meinem Kaffee und vergrabe damit mein Gesicht in der Tasse. Wir hatten keinen Sex. Früher hatte ich ein paar One-Night-Stands und ja, ich war immer der Typ: ›Ein Auto muss Probe gefahren werden, ehe man es kauft‹. Aber ich bin nun ein wenig älter und mein Herz leider nicht mehr ganz so wild, wie es einmal war. Früher hätte es vieles ausgehalten, heute brennen meine Augen schon, wenn ich nur daran denke, wieder einen Menschen aus meinem Leben zu verabschieden.

Deshalb möchte ich warten, bis ich den Tierarzt komplett an mich heranlasse.

Das Date mit ihm war intensiv. Wir haben viel geredet und er versetzt mich in einen Zustand, den ich nicht an mir kenne. Auch jetzt breitet sich eine Gänsehaut auf meinem Körper aus, wenn ich daran denke, wie er mich im Nieselregen wiegte und mir einen Kuss auf die Lippen hauchte. Zart und unschuldig. Ich muss grinsen. Nur will ich aber auch nicht zu viel hineininterpretieren, bevor wir nicht ein zweites oder drittes Mal aus waren.

Faith schmunzelt. Ich kann ihr ansehen, dass sie sich für mich freut. Sie ist eine der wenigen Menschen, die einen großen Teil meiner Geschichte kennt. Sie weiß, wie sehr ich unter dem Kontakteinbruch mit Raphael leide. »Dein Lächeln ist schön«, merkt sie an, fordert mich aber sogleich mit einer Handbewegung auf weiterzusprechen.

Ich kichere und zucke mit den Schultern. »Was willst du hören? Dass wir uns gut verstehen?«

Faith stöhnt genervt und lässt ihre Hände in den Schoß sinken. »Mann, muss man dir alles aus der Nase ziehen, Summer? Du grinst wie ein Honigkuchenpferd und das, obwohl du gar nicht mit ihm ausgehen wolltest! Also, was war da los? Hat er dir einen Drink verpasst? Irgendetwas Medizinisches, Gutes, sodass du jetzt viele kleine Babys mit ihm haben willst?«

Prustend schüttle ich den Kopf. »Du hast eine wirklich wilde Fantasie.«

»Künstlerin, hallo?«, flötet sie ironisch und wir müssen beide lachen.

»Wir werden uns morgen wiedersehen«, eröffne ich, sobald wir uns wieder eingekriegt haben.

Faith springt auf, als hätte sie in diesem Moment erfahren, dass sie im Lotto gewonnen hat. »Yeah.« Wild tanzend dreht sie sich lachend im Kreis. »Dann stehen den Vierer-Dates nichts mehr im Wege! Es gibt so viele Wanderstrecken hier am Lhorie-Lake und ganz viele Gesellschaftsspiele, die man immer nur zu viert spielen kann!«

»Du bist albern«, lasse ich sie wissen und stelle meine Tasse zu ihrer. »Wandern?« Mit hochgezogener Augenbraue sehe ich sie an und schüttle den Kopf. »Und ich dachte, wir kennen uns.«

Sie grunzt belustigt.

»Vielleicht wird gar nichts aus uns?« Schulterzuckend beobachte ich meine Freundin dabei, wie sie innehält und mit dem Finger auf mich zeigt.

»Oh doch!« Sie ringt nach Atem. Wohl schockiert darüber, dass sie so schwer Luft bekommt, stützt sie ihre Hände auf den Knien ab. »Gott, ich wusste ja, dass ich keine Kondition habe, aber das ...«

»Und du willst bergsteigen ...« Kichernd schüttle ich den Kopf. Habe ich schon mal gesagt, dass sie eine echte Bereicherung in meinem Leben ist? Seit ich hergezogen bin, ist sie praktisch andauernd anwesend. Ihr Haus ist direkt um die Ecke, ebenfalls am See. Neben der Tatsache, dass sie eine begabte Künstlerin ist, gibt sie mir das Gefühl, hier angekommen zu sein. Ein Gefühl, dass ich bisher nur von Raphael kannte.

»Ich sehe es. Ihr seid praktisch füreinander geschaffen.« Faith zwinkert und rutscht zurück auf den Stuhl. »Und nachdem du die halbe Welt bereist hast, kannst du nun auch wirklich mal sesshaft werden.«

Nickend stimme ich ihr zu. »Zu diesem Entschluss kam ich gestern auch.«

Nach unserem Date lag ich noch wach und grübelte über all die Jahre, die seit dem ersten Zusammentreffen mit Raphael vergangen waren. Damals wollte ich nichts mehr, als dieses Leben zu führen. Und heute würde ich all das aufgeben, um noch einmal die Dreizehnjährige zu sein, die sich unter dem Gerüst des Trailers versteckt und mit dem neuen Jungen in der Nachbarschaft spricht. Ich war immer ein Einmann-Rudel, bis er kam. Er brachte mir bei, dass ich mich lieben darf. Dass ich gewollt bin, eine Bereicherung für diese Welt und unabhängig. Die ihren besten Freund trotz allem vermisst. Mehr, als ich es beschreiben kann.

Aber ich bin angekommen. In einer Kleinstadt, nicht weit entfernt von Toronto. Habe ein Haus, ein See, einen weißen Gartenzaun und habe echt viel von dieser Welt gesehen.

In Faiths Gesicht mischen sich ein paar unterschiedliche Emotionen, die ich nicht zuordnen kann. Dann zieht sie ihre Unterlippe zwischen die Zähne und ich weiß, was sie sagen wird. »Dann ziehst du einen Schlussstrich?«

Schmerzhaft zieht sich mein Herz zusammen. Ein gewohntes Gefühl, wann immer ich an Raphael denke. Automatisch fasse ich zum Medaillon an meinem Hals, das ich nie ablege. »Habe ich eine andere Wahl?«

Faiths Miene wird mitfühlend. Sie seufzt und sieht mir tief in die Augen. »Du hast mir viel über euch erzählt, Sum. Und ich kann mir vorstellen, dass es hart ist. Ich habe ja auch einiges mitbekommen.« Sie atmet aus und zuckt mit den Schultern. »Manchmal sind Freundschaften eben doch nicht für immer.«

Ohne es zu wollen, beginne ich zu zittern. »Ja.« Ich lasse das Amulett los und atme tief durch. »Wir hatten eine wunderbare Zeit. Ohne Raphael Fall wäre mein Leben ein einziger Sturm gewesen.« Nickend, um mir selbst einzureden, dass es so besser ist, ringe ich mir ein Lächeln ab. »Ich sollte einfach dankbar sein, dass ich ihn kennenlernen durfte.«

Faith stimmt lächelnd zu, aber ich kann in ihren Augen sehen, dass sie eine tiefe Anteilnahme zeigt. Da sie Raphael kennt, versteht sie mich vielleicht noch besser. Außerdem habe ich oft von meinem besten Freund und mir erzählt. Wahrscheinlich zu oft, weil mich einfach alles an ihn erinnert.

»Wenn wir das jetzt geklärt haben, sollten wir uns um die Preiselbeeren kümmern. Die müssen geerntet werden. Sonst meckert Frederick, wenn er das nächste Mal an deinem Gartenzaun vorbeigeht.« Sie zwinkert und es scheint, als wollte sie mich ablenken.

Es funktioniert. Denn Kanadas Kleinstädte sind eben wie alle auf diesem Planeten. Es wird geredet. Woran ich mich natürlich erst einmal gewöhnen muss. Kanadier sind nämlich keineswegs so höflich, wie wir es in Amerika etwas belustigt behaupten. Sie sind auch nur Menschen und wenn sie etwas stört, können sie ganz schön aufdringlich werden. In der ersten Woche kam Mrs. Kingsley von gegenüber ständig mit Backwaren, um zu erfragen, wann ich denn nun die Hauswand streiche, weil sie das Babyblau der vorherigen Besitzer stört. Und da ich in der Kleinstadt nicht anecken will, versuche ich mich zu benehmen.

»Geh schon mal vor. Ich bin in zwei Minuten da.« Ich erhebe mich von meinem Stuhl, während meine Freundin nickt und voller Tatendrang in Richtung Sträucher davon stapft.

Ich gehe durch die Glasflügeltüren, durchquere das hell gehaltene Wohnzimmer und trete in die offene Küche im amerikanischen Stil. Das Erdgeschoss habe ich zuerst renoviert und dabei all die Wünsche umgesetzt, die ich schon mit siebzehn an mein Zuhause hatte.

Die Wände sind in einem Weiß-Beige gestrichen und passen gut zu den hellen Landhausmöbeln. Nur das dunkelgrüne, samtige Chippendale-Sofa und die Pflanzen stechen hervor. Wie immer durchstreift mich eine Welle des Glücks, wenn ich meinen Blick durch das Zimmer schweifen lasse.

Gleichzeitig fröstle ich, wenn ich das Amulett, um

meinen Hals berühre. Es erinnert mich daran, was in diesem Haus fehlt.

Ich lege das Medaillon nie ab. Nur beim Putzen, Werkeln oder eben bei der Gartenarbeit. Obwohl es lächerlich ist, habe ich Angst, es bei den Arbeiten zu beschädigen.

Der Verschluss hakt etwas. »Mann«, fluche ich und rupfe an dem Metall. Beim fünften Versuch klappt es. Stolz umfasse ich das Schmuckstück und lege es auf die Küchenablage.

Ehrfürchtig betrachte ich die Kette. Ich spüre das gewohnte Ziehen in meinem Magen. Erinnerungen dümpeln in mein Bewusstsein.

Mit einem Klicken öffne ich das Metall. Ein stilles Lachen entfährt mir, als ich auf das Bild darin blicke. Wenn ich die Augen schließe, kann ich noch den kühlen Wind spüren, der mir das Haar aufwirbelte, als Raphael es mir umlegte.

Hastig blinzle ich die Szene davon. Nein. Es ist okay, daran zu denken, aber ich darf mich nicht danach sehnen.

Eilig schließe ich das Medaillon wieder. Schluckend straffe ich meine Schultern, drehe mich herum und gehe nach draußen.

Ich werde das Amulett heute Abend in der Kiste verstauen. Mit all den Erinnerungen an eine Zeit, die nicht mehr ist.

Kapitel 8

Summer

2016

»Nein, wir müssen da lang«, schreie ich auf, als ich bemerke, dass Randy schon wieder die falsche Ausfahrt nimmt. Wenn das so weitergeht, kommen wir nie an.

»Hey.« Er schlägt auf das Lenkrad und schnauft angespannt.

»Wenn du nicht die ganze Zeit an diesem Handy kleben würdest, könntest du mir helfen!«

Ertappt räuspere ich mich und lasse das Smartphone sinken. Unruhig kichernd knete ich meine Finger. »Tut mir leid. Ich freue mich nur so, ihn wiederzusehen. Fast ein Jahr ist seit unserem letzten Treffen vergangen.«

»Ihr telefoniert doch ständig«, wirft mein Freund unbeeindruckt ein. Aus seinem Dutt sind einige Strähnen gefallen. Das Piercing in seiner Nase und die leichten

Sommersprossen drumherum springen, während er spricht. Das liebe und beobachte ich sehr gerne, wenn wir einfach nur im Bett liegen und kuscheln.

»Bist du etwa eifersüchtig?« Ich beuge mich zu ihm rüber, wobei sich meine langen, geflochtenen Haare wie ein Vorhang in mein Gesicht schieben.

Randy lacht. »Baby, er könnte dir nicht dieselbe sexuelle und göttliche Stabilität geben wie ich.«

Lassen wir ihn mal im Glauben.

Zurzeit ist Randy mein Wegbegleiter. Er steht auf Yoga, Gras, glaubt nicht an Monogamie, praktiziert sie allerdings seit ein paar Monaten mit mir. Denke ich zumindest. Na ja, und wir ernähren uns nur von Gemüse und Obst. Keine Ahnung, ob das gesund ist. Aber hey, solange es zwischen uns funktioniert, ist doch alles okay.

»Genau«, hauche ich und rücke näher an ihn heran. Meine Hände landen in seinem Schoß. »Wenn du möchtest, kannst du mir das auch noch mal beweisen, bevor wir bei ihm ankommen?«

Randy lacht. Er hält an, wahrscheinlich an einer Ampel, drückt mir einen Kuss auf den Mund und schüttelt den Kopf.

»Ist okay. Wenn du diesen Kerl nicht bald siehst, wirst du vielleicht noch durchdrehen.«

Dankbar lächle ich und beiße mir auf die Unterlippe, weil ich mal wieder nicht fassen kann, wie gerne ich mit Randy zusammen bin.

Das Piepen meines Handys unterbricht den schönen Moment.

> Jetzt bin ich einmal für vierundzwanzig Stunden in San Diego und meine beste Freundin verspätet sich.

Kichernd schüttle ich den Kopf, ziehe mich zurück in meinen Sitz und beginne zu tippen.

Wir haben's gleich. Du bist ja noch ungeduldiger geworden!

Ich habe Hunger und die anderen wollen natürlich erst anfangen, wenn ihr da seid.

Außerdem muss ich wissen, ob du dir wirklich das Tattoo stechen gelassen hast. Am Ende sitze ich allein mit einer Sonne und 'nem Blatt am Knöchel rum.

Du hast die Nadel doch gesehen!

Ich glaube es erst, wenn ich DICH hier sehe.

Grinsend blicke ich durch die Windschutzscheibe und schließe die Unterhaltung. Nach unserer gemeinsamen Nacht hätte ich nicht gedacht, dass alles wieder so werden könnte wie zuvor. Doch es war gar nicht schwer, mir selbst das Herz zu brechen. Es ist besser so. Wir sind bessere Freunde und das setze ich nicht aufs Spiel, denn wir alle wissen, was mit Liebenden früher oder später passiert.

Dass wir uns heute nach langen Monaten voll von Millionen Nachrichten und Videoanrufen wiedersehen, macht mich nervös und freudig zugleich. Vor allem, weil ich Raphael Fall und unseren Pakt nun auf meiner Haut trage. Wenn wir uns nicht mehr verstehen würden, wären die Tintenstriche furchtbar schmerzhaft anzusehen.

»Ich glaube, hier ist es«, murmelt mein Freund und biegt auf einen Campingplatz ein. Wir sind außerhalb der Stadt, irgendwo am Meer. Ein holpriger Weg führt durch Schotter und Gräser. Eine laue Brise weht durch das offene Fenster des Campers und ich erhasche einen Blick auf den Ozean. Augenblicklich grinse ich verzückt. Palmen, Sträucher und Büsche zieren den tristen Sandboden. Zelte erscheinen am Horizont, nahe der Klippen, hinter denen das Blau des Meeres schimmert. Ein paar Urlauber sitzen zwischen Wohnwagen gesellig beieinander um einen Grill und ich schnappe nur ein paar einzelne Wortfetzen ihrer Gespräche auf.

Schlagartig schlägt mein Herz wilder gegen meinen Brustkorb. Es scheint, als würde ich erst jetzt tatsächlich verstehen, dass ich Fall gleich wiedersehen werde. Obwohl ich seit einer gefühlten Ewigkeit dem entgegenfiebere.

»Cooler Ort«, merkt Randy an und späht durch die Windschutzscheibe. Er verzieht beeindruckt sein Gesicht, was selten vorkommt. Er ist nicht der Typ, der seine Emotionen nach außen trägt.

Aber ich verstehe, dass selbst er sich bei diesem Anblick regt. Umso näher wir dem Meer kommen, desto lauter wird das Rauschen der Wellen. Salzgeruch liegt in der Luft, der sich mit Holzkohle-Duft mischt. Zwischen Büschen und hohen Bäumen an den Klippen dieses magischen Orts geht die Sonne langsam unter und verschwindet am Horizont des blauen Ozeans. Dieses geheimnisvolle Rosa am Himmel und diese Vorfreude in meinem Inneren lassen mich nur noch breiter grinsen. Das wäre ein fantastisches Motiv für Fall. Wahrscheinlich nervt er die anderen schon mit seiner Kamera.

Wobei seine Freundinnen und Freunde es sicher

nicht aufdringlich finden, denn sie sind selbst alle in diesem Bereich unterwegs.

»Hier müssen wir unbedingt ficken. Es herrscht eine echt geile Energie.« Randys schmutziges Schmunzeln bringt mich dazu, die Augen zu verdrehen. Ich lache und boxe ihn am Arm. »Dann sorge dafür, dass du dich nicht komplett zudröhnst. Wie gestern.«

Randy zischt und parkt den Camper am Ende der Straße in einer Lücke. Erst jetzt sehe ich, dass mein bester Freund da draußen steht und wartet. Grinsend hält er ein Bier in der Hand und blickt mir direkt ins Gesicht.

Wow.

Kurz stockt mir der Atem. Ich muss einen Schluchzer unterdrücken. Raphael trägt ein altes Bandshirt, hat längere Haare bekommen, die sich um sein schönes Gesicht kringeln, und seine Statur gleicht eindeutig einem Athleten. Er hat ja schon gesagt, dass er viel Sport macht, aber das ... er ist noch sportlicher geworden, als er es vor einem Jahr war!

Es ist so aufregend, ihn zu sehen, dass ich gar nicht auf die anderen Personen achten, die um ihn herumstehen.

Quietschend drücke ich die Autotür auf und stolpere förmlich aus dem VW-Bus. Mein bester Freund stellt die Bierflasche auf dem Campingtisch neben sich ab. Ich stürze mich in seine geöffneten Arme und im nächsten Moment bin ich zu Hause. Angekommen. Irgendwo in San Diego, weit weg von all dem, was einst unsere Heimat war. Und trotzdem bin ich mir und meiner Vergangenheit näher als jemals zuvor. Mir selbst näher. In dieser Umarmung.

Einen Moment nehme ich mir, um seinen gewohnten und doch fremden Duft in mich aufzunehmen. Nie mehr möchte ich ihn loslassen, doch Raphael zieht sich zurück. Seine Augen glitzern ebenso wie meine, als er mich anblickt. Er streicht mir mit einem Ausdruck im Gesicht, der meine Knie weich werden lässt, die geflochtenen, kleinen Zöpfe aus dem Gesicht. »Fuck, Summer, das ist heiß!«, kommentiert er meine Frisur.

Kichernd verdrehe ich die Augen und ignoriere, dass meine Wangen sich erhitzen. »Und du siehst aus wie einer von den Backstreet Boys!«

»Das nehme ich als Kompliment.« Er dreht sich im Kreis und entlockt mir damit ein neues Lachen.

»Kannst du.« *Seine Attraktivität sollte mich kaltlassen. Tut es aber nicht.*

Randys Räuspern holt mich zurück auf den Campingplatz. Mit seinen schlabbrigen, weiten Hosen und dem Leinenhemd ist er neben mir zum Stehen gekommen. Er hat einen Arm um mich gelegt, als wolle er sein Revier markieren. Das imponiert mir für einen kurzen Moment, dann erinnere ich mich daran, dass Fall und ich nur Freunde sind, und Randys übertriebene Geste deshalb lächerlich ist.

»Eh ... also.« Ich entscheide mich, es einfach zu ignorieren, und lächle meinen Partner an. »Das ist Randy«, stelle ich ihm Raphael vor, der ihm höflich seine Hand reicht.

»Nenn mich bitte Raph.«

Mein fester Freund erwidert den Händedruck, zieht mich enger an sich und atmet tief ein. So, als wäre Fall nicht hier, küsst er meinen Haaransatz und murmelt: »Dieser Ort erdet mich. Er gibt mir eine unheimliche Kraft.«

Raphael quittiert Randys Verhalten mit einem amüsierten Grinsen. »Jetzt geh ich meditieren, Baby.« Damit läuft mein Freund barfüßig über den Schotter davon.

Raphaels Blick ist eindeutig, als ich ihn ansehe.

»Was?«, will ich wissen, weil mir klar ist, dass er nun einen schlauen Spruch bringen muss.

»Sag mir nicht, dass du ihn heiraten willst.« Falls Augenbraue ist nach oben gehüpft.

»Bist du irre?« Ich hake mich bei ihm ein. »Gott, nein. Er ist ... ein guter Weggefährte. Temporär.«

Raphael nickt und mit einem Mal wirkt er gelöster. »Vor allem, da ich nächste Woche nach Europa reise. Ich werde den Camper bei einer Bekannten stehen lassen.«

»Das ist mega!«, freut sich mein bester Freund. »Da kannst du dich gleich mal mit Grace unterhalten. Sie war schon viermal in Portugal.«

Ein Kloß bildet sich in meinem Hals. Natürlich weiß ich, dass er jetzt nach dem College mehr Zeit hat, und diese mit anderen Menschen verbringt. Frauen. Wie Grace. Allein ihr Name bringt mich innerlich zum Kochen.

»Hey, Leute!« Raphael hat mich zu seinen, ebendiesen Menschen gebracht, die alle um einen Grill versammelt nicht weit von unserem Camper stehen und angeregt miteinander reden. Jetzt blicken sie auf. »Das ist Summersky. Mein Anker. Seid nett zu ihr.« Seine Stimme klingt ein wenig fester als sonst, was mich automatisch stolz macht.

»Oh Mann, es ist so schön, dich endlich mal kennenzulernen!« Eine Frau, etwa in unserem Alter, fällt mir um den Hals. »Ich bin Grace.« Mir wird schlagartig schlecht und ich verkrampfe in der Umarmung. Sie hat rote Haare, Sommersprossen, leuchtend grüne Augen und das wohl schönste Gesicht, das ich je gesehen habe. Dass sie so freundlich zu mir ist, zeigt mir nur, dass ich noch tiefer im Arsch bin als gedacht.

»Schön, dich kennenzulernen.« Ich ringe mit mir,

während ich diese Floskel über meine Lippen kommen lasse. Sie ist sicherlich super lieb. Aber eben das ist ja das Problem.

»Also das sind Milow, Oli und Dan. Hier drüben stehen noch Sam und Kitty.« Grace senkt ihre Stimme und kichert verstohlen. »Die beiden haben einen kleinen Beziehungsstreit. Kitty hat wohl gestern im Vollsuff mit Oli rumgemacht.«

Ich nicke und werfe einen Blick auf Raphael, der nur gleichgültig mit den Schultern zuckt. Seiner Geste entnehme ich, dass sie oft die Partner untereinander tauschen. Ein Kloß bildet sich in meinem Hals.

»Okay, also das da hinten ist Randy. Mein Freund.« Ich zeige auf ihn und versuche, die leichte Wut in meinem Inneren zu unterdrücken. Schließlich bin ich selbst in einer Beziehung und darf mich nicht über Raphael ärgern.

Randy ist bis zum Rand unseres Standabschnittes zwischen den Klippen gelaufen, hat sich dort im Schneidersitz an einem Baum niedergelassen und scheint zu meditieren. Sein Rücken hebt und senkt sich gedehnt, als würde er tief einatmen.

»Sehr cool. Ich liebe euren Look.« Aufgeregt mustert mich Grace. »Ihr passt gut zusammen.« Tiefer hätte sie mir ein metaphorisches Messer nicht in meine Brust rammen können.

»Wenn wir jetzt alle so weit sind, können wir dann endlich essen?«, meldet sich Fall zu Wort und es klingt, als wolle er ablenken. Dankbar nicke ich energisch, denn auch ich habe keine Lust mehr, über Partnerschaften zu sprechen. Raphael kann gerne mit Menschen schlafen, nur ich möchte nichts davon wissen.

Raphael

Grace' Lachen hallt durch die kühle Nachtluft. Ein paar Mal haben wir miteinander geschlafen, trotzdem kratzt es mich null, dass sie nun mit Dan flirtet. Was mich allerdings richtig ankotzt, ist, dass meine beste Freundin und dieser Randy neben dem Camper sitzen und sich abschlecken, als wären sie Eiskonfekt! Mit den Lichterketten an dem gelben Wohnwagen, dem Lagerfeuer davor und dem klaren Himmel mit Milliarden von Sternen ist es so verdammt romantisch, dass ich meine Zähne aufeinanderpresse und die Fäuste balle.

In einem Zug leere ich das Bier, erhebe mich von dem Holzblock und nehme mir ein neues aus der Kühltasche. Die anderen sind so dicht und mit sich beschäftigt, dass ich mich davonschleichen kann. Nur ein paar Meter von ihnen entfernt lasse ich mich im Schotter nieder und starre auf das Meer, das im Licht des Vollmondes glitzert.

Mit meinen Zähnen öffne ich die Bierflasche und atme tief durch. Beim Anblick dieser wunderschönen Kulisse sollte ich meine Kamera zücken. Doch mein Magen ist so verkrampft, dass ich Schwierigkeiten habe zu atmen.

»Ist hier noch Platz?«

Erschrocken sehe ich auf und damit in das grinsende Gesicht meiner Freundin. Durch das Mondlicht wirkt ihre blasse Haut noch fahler.

Ich klopfe auf die leere Stelle neben mir. Summer erwidert die Einladung, lässt sich nieder und krallt sich nur Sekunden später mein Bier. »Randy ist schon wieder so zu, dass ich kaum ein richtiges Wort mit ihm wechseln kann.«

Automatisch gleitet mein Blick zur Gruppe, wo Summers ›Wegbegleiter‹ in komischen Bewegungen tanzt und mir ein Augenrollen entlockt.

»Nach ›reden‹ sah das jetzt sowieso nicht aus«, grummle ich und kann nicht verhindern, dass es wie ein Vorwurf klingt.

Es entgeht meiner besten Freundin nicht. Nun verdreht sie die Augen, gibt mir das Bier zurück und schnalzt mit der Zunge. »Hey!« Leise kichert sie und atmet genervt durch. »Lass uns nicht über ihn reden. Ich will wissen, wie es mit deiner Arbeit läuft, Mr. Fotograf.«

In ihrem Ausdruck liegt Interesse und Liebe. Ich habe es unglaublich vermisst, ihr in die Augen zu sehen. Sie ist die einzige Person, die es schafft mit ihren Gesten, meine Welt in Ordnung zu bringen.

Ich zucke mit den Schultern. »Okay. Ich habe die Arbeitsstelle geschmissen.« Es klingt beiläufig, dabei lasse ich eine riesige Bombe platzen.

Sie hält inne. Mit großen Augen starrt sie mich an. »Was? Wieso hast du das nicht erzählt?!«

Hastig fahre ich mir durch mein Haar, um zu überspielen, dass ich selbst nicht weiß, wie ich mich mit meiner getroffenen Entscheidung fühle. »Habe gestern die Kündigung eingereicht, sonst wäre ich gar nicht hier«, gestehe ich ihr.

Der Schock in Summers Blick wandelt sich in Sorge, dann schwappt er um in eine Art von Freude. Nachdenklich, aber auch lächelnd sieht sie in Richtung Meer.

»Es hat mir keinen Spaß gemacht, in diesem Laden zu arbeiten. Die waren mir einfach zu kommerziell«, erkläre ich mich weiter, da ich weiß, dass meine beste Freundin mich versteht. Sie ist die Einzige, der ich mich anvertrauen kann. So war es schon immer. »Wir ziehen unser eigenes Ding durch«. Ich nicke in Richtung der Gruppe, deren Lachen zu uns rüber hallt.

Interessiert schaut mich Summer an. Eine ihrer Augenbrauen hat sie nach oben gezogen. »Und was habt ihr vor?«

»Wir haben unseren ersten Auftrag in Mexiko ergattert und werden dort einige journalistische Aufnahmen für eine Zeitung machen. Morgen geht es los.« Meine Worte klingen euphorisch und es scheint, als würde meinem Körper erst jetzt klar werden, wie ich tatsächlich über meine Kündigung denke.

Meine beste Freundin quietscht und fällt mir um den Hals.

»Das ist ja großartig! Du ... also ihr gründet eure eigene Firma?« Sie sieht mich kopfschüttelnd und entgeistert an.

Ihr Geruch schwappt zu mir herüber. Sie duftet wie früher. Nach meinem Zuhause. Nach ihr und nach allem, was ich in den nächsten Monaten wieder nicht bei mir haben werde. Bei diesem Gedanken wird mein Herz schwer.

Als wären die letzten Monate nicht schon unerträglich gewesen. Ich in New York, sie irgendwo in den Staaten mit ihrem Camper unterwegs. Und nun soll uns ein ganzes Land trennen? Bald der Atlantik. Werden wir es schaffen können, an uns festzuhalten?

»Es ist noch alles ganz frisch, aber natürlich hoffen wir, dass es klappt«, murmle ich nachdenklich. Denn es wäre echt schön, wenn wir Erfolg hätten. Gleichzeitig würde ich mir wünschen, dass es nicht klappt. Einfach nur, damit ich diesmal in Summers Nähe bleiben kann.

Sie zieht sich zurück und nickt aufgeregt. »Es ist ... Das ist einfach krass.« Sie strahlt über das ganze Gesicht und greift sich mein Bier, um daraus zu trinken. »Kannst du dir vorstellen, dass wir vor sechs Jahren noch unter dem Trailer saßen und einen Pakt geschlossen haben? Völlig verloren und ohne Zukunftsperspektiven?«

Nein. Das kann ich nicht.

Von der Seite mustere ich ihr schönes Profil. Summer plappert vor sich hin, schwelgt in Erinnerungen und erzählt mir, dass sie inzwischen surfen gelernt hat. Sie schwört, dass wir das irgendwann zusammen machen, doch das Einzige, woran ich denken kann, ist, sie einfach in meine Arme zu nehmen und nie wieder loszulassen.

»Nur Scheiße, dass wir uns dann wieder eine Zeit lang nicht sehen«, vollendet sie ihren Monolog und reißt mich damit aus meinen Gedanken. Mit einem breiten Grinsen dreht sie sich mit dem Rücken zu mir, um ihren Kopf auf meinen Beinen abzulegen, und starrt hinauf in den Himmel. Ganz von allein beginne ich damit, ihre Haare zu streicheln. »Aber wir werden immer schreiben, Fall. Und telefonieren. Und irgendwann bringt uns das Schicksal sowieso wieder zusammen, oder? Ich meine, ich bin erst neunzehn! Wir haben Zeit.«

Ich nicke. Ja. Es wird der Tag kommen, da werden wir beieinander sein und uns von all dem berichten, was wir erlebt haben.

»Ach, ich habe noch was für dich«, fällt mir ein. Sie richtet sich auf, während ich in meiner Hosentasche krame. Ich spüre ihren unsicheren Blick auf mir. »Grace hat mich in so einen Vintage-Laden geschleppt und da bin ich über die hier gestolpert.« Ich ziehe eine goldene Kette hervor, an der ein Medaillon baumelt. Ist es seltsam, dass ich nie aufhören kann, an Summer zu denken? Selbst dann nicht, wenn ich mit einer anderen Frau unterwegs bin.

Ihre Augen werden groß und ihre Kinnlade klappt

nach unten. Vorsichtig tastet sie nach dem Amulett. Gerührt legt sich ihre andere Hand auf ihre Brust. »Für mich?«, fragt sie unsicher und ihr Blick wechselt zwischen mir und dem Schmuckstück hin und her.

»Nein, ich wollte sie Grace schenken und nur von dir wissen, wie du sie findest«, kontere ich. Dann atme ich genervt aus.

»Natürlich für dich, Summersky!« Als würde ich einer anderen Frau jemals etwas schenken, dass so eine tiefe Bedeutung hat.

Sie boxt mir gegen den Oberarm und greift hastig nach der Kette, als könnte ich sie ihr wieder wegnehmen. Ehrfürchtig fahren ihre Finger über das Medaillon. Behutsam öffnet Summer sie und ein Schluchzer dringt durch ihre Kehle, kaum sieht sie das Bild von uns beiden darin.

»Erinnerungen sind schließlich alles, was wir haben, oder?«, sage ich, weil sie mich dies an jenem Abend, als das Foto entstanden ist, wissen ließ.

Sie nickt heftig und hält mir die Kette hin. »Legst du mir sie um?« Ohne auf meine Antwort zu warten, überreicht sie mir das Metall und dreht mir den Rücken zu.

Ich beobachte, wie sie ihre Haare nach oben nimmt, ihren Hals freilegt und darauf wartet, dass ich ihr den Schmuck umlege.

»Wir hatten so viel Spaß in dieser Fotobox. Es war einer meiner letzten Abende in Downhill und ich möchte ihn nie wieder vergessen.« Meine Stimme klingt rau, leise und bedächtig. Gerührt schlucke ich den Knoten in meiner Kehle hinunter.

Kaum habe ich den Verschluss geschlossen, wirbelt Summer zu mir herum. Voller Staunen blickt sie mir in die Augen und an ihrer Miene erkenne ich Freude. »Das ist ein wundervolles Geschenk, Raphael! Ich werde es immer in Ehren tragen und an dich denken. Ganz sicher.«

»Und wenn wir bald unseren eigenen Garten haben, irgendwo, wo es keine Stürme zwischen Sommer und Herbst gibt, vergraben wir es unter einer Diefenbach.«

»Dieffenbachie!«, korrigiert mich meine beste Freundin und lacht.

»Wie geht es ›Carl‹ eigentlich?« Ich erinnere mich an ihre Lieblingspflanze, die sie praktisch verehrt hat. Klar, war schließlich das letzte Geschenk ihres Vaters.

»Gut. *Sie* haben einen Ehrenplatz im Camper. Ich weiß nur noch nicht, was ich während meines Aufenthalts in Europa mit ihnen machen soll.«

»Mit ihnen? Hat sich Carl vermehrt?«

Ich nicke. »Inzwischen habe ich ihn umgetopft und auf zwei Töpfe aufgeteilt. Dadurch ist er zwar kleiner, aber beide Pflanzen nehmen mehr Platz ein und passen nicht mehr in meinen Rucksack.« Nachdenklich dreht sie an dem Amulett. »Sie werden wohl kaum sechs Monate ohne mich überleben.«

Scheiße, ich weiß, wie viel ihr die Pflanze bedeutet. Sie hat sie vor jedem Wutanfall ihrer ›Stiefväter‹ beschützt, sie manchmal sogar bei mir gelagert, nur um sie zu behüten.

»Eh, ich könnte eine Bekannte fragen«, fällt mir ein.

Summer legt ihre Stirn in Falten und lässt von dem Medaillon ab. »Eine Freundin?«

»Nicht so eine, Sum. Ich bin kein Beziehungstyp, das solltest du inzwischen über mich wissen.« Es sieht aus, als würde Anspannung von ihr abfallen, als sie nickt.

»Nein, Faith habe ich im Studium kennengelernt. Sie hat sich in Online-Vorlesungen als Gasthörerin zugeschaltet, um etwas über die Fotografie zu lernen. Sie ist Zeichnerin und lebt in einer Kleinstadt in Kanada bei ihrer Freundin. Sie haben eine Pension. Ich bin mir sicher, sie mag Pflanzen. Du könntest die Pflanzen per Spedition schicken?«

»Wow, Fall. Wie schaffst du es, Menschen zu kennen, ohne sie zu kennen?« Summer grinst. »Deine geheime Superkraft, ne?«

Sie spielt damit auf unser allerstes Treffen an. Darauf, dass sie mich, ohne es zu wissen, wirklich gebraucht hat, und ich sie damals sozusagen gerettet habe. Dabei brachte sie auch meine Welt wieder ins Lot. Das will Summer nur nicht wahrhaben. Sie hat mich gerettet. Nicht ich sie.

»Wir haben einige Male miteinander geschrieben. Es hat mich fasziniert, dass sie Kunst auf eine andere Art liebt, als ich es tue«, erkläre ich schnell. »Aber ich könnte sie doch fragen, ob sie einen grünen Daumen hat und gerne Pate für deinen ›Carl‹ wäre?«

Summer zieht eine Schnute, dann lächelt sie. »Ja, das wäre super! Egal, wie viel es mich kostet.«

»Sodass wir ihn beziehungsweise sie irgendwann in unser Wohnzimmer stellen können.«

Meine beste Freundin schüttelt den Kopf. »Nein, ›Carl‹ wird in meinem Zimmer stehen, Fall.«

Auch okay. Hauptsache wir werden beieinander sein.

Summer fasst wieder an das Amulett und legt sich zurück auf meine Beine. »Danke, dass du hier bist, Raphael.«

Ich streiche ihr einige Haarsträhnen aus dem Gesicht. Sie blickt mich eindringlich an. »Ich meine das ernst. Danke.« Nickend beuge ich mich vor und hauche einen Kuss auf ihre Stirn. »Danke dir, Summerksy. Dass du mich zu einem der hellsten Sterne in deinem Universum gemacht hast.«

Kapitel 9

Summer

2023

Die Tage vergehen. Langsam verwandelt sich die Stadt in ein gelb-rotes Meer. Der Indian Summer in der Kleinstadt ist paradiesisch und so ein Kontrast zu den jahreszeitlichen Umschwüngen in meiner Kindheit. Ich liebe es, am Morgen auf meiner Terrasse zu stehen, Tee zu trinken und das Farbenspiel zu genießen. Immer dann breitet sich eine tiefe Ruhe in meinem Inneren aus. Mit Blick auf den See und die Berge dahinter, auf denen schon ein wenig Schnee liegt, fühle ich mich angekommen. Und in den letzten Tagen wird dies noch untermauert von Jake.

Unwillkürlich muss ich grinsen. Nach unserem zweiten Treffen war ich mir noch sicherer. Er ist es wert, dass ich mich auf ihn einlasse. Deshalb waren wir nur zwei Tage danach noch mal miteinander aus. Und als er mich auf den Stufen des Hauses zum Abschied küsste, war es besiegelt. Bis jetzt ist noch nicht mehr als das passiert. Jake scheint ein gnadenloser Gentleman zu sein, was ich ehrlicherweise schön finde. Das nimmt mir ein wenig den Druck, der sich in meinem Inneren zusammenbraut, wenn ich daran denke weiterzugehen. Es fühlt sich einfach seltsam an, einem Mann näherzukommen. Nicht nur, weil ich damit das Gefühl habe ... einen anderen zu verraten. Auch, weil ich mit Raphael gerne darüber reden würde. Ich möchte seine Meinung zu Jake hören und seinen Segen haben. Aber hatte mein bester Freund meinen für Jenna benötigt? Die aufkeimende Erinnerung schmerzt so sehr, dass ich sie hastig davon blinzele.

Ich lasse den Anblick des einziehenden Herbsts hinter mir und gehe zurück ins Haus. Ein letzter Blick in den Spiegel verrät mir, dass ich gut aussehe, was mich seit Neustem wirklich interessiert, schließlich möchte ich Jake gefallen. Mein dunkles Haar habe ich in einen Pferdeschwanz gebunden, den Wimpernschleier um meine hellen Augen, habe ich getuscht und auf die Wangen ein wenig Rouge aufgetragen. Damit bekomme ich einen natürlichen Glow.

Zufrieden gehe ich nach draußen, schwinge mich auf mein Fahrrad, weil die Arbeitsstelle nur wenige hundert Meter von meinem Haus entfernt ist, und genieße den kühlen Wind an meinen Wangen. So langsam lebe ich mich wirklich ein.

Ich fahre die Straße hinunter und grüße nickend Kicky zu, die mit ihrem Hund am Feldrand steht. »Guten Morgen.«

»Morgen«, ruft sie winkend. Dann schreit sie mir noch nach:

»Teddy hat Husten, deshalb komme ich später mal vorbei.«

Lächelnd nicke ich und hebe die Hand, um ihr zu sagen, dass ich es im Terminkalender vermerken werde.

Als Assistentin von Jake in der Tierarztpraxis des kleinen Ortes zu arbeiten, war anfangs eine große Umstellung für eine Weltenbummlerin. Doch inzwischen habe ich mich daran gewöhnt und liebe meinen Beruf.

Mit Vierbeinern habe ich schon immer gerne gearbeitet und ohne Ausbildung darf man nicht wählerisch sein. Außerdem arbeitete ich schon in wesentlich schlimmeren Positionen, um Geld zu verdienen. In Europa war ich zum Beispiel in einer Stallung nur für die Abfallprodukte, also die Scheiße, zuständig. War nett.

Zwei Straßen weiter biege ich in die Hofeinfahrt des alten Hauses ein, stelle mein Fahrrad an der gewohnten Stelle neben dem Apfelbaum ab und richte meine Frisur. Noch einmal durchatmen, dann schreite ich die knarzenden Treppenstufen des Eingangsbereiches der Praxis hinauf.

»Hallo«, begrüße ich Molly, die schon hinter dem Tresen sitzt. Sie ist jeden Morgen hier, um die Pflanzen zu gießen, zu putzen und Ordnung zu machen. Meist bleibt sie die ersten zwei Stunden, um mir bei einigen Sachen unter die Arme zu greifen. Eigentlich ist Molly Rentnerin, aber es ist offensichtlich, dass sie einsam ist. Deshalb werde ich ihr sicherlich nicht sagen, dass sie ihren Ruhestand genießen soll.

»Und wie jeden Tag geht die Sonne auf!«, sagt sie freundlich und erhebt sich vom Schreibtischstuhl.

Schmunzelnd gehe ich um die Theke, auf der einige Blumen und Visitenkarten stehen, und lege meine Tasche auf dem Boden ab.

»Erst einmal Kaffee?«

Molly nickt heftig, als hätte sie einen schrecklichen Morgen hinter sich. »Frederick meinte, wir müssen den Apfelbaum fällen.«

Ich bin inzwischen schon in die Küche gehuscht, durch deren Tür ich einen verwirrten Blick auf Molly werfe. Diese zuckt nur mit den Schultern, wobei ihre ergrauten Locken springen.

»Ihn stören die Äste, die auf den Bürgersteig reichen.«

»Natürlich tun sie das«, murmle ich, was etwas in dem Röhren der Kaffeemaschine untergeht.

Molly winkt ab. »Der Baum steht da schon länger, als mein Sohn alt ist.« Sie atmet angespannt und es klingt nostalgisch.

»Na ja, ich werde mit Jake darüber sprechen.« Sie verstummt und ich nehme die volle Tasse aus dem Automaten, um die nächste hineinzustellen. »Oder *du* besprichst es mit ihm?«

Ich höre den Unterton sofort und schiele wieder durch den Türrahmen.

»Sieh mich nicht so an, Summer.« Molly hebt die Arme und verzieht unschuldig das Gesicht. »Rose hat euch gesehen, die hat es Pearl erzählt und …«

»Echt jetzt?«, platzt es aus mir heraus. Ich entnehme die zweite Tasse und gehe zurück zu Molly. »Was haben diese Kleinstädte nur mit Tratsch?«

Die ältere Dame nimmt den Kaffee, kichert und zuckt mit den Schultern. »Lass es den Leuten doch! Sie haben sonst nichts zu erzählen.«

Ich seufze ergeben und nippe an meinem Heißgetränk. Molly hat recht. Derzeit ist es wichtig, dass ich mich nur auf mich konzentriere. So langsam geht es mir besser. Der Tierarzt lenkt mich ab und meine Gedanken enden nicht immer in Erinnerungen an Raphael. Ich schaffe es, in Jakes Gegenwart abzuschalten. Zwar wird es nie so sein wie mit meinem besten Freund, aber vielleicht ist das auch okay? Schließlich führen viele Beziehungen und schließen gute Freundschaften? Das eine ist eben nicht das andere, oder?

»Also, ist da was dran?«

Mein Stöhnen geht in ein Lachen über. »Ja. Jake und ich wir sind …«

»Was sind wir?«

Augenblicklich schlägt mein Herz schneller. Beinahe hätte ich etwas Kaffee auf dem Tresen verschüttet. Der Tierarzt steht im Türrahmen des Eingangs und grinst zu uns herüber. Dabei entstehen diese süßen Grübchen auf seinen Wangen, die ihn jünger aussehen lassen, als er tatsächlich ist.

»Eh …«, stottere ich schlagartig los, weil wir noch nicht darüber gesprochen haben, was das zwischen uns ist.

Molly steht vom Schreibtischstuhl auf und atmet angespannt. »Kinder, ihr habt zu wenig Zeit auf dieser Welt! Es ist offensichtlich, dass ihr euch mögt. Also los geht's. Produziert die nächste Generation, damit dieser Ort nicht ausstirbt.«

Hitze steigt in meine Wangen. Ich senke den Blick. Natürlich hat Molly recht. Trotzdem schäme mich in diesem Moment dafür, dass Jake und ich nicht ganz in Ruhe darüber reden konnten. Er ist vier Jahre älter als ich, außerdem gibt es da einen Mann in einer anderen Stadt, den ich vermisse. Zudem ist Jake mein Boss. Damit also eigentlich tabu. *Riecht nach Drama, wenn man mich fragt.*

Der Tierarzt kommt mit festen Schritten auf mich zu, legt die Aktentasche auf die Theke und ich versinke noch mehr in mir.

Er schiebt zwei Finger unter mein Kinn, hebt es an und ich bin gezwungen, ihn anzusehen. ›Es tut mir leid‹, versuche ich mit meinen Augen zu sagen, was er mit einem Lächeln erwidert.

»Molly hat recht.« Seine Stimme klingt fest. »Die letzten Treffen mit dir waren wundervoll, Summer.«

In meinem Inneren tummeln sich Schmetterlinge. Ein paar, weil ich mich etwas in Jake verguckt habe. Aber auch welche, die wehtun und mir sagen, dass ich mit dem Mann noch nicht einmal im Bett war. Und dass er gehen könnte, noch bevor es richtig mit uns losgegangen ist. Er könnte sehen, was Raphael gesehen hat, und mich, eben wie er, letztlich doch im Stich lassen. Oder?

»Keine Zweifel«, flüstert er, als hätte er meine Gedanken gelesen. »Ich möchte dich näher kennenlernen. Also …«

Okay, mein Herz bleibt gleich stehen. Wenn er Tierarzt ist, kann er dann auch Menschen wiederbeleben? Natürlich kann er das! Nicht nur, weil er Veterinär ist.

»Möchtest du meine Freundin sein, Summer?« Herzstillstand.

Alles in meinem Inneren schreit ein klares ›Ja!‹. Doch es gibt diese feine, kleine Stimme, die mich daran erinnert, dass es auch gewaltig schieflaufen kann. Dass mein Herz doch schon vergeben ist. Jeder einzelne Zentimeter davon.

Raphael

»Wo bist du mit deinen Gedanken?« Dan schnippst hektisch mit seinen Fingern vor meinem Gesicht herum. Er steht vor dem riesigen Flachbildschirm, der an der Wand des Konferenzsaals hängt. Mein guter Freund und der Mitinhaber unserer Agentur stellt mir ein neues Konzept vor, um noch mehr Unternehmen anzusprechen. Dan würde unglaublich gerne expandieren und Werbevideos statt nur Bildkampagnen drehen.

Mich schüttelnd blinzle ich ihn an. »Hm?«

Mein Freund stöhnt. Er wirft die Mappe in seinen Händen frustriert auf den Designer-Holztisch.

»Hey, ich weiß, dass du viel um die Ohren hast.« Er verschränkt die Arme vor der Brust und schaut auf mich herab. Sein Ausdruck wirkt mitfühlend, gleichzeitig erkenne ich den Ärger in seinen Augen. »Aber wir haben alle in den letzten Jahren gelitten. Mit dir. Und natürlich auch, weil wir uns jetzt mit dem ganzen kommerziellen Scheiß rumschlagen müssen, statt in der Welt nach den echten Storys zu suchen!« Seine Stimme wird lauter, dann schüttelt er den Kopf und beugt sich etwas zu mir. »Was ist los? Geht es um *sie*?« Er stützt seine Hände auf dem Tisch ab und mustert mich. Ich weiche seinem Blick aus und möchte den Kloß in meinem Hals davon schlucken, doch es gelingt mir nicht. Seit fünf Tagen scheint die Zeit irgendwie stillzustehen und mein gesamter Körper, mein Geist, ja, meine ganze Existenz möchte nichts mehr, als Summer Sky anzurufen. Nach all der Zeit würde ich ihr gerne sagen, dass ich Jenna hassen möchte.

Dass ich Hilfe benötige. Dass ich das alles nicht mehr schaffe ohne sie. Doch ich kann nicht.

Es gibt schließlich einen Grund, weshalb ich sie von meinem Leben fernhalte. Mein Glück hinter ihres zu stellen, ist das Mindeste, was ich für sie tun kann. Ich möchte, dass sie all unsere Träume lebt. Sie würde das Gleiche für mich machen.

»Brauchst du eine Auszeit?« Dans Worte werden eindringlicher. »Musst du *sie* sehen?«

Kopfschüttelnd reibe ich mir die Augen mit den Daumen. »Keine Ahnung. Es ist nur ... die Kinder und das alles.«

»Du willst sie aus deinem Schlamassel raushalten, schon klar. Aber habt ihr euch nicht immer zu allen Tages- und Nachtzeiten mit Dingen genervt.« Seine Stirn hat sich in Falten gelegt. »Dass du sie auf unseren Reisen nicht nach jedem Schiss angerufen hast, um ihr davon zu erzählen, hat mich wirklich überrascht.« Er grinst schief und zwinkert.

Ich weiß, was er meint. Summer und ich, das war fast schon nervig. Wir haben andauernd miteinander telefoniert, manchmal sogar mitten in der Nacht, sodass ich morgens hundemüde bei unseren Terminen erschien.

Ein bitteres Lachen entfährt mir. In den zehn Jahren hatte jeder von uns oft Probleme. Natürlich. Jedoch waren keine so fundamental wie dieses. Ihr Leben festigt sich. Meines gerät aus den Fugen. Komplett. So war das nie.

Doch bin ich ehrlich zu mir ... ich verheimlichte ihr auch schon früher einige Dinge oder ging ihr aus dem Weg. Scheiße, ich möchte einfach, dass sie glücklich ist. Etwas anderes kann ich nicht ertragen.

»Ich kann dir sagen, dass du in ihrer Nähe glücklicher warst«, murmelt Dan, als hätte er meine Gedanken gelesen. Er versucht meine Augen mit seinen einzufangen. »Damals, in San Diego, kurz vor Mexiko, wolltest du nicht ins Flugzeug einsteigen. Du wolltest unser Vorhaben über Bord werfen, weil du sie so sehr geliebt hast.«

Dan hat recht. Dieser Abend auf dem Campingplatz, wie sie auf meinen Beinen lag, und wir die ganze Nacht über ihren Trip durch Amerika sprachen, war wundervoll. Auch zu diesem Zeitpunkt war mein Leben ins Schwanken geraten. Ich hatte nach dem College die erstbeste Arbeitsstelle angenommen, nur um sie wenige Wochen danach wieder zu kündigen. Ich hatte sie von diesem Sturm in meinem Inneren ferngehalten und ihr als Letzte von meinem Vorhaben erzählt.

Summer machte mich zu einem besseren Menschen. Sie brachte mich dazu, das Schlechte aus meinem Leben zu verbannen. Auch ohne dass ich sie daran teilhaben hätte lassen müssen, wusste sie, was ich brauchte. Immer. Genau so jemanden wünsche ich mir eigentlich für Kate und Daisy. Einen Wegweiser. Das ist es ja, was mich andauernd dazu bringt, an sie zu denken.

Mein Freund und Geschäftspartner seufzt. Ich blicke zu ihm auf und beobachte, wie er sich, sichtlich verzweifelt, über das Gesicht streicht. Er schüttelt den Kopf und nickt zu meinem Smartphone.

»Ruf sie einfach an, Rap. Das Schicksal hat euch vielleicht jahrelang dazwischengefunkt, doch jetzt hast du freie Bahn. Nutz die Chance.« Er seufzt, als müsste er die Bürde unserer Funkstille tragen.

Ein zynisches Lachen entfährt mir, während Dan den Konferenzsaal verlässt und mich mit der Projektmappe auf dem Tisch und der Präsentation auf dem Flachbildschirm zurücklässt.

Das Schicksal. Ja. Wir haben ständig den falschen

Zeitpunkt erwischt. Warum glaube ich, dass es nun wieder nicht der richtige ist?

»Daddy?«

»Hm?«

»Können wir Pfannkuchen machen?«

Ich lenke den Wagen ins Parkhaus unseres Wohnkomplexes. Kurz löse ich eine Hand vom Lenkrad und hebe sie, um die Parkaufsicht zu grüßen. Mit einer einfachen Geste antwortet er mir, ehe ich in Richtung meines Parkplatzes abbiege.

»Klar.« Vor Daisy und Kate versuche ich mir nichts von meinem Gefühlswirrwarr anmerken zu lassen, sondern lächle breit. Sie haben die beste Version von mir verdient. Also gebe ich mir Mühe, meinen Kummer zu verbergen. »Was für welche möchtest du den haben?«

»Mit Käse und Banananane und Lollipops!«, quietscht meine große Tochter begeistert davon, dass ich nachgebe. Normalerweise gibt es Pancakes nicht zum Abendessen. Doch heute habe ich keine Kraft zu diskutieren und um ehrlich zu sein, könnte ich selbst ein paar klebrige Pfannkuchen vertragen.

Daisy quakt ihrer Schwester nach und entlockt mir damit ein Schmunzeln. Offenbar ist auch meine Kleine ein Fan von unserem Vorhaben. Ich parke das Auto in einer Parkbucht, lehne mich zu ihnen nach hinten, um sie abwechselnd ansehen zu können, und runzle die Stirn. »Das klingt aber ziemlich extravagant, meint ihr nicht?«

Kate schüttelt heftig den Kopf und reißt ihre großen Augen auf. »Aber, Papa, in Pfannkuchen kann man doch alles machen, was man will!«, belehrt sie mich, als wäre ich von einem anderen Stern.

»Okaaay«, ziehe ich das Wort lang, atme aus und schwinge mich aus dem Wagen. Ich öffne ihre Tür und grinse die beiden an. »Dann werden wir jetzt ganz erfinderisch sein.« Mit einem Handgriff mache ich den Gurt von Kates Kindersitz auf, damit sie hinaushüpfen kann.

»Au ja!« Sie klatscht in ihre kleinen Hände. »Wir werden Gurken reinmachen und ...«

Während meine Tochter beginnt die wildesten Kreationen in ihrem Kopf zusammen zu spinnen, hebe ich Daisy aus dem Sitz auf meinen Arm. Nach dem Autofahren ist sie meist zu müde, um selbst zu gehen.

Ich nehme Kate an die Hand und wir laufen gemeinsam den kurzen Weg zum Aufzug. Dabei plappert sie ununterbrochen vor sich hin. So erinnert sie mich am meisten an Jen. Auch sie hat ständig geredet. Das mochte ich an ihr. So vertrieb sie meine inneren, zweifelnden Stimmen.

Kaum habe ich die Haustür aufgestoßen, klingelt mein Handy. Seufzend lege ich Daisy auf der Couch ab, hebe entschuldigend den Finger in Richtung Kate und murmle: »Mäuschen, zieh dir schon mal den Pyjama an, wasch deine Hände und dann fangen wir gleich an, ja?«

Sie nickt aufgeregt, wobei ihr ein paar Locken ins Gesicht fallen, und springt davon.

»Hallo?«, nehme ich das Gespräch entgegen, das sich auf meinem Smartphone angekündigt hat.

»Mr. Fall?«

»Ja?« Verwirrt ziehe ich eine Augenbraue nach oben und gehe in Richtung der Granit-Arbeitsfläche unserer Küche.

»Hier ist Dr. West, Sie wissen noch?« Die Stimme des älteren Herren klingt seltsam. Einerseits angespannt, gleichzeitig aber auch ruhig. Shit. Bei unserem zweiten Termin musste ich in die Röhre, danach haben wir über die Kinder gesprochen und darüber, ob mir die gesamte Situation nicht über den Kopf wächst.

Sofort wird mir schlecht und ich halte in meiner Bewegung inne. Mit einem Mal rückt die moderne, mattschwarze Küche in den Hintergrund.

Möchte er mir nun sagen, dass er eine Sozialhilfe kontaktiert hat?

»Ja?« Mein Mund ist augenblicklich ganz trocken und Schwindel überkommt mich. Ich kralle meine Finger in die Arbeitsplatte und starre auf die beleuchtete Skyline, die durch die bodentiefen Fenster ein traumhaftes Panorama abgibt.

»Könnten Sie morgen Früh in meine Praxis kommen? Ich müsste etwas mit Ihnen besprechen.« Keine Ahnung, wie ich seine Stimmlage einordnen soll. Aber dieses unheilvolle Gefühl in meinem Inneren sagt mir, dass er keine guten Nachrichten für mich hat.

»Geht es um die Kinder und das Sorgerecht?« Ich kann nicht verhindern, dass meine Worte hart und unnachgiebig klingen.

Es folgt ein kurzes, andächtiges Schweigen, dann atmet der Arzt schwer aus. »Wir sollten persönlich darüber sprechen.«

Als hätte mir jemand mit der flachen Hand ins Gesicht geschlagen, taumle ich ein wenig zurück. Mein Becken stößt gegen die Granitplatte des Tresens hinter mir.

Fuck. Natürlich hat es etwas mit Daisy und Kate zu tun. Etwas anderes kann es doch gar nicht sein.

Ich hätte nicht bei ihm vorbeigehen sollen. Der Husten ist auch schon besser geworden. Denke ich. Die Kopfschmerzen lassen sich zwar nicht vertreiben, jedoch kann ich es meinem Körper nicht verübeln, dass er unter Schlafentzug leidet und sich deshalb beschwert.

Ich bin überfordert. Ja. Aber keineswegs wegen meiner Töchter.

»Wenn Sie *sie* mir wegnehmen wollen, dann …«, knurre ich und fletsche ungewollt die Zähne. Zum Glück höre ich Kate noch in ihrem Zimmer hantieren, sodass sie dieses Gespräch nicht mitbekommt. Ich möchte auf keinen Fall, dass sie Angst hat, mich zu verlieren.

»Es tut mir leid, Mr. Fall. Allerdings werden Sie darum wahrscheinlich nicht herumkommen.« Die Worte klingen, als würde der Arzt mehr mit sich selbst, als mit mir sprechen. Ich balle die Hände zu Fäusten.

»Wie bitte?« Meine Muskeln zucken. Jede einzelne Zelle in meinem Inneren schmerzt.

Wo waren diese Arschlöcher damals, als es Summer und mir so ätzend ging? Hatten sie uns schon abgeschrieben, weil wir aus dem Trailerpark stammten und jeder weiß, dass der Nachwuchs solcher *Sozialfälle* nichts erreichen kann? Ist es, weil ich mit meinem Migrationsstatus keine gute Option für diese Kinder bin? Fuck, ich werde sie nicht dem Staat überlassen, niemals!

»Kommen Sie einfach ab neun Uhr vorbei und wir reden darüber, Mr. Fall.« Damit legt der Arzt einfach auf, als hätte er nicht gerade meine gesamte Welt ins Wanken gebracht.

Ich nehme das Handy von meinem Ohr und starre es an.

Wie?

Fassungslos mustere ich das Smartphone und blinzle, weil ich nicht glauben kann, dass der Typ einfach aufgelegt hat. Letzte Woche war er unglaublich freundlich, doch dieses Telefonat bringt mich dazu, ihn zu verabscheuen.

Ich meine, was sollte das?

Was ist hier gerade passiert?

Kapitel 10

Raphael

2016

Blinzelnd versuche ich mich im dunklen Raum meiner Unterkunft zurechtzufinden. Das summende Geräusch der Vibration meines Handys hat mich aufgeweckt. Wenn man diesen Zombie-Zustand, in dem ich mich jetzt befinde, so nennen kann.

Gerne würde ich das Ding ignorieren, aber es hört einfach nicht auf zu vibrieren. Dabei bräuchte ich diesen Schlaf ganz ganz dringend. Seit Mexiko ist so viel passiert, obwohl dieser Auftrag erst acht Wochen her ist. Inzwischen sind wir in Kapstadt gelandet und shooten für National Geographic, ein krasser Erfolg, den wir einem guten Freund von Dan zu verdanken haben. Er filmt für den Konzern und konnte uns ein Vorstellungsgespräch verschaffen. Tatsächlich dürfen wir für die nächsten Monate hier leben und die Tätigkeiten journalistisch begleiten.

Seither schlafe ich kaum noch. Jeden Tag gibt es etwas anderes zu tun. Gestern waren wir inmitten der Landschaft, haben Drohnenaufnahmen gemacht, Menschen fotografiert und sind erst spät nach Hause gekommen, obwohl es morgen Früh mit den Tierporträts weitergeht. Ich komme nicht dazu zu denken und es ist wie in einem Rausch. Unbeschreiblich. Unbeschreiblich schön.

Stöhnend und seufzend drehe ich mich um und grapsche auf meinem Nachtisch herum.

Im Grunde kann es nur Dans Kumpel Sascha sein, der doch noch irgendwelche Fragen hat. Wieso er mir diese nicht morgen stellen kann und mich deshalb mitten in der Nacht anruft, erschließt sich mir nicht ganz.

Okay, ich bin auch noch im Halbschlaf.

Ich kriege das summende Handy zu fassen, schmatze und halte es, ehe ich den grünen Knopf drücke, an mein Ohr. »Hm?«, ist alles, was ich brummen kann.

»Fall?«

Schlagartig stellen sich meine Nackenhaare auf. Es braucht keine Sekunde und ich sitze kerzengerade im Bett. Der Ventilator im Zimmer, der sein Bestes gibt, um der Temperatur zu trotzen, mischt sich zu den leisen Schluchzern, die durch das Telefon dringen.

Summer und ich reden jeden Tag. Trotz Zeitverschiebung, trotz der Anstrengung. Wir halten an uns fest. Aber es ist noch nie vorgekommen, dass sie weinend in der Leitung war.

»Was ist passiert?« Meine Stimme klingt herrisch, ängstlich und ich bemerke, dass ich das Handy fester umklammere.

»Raphael, meine Mom ist gestorben.«

Ein kalter Schauer läuft über meinen Rücken.

»Sie haben sie heute Morgen gefunden mit einer Nadel im Arm. Also eben.« Sie knurrt verärgert. »Ach, diese blöde Zeitverschiebung!« Summer klingt verzweifelt.

»Oh Fuck.« Mehr kriege ich nicht raus.

Meine Freundin schluchzt erneut auf. »Es tut mir leid, ich weiß, es ist bei dir wahrscheinlich drei Uhr oder so. Aber ich sitze am Flughafen und ... ich kann es ... ich ... Sie ist doch meine Mom, Fall. Oder?«

Scharf ziehe ich die Luft ein. Es schmerzt, Summer so zu hören. »Scheiße, das tut mir leid.«

»Nein, ich ... mir ... Gott, ich wusste nur nicht, wen ich anrufen soll.« Ihre Stimme ist nur ein Flüstern. Selten habe ich sie so verzweifelt erlebt. Ein einziges Mal nur hat sie mir mit solch einer Intensität das Herz gebrochen. Als einer ihrer Stiefväter eine Grenze überschreiten wollte. Ihre Mutter lag zugedröhnt auf der Couch daneben. Ich hätte mich beinahe vergessen, während sie es mir erzählte. Stattdessen gingen wir zur Polizei und der Kerl bekam eine einstweilige Verfügung, wofür Summer ein paar Schläge von ihrer Mom einheimste.

»Es muss dir nicht leidtun!«, platzt es sofort aus mir heraus. Ich stemme mich aus dem Bett und beeile mich, meine Sachen zusammenzusuchen.

»Doch, du hast so viel zu tun. Und du bist erfolgreich und ... ich hätte dich nicht anrufen sollen. Wir sehen uns ja in ein paar Wochen und dann können wir darüber reden und ...« Ihre Stimme bricht erneut. Gott, die Verzweiflung in mir ist fast übermächtig. Es gibt gerade nichts, was ich lieber möchte, als sie in den Arm zu nehmen.

»Du bist auf dem Weg nach Downhill?«

Verwirrt stottert sie: »Ich ... Ja, mein Flieger geht in einer Stunde.« Sie schnieft.

Ich ziehe mir etwas über, stelle das Handy auf laut und tippe in das Suchfeld des Browsers ›Flüge nach Downhill, Virginia‹ ein. Der nächste geht nach Norfolk in drei Stunden. Das schaffe ich.

»Dann sehen wir uns dort.« Entschlossen buche ich den Flug, greife nach meiner Tasche und sammle einige Dinge ein, die ich gebrauchen könnte.

»Nein! Fall, ich wollte nicht, dass du ... Du musst nicht«, reagiert Summer augenblicklich über.

Ich halte inne und atme tief durch. »Baby, ich weiß, dass ich nicht muss. Ich darf und das ist das größte Geschenk. Also bitte, lass mich für dich da sein.«

Sie schluchzt bitter auf und ich kann praktisch bildlich vor meinem inneren Auge sehen, wie Summers zierlicher Körper am Gate sitzt. Wie er bebt. Gott, Fuck, das zerreißt mich.

»Danke, Raphael.«

»Keine Stürme«, murmle ich nur und schenke ihr ein Lächeln, dass sie nicht sehen kann, aber sicherlich fühlt. Gleich darauf legt sie auf.

»Wer war das?«

Erschrocken blinzle ich in das halbdunkle Zimmer. Nur das helle Mondlicht sorgt dafür, dass ich die Umrisse von Jenna sehe. Sie ist neu in unserem Team. Unsere Praktikantin. Verdammt, und ich habe vergessen, dass sie neben mir liegt. In den letzten zwei Wochen hatten wir manchmal etwas miteinander. Es ist Spaß. Eine Ablenkung. Etwas, das ich brauche, wenn ich ohne meine beste Freundin überleben will.

Ich stecke das Handy in meine hintere Hosentasche. »Leider muss ich dringend nach Virginia.«

Sie schreckt auf. »Ist etwas passiert?«

Nickend greife ich nach meiner Tasche, gehe ins Bad und schalte das Licht ein, um auch dort noch einige Sachen einzusammeln.

»Aber was ist mit dem Auftrag?« Jenna hat sich aus dem Bett geschoben und ist zu mir herübergetapst. Im Türrahmen bleibt sie stehen. Ihr skeptischer Blick trifft mich durch den Spiegel.

Jenna ist schön. Sie hat lange, blonde Haare, blaue Augen und einen blassen Teint. Das Mädchen ist in Kapstadt aufgewachsen, spricht fließend fünf Sprachen, hat Fotografie, Kunst und interkulturelle Psychologie studiert, sodass sie hervorragend in unser Team passt. Und zu mir. Vielleicht zu gut zu mir, sonst hätte sie die letzte Woche nicht ausschließlich in meinem Bett verbracht.

Ich drehe mich zu ihr um und blicke tief in das Meerblau, das ich so mag. »Die Mutter meiner besten Freundin ist gestorben, Jen. Das ist wichtiger als alles auf dieser Welt, okay?«

Die Praktikantin legt die Stirn in Falten. Ihre Augen werden misstrauischer und ihre Lippen formen sich zu einem Schmollmund. »Das verstehe ich … Aber … ist sie …« Sie senkt den Blick.

Auch wenn ich keine Zeit dafür habe, streiche ich mit meinen Fingern ein paar Haarsträhnen aus ihrem Gesicht und lenke ihren Blick zurück in meinen. Eindringlich sehe ich sie an.

»Summer Sky ist, seit ich fünfzehn bin, meine beste Freundin, Jenna. Wir sind nicht mehr und nicht weniger.« Eine knallharte Lüge, die mich sofort einholt. Schlagartig schlägt mein Herz schneller, wenn ich nur daran denke, wie ich Summer geküsst habe. Ihren Mund und jede Stelle ihres kostbaren Körpers.

Doch es stimmt. Niemals würde ich unsere Freundschaft diesem Gefühl vorziehen. Denn alles, was ich für sie will, ist pures Glück, und das kann ich ihr nicht bieten. Noch nicht. In der Zwischenzeit werde ich das geben, was ich kann.

Jenna nickt verständnisvoll, jedoch entgeht mir nicht, dass sie hart dabei schluckt.

Ich gebe ihr einen schnellen Kuss, räume noch ein, zwei Sachen in die Tasche und gehe dann an ihr vorbei, um meine Jacke zu greifen. Es ist Herbst in Downhill, deshalb wird es sicher nicht mehr als zwanzig Grad haben. Ein totaler Kontrast zu den dreißig bis vierzig hier.

»Dann werde ich eine SMS schreiben. Ihr werdet das auch ohne mich schaffen. Spätestens in einer Woche bin ich wieder hier.«

Summer

Es gab eine Zeit, da wachten wir als Familie in einem stattlichen Haus am Rande der Küste von Weeksville auf. Wir verbrachten unsere Sonntage am Strand, wie viele anderen Familien, aßen Pancakes in den leckersten Variationen und mein Dad pflegte, anders als andere Väter, seinen Garten. Eine Kleinstadtidylle mit einem winzigen Haken. Denn mein Dad betrog Mom seit knapp drei Jahren mit ihrer Yogalehrerin. Ich kann mich noch an den Tag erinnern, als meine Mutter früher von der Arbeit nach Hause kam. Sie blickte grinsend in mein Zimmer, begrüßte mich und fragte, wo mein Dad sei. Ich war noch zu klein, um zu verstehen, was genau los war. Aber als ich ihr mitteilte, dass er in seinem Gewächshaus ist, und ich ihren Schrei nur wenige Minuten später hörte, wusste ich, dass etwas Schlimmes passiert sein musste.

Mit einem Mal war alles vorbei. Die schönen Sonntage, die Filmabende, das gemeinsame Malen und Spielen. Dad ging, Mom konnte das Haus nicht mehr halten, wir zogen in eine Wohnung und die Abwärts-Spirale begann. Sie trank, lernte verschiedene Männer kennen, vergaß, zur Arbeit zu gehen und verlor letztlich auch diese. Zwischenzeitlich begann der Kampf um mein Sorgerecht, bis mein Dad feststellte, dass er mich gar nicht wollte. Die Zeit verschwamm vor meinem inneren Auge und wurde erst wieder klar, als wir in Downhill in der Trailer-Siedlung angekommen waren. Da war ich gerade mal sieben. Ab diesem Moment wurde alles nur noch schlimmer.

Resigniert sehe ich von meinen knetenden Fingern im Schoß auf und blicke in die mitfühlenden Augen von Mr. Furgeson, dem Bestatter. Ich hatte seine Nummer aus dem Stadtanzeiger. Ehrlich gesagt habe ich ihn einfach angerufen, um die Sache so schnell wie möglich hinter mich zu bringen. Außer Fall habe ich keine Freunde, Verwandte oder Bekannte, die ich hätte fragen können, wie ich ... wie ... was man macht, wenn ...

Gott, ich kann es nicht einmal denken. Dabei sind es nur drei Buchstaben, die wie ein Leuchtreklameschild in meinem Inneren schimmern, seit ich den Anruf des Polizeireviers bekam.

Meine Mutter ist tot. Gestorben, weil niemand im Wohnwagen war, um sie zu retten.

Eiskalt läuft mir ein Schauer über den Rücken, obwohl es im Raum eben noch wohlig warm war. Man konnte erkennen, dass sich das Bestattungsinstitut Mühe gab, die Angehörigen nach einem Verlust zu begleiten. Die Wände waren in einem unaufdringlichen Weiß gestrichen. Mein Blick streift die dunklen Holzmöbel, die sich davon abheben, ebenso wie die Ohrensessel, auf denen Raphael und ich sitzen. Uns wurde zu Beginn der Unterhaltung Wasser sowie Kaffee angeboten und die blühenden Zimmerpflanzen machen den Rest.

Doch nicht einmal die durchdachte Ausstattung und dieses liebevolle Lächeln auf den Lippen des Bestatters können das dumpfe, schmerzende Gefühl in meinem Inneren vertreiben.

»Alles in Ordnung?« Raphael reißt mich aus meinen Gedanken. Er hat seine Hand schützend auf meine gelegt.

Sein fragender Blick lässt mich erneut erzittern. Es ist schön, dass er hier ist. Dennoch fühle ich mich schuldig. In ganzem Maße. Weil er meinetwegen seinen Auftrag sausen lässt. Weil ich nicht für meine Mutter da war, obwohl sie mich gebraucht hätte. Weil ich irgendwo in England rumhing, statt sie endlich in eine Entzugsklinik einzuweisen. Und es schmerzt, dass ich die ersparten viertausend Dollar lieber zum Reisen verwenden möchte, statt sie in die Beerdigung einer Frau zu investieren, der ich jahrelang egal war. Hat sie sich denn in den letzten Monaten bei mir gemeldet? Nein. Kein einziges Wort, seitdem ich ausgezogen bin. Dabei war sie doch der Meinung, dass ich ohne sie verhungern würde.

Erneut unterdrücke ich ein Schluchzen und schließe die Augen.

»Es tut mir leid, können wir den Termin vielleicht verschieben?«

Mr. Ferguson nickt, klappt die Akte auf seinem Tisch zu und verschränkt die Finger darüber. »Natürlich.« Er wirft Raphael einen Blick zu, dann sagt er andächtig: »Lange wird der Leichnam ihrer Mutter aber nicht mehr aufbewahrt werden können. Auch dies sind Kosten, die …«

»Ja!«, unterbreche ich den Bestatter barsch. Verdammt, ich will nicht wütend sein, aber ich bin es. »Das ist …«

»Das ist etwas viel, Mr. Ferguson. Wir werden morgen noch einmal kommen, geht das?« Raphael springt für mich ein. Und ich war ihm noch nie so dankbar. Ich schiebe den schweren Sessel zurück und verlasse, ohne mich bei dem Bestatter zu verabschieden, den Raum. Schweratmend stürze ich durch den Vorraum, ignoriere dabei den beunruhigten Blick der Rezeptionistin und stoße die Vordertür auf. Frische Luft durchdringt meine Lunge und ich atme hektisch und tief, ehe ich bemerke, dass ich weine. Schluchzer schütteln meinen Körper und ich presse eine Hand auf meine Brust, um den Schmerz in meinem Inneren einzudämmen.

Leichte Regentropfen perlen auf meiner Haut und kühlen mich ab. Wie schön wäre es, wenn sie all das Schlechte fortspülen könnten.

Raphael ist mir nachgeeilt. Ich spüre seine Finger auf mir und lasse mich von ihm in eine Umarmung ziehen. Ich wäre ohnehin zu schwach, um mich dagegen zu wehren. Selbst, wenn ich nun lieber allein sein wollte.

Es ist nicht das erste Mal, dass er mich in den Armen hält, seit er in unserer alten Heimat angekommen ist. Doch ist es definitiv eine Geste, die ich in diesem Moment dringend benötige. Raphael weiß, was ich brauche. Auch wenn ich behaupte, dass ich es gerade nicht will. Eine Kunst, die ich an ihm liebe.

Mein bester Freund wiegt mich, während der Regen zunimmt. Wenn wir uns nicht bald ins Auto bewegen, werden wir völlig durchnässt sein. Aber es ist mir egal.

Ich möchte mich in seinen Armen wiegen, bis die Welt wieder okay ist. Bis meine Schuld, der Schmerz und die Trauer verschwunden sind.

»Sie war meine Mom«, ist alles, was ich herausbekomme, als ich mich von ihm löse.

Wassertropfen perlen an Raphaels Lippen hinunter. Seine Locken kleben an seiner Stirn und das sonst so männliche, markante, aber dennoch sanfte Gesicht wirkt angespannt und verbissen.

»Sie war meine Mom, Fall. Und auch wenn sie tausende Dinge falsch gemacht hat, habe ich gehofft, ihr irgendwann noch ein einziges Mal nah sein zu können.« Meine Tränen vermischen sich mit dem Regen.

Er nickt sanft und berührt mein nasses Gesicht. »Es ist okay, Summer. Ich verstehe es.«

»Nein! Das kann man nicht verstehen. Weil sie mir alles weggenommen hat! Sie hat mir nie ein Zuhause gegeben! Sich nie einen Dreck um mich geschert. Diese Frau hat sich nicht einmal für mich gefreut, als ich meinen Abschluss in der Tasche hatte! Geschweige denn sich gemeldet, als ich allein in Amerika mit einem Camper unterwegs war! Sie hat sich jahrelang an meinem Ersparten bedient, sodass ich die Reparaturen für den Wagen verschieben musste. Hat zugesehen, als ihre Typen mich geschlagen haben! Mein Bett vergeben, wenn einer ihrer Junkie-Freunde mal wieder nicht wusste, wohin er sollte, und mich ausgelacht, weil ich Träume habe.« Ich schreie meine Wut hinaus. Der prasselnde Regen und der Wind übertünchen die lauten Worte, aber ich muss sie aussprechen.

»Und jetzt soll ich mein gesamtes Geld für ihre Beerdigung verwenden? Was ich nicht müsste, wenn ich hier gewesen wäre und mich um einen Entzugsplatz für sie gekümmert hätte, Raphael! Ich war ... ich habe das Gleiche getan wie mein Dad. Das Gleiche wie meine Mutter. Ich war einfach nicht da, verdammt! Dabei ist das gar nicht schwer. Einen Menschen zu unterstützen, sollte doch leicht sein, schließlich bist du auch hier!« Das Weinen schmerzt in meiner Brust. Der Druck auf meinem Brustkorb macht es nicht besser. Ich halte die Hand gegen mein Herz, um ihn einzudämmen, doch es funktioniert nicht.

Mein bester Freund hält mich. Er hat seine Arme um mich geschlungen, während ich auf den gepflasterten Weg sinke. Patschnass und völlig durchweicht sitze ich schluchzend auf dem Boden. Und Raphael ist einfach nur da, ohne mir den Vogel zu zeigen und zu fragen, ob er die Männer mit einer Zwangsjacke kontaktieren soll.

Es fühlt sich an, als würden Stunden vergehen. Der Regen lässt nach, ich komme langsam wieder zu mir zurück. Eingekuschelt in Raphaels Armen und vollkommen leer. Meine Tränen sind versiegt.

»Ich weiß nicht, was ich tun soll«, murmle ich ehrlich und sehe zu meinem besten Freund auf.

Er lächelt zart und streicht ein paar Haarsträhnen von meinem nassen Gesicht. »Du machst weiter, Summersky. Du bist die stärkste Person, die ich kenne. Du hast nichts falsch gemacht. Du wirst ihr einen würdevollen Abschied geben und sie gehen lassen. Wir werden gemeinsam eine Lösung finden, für alles.«

Nickend sickern seine Worte zu mir durch. Er hat recht. Es wird weitergehen. Wir werden das schon hinkriegen. Schließlich haben *wir* das schon immer getan.

Kapitel 11

Summer

2023

»Das ist also deine Wohnung«, murmle ich und gehe durch den offenen Wohn- und Essbereich, der sehr spartanisch eingerichtet ist. Sie ähnelt einer Junggesellenbude, die ich bei einem Kerl Anfang dreißig so nicht erwartet hätte. Aber es passt auch zu Jake. Ein paar kunstvolle, abstrakte Bilder an der Wand, die eindeutig von Faith sind, das erkenne ich, und weiße sowie beige Möbel. Keine Blumen, keine Dekoration, keine privaten Bilder.

»Ja«, ertönt es aus der Küche, die durch den Flur mit diesem Zimmer verbunden ist. »Sie ist etwas ... schlicht im Gegensatz zu deinem Haus, aber ... ich bin ja auch selten hier.« Jake erscheint im Türrahmen und hat zwei Gläser Wasser in den Händen. Eines überreicht er mir. Dankbar lächle ich.

»Sonst hätte ich auch ein paar Haustiere. Darüber haben wir bei unserem ersten Date ja schon gesprochen«, ergänzt er noch und ich nicke.

Ich erinnere mich, dass er von einem Apartment mitten in der Kleinstadt erzählt hat. Dass dieses allerdings nur vierzig Quadratmeter hat, habe ich nicht geahnt. Minimalismus kenne ich von meinem Leben im Camper und den Jahren in Wohngemeinschaften und so. Aber dass jemand mit offensichtlich viel Geld, einem guten Elternhaus und damit reichlich Möglichkeiten so lebt, das ist mir fremd. Ich hätte das niemals erwartet, aber es ist angenehm erfrischend.

Und wieder komme ich nicht umhin zu denken, dass Jake perfekt ist. Durch und durch einer der höflichsten, zuvorkommendsten und vorbildlichsten Männer, die mir je begegnet sind ... Trotzdem, kann ich nicht aufhören, ihn mit Raphael zu vergleichen. Denn er würde diese Wohnung mit Argwohn betrachten, dessen bin ich mir sicher. Nicht, weil das Apartment nur aus zwei Zimmern besteht und spärlich eingerichtet ist. Vielmehr, da er das ›Häufchen‹ suchen würde. Mein bester Freund ist der Meinung, dass Menschen, die gänzlich perfekt zu sein scheinen, immer etwas verbergen.

Augenblicklich verspüre ich den Drang, ihn anrufen zu wollen, um mit ihm darüber zu sinnieren, was Jake mir wohl verheimlicht.

Mich räuspernd blinzle ich die Gedanken davon.

Jake scheint mich kurz beobachtet zu haben, denn als ich aufsehe, lächelt er schief. Einen Moment befürchte ich, dass er mich darauf anspricht, dann aber nickt er in Richtung der Flügeltüren neben dem Esstisch für zwei. »Setzen wir uns auf den Balkon? Es gibt eine tolle Aussicht auf den Marktplatz.«

Wenig später entspannen wir draußen, empfangen

die letzten warmen Sonnenstrahlen des Sommers und ich ziehe dankbar dafür die Luft ein. Der Ausblick auf das Zentrum der Kleinstadt ist gar nicht so übel, wie ich es in Erinnerung hatte. Von hier wirken die Kopfsteinpflaster und alten Tante-Emma-Lädchen schon fast friedlich. Die Bergkulisse dahinter verleiht der Aussicht das Postkartenfeeling, das wohl auch alle Touristen im Kopf haben, wenn sie hierherkommen.

»Ist dir schon langweilig?« Jake unterbricht die Stille zwischen uns.

Meine Stirn legt sich in Falten. »Was meinst du damit?« Interessiert, aber auch verwirrt blicke ich ihn an.

Er lacht, wobei seine Brust vibriert. »Na ja, du bist die letzten Jahre viel gereist und nun lebst du seit zwei hier.« Er zuckt mit den Schultern und hat eine Augenbraue nach oben gezogen, während er schief grinst. »Könnte ja sein, dass du bald genug davon hast?«

Möchte er etwa herausfinden, wie mein Plan für die Zukunft ist? Denkt er, dass ich ein Haus renoviere, nur um es in zwei Jahren wieder zu verkaufen? Na ja, wobei das gar nicht so abwegig wäre.

Kichernd schüttle ich den Kopf. »Nein. Nein, ich bin genau da, wo ich immer sein wollte«, stelle ich klar, denn das ist die Wahrheit. Die Kleinstadt am Lhori-Lake ist genau der Ort, den ich mir als Jugendliche schon erträumt hatte. Er hatte zuvor nur nie einen Namen und existierte nur in meinem Kopf. Auch wenn ich mich noch nicht an das Getratsche gewöhnt habe, ist es idyllisch und fern von richtigen Katastrophen. Das Schlimmste, was mir hier passieren könnte, wäre, dass ich vergesse, die Sträucher zu schneiden.

»Ach ja?« Nun ist es Jake, der mich fragend und interessiert ansieht.

Bis jetzt habe ich ihm noch nichts von meiner Kindheit erzählt. Allerdings sollte ich das wohl machen, schließlich sind wir seit einer Woche mehr als nur ›Freunde‹. Wir sind nicht zusammen, haben aber beschlossen, das zwischen uns exklusiv zu halten. Für mich ein perfektes Mittelmaß. Als er mich in der Arztpraxis fragte, ob ich seine Freundin sein wolle, zögerte ich, und er meinte sofort, dass ich es mir überlegen könne. Wie gesagt, Jake ist … fehlerlos.

Ich möchte ihn noch etwas kennenlernen, bevor ich mich ganz auf ihn einlasse. Dafür ist der Appell meines Freundes, der leider nur in meinem Hirn existiert, zu laut.

Menschen sind nie perfekt, Summer.

Es gilt also herauszufinden, ob Raphaels Devise wahr ist.

Außerdem sollte Jake mich kennenlernen. Summer Sky. Das Mädchen, das irgendwo in mir drinnen noch existiert, jedoch kein so großes Mitspracherecht mehr hat. Der Tierarzt soll wissen, wer ich war und wie ich zu dieser Frau geworden bin, die nun vor ihm sitzt.

Seufzend drehe ich mich etwas zu ihm. Da ich meine Geschichte nun schon häufiger mit anderen geteilt habe, fällt es mir nicht mehr ganz so schwer, über meine Vergangenheit zu sprechen. Trotzdem ist es nie angenehm, da ich nicht weiß, wie Menschen darauf reagieren. Trailerparks haben schließlich keinen guten Ruf. Zumindest weiß Jake als mein Arbeitgeber, dass ich nie aufs College gegangen bin.

»Ich komme aus Downhill, einem kleinen Ort in Virginia, nähe Norfolk. Es ist eine Kleinstadt aus Industriearbeitern und es gibt einen riesigen Trailerpark, in dem ich mehr oder weniger aufgewachsen bin. Vielleicht kennst du die Stadt wegen der vielen Dokumentationen, die dort gedreht werden?«

Jakes Miene verdunkelt sich kurz nachdenklich, dann nickt er, als würde ihm ein Licht aufgehen. »Klar. Der Chemiekonzern lockt mexikanische Bürger mit Hungerlöhnen.«

Zustimmend fahre ich mit meiner Erzählung fort. »Ich wollte nie so sein wie meine Mom. Für mich war es wichtig, rauszukommen, etwas zu erleben, Dinge zu sehen und mir dann ein Urteil zu bilden. Ich wollte mehr, weil ich als Kind nie etwas hatte. Weder Liebe noch Hobbys ... Also stand Spaß an erster Stelle«, teile ich meine Geschichte ehrlich mit Jake, weil er es verdient hat. Auf meinen Reisen habe ich gelernt, dass es Menschen gibt, die es wert sind, etwas von mir zu erfahren.

»Ganz oben stand, irgendwo hinzuziehen, wo ich das alles hinter mir lassen kann. An einen Ort, an dem ich neu anfange und eine Familie gründe. Ein Leben leben kann, dass ich niemals hatte.« Meine Ehrlichkeit versetzt mir einen Stich. Automatisch habe ich an das Medaillon der Kette gefasst, das ich nun betreten loslasse. Ein paar Tage habe ich es ausgehalten, es nicht zu tragen. Doch seit gestern schmückt es wieder meinen Hals. Die Kette ist das Einzige, das mir von Raphael geblieben ist, und das Einzige, das ich täglich anziehen kann, um mich ihm Nahe zu fühlen.

Räuspernd blicke ich auf. Jake sieht mich aus einer Mischung von Erkenntnis und tiefer Ehrfurcht an. »Wow.«

Kichernd rolle ich die Augen. »Das klang jetzt wohl ziemlich philosophisch. Das war nicht meine Absicht.«

Er beugt sich vor, stützt seine Ellenbogen auf den Knien ab und schüttelt den Kopf. »Nein, deshalb habe ich nicht Wow gesagt.« Meine Stirn legt sich in Falten. »Es ist vielmehr, dass ein Mensch, der so klar denkt, nun ein Teil meines Lebens ist.«

Butter. Honig. Irgendetwas, das läuft und man nicht aufhalten kann. Das bin ich, wenn ich in seiner Nähe bin. Weich und unaufhaltsam. Wieder kichere ich wie ein Schulmädchen.

»Was ist mit dir?«, lenke ich schnell ab, bevor wir abdriften und aus dem Kennenlernen doch nur sexuelle Lust wird.

Jake lehnt sich wieder zurück und atmet angestrengt aus. »Ich bin in Toronto groß geworden. Meinem Dad gehört dort ein Krankenhaus. Was er ständig raushängen ließ, während ich noch jung war. Eigentlich konnte ich es ihm nie richtig recht machen.« Er sieht zu mir auf und nippt am Wasserglas. »Ich sollte mich nicht beschweren, denn mir hat es nie an etwas gefehlt. Aber genau das hat mich hierhergeführt. Ich wollte nicht für irgendwelche reichen Säcke arbeiten, während es im Land kaum eine gute, kostengünstige medizinische Versorgung gibt. Dann lernte ich meine erste Freundin Vicky in der Universität kennen und verliebte mich nicht nur in sie, sondern auch in die Veterinärmedizin. Allerdings hielt die Liebe nicht lange.« Lachend zuckt er mit den Schultern. »Also die für die Tiermedizin in jedem Fall. Doch die zu Vicky verblasste. Und weil mein Vater stinkwütend war, flüchtete ich in dieses kleine Städtchen, kaufte mir meine Praxis, ein Apartment und fing an, mein eigenes Leben zu leben.«

»Wow.«

Jake lacht. »Wenn es philosophisch klang, dann war das tatsächlich meine Absicht.« Sein Zwinkern ist süß. »Irgendwann möchte auch eine Familie haben. Hier am Lohri-Lake. Und natürlich einen Hund«, teilt er mir sichtlich gedankenverloren mit.

»Natürlich«, stimme ich zu und in meinem Bauch erwachen die Schmetterlinge zum Leben. Jake ist ein

Traum. Wenigstens einer für mich. In den letzten Tagen habe ich erfahren, dass er gerne schwimmt, liest, joggt und sich ebenso wie ich vegetarisch ernährt. Ja, und Städtetrips, Camper-Touren und Fernreisen sind auch voll sein Ding. Er findet die Idee, dass ich eine Fernuniversität besuchen möchte, hervorragend, und ich mag es, dass er eine Weiterbildung in Tierpsychologie anstrebt. Er ist und bleibt perfekt. Mit jedem weiteren Tag, den wir uns kennenlernen, verliebe ich mich ein Stückchen mehr in ihn.

Unwillkürlich umfasse ich die Kette um meinen Hals wieder. Als würde sie mich magisch anziehen, immer dann, wenn ich einen kleinen Teil meines Herzens Jake schenke.

»Hat sie eine Bedeutung?« Jake reißt mich aus meinen Gedanken. Perplex gucke ich ihn an.

»Sie ...« Mich räuspernd suche ich nach den richtigen Worten.

»Also ... Du hast dich gefragt, weshalb ich nicht sofort in ein Date eingewilligt habe.«

Der Tierarzt nickt. Die frische Herbstluft weht durch mein Haar und trägt den Geruch von Cranberrys zu uns herüber. Irgendwer scheint immer Marmelade einzukochen, weshalb die Kleinstadt andauernd von einem Beerenduft umhüllt wird.

»Diese Kette ist von einem guten Freund, den ich seit meiner Kindheit kenne. Er hat mich all die Jahre unterstützt und begleitet und ohne ihn gäbe es mich vielleicht nicht mehr.« Ein leichtes Zittern ruht in meiner Stimme. »Wir hatten einen Traum.« Das bittere Lachen kann ich nicht unterdrücken. »Doch dieser war wohl kindlicher Art und keineswegs realisierbar. Seit zwei Jahren meldet er sich nicht mehr. Er hat Kinder und eine sehr nette Frau.«

Ob Jake sich nun wünscht, mich nicht um mehr Dates gebeten zu haben? War ihm diese Information vielleicht zu viel? Denkt er, ich könnte verliebt sein? Verliebt in einen Mann, den ich eigentlich nicht mehr kenne? Sehnsucht breitet sich in meinem Inneren aus und ich versuche, sie zu ignorieren.

Schluckend sehe ich schüchtern zu Jake auf.

»Das tut mir leid.« Sein Blick ist warm, als er meinen trifft, und sorgt dafür, dass ich leicht lächle.

»Danke.« Ich atme tief durch und lege ein Schmunzeln auf.

»Puh, ich hatte echt Angst, dir etwas davon zu erzählen.« Nervös kichere ich.

»Wieso?« Er runzelt die Stirn. »Jeder von uns hat eine Vergangenheit, Summer. Ich habe mir schon gedacht, dass dein Herz noch vergeben ist, und du deshalb nicht bereit für ein Date warst. Ich bin bereit, dein Herz zu teilen, solange ich wenigstens einen Platz darin bekomme?«

Eh ... Holy, was? Blinzelnd sehe ich ihn an. Wäre er so selbstlos? Würde ich das von ihm verlangen? Oder ist es genau das, was ich vielleicht brauche? Jemanden, der mir hilft, über Raphael hinwegzukommen?

Lachend steht er auf und kniet sich vor mich. Tief und liebevoll blickt er in meine Augen, während er nach meinen Händen greift. »Anhand deiner familiären Verhältnisse kann ich verstehen, wenn du einem nicht gerne vertraust. Aber es gibt Männer da draußen, so wie mich, die dich respektieren.«

Hä? Okay, es wird ein wenig unheimlich. Ist er ein Alien?

»Verstehe mich nicht falsch. Ich könnte es nicht ertragen, wenn du in deinen Kumpel verliebt wärst. Aber ich verstehe, wenn er die Familie ist, die du nie hattest.«

Jetzt wäre wohl der Zeitpunkt, um Jake darüber zu

informieren, dass ich keinesfalls weiß, welche Gefühle ich für meinen besten Freund hege. Es ist so viel in den Jahren passiert, dass ich keine Ahnung habe, ob er nicht doch mehr für mich ist.

»Aber wieso würdest du das zulassen?« Ungläubig schüttle ich den Kopf.

Er umfasst meine zittrigen Hände fester. »Weil es weit mehr als Liebe braucht, um einen anderen Menschen in seinem Leben festhalten zu können, Summer. Du bist schön, klug und faszinierend. Dein Herz ist groß und weit, und das mag ich an dir. Und weil es so riesig ist, kann ich wohl nicht verlangen, dass ich der Einzige darin bin, oder?« Auf seinen Lippen zeichnet sich ein schiefes Lächeln ab. Er mustert mich, als könnte er nicht glauben, dass ich mich mit weniger zufrieden geben würde.

Gott, kann mich mal wer kneifen?

In all den Jahren, egal welchem Kerl ich von Raphael Fall erzählt habe, sie waren alle nicht begeistert davon. Sie alle stellten mich irgendwann vor die Wahl. Dabei hätte ich so etwas nie von ihnen verlangt. Die Fronten zwischen Raphael und mir waren klar. Aber dass ich tatsächlich einmal einen Mann kennenlerne, der mich sein lässt, wie ich bin ... das ist aufregend. Was würde Raphael ... Gott, das muss aufhören!

»Und jetzt mache ich uns etwas zu essen und du erzählst mir die lustigste Geschichte, die du jemals mit ihm erlebt hast.«

Grinsend nicke ich. »Oh, da gibt es viele! Ich hoffe, du hast Zeit.«

Raphael

Hey, ist alles in Ordnung?

Hey, wir machen uns Sorgen.

Okay, du weißt, dass das nicht fair ihr gegenüber ist, oder?

Unschlüssig starre ich Faiths Nachrichten an. Sie waren alle im letzten Jahr eingetrudelt. Offenbar sorgte sie sich ernsthaft um mich. Gott, und ich meldete mich nun zwei Jahre später und würde ihr nicht einmal eine richtige Antwort auf all ihre Fragen geben können. Zumindest jetzt noch nicht. Erst brauche ich ihr Wort.

Tief atme ich durch, dann beginne ich zu tippen.

Faith, ich brauche deine Hilfe.

Prompt erscheint eine Antwort.

Passiert das hier gerade wirklich?

Bitte! Es ist wirklich wichtig.

Oh, ich kenne dein »wichtig«, Raphael! Und nein, diesmal ist es das sicherlich nicht. Ich habe dir in den letzten Monaten ständig geschrieben! Und du hast dich nicht einmal gemeldet. Weder bei ihr noch bei mir. Du hättest tot sein können!

Können meine Kinder und ich eine Zeit lang bei dir Urlaub machen?

Nachdem ich es dir Hunderte Male angeboten habe, kommst du nach zwei Jahren, um dieses Angebot nun anzunehmen?

Bitte.

Meine Finger zittern, als die Punkte im unteren Bereich des Chat-Fensters erscheinen. Wenn ich in Faiths Pension nicht unterkommen kann, werde ich irgendwo in der nächsten Stadt nach einem Hotel suchen müssen.

Seit unserem gemeinsamen Kurs im College haben wir uns ein paar Mal geschrieben und als Summer sich dazu entschied, dass Grundstück in unmittelbarer Nähe zu Faiths Pension zu kaufen, wurde unser Kontakt noch enger. Faith ist ein guter Kumpel geworden, aber es scheint so, als würde sie Summer ebenso beschützen wollen wie ich all die Jahre. Darüber bin ich einerseits dankbar und froh, gleichzeitig aber wird es schwer werden, Faith von meinem Vorhaben zu überzeugen.

Deshalb kann ich auch verstehen, dass sie mir nun kein Zimmer geben möchte, selbst wenn alles frei ist.

Ich halte das für keine gute Idee. Du solltest ihr zuerst schreiben.

Es soll eine Überraschung sein.

Als ihr bester Freund solltest du doch wissen, dass sie diese hasst.

Meine liebt sie.

Auch wieder wahr.

Mein Herz schlägt wie wild. Seit dem zweiten Termin bei Dr. West weiß ich, dass dies meine einzige Chance ist. Die einzige, um meine Kinder zu retten.

Erneut erscheinen die springenden Punkte.

Meine Hände sind kaltschweißig. Alles in meinem Körper ist angespannt und ich kann an nichts anderes denken als an Summer. An ihren Geruch nach Meer und Sandelholz, den sie überall versprüht. Wie sie ständig ihre Augen verdreht und seufzt, weil ich einen Witz gemacht habe, den sie ganz und gar nicht lustig findet. Und wie sie trotzdem lacht, weil ich lache und sie das dazu ermutigt.

Wie habe ich es geschafft, mich von ihr fernzuhalten?

Auf einmal habe ich keine Ahnung mehr. Und ich verstehe es auch nicht.

> Ihr könnt in zwei Tagen kommen, da
> haben wir wieder Zimmer frei.

Erleichtert atme ich aus. Ich schließe die Augen. Dankbar, dass Faith mir offensichtlich verziehen hat.

> Aber denke ja nicht, dass ich nicht mehr
> sauer auf dich bin! Das bin ich nämlich!
> Du solltest dich echt schämen, Gauner.
> Hoffentlich hast du eine gute Erklärung!

Ein Schmunzeln kehrt auf meinen Lippen ein. Ein müdes, träges, denn ich habe einen Grund, doch an diesen möchte ich im Moment nicht denken. Kate, Daisy und ich müssen hier einfach weg. So schnell wie nur möglich.

Kapitel 12

Summer

2019

»Grazie mille! Tornate presto a trovarci«, rufe ich dem Paar noch nach, das sich lachend von mir verabschiedet. Stolz linse ich in die Rechnungsmappe. Sie haben mir tatsächlich ein ordentliches Trinkgeld dagelassen. Breit grinsend stopfe ich es in die separate Geldbeutel-Tasche und rechne den Rest ganz normal ab. Allein heute habe ich vierhundert Euro gemacht. In einem vornehmen Restaurant wie diesem keine Seltenheit.

»Amore mio! Du grinst, als hättest du Gold bekommen, ah!« Der Oberkellner gestikuliert mit seinem rechten Arm, während er mit dem linken einen Tisch abräumt. Er kann kaum älter sein als ich, hat dunkles, kurzes Haar, grün-braune Augen und ein schönes Lächeln.

Dankbar nicke ich heftig. Seit einem Monat arbeite ich nun schon in Rom. Nach der Beerdigung von Mom musste ich dringend wieder etwas Geld sparen. Zwar hat Raphael mir geholfen, die Rechnungen zu begleichen, doch nun, knapp anderthalb Jahre später, habe ich fast mein gesamtes Erspartes wieder drin und kann gleichzeitig von dem Geld leben. Mal ganz davon abgesehen, dass ich in all der Zeit Spanisch, Italienisch und Französisch gelernt habe. Fehlt nur noch Deutsch. Aber nach Deutschland werde ich als Nächstes hinreisen. Eine Freundin, die ich auf Madeira kennengelernt habe, hat mir einen Job auf einem Bauernhof verschafft. Darauf freue ich mich. Ich liebe Tiere.

»Könnte man so meinen, Ricardo! Aber nein, ich habe gerade das Geld zusammen für einen Flug, um meinen besten Freund in Amerika zu besuchen!« Aufgeregt hüpfe ich auf und ab.

Raphael und ich haben uns seit dem Tod meiner Mutter nur zweimal gesehen. Einmal noch in Downhill, um den Trailer auszuräumen und zu verkaufen. Ein anderes Mal in Kuba, als er einen Auftrag vollendete und ich für ein langes Wochenende frei hatte. Damals war ich gerade in Bordeaux die Nanny von vier kleinen Kindern. Das war die reinste Hölle. Aber auch gleichzeitig wunderschön. Frankreich schaffte es nur in zwei Monaten, mein Herz zu erobern. Und wäre da nicht Faith und dieses süße Städtchen gewesen, in dem sie in Kanada lebt, hätte ich vermutlich beschlossen, mir in Südfrankreich ein Haus zu suchen.

»Oh, wohin gehen?« Ricardo hat einen ordentlichen Akzent, deshalb bemühe ich mich, mit ihm Italienisch zu sprechen.

»Nach New York. Wir werden Weihnachten dort

verbringen.« Ich kann uns jetzt schon vor dem Rockefeller Center Schlittschuh laufen sehen.

Der Oberkellner verzieht beeindruckt das Gesicht. »Wir bezahlen dir zu viel.«

Lachend schüttle ich den Kopf. »Hey! Über die Feiertage muss man doch etwas Schönes machen.« Und, weil Raphael von seinem Auftrag in Russland zurückkommt, haben wir beschlossen, uns in seiner derzeitigen Heimat zu treffen. Erst vor ein paar Monaten hat er sich nämlich eine Wohnung dort gekauft. Eine Wohnung! In New York! Das ist noch immer so überwältigend, dass mir bei dem Gedanken Tränen in die Augen kommen.

Ein Vibrieren lässt mich zusammenzucken und sorgt fast dafür, dass ich das Tablett in meiner Hand fallen lasse. Eilig lege ich es ab und ziehe mein Handy hervor. Auf dem Bildschirm ist mein bester Freund zu sehen, der mit mir eine Grimasse schneidet. Kichernd schüttle ich den Kopf über den Schnappschuss, den wir vor einem Jahr neben dem Trailer als Erinnerung gemacht haben.

»Ich brauche einen Moment«, gebe ich dem Kellner Bescheid. Dieser nickt nur, murmelt etwas auf Italienisch vor sich hin und ich verziehe mich in den hinteren Bereich zwischen Küche und Büro.

Ich halte das Handy etwas vor mein Gesicht und nehme den Videoanruf an. »Möchtest du dich rückversichern, dass ich genügend Wintersachen eingepackt habe? Keine Angst, hier in Italien ist es auch nicht so warm.«

Raphael schüttelt grinsend den Kopf. »Nein, ich wollte nur sichergehen, dass du deinen Flug übermorgen nicht verpasst.«

Die Augen rollend schnalze ich mit der Zunge. »Das ist mir einmal passiert, Fall! Ein einziges Mal, okay!«

»Wer sagt, dass es nicht wieder passiert. Und wir haben nur vier Tage. Die muss ich unbedingt mit dir auskosten.« Er zwinkert und mir wird ganz warm ums Herz. Keine Schmetterlinge mehr, kein Herzklopfen. Wir sind Freunde, und das haben wir uns in den letzten Jahren noch einmal mehr bewiesen. Was einst zwischen uns auf dieser Party passiert ist, gehört der Vergangenheit an. Das Schicksal hat uns einen Seelenverwandten geschenkt, jedoch ohne dickes, fettes Plus.

»Also, ich werde dir zuerst mal mein Lieblingsrestaurant zeigen.« Mein bester Freund legt den Kopf schief. »Okay, es ist wohl eher ein Foodtruck als ein richtiges Restaurant. Aber es ist der Wahnsinn.«

Zustimmend nicke ich euphorisch. Ich kann es kaum erwarten, mit ihm auf dem Times Square zu laufen. Das wird einfach fantastisch!

»Und dann müssen wir beten, dass wir keine Lebensmittelvergiftung bekommen, das ist bei diesem Laden nämlich so eine Sache.« Raphael lacht, wobei sich feine Grübchen auf seinen Wangen bilden, die ich in- und auswendig kenne.

»Öh.« Ich verziehe das Gesicht. »Dann gehen wir da bitte nicht hin.«

»Okay, dann haben wir noch …«

»Rap?« Eine Frauenstimme erklingt aus dem Telefon. Augenblicklich stellen sich meine Nackenhaare auf. Ich weiß, dass sein Team weibliche Verstärkung hat. Da ist Grace, die ich schon kennenlernen durfte und die schon ziemlich lange mit Dan zusammen ist. Lilly, die Videografin. Die Schreibfee Spencer und Jenna, eine Art Assistentin für jedermann. Das Mädchen für alles, seit sie ein Praktikum bei ihnen gemacht hat.

»Ach hier bist du.« Die schlanke Blondine mit den großen Augen und dem Millionen-Dollar-Lächeln, das kaum zu unterscheiden von Julia Roberts und Anne Hathaways ist, taucht hinter Raphael auf. Sie trägt ein kurzes

Seidennachthemd und es scheint, als hätte sie gerade noch geschlafen. Trotzdem sieht sie hervorragend aus.

Mein Herz macht einen Satz. Sofort wird mir übel. Ich bin mir sicher, mein bester Freund hat nie erwähnt, dass sie ... Jenna schlingt von hinten die Arme um ihn, will ihn zum Kuss heranziehen, aber Raphael wehrt sie mit einem lieben Lächeln ab.

»Wink mal in die Kamera. Summer ist dran.«

Wie erstarrt sehe ich Jen dabei zu, wie sie mir einen Kussmund zuwirft. »Oh, es ist so schön, dich mal wiederzusehen!«

Gerne würde ich »gleichfalls« sagen, doch mein gesamter Körper fühlt sich an, als hätte mich ein Bus überfahren. Alles verschwimmt. Die Telefonate mit Raphael, die letzten Treffen, dass er ständig am Handy saß und mit jemandem schrieb, sich oft nur vage über sein Liebesleben ausdrückte und auf einer Party das Tanzangebot einer Frau abwies, obwohl er es liebt zu feiern! Damals dachte ich, er wolle einfach nur den Abend mit mir genießen. Doch es ging um viel mehr, oder? Er hat eine Freundin. Eine richtige Freundin.

»Na ja, ich gehe zurück ins Bett, Baby. Habt Spaß und macht nicht zu lange, morgen geht dein Flug und du willst doch fit sein.« Sie grinst Raphael an, der das auch erwidert, und dann küssen sie sich. *Die beiden küssen sich!*

Kaum ist Jenna verschwunden, murmle ich leise: »Wann wolltest du mir erzählen, dass ihr zusammen seid?«

Mein bester Freund seufzt. »Sind wir nicht.« Verstohlen wirft er noch mal einen Blick auf die Tür, dann räuspert er sich.

»Seit ein paar Jahren läuft da was. Aber es ist mehr eine On-off-Beziehung und eigentlich ... will ich es beenden.« Er wirkt entschlossen. »Haben wir nicht davon gesprochen, dass du nach deiner Asienreise bei Faith ein Haus kaufen möchtest?«

»Eh, was hat das denn bitte mit deiner Geheimnistuerei zu tun?« Ich kann nicht verhindern, dass ich vorwurfsvoll klinge. Einerseits, weil ich doch seine beste Freundin bin und er mir seine Liebe zu einer Frau nicht offen mitgeteilt hat. Zum anderen, weil unsere Träume zerplatzen, wenn er jemanden findet, der ihm alles geben kann. Das dicke, fette Plus und die Freundschaft, dann bin ich abgeschrieben.

Mit einem Mal bin ich schlecht gelaunt. Selbst die Aussichten auf meinen Job in Deutschland und die Zeit danach auf Bali können meinen Kummer nicht unterdrücken.

Schluckend wird mir bewusst, dass ich Raphael irgendwann verlieren könnte. Es liegt schließlich in der menschlichen Natur, dass wir uns fortpflanzen wollen. Und das will er offensichtlich nicht mit mir.

»Nun, ich möchte die Wohnung in New York vermieten, von zu Hause aus arbeiten und mit dir nach Kanada ziehen.« Raphael grinst spitzbübisch. »Das war doch unser Traum, oder?« Er klingt so aufgeregt, dass ich fast vergesse, was ich gerade noch gesehen habe.

»Fall, da ist eine Frau, die du gernhast. Wie stellst du dir das vor? Mit mir einen Kindheitstraum leben, obwohl du da draußen ganz sicher mit jemandem eine Familie haben könntest? Ich weiß, wie gerne du irgendwann mal eigene Kids haben möchtest.« Es fällt mir schwer, darüber nachzudenken, meinen besten Freund in nächster Zeit loslassen zu müssen, doch für sein Glück würde ich alles tun.

Er winkt ab. »Bist du irre? Ich habe damals jedes Wort ernst gemeint. Wir gegen den Rest der Welt.

Summer und Fall, keine Stürme, keine Katastrophen. Irgendwo auf dieser Welt, aber zusammen.« Er betont jedes Wort, als wäre ich schwer von Begriff und sieht so eindringlich in die Kamera, dass meine Augen zu brennen beginnen.

»Okay«, flüstere ich leiser.

»Okay?«

»Ja.« Wieso kommt es mir vor, als würde ich lügen?

Raphael

Scheiße.

Mein ganzes Leben ist im Eimer.

Ich stehe am Grand Central Terminal, warte, bis meine beste Freundin endlich eintrifft, und kriege mich nicht mehr ein. Obwohl ich nie geraucht habe, bräuchte ich jetzt ganz dringend eine Kippe. Und einen Whiskey. Oh ja, Whiskey.

Eine Durchsage unterbricht meine Gedanken. Blinzelnd blicke ich auf die Anzeige über mir.

Das ist Summers Zug. Da ich selbst erst vor wenigen Stunden aus dem Flieger gestiegen bin und die Reservierung für den Mietwagen wegen meiner Verspätung verfallen war, mussten wir beide mit dem Zug fahren. Nun warte ich auf sie. Seit anderthalb Stunden. Anderthalb Stunden, in denen sich mein gesamtes Leben verändert hat.

Wo bist du?

Immer das Gleiche mit dir! Ich bin gerade aus dem Zug ausgestiegen, Fall. Also in zwei Minuten bei dir, am Schalter.

Ich atme durch und nicke wie in Trance. Ihre Worte hallen in meinem Hirn nach, aber sie erreichen nicht die kleinen Windungen darin. Denn diese sind alle besetzt mit einem Gedanken.

»Ah!!!!« Summers Kreischen hallt durch die Halle. Einige Passanten drehen sich zu uns um, gehen aber weiter ihrer Wege. »Endlich!« Meine beste Freundin fällt mir um den Hals, doch ich kann mich nicht rühren.

Ihr gewohnter Duft von Sandelholz weht in meine Nase und so gerne ich mich bei ihr zu Hause fühle, schaffe ich es diesmal nicht, mich auf diese Emotion zu konzentrieren.

Summer zieht sich zurück. Ihre Stirn liegt in Falten und sie mustert mich. »Was ist los?«

Liegt da Angst in ihrer Stimme?

Könnte sie wissen, dass etwas passiert ist? Aber woher? Ach, sind wir ehrlich. Sie kennt mich besser als ich mich selbst. Ihr muss es niemand sagen. Sie weiß es einfach. Sie fühlt es.

Mein Herz schlägt unheimlich schnell gegen meine Rippen. Die Welt scheint sich um uns weiterzudrehen, während wir in einer Blase sind, in der die Zeit stehen geblieben ist.

Der feste Kloß in meinem Hals hindert mich am Sprechen. Ich räuspere mich. Summer macht einen Schritt auf mich zu, nimmt meine Hände in ihre und flüstert: »Raphael, du machst mir Angst.«

Nickend senke ich meinen Blick zum Boden. Ja, das alles jagt mir auch eine Heidenangst ein. Keine, die ich jemals in meinem Leben verspürt habe, und das obwohl ich als Farbiger nicht in der besten Gegend aufgewachsen bin.

»Na sag schon.« Summers Finger streichen sanft über meine. Sie hat diesen eindringlichen Blick aufgelegt, der meinen sucht. Als wir einander ansehen, finde ich endlich den Mut.

»Ich werde Vater.«

Und damit ist unser Traum, den wir als Kinder geschlossen haben, dahin. Ich werde nicht mit Summer nach Kanada ziehen. Wir renovieren kein Haus, leben darin bis ans Ende unserer Tage und schwimmen in dem See in unserem Garten.

Nein. Die Realität hat uns eingeholt und ich sehe in der Miene meiner besten Freundin, dass sie das Gleiche denkt.

Vielleicht ist es an der Zeit, manche Dinge klarer zu sehen?

Kapitel 13

Summer

Heute

»Was würdest du sagen, wenn ich ein Wochenende in Toronto organisiert hätte?«

Ich hebe meinen Kopf von seiner Schulter. »Du hast was?« Die Euphorie in meinen Worten ist ganz klar zu hören.

Jake grinst frech. Er weiß, dass er mit seinem Vorschlag genau ins Schwarze getroffen hat. »Du hast die halbe Welt bereist …«

»Die ganze!«, unterbreche ich ihn und setze mich ein wenig auf, wobei die Decke von meinem Oberkörper rutscht. Eilig ziehe ich sie wieder hoch. Auf der Terrasse ist es sehr frisch. Der Herbst ist eingezogen, die Blätter versprühen in bunten Farben und im Einklang mit dem grauen, kühlen Wetter einen gemütlichen Flair. Diesen nutzen Jake und ich auf einem Lounge-Bett, eingekuschelt in Decken und mit Tee. Vorhin haben wir sogar ein kleines Reh am anderen Ende des Sees gesehen. Das behauptet Jake zumindest. Als ich es ausmachen wollte, war es aber schon fort.

Er lacht. »Nein, Süße. Du hast Toronto noch nie besucht, also würde ich behaupten, nur die Hälfte.«

Die Augen verdrehend pflichte ich ihm bei: »Okay.«

Jake setzt sich etwas auf. »Okay? Okay zum Wochenende oder okay zu meinem klugen Beitrag zur Geografie.«

Ich hauche ihm einen Kuss auf die Lippen. »Zu beidem.«

Seine Augen glänzen. Das lässt ihn jugendlich aussehen. Allgemein hat Jake etwas Verschmitztes, das ich mag. Mit ihm kann man Spaß haben, egal ob es bei der Arbeit ist, wo er mich und Molly manchmal zum Weinen vor lauter Lachen bringt, oder ob es zu Hause ist, wo er irgendwelche schottischen, traditionellen Tänze aufführt, die er kann. Er vertreibt die Sorgen in mir.

»Wann geht es los?«, will ich wissen und nippe an meinem Tee Ich muss verbergen, dass ich es kaum erwarten kann. Nicht, weil mich Toronto so unheimlich interessiert. Vielmehr, da ein Wochenendtrip bedeutet, dass wir das Bett teilen. Zum ersten Mal!

»Ich dachte, wir könnten morgen Früh fahren?«

Fast verschlucke ich mich an dem Kräutergemisch, das mich gerade noch von innen gewärmt hat. Jetzt liegt der Tee schwer in meinem Magen.

Morgen? Ich ... Oh Gott. Wann war ich das letzte Mal mit einem Mann allein in einem Bett? Egal, wie sehr ich in meinem Gedächtnis krame und obwohl es wahrscheinlich mehr waren, es fällt mir nur eine Nacht ein, die einzige Nacht, die eine Bedeutung hat, und viel zu lange her ist. Natürlich war sie mit Raphael. Jenna hatte ihm gerade von dem positiven Schwangerschaftstest erzählt und heulend lagen wir uns in den Armen, weil sich dadurch alles änderte. Danach gab es keinen Mann, der etwas in mir ausgelöst hatte. Keine Nacht, die es wert ist, sich an sie zu erinnern. Ich konzentrierte mich auf das Reisen, das Geld verdienen und letztlich zog es mich zu Faith in die Kleinstadt, wo ich dieses Haus kaufte. Seit vier Jahren bin ich Vollblut-Single. Als hätte meine Welt sich aufgehört zu drehen, als ich von Raphaels neuem Leben erfuhr. Ist auch irgendwie so. Denn es hat mich aus der Bahn geworfen.

»Summer?«

Blinzelnd sehe ich Jake an, der fragend eine Augenbraue hochgezogen hat. »Wir müssen nicht, wenn du …«

Eilig schüttle ich den Kopf. »Doch, natürlich. Ich würde mich sehr freuen, wenn wir über das Wochenende verreisen.« Zwei Tage miteinander. Ein Kurztrip, sozusagen.

Wieso denke ich dabei nur an meinen besten Freund? Er sitzt zig Kilometer entfernt in seiner eigenen Idylle, ergötzt sich wahrscheinlich an Daisy und Kate, die einfach zuckersüß sein müssen. Das weiß ich auch, auch wenn ich bisher nur eine seiner Töchter persönlich kennengelernt habe. Kate war damals gerade vier Monate alt. Danach habe ich fast täglich Bilder bekommen oder bei Videoanrufen gezeigt gekriegt, was sie Neues kann. Das habe ich geliebt.

Was würde ich dafür geben, um sie heute noch einmal zu sehen? Jakes Finger fassen nach meiner Wange. Er streichelt zart meine Haut. Ich schüttle die wehmütigen Gedanken davon und konzentriere mich auf die Gegenwart. Die gibt es wenigstens und sie ist wunderschön.

»Ich küsse dich jetzt, Summer«, haucht er leise.

Gierig starre ich auf seine Lippen und nicke. Ja, dann vergesse ich nämlich alles.

Ich schließe meine Augen, neige mich ihm entgegen und ... Es klingelt.

Genervt öffne ich meine Lider. Auf Jakes Lippen liegt ein Schmunzeln.

Erneut ringt es laut und durchdringend. Diese blöde Türklingel muss ich unbedingt ersetzen. Sie ist furchtbar und so entsetzlich laut, dass man sie sogar im Garten hört. Nicht von Vorteil für einen Moment wie diesen.

»Wir könnten es ignorieren«, murmle ich und möchte Jake gerade wieder zu mir ziehen, da klingelt es erneut.

Stöhnend rolle ich die Augen und schäle mich aus den dicken Decken. Jake lacht und ich spüre seinen Blick auf mir.

»Wenn das Faith ist oder Kicky, dann gnade ihnen Gott!«, fluche ich und tapse in das Haus. Ich durchquere die Wohn- und Essküche, betrete den Flur und reiße mit Schwung die Haustür auf. Bereit, um den Besucher in seine Schranken zu weisen.

Augenblicklich vergesse ich alles, was bis eben noch war. Jake. Unser Wochenende. Der Geschmack von Kräutertee auf meiner Zunge. Summer Sky, die schon lange nicht mehr das Trailermädchen aus Downhill ist. Mit einem Mal werde ich zurückkatapultiert. Ganz zum Anfang unserer Geschichte.

»Was ...?« Ist alles, was ich herausbekomme. In meinem Hals hat sich ein Kloß festgesetzt. Ein Brennen kündigt die aufsteigenden Tränen an, die ich nicht zurückhalten kann. Meine Lippen beben und meine Muskeln zucken.

»Hey, Summersky, kann ich reinkommen?«

Raphael

»Du solltest haufenweise Blumen mitbringen, Schokolade und Geigenspieler!«, empfiehlt Faith, die Daisy versucht zu füttern. Meine Tochter blickt mich dabei stur an. »Daddy«, japst sie, weil ihr bis jetzt nur Jenna, Grace oder ich den Brei gegeben haben. Sie ist wählerisch, was ihre Gesellschaft angeht, und ich sehe an ihren Gesichtszügen, dass sie gleich einen Aufstand machen wird. Wie soll das nur funktionieren in den nächsten Jahren?

Galle steigt mir in den Hals. Ich atme durch und verdränge eilig den Gedanken, der sich in meinem Gehirn ausbreitet wie ein Virus.

»Am Ende wird sie dir Gift in den Kaffee untermischen, wenn du nicht auf Knien um Vergebung bittest«, wirft Faiths Lebenspartnerin Leah ein. Ihr gehört die Pension. Sie haben sich vor vier Jahren auf einer Kunstmesse kennengelernt und ineinander verliebt. Nur ein halbes Jahr später kratzten sie ihr Erspartes zusammen, kauften diese schmucke Pension in der Nähe von Faiths alter Loft-Wohnung und zogen ein. Sie sind ein liebevolles, aber auch sehr nerviges Paar.

Angespannt stöhne ich und greife nach dem Löffel in Faiths Händen. Sofort lächelt Daisy und grapscht danach.

»Sie ist wählerisch«, murmle ich in die Richtung meiner Freundin, diese zuckt nur mit den Schultern.

»Lenk nicht vom Thema ab, Raphael!« Ihre Stimme klingt hart und entschlossen. »Dir ist nicht klar, wie sehr sie unter der Situation gelitten hat.« Sie verschränkt die Arme vor der Brust und bleibt neben mir stehen.

Der Geruch von Kaffeebohnen erfüllt den Raum. Leah steht am hinteren Ende der Küche und bearbeitet den Automaten. Gleich darauf röhrt dieser und der Geruch des schwarzen Goldes erfüllt mit seiner vollen Intensität das ganze Zimmer.

Vor einer Stunde sind wir angekommen. Kate ist auf der Fahrt hierher eingenickt. Deshalb liegt sie nun auf der Couch im Wohnraum. Leah hat uns liebevoll in Empfang genommen und angeboten, unser Gepäck schon einmal nach oben zu bringen, während Faith Daisy füttern und mich beraten wollte.

Dass ich nun ein Propellergeräusch nachahme und den Löffel meiner jüngsten Tochter in Kreisbewegungen zuführe, war zu erwarten. Faith hat sich auf den Kaminsims an der rechten Wand gesetzt und beobachtet mich.

Das Esszimmer ist nicht sonderlich groß, doch mit den offenen Schiebetüren zum Wohnraum und der Küche wirkt es geräumiger und sehr gemütlich. Frische, weiße Rosen stehen auf dem Holztisch, auf dem ich in der kleinen Schüssel herumrühre. Erneut häufe ich einen mundgerechten Löffel und schiebe ihn in Richtung meiner Jüngsten. Sie reißt die Augen auf, strampelt mit den Armen und Beinen und öffnet den Mund.

»Ich litt ebenso wie sie, okay? Es war keine Zeit für das Einstudieren einer Musical-Einlage«, entfährt es mir ein wenig schroffer als gewollt.

Der Kopfschmerz ist heute besonders schlimm. Kurzzeitig verschwimmt meine Sicht. Ich blinzle und verfehle deshalb Daisys Mund, was sie zu einem wütenden Grunzen bringt.

»Sorry«, murmle ich, streiche mit ihrem Lätzchen über meinen Fauxpas und schiebe den nächsten Löffel wieder gezielt zwischen ihre Lippen. Meine Jüngste redet nicht viel. Laut Kinderarzt, eine Nebenwirkung, weil sie ihre Mutter so früh ›verlor‹. Für mich nur ein weiterer Seitenhieb, um mir zu sagen, was für eine beschissene Familie wird sind.

Verdammt, ich versage auf ganzer Linie.

Erneut zucke ich wegen des Pochens in meinen Schläfen zurück und lehne mich in dem hellen Holzstuhl zurück.

»Geht es dir nicht gut?« Ich höre, dass die Wut aus Faiths Stimme gewichen ist. Nun liegt vielmehr Besorgnis darin.

Ich winke ab, ohne sie anzusehen. »Alles okay.« Hastig zwinge mich zu einem entspannteren Gesichtsausdruck.

»Sicher? Du wirkst etwas mitgenommen und …«

Nun drehe ich mich doch zu meiner Freundin herum. »Bitte.« Ich sehe ihr eindringlich in die Augen. »Alles ist in Ordnung.«

Sie nickt erst langsam, dann heftiger. Entschlossen räuspert sie sich. »Dann gib mir den Löffel. Ich werde die Maus schon dazu bringen, mit mir zu essen.« Sie steht auf, nimmt mir entschlossen das Besteck aus der Hand und lächelt Daisy an, die nicht begeistert aussieht.

»Du gehst zu *ihr* rüber.« Faith nickt in Richtung Flur. »Ich wünsche dir viel Glück, so ganz ohne Dopaminspender.«

»Jetzt habe ich gerade Kaffee gemacht …« Leah erscheint im Türrahmen der Küche. Ein beleidigter Ausdruck huscht kurz über ihr Gesicht, dann zuckt sie mit den Schultern. »Was soll's, ich muss sowieso wieder zu unseren Gästen.«

Ohne ihnen noch weitere Aufmerksamkeit zu schenken, schnappe ich meine Jacke und lache zynisch. »Ihr wisst es vielleicht nicht, weil ihr Summer nicht so lange kennt wie ich, aber sie hasst Schokolade.« Zwinkernd hebe ich die Hand zum Abschied und stürme hinaus in die herbstliche Kälte.

Um ehrlich zu sein, habe ich Angst. Mein Herz schlägt wie wild gegen meinen Brustkorb. Die Anspannung in meinem gesamten Körper lässt mich Zittern. Ich fühle mich kalt und heiß zugleich und wenn ich nur daran denke, nach so vielen Jahren ohne ein Wort von Summer, ihr nun gleich gegenüberzustehen, mischen sich so einige Emotionen in mir zusammen. Ich könnte heulen. Vor Freude, vor Verzweiflung, vor einer Scheißangst und um alles, was wir hätten erleben können, wenn das Schicksal nicht so ein verdammtes Arschloch wäre. Ich fürchte mich davor, dass sie mir die Tür vor der Nase zuschlägt. Obwohl Summer das wahrscheinlich niemals machen würde. Sie ist eher die Sorte Mensch, die sich zuerst freut, ehe sie nach einer Weile feststellt, wie verletzt sie eigentlich ist. Ich werde mich also vielmehr in den nächsten Tagen auf ein ernstes Gespräch vorbereiten müssen. Meine Angst scheint also unbegründet, trotzdem raubt sie mir beinahe den Atem.

Kaum kam ich in dem kleinen Städtchen an, da wusste ich, weshalb Summer es hierhergezogen hatte. Es ist alles, was in unserer Kindheit so fern war. All das, was wir uns gewünscht hatten. Mal abgesehen von der malerischen Idylle, die allein der Markplatz ausgestrahlt hat, als wir ihn durchfahren haben. Raubt einem dieser Anblick den Atem.

Kaum verlasse ich die Pension, stehe ich auf einem Weg, der augenscheinlich um den See herumführt. Ein paar Stühle und Tische zeigen an, dass hier an sonnigen Tagen auf der Terrasse gegessen werden kann. In der anderen Richtung sind nichts als Wiesen und Bäume zu sehen. Aus Erzählungen und von Bildern weiß ich, dass Summers Haus am Rand des Sees nicht weit von der Pension entfernt liegt.

Der Indien Summer lässt die Umgebung magisch aussehen. Die Blätter haben alle eine unterschiedliche Farbe angenommen, was sich in dem ruhigen Gewässer spiegelt.

Zitternd gehe ich den geteerten Weg neben dem Haus entlang, der zur Straße führt. Es dauert nicht lange, dann erscheinen die weißen Gemäuer an der rechten Seite des Sees.

Mein Herz wird schlagartig schwerer. Einen Moment verharre ich in der Position und betrachte das ruhige Haus, mit dem weißen Lattenzaun drumherum. Im Vorgarten blühen noch einige Büsche. Die Baumkronen haben einen helleren Ton angenommen und passen gut zu den roten Fensterläden. Ich erkenne den See dahinter und den Steg, der hineinführt.

Entschlossen atme ich tief durch, öffne das Zauntor und laufe den kleinen Kiesweg die Einfahrt hinauf. Ehrfürchtig bleibe ich vor der dunklen, massiven Holztür stehen.

Ein letztes Mal schlucke ich all meine Sorgen hinunter. Mechanisch drücke ich auf die Klingel. Und warte.

Warte auf meine beste Freundin, die ich mehr als alles andere auf dieser Welt vermisst habe.

Kapitel 14

Summer

Heute

Mein schlaffer Körper rutscht an der Tür hinab, bis ich am Boden ankomme. Schniefend versenke ich meinen Kopf zwischen meinen Händen und ziehe die Knie an.

Er ist hier. Raphael ist in Kanada, am Lohri-Lake. Er steht vor meinem Haus. Als wäre nichts gewesen. Als hätte er sich nicht in den letzten zwei Jahren von mir entfernt. Als hätte ich noch immer einen Platz in seinem Leben … und seinem Herzen. Ich konnte nicht anders, als ihm das Holz vor der Nase zuknallen. Zu überfordert war ich in dem Moment gewesen, als mir klar wurde, dass mein bester Freund nach Monaten der Funkstille nun endlich vor mir steht.

Mein gesamter Körper zittert. Tiefe Schluchzer erschüttern mich. *Raphael Fall steht vor meiner Tür.*

Es dauert eine Sekunde. Dann rapple ich mich auf, ziehe an dem Knauf der Tür, öffne sie und starre in tränennasse Augen, die eindeutig zeigen, wie sehr er mich vermisst hat.

Ich kann nicht anders. Schluchzend und schniefend falle ich um Raphaels Hals.

Augenblicklich schließe ich die Lider und konzentriere mich auf das Gefühl, das er jedes Mal in mir auslöst. Zu Hause. Angekommen. Und ich könnte es überall auf dieser Welt suchen und würde es niemals so empfinden wie bei ihm. Nie.

Ich kralle meine Finger in den Stoff seiner Jacke. Lasse den Tränen freien Lauf und spüre meine Zehen schon nicht mehr, weil ich darauf stehe, um ihn umarmen zu können.

Sein Schniefen ist es, das mich mehr zum Heulen bringt. Und so stehen wir an einem kalten Herbsttag in meinem Vorgarten und vergießen Hunderte von Tränen, die eine Entschuldigung sind.

»Summer?«

Oh Gott. Ich habe Jake ganz vergessen. Räuspernd ziehe ich mich zurück und wische über meine nassen Wangen. Schwere Schritte sind auf dem Holzboden zu hören. Sie kommen näher. Auch Raphael trocknet seine Tränen.

»Wer ist …?« Offensichtlich hat Jake uns im Türrahmen entdeckt. »Alles in Ordnung?« Er kommt näher.

Hastig drehe ich mich um und nicke. Meine Mundwinkel können nicht anders und ziehen sich zu einem breiten Lächeln nach oben. Mein Blick fällt auf den Tierarzt, der andächtig wie ein Tiger auf der Jagd zu uns schleicht. Sein Blick streift erst mich, dann wandert er über Fall.

»Darf ich dir vorstellen?«, nuschle ich mit belegter

Stimme und nicke zu meinem besten Freund. »Ich habe dir doch von Raphael erzählt.«

Eine leichte Falte bildet sich auf Jakes Stirn. Augenscheinlich benötigt er einen Moment, dann schüttelt er den Kopf und streckt meinem überraschenden Besuch die Hand hin. »Entschuldigung, natürlich. Ich bin Dr. Jake Witiger.«

Okay. Doktor? Er macht eigentlich nie einen Hehl aus seinem Titel.

Ich mustere ihn. Benimmt er sich komisch? Sein Ausdruck ist undurchdringlich, trotzdem glaube ich eine Mischung aus Eifersucht und Wut in seinen Augen zu erkennen. Oder bilde ich mir das vielleicht nur ein?

»Hey.« Raphaels Begrüßung lässt mich zu ihm herumwirbeln. Er klingt freundlich, hat sogar ein Lächeln aufgelegt, das mich zufrieden durchatmen lässt.

Er ist hier. Live und in Farbe. Wow.

»So, wenn das geklärt ist, dann musst du mir alles erzählen. Wie geht es deinen Kindern? Jenna? Und was macht die Arbeit? Hast du noch das schmucke Apartment oder wohnt ihr inzwischen in einem Vorstadt-Häuschen oder so?!«, plappere ich los und schiebe meinen Freund förmlich in das Haus, dabei schließe ich die Tür hinter ihm.

Natürlich müsste ich sauer sein. Wütend, weil Raphael mich aus seinem Leben ausgeschlossen hat. Aber ich schaffe es einfach nicht. Ich liebe diesen Menschen viel zu sehr. Nichts könnte dieses Gefühl in mir mindern. Diese Erleichterung, dass er hier ist. Die Freude, dass ich ihm endlich alles erzählen kann, was in den vergangenen Jahren geschehen ist. Es ist dämlich, dass ich so gnadenlos verzeihe. Doch für Wut ist später Platz. Irgendwann, wenn die erste Euphorie verflogen ist. So habe ich das schon immer empfunden.

Jake räuspert sich und geht voraus in die Küche.

Raphael versenkt seine Hände in den Hosentaschen und zuckt mit den Schultern. Das hat er früher auch ständig gemacht. »Es läuft.«

»Was läuft?«, will ich von ihm wissen und biete ihm einen Barhocker am Küchentresen an. Er schiebt sich darauf und murmelt ein: »Das Leben?«

Stöhnend rolle ich die Augen und boxe gegen seinen steinharten Oberarm. Hat er noch mehr trainiert?

»Du meldest dich zwei Jahre nicht und dann möchtest du mir nicht einmal erzählen, was in all der Zeit passiert ist?« Frustriert schnappe ich nach Luft und lasse mich neben ihn auf dem Hocker nieder. »Das enttäuscht mich.«

Mein bester Freund lacht leise und schüttelt den Kopf. »Immer noch so stur und ungeduldig?«

»Schlimmer«, sage ich. Sein Blick fängt meinen ein. In den dunkelbraunen Augen habe ich früher schon meine gesamte Welt gesehen, bis heute hat sich nichts daran geändert. Stundenlang könnte ich mit ihm schweigend hier sitzen. Seine Anwesenheit in mich aufsaugen. So tun, als wäre nie etwas passiert, in all der Zeit zwischen dem Trailerpark und diesem Moment hier. Das ist diese Fähigkeit, die wir haben. Zusammen. Einzeln funktioniert das nicht. Aber mit ihm, hier, kann ich verdrängen. Vergessen. Ganz sein.

Erneut räuspert Jake sich. Widerwillig wende ich meinen Kopf zu ihm um und lächle. Er hebt eine Flasche Weißwein in die Höhe.

»Zur Feier des Tages?«

Ein Telefon klingelt fast gleichzeitig. Raphael seufzt, zieht ein Smartphone hervor und schaut auf das Display. Leider kann ich nicht sehen, wer es ist. Entschuldigend hält er es nach oben. »Gibt mir einen Moment. Aber zu

Alkohol sage ich nie Nein.« Er steht auf und geht davon. Grinsend sehe ich meinem besten Freund nach, der im Flur verschwindet. Dann wende ich mich wieder zu Jake.

»Das ist er also«, murmelt er und fuchtelt an dem Korken des Weines herum. Er wirkt nervös und ... verspannt. Ist er eifersüchtig?

»Hättest mir ruhig einmal sagen können, dass er aussieht wie ein spanisches Model.«

»Er ist mexikanischer Herkunft«, sage ich und muss schmunzeln. Es ist süß, dass Jake misstrauisch ist. Das schmeichelt mir.

Ich rutsche vom Stuhl und gehe um die Theke herum. Versöhnlich lege ich meine Arme um seinen Hals. Jake stellt die Weinflasche auf der Arbeitsplatte ab, legt seine Hände an meine Taille und zieht mich besitzergreifend an sich.

»Fall war immer für mich da. Wir haben eine besondere Verbindung«, erkläre ich und der Tierarzt schnalzt mit der Zunge.

»Genau das, was ich hören wollte. Er sieht gut aus und war dein Beschützer. Gerade hasse ich es, dass ich dein Herz nicht alleine bevölkern kann. Obwohl ich gesagt habe, es macht mir nichts aus ... möchte ich ihm jetzt eine reinhauen.«

Kichernd schüttle ich den Kopf. In diesem Moment bestehe ich nur aus Glückshormonen. Zu wissen, dass Jake es nicht gefällt, wenn ein Mann sich mir nähert, ist süß. Es weckt diesen Teil in meinem Inneren, der beschützt werden will. Der begehrt werden möchte. Eigenartig, denn genau das sollte einen doch abschrecken? Schließlich ist zwischen mir und Rafael nichts. Er ist verheiratet, hat Kinder, ein eigenes Leben. Alles, was zwischen uns war, ist so lange her, dass es nur noch eine entfernte – zugegeben, ziemlich heiße – Erinnerung ist.

Dennoch möchte ich in diesem Moment mit meinem besten Freund allein sein. Ich bin keine Heilige und kann nicht vergessen, dass er zwei Jahre stumm war. Im Gegenteil. Ich brenne, weil ich wissen möchte, was ihn abgehalten hat, mir zu schreiben. War er zu glücklich? Zu beschäftigt? Gibt es etwas, das vorgefallen ist? Oder weshalb ist er hier? Hat er mich vermisst?

Auf diese Fragen werde ich keine Antworten bekommen, solange Jake hier ist. Raphael hat sich noch nie gerne geöffnet. Vor allem nicht vor Fremden.

»Würde es dir etwas ausmachen, wenn ich etwas Zeit mit ihm verbringe? Nur heute Abend. Morgen gehöre ich für ein ganzes Wochenende dir«, verspreche ich, obwohl ich nicht weiß, ob ich meine Worte halten kann. Denn, wenn mein bester Freund einmal in der Stadt ist, möchte ich so viel Zeit wie nur möglich mit ihm verbringen. Daran kann auch der liebevolle Tierarzt nichts ändern. Dieser Gedanke ist gemein, doch ich habe ihn auf seinem Balkon vorgewarnt, dass ich nicht bereit bin, mich von Raphael zu lösen, und dass ich das vielleicht auch nie sein werde.

Von Jakes Miene fällt jegliche Freude ab. Seine Oberlippe schmollt leicht, was ihm wahrscheinlich selbst nicht einmal bewusst ist. Aber es macht etwas mit mir. Die Schmetterlinge fliegen wild in meinem Magen herum.

Schnell hauche ich ihm einen Kuss auf den Mund. »Ich mache es wieder gut, versprochen.«

Hastig schüttelt er den Kopf, als hätte ich ihn aus einer Trance geholt. »Nein. Nein, das musst du nicht, Summer. Nimm dir so viel Zeit mit ihm, wie du brauchst. Ich verstehe, dass ihr euch lange nicht gesehen habt und einiges bereden wollt.« Er seufzt. »Ich würde auch alles dafür tun, meinen besten Kumpel aus dem College mal wiederzusehen.«

Seine Gesichtszüge wirken undurchdringlich. Und anders als vorhin kann ich diesmal nicht aus seinem Blick lesen. Es macht ihm etwas aus, oder? Ganz sicher. Aber es ist sehr süß, dass er es trotzdem verstehen will.

Zart lächle ich. »Wirklich?«

Entschlossener nickt Jake und streichelt mit seinen Lippen über meine Stirn. Ich schließe die Augen und genieße diesen innigen Moment. Das, was uns beide in den letzten Wochen verbunden hat, wird so schnell nicht verschwinden. Wir sind einander nähergekommen, gute Freunde geworden und daraus wird etwas wachsen, ganz sicher. Ich weiß es, deshalb freue ich mich auch darauf, ihn wiederzusehen.

»Ja.« Er entzieht sich mir und schmunzelt. »Schreib mir.«

Gott, womit habe ich einen solchen Menschen in meinem Leben verdient?

Ich ziehe ihn für einen letzten Kuss an mich.

»Oh, ich wollte ...« Raphaels Stimme lässt mich erstarren.

Verlegen ziehe ich mich zurück.

»Alles in Ordnung«, unterbricht Jake schnell und ist schon um die Theke herum gehuscht. »Hat mich gefreut. Ich muss los ... ein Tierarztnotfall.« Er hebt seine Hand zum Abschied und zwinkert mir zu. »Und denke an morgen Früh.«

»Natürlich.« Ich beiße mir auf die Unterlippe und kann das glückliche Lächeln dabei nicht verbergen.

»Du bist also verliebt, Summersky ...« Kaum ist die Haustür ins Schloss gefallen, greift Raphael über die Theke und schnappt sich ein Glas sowie die Weinflasche, um sich einzuschenken.

Ich hebe warnend den Finger in die Luft und gehe um den Tresen.

»Nein! Hier geht es jetzt nicht um mich. Du hast dich nicht gemeldet, also möchte ich wissen, was bei dir los war.«

Mein bester Freund nimmt einen großen Schluck vom Alkohol, so als hätte er ihn nötig, und ich bekomme ein mulmiges Gefühl. Sein Blick wirkt matt. Will er etwas vor mir verbergen?

Schlagartig verdoppelt sich mein Herzschlag, da er mich mit diesem Ausdruck verunsichert. »Ist etwas mit Jenna? Oder den Kindern?« Meine Stimme klingt erstickt. Mir bricht der Schweiß aus. Es ist, als würde er über *meine* Kinder sprechen. Meine Familie. Auch wenn ich die beiden gar nicht kenne, mache ich mir Sorgen um sie.

Raphael schnaubt. »Sozusagen.«

»Was ist passiert?« Tonlos bringe ich die Worte hervor.

Er schüttelt den Kopf, verzieht leicht das Gesicht, weil der Wein ihm wohl nicht schmeckt, und murmelt rau: »Daisy und Kate sind bei Faith. Jenna hat mich vor knapp zwei Jahren sitzen gelassen.«

»Sie hat was?«, entgegne ich entsetzt. Meine Kinnlade klappt auf. Wieso hat er denn nicht angerufen? Oder mir zumindest geschrieben? Ich wäre sofort nach New York gereist und hätte ihm ...

Oh. Erkenntnis schleicht sich in meine Gedanken. »Du wolltest nicht, dass ich mein Leben hier für dich aufgebe?«

Raphael zuckt mit den Schultern und kippt das nächste Glas.

»Du hast diese Idylle hier verdient. Wenigstens einer von uns musste doch den Traum leben, oder?«

»Aber das ist doch kein Grund, um mich von all dem Schlechten fernzuhalten? Wir wollten keinen *Sturm*,

Fall. Aber das bedeutet doch auch, dass wenn einer aufkommt, wir ihn gemeinsam durchstehen, oder?«

Er bläst unschlüssig etwas Luft aus. »Keine Ahnung, Summer. Ich war auf einmal mit zwei kleinen Kindern alleine. Hatte eine gut laufende Firma, Mitarbeiter und von dem einen auf den anderen Tag funktionierte ich nur noch, statt zu Leben. Hätte ich das für meine beste Freundin gewollt? Nein.« Unbewusst scheint seine Stimme lauter und drängender zu werden.

Tränen brennen in meinen Augen. Mit zittrigen Fingern fasse ich nach Raphaels Händen. »Mach das nie wieder«, nuschle ich und suche seinen Blick. »Schließe mich nie wieder aus, Fall. Nicht, wenn ich es für dich einfacher machen könnte.«

Raphael

Ihre Worte hallen den Rest des Abends in meinem Gedächtnis wider. Aber könnte sie diese Situation einfacher machen, wenn sie die ganze Wahrheit wüsste? Um ehrlich zu sein, nein. Es würde alles nur noch verschlimmern. Alles realer machen. Es ist besser, wenn sie nur einen Teil der Geschichte kennt. Besser, sie konzentriert sich auf das Hier und Jetzt. Auf uns.

Wir sitzen vor dem Kamin im Wohnzimmer, sie hält die zweite Weinflasche in der Hand und zwischen uns liegen drei offene Pizzakartons.

Fast zwei Stunden haben wir über die letzten Jahre gesprochen. Darüber, wie Jenna eines Morgens mit gepackten Koffern in unserer Küche saß. Wie Summer bei dem Tierarzt als Assistentin anfing und sich darauf mehr zwischen ihnen entwickelte. Dass sie sich wohlfühlt und aufs College gehen will, dass meine Agentur größer und erfolgreicher wird, ich das Reisen aber vermisse. So sind wir nach einer Zeit auf dem Boden vor dem Kamin gelandet.

Unsere Freundschaft war schon immer so. Als würden wir in ein anderes Zeitkontinuum wechseln, sobald wir beieinander sind. Nichts zählt mehr. Ob Tag, ob Nacht. Wir reden, lachen, haben Spaß miteinander und es gibt die Außenwelt nicht mehr.

Fuck, wie soll ich nur aushalten, dass sie mit diesem Kerl glücklich zu sein scheint? Dass er ihr das gibt, was ich ihr nicht geben konnte. Dass er an ihrer Seite ist, in diesem Haus, ihr Lachen jeden verdammten Tag hört, und ich scheiße noch mal nichts davon habe.

Jemandes Glück über das eigene zu stellen, bedeutet auch, dass man ihn liebt, oder? Wenigstens denke ich das und deshalb bin ich mir sicher, dass ich seit der ersten Begegnung mit Summer unheilvoll und unwiderruflich in sie verliebt bin.

»Ich hatte keine Ahnung, dass es in diesem Kaff eine so gute Pizza geben kann«, lenke ich meine Gedanken ab.

Summer nickt heftig. »Als ich das erste Mal mit Faith dort bestellt habe, war ich auch ganz verblüfft«, erklärt sie und schenkt uns noch ein weiteres Glas Wein ein. »Aber der Besitzer kommt aus Turin. Seit ich das weiß, quatsche ich mit ihm, um mein Italienisch nicht zu verlernen.«

»Wie ist es für dich, nun sesshaft zu sein? Ich meine, du hast einen Freund, ein Haus am See und denkst über deine Zukunft nach.« Ich verstecke mein Gesicht hinter dem vollen Glas, indem ich einen Schluck trinke. Sie soll nicht sehen, wie scheiße weh es tut, zu wissen, dass ihr Leben ohne mich weiterging. Gleichzeitig macht es mich glücklich und stolz. Diese Gefühle sind nicht normal. Aber das waren sie noch nie. In ihrer Nähe ist alles anders. Unentschlossen. Als würde unsere Geschichte noch geschrieben werden.

Aufrichtig nickt Summer und lächelt zart. Sie blickt in das Feuer, scheint aber in Gedanken ganz woanders zu sein. »Es ist schön.« Ihre Worte sind wie eine Klinge, die langsam durch mein Herz gleitet.

Sie hebt ihren Kopf und schaut mich nachdenklich an. »Du hast aber gefehlt.« Die Ehrlichkeit in ihren Worten erreicht mein Innerstes.

»Ich habe jeden Tag an dich gedacht, Fall. Eigentlich hatte ich gehofft, nein, aus irgendeinem Grund, dachte ich, dass unsere Kindheitsträume hier wahr werden könnten«, murmelt sie und lacht bitter. »Gott, du bist Vater geworden. Zweimal. Du hast geheiratet.« Als würde ihr jetzt erst klar werden, dass sie all die Jahre vermeintlich gewartet hat, schüttelt sie den Kopf. »Gott, ich war dämlich und voller Hoffnung. Dabei hätte ich stolz auf dich sein sollen. Du hast das Richtige getan.«

»Habe ich das?«

Sie wirft mir einen irritierten Blick zu.

»Na ja, ich habe all meine Träume über Bord geworfen und bin bei einer Frau geblieben, die ich nicht geliebt habe, Summer.« Ich habe nichts zu verlieren. Einmal in meinem Leben möchte ich ehrlich zu dem Mädchen sein, das ich vor Jahren schon hätte bitten sollen, mein zu sein.

Unsere Blicke versinken ineinander. Vorsichtig greife ich nach ihren Fingern. Verwirrung spiegelt sich in ihren Augen.

»Du bist es. Du warst es immer für mich, Summersky.« Die Worte klingen belegt, weil ich kaum sprechen kann. So voller Emotionen war ich noch nie. Nicht einmal, als ich vor all meinen Freunden die ewige Liebe an eine Frau geschworen habe, obwohl ich sie nur wegen unseres Nachwuchses heiratete.

Es nun laut auszusprechen, fühlt sich verdammt gut an. »Ich liebe dich, Summer. Das habe ich immer getan«, schiebe ich deshalb nach.

Ihre Augen glitzern.

»Ja, ich schreie es von jedem Balkon, wenn du willst, ich ...« Hastig stehe ich auf und schreite zu ihrer Terrassentür.

Kichernd erhebt sich Summer und wirft sich, bevor ich hinaustreten kann, vor mich. Ich halte inne und grinse. »Du bist alles, was ich will. Mein Zuhause. Der Ort, an dem ich mich am wohlsten fühle. Immer. Egal, wo ich auf dieser Welt war, ich liebte dich und sehnte mich nach dir.«

»Wieso jetzt?«, haucht sie. Ihr Blick wandert über mein Gesicht. Automatisch streicheln meine Finger über ihre Wange. Sie schließt die Augen und lehnt sich in meine Berührung. Mein Herz wird schwer und warm. Alles in mir hatte es vermisst, ihr wieder so nah sein zu können. Das wurde mir klar ... in dem Augenblick, in dem ich ... Nein. Daran verschwende ich nun keinen Gedanken. Nicht jetzt ... Nicht hier ...

»Weil ich es endlich verstanden habe und keinen Moment mehr ohne dich sein will«, bringe ich hervor. Sie öffnet ihre Augen und ich versuche herauszufinden, ob sie das Gleiche fühlt wie ich. Was sie keinesfalls muss. Es geht hier nicht um mich. Es geht nur darum, dass sie weiß, dass ich sie mehr als alles andere auf dieser Welt verehre. Dass ich mich vor ein Auto werfen, eine Kugel einfangen oder in den Knast für sie gehen würde. Alles. Hauptsache ihr geht es gut. Sonst hätte ich mich keine zwei Jahre von ihr fernhalten können. Sie hat mehr verdient. Ich könnte ihr niemals gerecht werden.

»Ich liebe dich, Raphael. Mit allem, was ich habe. Du bist mein Zuhause, meine Zuflucht und seitdem ich dich zum ersten Mal im Trailerpark stehen sah, war ich in dich verliebt.« Sie bricht ab und senkt den Blick. »Aber manchmal ist Liebe einfach nicht genug, oder?«

Blinzelnd verarbeite ich, was hier gerade passiert.

Ihre Worte sickern sehr langsam zu mir durch. Doch sobald sie jeden Winkel meines Gehirns erreicht haben, lasse ich sie los.

Nervös streife ich durch mein Haar.

Ich bin so dämlich. So dumm. Sie ist glücklich! Verdammt, was mache ich hier?! Ich werde ihr gesamtes Leben ins Unglück stürzen. Aus purem Egoismus. Aus purer Angst, meine Kinder würden nie das bekommen, was sie verdienen. Eine Familie!

Fuck, aber ihr jetzt zu gestehen, dass ich sie all die Jahre vergöttert habe, nützt nichts. Es macht das Ganze nur schlimmer.

»Oh Shit, Summer, ich …«

Sie hebt beschwichtigend die Hände. »Nein, alles in Ordnung, Fall. Ich wünschte, du wärst zwei Wochen früher gekommen. Dann …« Meine beste Freundin scheint durcheinander. Sie schüttelt den Kopf, wischt sich einige Tränen von den Wangen und räuspert sich. »Äh. Das ist fast so wie damals nach meinem ersten Mal, weißt du noch?«

Das würde ich niemals vergessen. Wie sie auf meiner Brust lag und wir beide im Stillen diese Nacht verfluchten. Okay, und ich war dankbar. Dankbar, dass ich mit Summer so etwas Intimes erlebt hatte.

»Wie du dich wegschleichen wolltest?«, erinnere ich

meine beste Freundin. Ihre Wangen erröten und sie rollt die Augen.

»Mann, ich wusste doch nicht, dass du noch wach bist! Und ich wollte es nicht kompliziert machen.«

»Hatten wir ja schon.«

»Ja.« Sie hebt gestikulierend die Hände und tapst mit Socken zurück auf unseren ursprünglichen Platz. »Aber danach haben wir es auch wieder hinbekommen.«

Ich setze mich zu ihr, greife nach meinem Weinglas und halte es ihr entgegen: »Das haben wir.«

Sie rückt näher, um mit mir anstoßen zu können. Ein leichtes Lächeln umspielt ihre Lippen. »Haben wir.«

Tief sehen wir einander in die Augen. In meinem Magen meldet sich dieses Gefühl, das ich oft in Summers Nähe verspüre. Etwas, das mich damals dazu trieb, ihre Jungfräulichkeit zu stehlen. Obwohl alles dagegen sprach.

Unwillkürlich neige ich meinen Kopf in ihre Richtung. Sie weicht nicht zurück. »Ständig denke ich an diese Nacht.«

Summers Atem geht schneller. Ihr Dekolleté hebt und senkt sich in einem hektischen Rhythmus. Wie in Trance rückt sie näher. »Ich auch. Immer, wenn ich mich selbst berühre.«

»Wirklich?«, platzt es aus mir heraus. Mein Blick landet auf ihren vollen Lippen.

Sie kichert süß. »Das habe ich jetzt nicht gesagt, oder?«

»Ich fürchte doch …«

Ihre Lider senken sich und ich weiß, dass sie auf meine Lippen schaut.

Okay. Jetzt oder nie.

Automatisch stelle ich das Weinglas beiseite, greife ihr in den Nacken und dirigiere sie an meinen Mund.

Kapitel 15

Summer

Raphael Fall zu küssen, gleicht einer Unheil bringenden Naturkatastrophe. Es reißt alles mit sich, verschlingt einen und führt einem nochmals vor Augen, was wirklich im Leben wichtig ist.

Und das ist definitiv er. Unsere Freundschaft. Dass wir nach Jahren der Trennung nun voreinander sitzen und miteinander reden können, als wäre es nie anders gewesen. Wir uns küssen und ich schlagartig mehr möchte.

Genüsslich wimmere ich auf, da er an meiner Unterlippe knabbert, und damit ein intensives Kribbeln durch meinen Körper jagt. Ich möchte Raphael enger an mir. In mir. Ihn überall spüren, so wie beim letzten Mal, was viel zu lange her ist.

Gierig greife ich nach seinem Shirt. Eine qualvolle Minute scheint es zu dauern, ihm den Stoff über den Kopf zu ziehen. Er grinst und ich kann nicht anders, als ihn zu küssen. Ich lasse mich von ihm um den Verstand bringen. Jetzt möchte ich an nichts anderes denken als an ihn, an mich, an uns.

Meine Finger machen sich an den Knöpfen seiner Hose zu schaffen. Langsam richten wir uns gleichzeitig auf, damit auch er die Jeans von meinen Beinen streifen kann. Zwischen den hungrigen Küssen bekomme ich gar nicht richtig mit, wie letztlich auch mein BH zu Boden fällt.

Gierig stoße ich ihn zurück auf die Couch und setze mich rittlings auf ihn. Willig drücke ich mein Unterleib gegen seinen und spüre seine Erektion.

»Fuck, du kannst dir nicht vorstellen, wie sehr ich dich vermisst habe«, raunt Raphael zwischen zwei Küssen an mein Ohr. Seine Hand krallt sich in mein Haar. »Ich möchte nichts, außer dir nahe sein.« Seine erregte Stimme macht mich wilder. Wagemutiger. Dieses Gefühl von tiefer Begierde, das er mir bei meinem ersten Mal schon vermittelt hat, lässt mich schwindeln. Es sorgt dafür, dass ich noch hungriger werde und meine untere Mitte sich krampfend zu Wort meldet.

Mit zittrigen Fingern fasse ich in seine Boxershorts. Knurrend schließt Raphael die Augen. Er legt seinen Kopf zurück auf die Lehne des Sofas. Lächelnd schiebe ich die Shorts ein wenig nach unten und befreie seine Erektion daraus.

»Ist das nah genug?«, hauche ich und umfasse seine Männlichkeit. Scharf zieht er die Luft ein. »Fuck, Summer.«

Ich liebe es, wenn sich seine Muskeln anspannen und er diese Geräusche macht. Das ist berauschend, unerklärlich sexy und ... Meine Gedanken versiegen, als Raphael mich küsst. Innig, unwiderstehlich und so Welten verändernd, dass mich erneut Schwindel überkommt.

Nun kann ich nicht anders und reibe mich an seiner Erregung. Durch die Spitzenunterwäsche fühle ich die pulsierende Härte. Scheiße, das ist unglaublich.

Ein Stöhnen dringt aus meiner Kehle in einen Kuss. Raphael lacht sanft. »Was machen wir hier?«

»Etwas, das lange überflüssig war«, bringe ich hervor und presse mich enger an ihn. Meine Brustwarzen drücken sich gegen seinen Oberkörper. Ich kann nicht nah genug an ihm dran sein.

»Scheiße, ich hasse mich dafür, aber ...« Mein bester Freund verkrampft sich unter mir.

»Das geht nicht, Summersky. Du hast mir gerade eben gesagt, dass das zwischen uns nichts wird. Und so gerne ich in dir sein möchte, so verdammt gerne ich weiter dieses süße Stöhnen hören will, wir wissen beide, dass es bei einer Nacht bleiben wird.«

Es ist, als hätte er mir eine Ohrfeige verpasst. Als hätte jemand einen Eimer Eiswasser über mir ausgeleert.

Hastig rutsche ich von ihm herunter. Mein Körper bebt. Meine Augen sind groß und mustern ihn, wie er mit gequältem Gesichtsausdruck seine Erektion zurück in die Shorts steckt.

»Oh Gott, du hast recht!« Ich blinzle die Lust weg und räuspere mich. »Das ... oh Gott. Wir sind Freunde. Was tun wir hier?« Ein beschämtes Lachen bildet sich auf meinen Lippen.

Ja. Was ist das?

War dieses Gefühl in meiner Brust etwa Sehnsucht? Ich dachte, das Herzklopfen sei in seiner Gegenwart abgeklungen? Dachte, dass ich inzwischen damit leben kann, dass wir Freunde sind. Seelenverwandte, ohne Plus. Das Thema hatten wir doch schon.

»Oh verdammt, ich muss mit Jake sprechen.« Eilig

rutsche ich von der Couch und beginne meine Kleidung einzusammeln. Raphael tut es mir gleich.

Das hat er nicht verdient. Es mag sein, dass Jenna gegangen ist ... doch das ändert nichts. Nichts an meiner Entscheidung für Jake. Daran, dass wir in den vergangenen Wochen glücklich waren. Dass mein Herz sich erholen konnte – von Raphael. Von dem, was er mir unbewusst antat, indem er sich einfach nicht mehr meldete.

Ich streife mir die Jeans über, greife fahrig nach meinem Shirt, doch Raphael umfasst mein Handgelenk. Flink zwingt er mich dazu, innezuhalten und aufzuschauen. Seine dunklen Augen sind matt, fast als würde ich ihm mit meiner Reaktion das Herz brechen. Wieso? Weil er nicht glauben kann, dass mir Jake wirklich etwas bedeutet? Weil es nicht sein kann, dass ich ohne ihn glücklich bin?

Gott, dieser Arsch! Wieso taucht er nach zwei Jahren wieder auf und bringt meine gesamte Welt durcheinander!

»Warum?« Ist alles, was ich herausbringe. Ich habe ihm meine Hand entrissen und stehe nun zitternd vor ihm. Adrenalin durchströmt meine Venen, ich bebe vor Wut und dieser Sturm in meinem Inneren ist nichts gegen die in unserer Kindheit.

»Wieso tauchst du nach zwei Jahren wieder auf, gerade dann, wenn ich mich dazu entscheide, glücklich zu sein?«

»Ich wusste, dass du wütend bist.« Raphael seufzt. Er zieht seine Lederjacke über die starken Arme.

»Natürlich bin ich wütend! Fall, du hast mich einfach so aus deinem Leben gestrichen. Vorher da hat meine Freude überwogen. Ich war verdammt froh, dass du lebst, dass du hier stehst und ich dir offenbar doch nicht egal bin! Aber … aber eigentlich, ist es verdammt egoistisch, mich jetzt wieder aufzusuchen! Dass du kaputtmachst, was ich mir aufbaue. Dass du mich daran erinnerst, wie sehr ich dich liebe. Wie sehr ich dich vermisse. Wie sehr du … wie sehr du jeden Tag in meinem Leben fehlst. Wie sehr ich das Schicksal hasse, dass jeder ein Happy End bekommt, nur wir nicht. Ich hasse … ich.« Meine Stimme bricht. So viel Wut habe ich noch nie verspürt. Noch nie sind mir die Worte wie Tränen oder wie Kotze einfach so aus mir herausgesprudelt. Ich kann sie nicht aufhalten.

Raphael steht stumm vor mir. Sein schwerer Körper hebt und senkt sich. Sein Blick ruht auf mir, aber seine Miene ist undurchdringlich.

»Du hast recht. Ich sollte gehen.« Damit wendet er sich um.

Blinzelnd starre ich ihm nach. Er … er verlässt mich schon wieder?

»Ja, verschwinde! Verpiss dich! Was anderes hast du ja in den letzten Jahren auch nicht gemacht!«, schreie ich. Gott, wo kommt denn diese verdammte Wut her?

Ich höre seine Schritte im Flur. Vernehme, dass er stehen bleibt. Dann ein Knurren. Schnell und fest eilt er zurück ins Wohnzimmer, auf mich zu. »Ist dir klar, dass ich dir nach unserer gemeinsamen Nacht eine Liebeserklärung geschrieben habe, die *du* nicht erwidert hast!«

Verwirrt weiche ich zurück, stoße mit meinem Rücken an die bodentiefe Schiebetür. Raphael baut sich vor mir auf. Ich zucke zusammen, als seine Faust gegen das Fenster donnert. Fast glaube ich, dass das Glas zerbricht.

Und dann sagt er etwas, das alle Dämme brechen lässt. Alle.

Denn es ist das, was alles verändert hätte.

Raphael

»Ist dir klar, dass ich dich seit fast zehn Jahre liebe? Dass ich eine andere geheiratet habe, eine Familie mit ihr gegründet habe und mich jeden Tag aufs Neue dafür verflucht habe.« Meine Faust ballt sich an der Scheibe. Gerne wäre ich gegangen. Zu gerne hätte ich Summer mit der Lüge leben lassen, dass mir erst in den letzten Jahren aufgefallen ist, wie sehr ich sie in meinem Leben brauche. Aber ich kann es nicht mehr vor ihr verheimlichen. Ihr nicht mehr vormachen, dass es nicht die Hölle ist, sie bei mir zu wissen, sie aber nicht anrühren zu dürfen. Verdammt. Wir sind Freunde. Eine Freundschaft, die für mich schon lange zu einer Zerreißprobe geworden ist, weil ich unwiderruflich und abgrundtief verliebt in diese Frau bin.

Jetzt, da sie vor mir steht, mir in die Augen sieht und wütend ist, weil ich mich nicht gemeldet habe, spüre ich noch einmal mehr, wie sehr ich sie beschützen will. Wie sehnsüchtig ich sie in meine Arme ziehen möchte, diese Welt für sie anhalten und ihr alles bieten will. Alles.

»Fuck, Summer, ist dir wirklich nicht klar, wie scheiße verliebt ich in dich bin? Wie ich es an jedem Tag unserer gemeinsamen Jahre war? Hast du nie gemerkt, wie ich dich ansehe? Oder war es dir egal?

Ihre Brust hebt und senkt sich schnell. Ihre Augen gleiten über mein Gesicht. Eine Mischung aus Liebe, Verwunderung und tiefer Trauer spiegelt sich auf ihrer Miene wider. Sie blickt zu mir auf und das Blau ihrer Augen verrät, dass sie sich beruhigt. Sie versteht.

»Was?« Nur ein Flüstern, trotzdem verstehe ich sie.

»Ich liebe dich. Nicht als Freunde. Nicht, weil ich dein großer Bruder bin, verdammt. Nein. Ich. Liebe. Dich. Wie ein verfickter Trottel, der eigentlich nichts mehr will, als in deinen Armen zu liegen. Diesen ganzen Kitsch eben.«

Eine einzelne Träne verlässt ihr Auge. Ihre linke Hand fährt über meine verhärteten Gesichtszüge und ich schließe die Lider. »Ich bin nicht hier, um dein Leben durcheinanderzubringen. Liebe ist nicht alles, ja. Es benötigt mehr und ich bin bereit, alles zu geben. Ich …« *Ja, was? Willst du nun ganz ehrlich zu ihr sein?*

»Ich will, dass du Daisy und Kate kennenlernst. Dass wir eine gemeinsame Zeit haben. Eine Chance. Bitte, Summersky.« Ich flehe. Flehe, als hätte ich noch eine andere Chance. Dabei weiß ich, dass ich verloren bin ohne sie.

Sie senkt den Blick. Fuck, bitte. »Baby«, ist alles, was ich hervorbringe. Scheiße, wenn sie mich so ansieht, heule ich gleich. Will sie wirklich, dass ich gehe?

Summer umfasst mein Gesicht mit ihren Händen. »Alles? Du wirst hierbleiben und nicht wieder gehen?« Tief sieht sie in meine Augen. In ihrem Ozeanblau tosen die Wellen.

Nickend schlucke ich. Scheiße, ich heule wie ein Baby und kann es nicht verhindern.

Und dann unterbreite ich ihr die größte Lüge, die jemals zwischen uns stand.

»Ich werde bleiben. Wenn es funktioniert, bleibe ich für immer.«

Kapitel 16

Summer

Es ist nicht fair. Das Leben ist immer irgendwie gemein. Doch ich war immer ehrlich zu den Männern, die ich gedatet habe. Ich habe ihnen nie vorgemacht, dass genug Platz in meinem Herzen ist. Trotzdem zerreißt mich Jakes Blick, als er aus seinem Tesla steigt. Die Emotionen in seinem Gesicht sind herauszulesen. Sofort fühle ich mich noch ein wenig schuldiger.

Ich stehe auf meiner Veranda, knete nervös meine Finger und schaffe es kaum, ihm in die Augen zu sehen, als er das Gartentor öffnet und über den Kiesweg auf mich zukommt.

»Keine Koffer, hm?« Seine Augen wirken traurig. So abgrundtief traurig, dass es in meiner Brust schmerzt.

Entschuldigend verziehe ich das Gesicht. »Es tut mir leid.« Liebend gerne möchte ich ihm sagen, dass ich ihn mag. Dass ich mit ihm nach Toronto gehe und wir eine wundervolle Zeit haben werden. Doch es wäre alles nur gelogen. Ich mag Jake. Wirklich. Aber wenn es nur einen Hauch von Hoffnung gibt, dass Raphael und ich nun eine Chance haben, dann ... geht das hier nicht.

Jake seufzt und fährt sich durch das blonde Haar. »Ich hätte es mir denken könne, oder?« Das schiefe Grinsen auf seinen Lippen kann nicht überspielen, was seine Augen sagen.

Ich schüttle den Kopf und knete meine Finger noch fester. Beschämt senke ich meinen Blick zu Boden.

Wie soll ich erklären, was gestern Nacht passiert ist? Dass ich Raphael glauben will, wenn er mir sagt, dass er bleibt. Dass wir nach Jahren endlich eine Chance haben. Er ist es, war es immer, und deshalb möchte ich diese eine Möglichkeit nutzen und herausfinden, was wir sein könnten.

»Ich mag dich, unheimlich. Aber ... Raphael und ich haben es jahrelang versucht. Das Leben kam immer dazwischen, doch nun ist er alleinerziehend und ich ...« Ich hebe meinen Kopf. Jake hat verdient, dass ich ihn ansehe. »Ich bin ihm verfallen. Vom ersten Moment an, damals als er mich *gerettet* hat.«

Der Tierarzt seufzt. Einen Moment glaube ich, dass er gleich meinen kompletten Vorgarten auseinandernimmt. Was okay wäre, dann muss ich mich nicht mehr darum kümmern. Und er hat jedes Recht dazu, sauer zu sein.

Doch dann zuckt er mit den Schultern. Seine Augen finden meine. Ein müdes Lächeln umspielt seine Lippen. »Ich habe gesehen, wie er dich ansieht, Summer. Wenn das keine Liebe ist, weiß ich auch nicht.«

Auch wenn es gemein ist, flattern Hunderte Schmetterlinge durch meinen Körper. Es tut gut zu wissen, dass noch wer anders bemerkt, was Raphael und ich einander bedeuten. Es ist naiv, dumm und hirnrissig, meinem besten Freund zu vertrauen, während dieser attraktive, gestandene Mann vor mir steht, und mich auf ein Wochenende nach Toronto mitnehmen möchte. Doch es ist das Richtige. Vielleicht etwas total Dummes, aber richtig.

Ja. Ich bin vielleicht ein furchtbarer Mensch und würde Jake einen großen, riesigen Platz in meinem Herzen freimachen. Allerdings wäre dieser nie so bedeutend wie der, den mein bester Freund hat.

»Ich könnte einen Platz in meinem Herzen für dich freimachen, Jake«, gestehe ich, schiebe aber schnell nach: »Aber möchtest du tatsächlich, dass ein anderer Mann einen noch viel größeren einnimmt?« Mitfühlend lege ich meinen Kopf schief. »Du hast es verdient, dass ein Mensch sein gesamtes Innerstes für dich öffnet und du der Einzige, in seinem Leben bist, Jake.« Eindringlich sehe ich ihn an. »Das solltest auch du dir wert sein. Vergiss das nicht. Es ist selbstlos von dir, mich mit allem zu lieben, was ich biete. Doch es ist nicht fair dir gegenüber.«

Zaghaft nickt Jake, ehe er sich auf die Unterlippe beißt und mich ansieht. »Scheiße, ich gehöre zu den guten Typen, ne? Die, die keiner haben will, weil sie nicht Bad Boy genug sind. Bei mir fehlt der Thrill ...« Er lacht auf, doch es klingt verletzt.

Meine Stirn legt sich in Falten. »Du machst Witze, oder?« Es ist unangebracht, ihm meine Finger an die Wange zu legen und ihm zu sagen, dass es da draußen ganz sicher jemanden gibt, der zu ihm passt. Deshalb boxe ich liebevoll gegen seinen Oberarm und zwinkere grinsend. »Oh, Jake. Da draußen gibt es Frauen, die bringen den Thrill mit. Vielleicht brauchst du auch einfach ein Bad Girl?«

Kurz erhellt sich das Gesicht des Tierarztes, als wäre

er von dieser Idee gar nicht abgeneigt. Dann steckt er, sichtlich verlegen, die Hände in die Hosentaschen. »Ja, eine blöde und unpassende Frage.« Er lacht und zieht die Schultern nach oben. »Aber zur Arbeit wirst du schon noch kommen, oder?«

Ich nicke energisch. »Natürlich, wenn ich darf?«

Nun lächelt er breit. »Ja. Auf jeden Fall. Ich habe dich gerne um mich, Summer. Außerdem bist du die Einzige, die Mrs. Hubers Kater in den Griff kriegt, wenn er mal wieder ausrastet.«

Lachend stimme ich ihm zu.

Und dann breitet sich eine Stille zwischen uns aus, die mich verlegen Räuspern lässt. Diese Situation ist mir peinlich, schließlich war Jake es, der mich ohne weitere Kommentare, Erfahrung und Empfehlungen für den Job an seiner Rezeption genommen hat. Stunden verbrachte er bei der Renovierung meines Hauses. Wir sind gute Freunde geworden. So gute, dass es schmerzt, ihn loszulassen. Er hat mir letztlich geholfen, die Gefühle besser zu verarbeiten.

»Dann fahre ich mal allein. Das Wochenende wird mir guttun. Vielleicht kaufe ich mir Eis und schaue Liebesschnulzen?« Jake hat sich herumgedreht, feixt und grinst schief.

Ich lache. Gott, dieser Kerl hätte eine Frau verdient, die ihn über alles liebt. Wie kann er nur so niedlich sein?

Zwei Stunden später bin ich mit Raphael verabredet. Normalerweise wäre ich deswegen nicht aufgeregt, aber er möchte mir die zwei wichtigsten Menschen in seinem Leben vorstellen. Kate und Daisy. Die Größere durfte ich als Baby schon einmal kennenlernen, die Kleine hingegen kenne ich nur von Videoanrufen, Fotos und Sprachnachrichten. Ich weiß noch, wie unheimlich stolz ich auf Raphael war. Die Kinder sahen ihm so ähnlich, dass ich mich manchmal dabei erwischte, wie ich auf die Babyfotos schaute und mir wünschte, dass es unser Nachwuchs wäre. Scheint krank, aber das, was mein bester Freund gestern gebeichtet hat, habe ich auch immer so empfunden. Nur, dass ich seine Liebeserklärung damals nicht verstanden hatte.

Gestern Nacht habe ich mir andauernd seine Nachrichten angesehen. Wiederholt habe ich gelesen, was wir am Morgen danach geschrieben haben. Und dann verstand ich, was ich vor zehn Jahre hätte kapieren müssen.

Aber ich war dämlich und so damit beschäftigt, diesen Sex zu vergessen, dass ich übersah, was vor meinen Augen lag.

Verdammt, wir hätten zusammen sein können. Ich hatte meinen Abschluss und hätte zu ihm ziehen sollen. Wir wären gemeinsam auf Reisen gegangen. Ich hätte bei ihm gearbeitet und seine Praktikantin sein können. Ich wäre Jenna gewesen.

Ja, es ist krank, dass ich so etwas denke.

Die Hauptsache ist, dass wir nun eine Chance haben und ich seine Töchter endlich kennenlernen darf.

Glücklich gehe ich die Holztreppe in meinem Haus hinunter in den Flur. Ich schnappe nach einer Jacke, da der Herbst inzwischen fortgeschritten ist und zeigt, dass bald Schnee fallen wird. Wir haben uns für einen Spaziergang verabredet. Raphael meinte, dass Kate es liebt, Blätter zu sammeln und Daisy so am besten einschlafen wird.

Nervös zupfe ich an dem gelben Parker herum. Was, wenn mich die beiden nicht mögen werden? Das wäre furchtbar! Was, wenn sie denken, ich will ihre Mom ersetzen? Was ich nicht vorhabe.

Raphael hat mir gestern erzählt, wie genau es um Jenna und ihm steht. Es ist offenbar so, dass sie einfach abgehauen ist. Sie will keinen Kontakt zu den Mädchen, und das zerbricht mir das Herz. Ebenso wie das meines besten Freundes. Er musste es nicht einmal aussprechen, aber ich habe es in seinen Augen gesehen. Er kann nicht verstehen, dass seine Ex-Frau einfach gegangen ist und ihre Kinder nicht einmal mehr sehen möchte.

Deshalb ist es mir nun umso wichtiger, dass sie mich als eine Art Freundin betrachten. Sie sollen wissen, dass ich für sie da bin. Für die wichtigen Themen, die meine Mutter verpasst hatte, mir beizubringen. Für den größten Beifall in einer Menge und die Umarmungen, die man manchmal braucht.

Das Piepen meines Smartphones reißt mich aus meinen Gedanken. Es liegt auf dem Schuhschrank meiner Garderobe und schiebt sich durch das Vibrieren immer näher an den Rand. Ich greife eilig danach, während ich mir die Schuhe überziehe.

Kaum habe ich auf das Display geschaut, lächle ich.

Wo bist du?

Fall, lernst du es nie? :D Bin gleich da. 🖤

Schaffe keine Sekunde mehr ohne dich.
Also beeil dich

Mein Herzschlag hat sich vervierfacht. Wieso haben wir nicht schon immer so offen miteinander gesprochen? Was hat uns davon abgehalten, einmal die Wahrheit so klar, so deutlich zu formulieren?

Ich öffne die Haustür und stolpere förmlich hinaus,

so eilig habe ich es auf einmal. Ich haste durch meinen Vorgarten und biege direkt nach links ab in Richtung Faiths Pension, vor der Raphael mit den Kleinen warten wollte.

Alles in meinem Inneren fiebert auf den Moment hin, wenn ich sie endlich sehe. Ihn endlich wieder in meine Arme schließen kann. Wir haben gestern Nacht viel gesprochen. Viele Wahrheiten, viele Gefühle ausgetauscht und dann ist er gegangen. Natürlich hätte ich gerne mit ihm geschlafen. Aber das wäre einfach nicht richtig gewesen. Wir müssen uns Zeit lassen, dürfen diese Verbindung nicht gleich zu etwas Echtem machen, wenn es zwei Wesen gibt, die es auch akzeptieren müssen. Mich akzeptieren müssen.

Es wird warm um mein Herz, als ich Raphael mit einem Kinderwagen und einem Mädchen an der Hand neben dem alten Haus stehen sehe.

Von Weitem erkenne ich gut, wie Kate aussieht. Ihr dunkles Haar ist das von Raphael und auch den Hautton hat sie von ihm. Nur die Augen sind fesselnd blau, wie die ihrer Mutter. Ihre Gesten, während sie meinem besten Freund etwas erzählt, sind Jenna-like. So sehr, dass ich mich frage, wie Raphael es schafft, ihr ständig gegenüber zu stehen und nicht an seine Ex-Frau zu denken. Dabei nicht an den Schmerz erinnert zu werden, den sie in seinem Inneren verursacht hat.

»Hey!«, rufe ich und winke freudig. Mit schnellen Schritten gehe ich auf sie zu und ignoriere, dass mir dabei fast das Herz aus der Brust springt.

Kate lächelt, hat aber auch ihre Stirn in Falten gelegt. Sie mustert mich mit schiefem Kopf. »Wer ist das?«

Ich bin schon so nah, dass ich sie hören kann, obwohl sie flüstert.

Raphael beugt sich etwas zu seiner Tochter. Ein Lächeln liegt auf seinen Lippen, was mich augenblicklich in Flammen aufgehen lässt. Gott, dieser Mann ist so attraktiv. Da hilft es auch nicht, dass wir gestern beinahe miteinander geschlafen hätten. Ich brauche ihn. Ganz und gar.

»Frag sie doch selbst«, erwidert Raphael und nickt in meine Richtung.

Grinsend bleibe ich vor ihr stehen. Kaum hat Kate dies bemerkt, schnellt ihre Hand nach vorne. Die kleinen Finger sind bunt lackiert, wahrscheinlich Faiths Werk. »Ich bin Kate Fall und Sie?«

»Sie?« Ich verziehe beeindruckt das Gesicht und nehme ihre Hand in meine, um sie zu schütteln. »Du darfst gerne ›Du‹ sagen, Kate. Ich bin Summer Sky.«

Skeptisch betrachtet sie mich. »Also Sommer und Himmel?«, wiederholt sie und zieht ihre Hand zurück.

Ich nicke, was Raphaels Tochter witzig findet.

»Sommerhimmel. Deine Eltern sind aber süß.« Es ist etwas so Kindliches, Braves, dass ich lachen muss. Lange habe ich nicht mehr über die Bedeutung meines Namens nachgedacht.

Vorsichtig gehe ich in die Hocke. »Meine Mom liebte den Sommer. Sie mochte den wolkenlosen Himmel, das Prickeln auf der Haut von den Sonnenstrahlen.« Ich unterdrücke ein Seufzen, weil mich mit dieser Erinnerung auch andere überfluten. »Deshalb wollte sie, dass ihre Tochter danach benannt wird.«

Kate nickt, als würde ihr das einleuchten. »Mom hat mich Kate genannt, weil eine Freundin von ihr – und Dad sagt, es war eine voll gute – auch so hieß.«

Mein Blick gleitet zu Raphael, der leicht den Kopf schüttelt, und ich muss kichern. Soweit ich mich erinnern kann, hat Jenna den Namen ausgewählt, weil sie nicht wollte, dass ihr Kind Katinka heißen wird, nach ihrer

Großmutter. Und sie konnte sich mit ihren Eltern auf Kate einigen. Eine schöne Abkürzung.

»Und wir heißen Herbst. Findest du das nicht lustig? Es passt zu deinem Namen«, gluckst sie und schmunzelt breit. Ihr Geplapper sorgt dafür, dass ich mich etwas beruhige.

»Und meine kleine Schwester heißt Daisy«, spricht sie weiter, geht um den Kinderwagen herum und zeigt hinein. »Wie die Blume.«

Ich erhebe mich, folge ihr und werfe einen Blick zu dem Kleinkind, das darin mit den Füßen wackelt und mich anstrahlt. Japsend und ächzend begrüßt sie mich, kuschelt sich aber gleich darauf zurück in die Decken, als wolle sie nicht gestört werden. Sie scheint ihrem Vater sehr ähnlich zu sein, was mich zum Grinsen bringt. Aber ihre Haare sind heller als die meines besten Freundes, ihr Hautton auch. Nur die markanten Gesichtszüge hat sie eindeutig von Fall.

Verzückt verziehe ich das Gesicht. »Sie ist unheimlich goldig.«

»Wohl eher unheimlich, Sie schläft andauernd«, merkt Kate an, greift nach meiner Hand und springt. »Jetzt gehen wir aber Blätter sammeln, oder? Und du hilfst mir, oder? Dad hat nämlich nie Lust!«

Die Kleine ist so herzerwärmend, dass meine Nervosität gänzlich versiegt. »Klar! Suchen wir nach den schönsten, in den wildesten Farben!«

»Au ja!«, schreit die Kleine und späht auf den Boden.

Mein Blick gleitet zu Raphael. Das Lächeln auf seinen Lippen ist mir neu, doch es bringt die Schmetterlinge in meinem Inneren zum Flattern. Ihn als Vater zu sehen, ist entzückend und dass er sich darüber zu freuen scheint, dass Kate mich so gut annimmt, beschwingt mich.

Mit einem Ruck werde ich mitgezogen und lache, weil ich mein eigenes verdammtes Glück kaum fassen kann.

Raphael

»Du gehst zu ihr?«, fragt Faith leise und beobachtet mich, während ich die Kleine anhebe und nach oben tragen will. Kate ist total fertig. Den halben Tag haben wir im Wald verbracht und nachdem Summer in ihrem eigenen Zuhause verschwunden war, habe ich den Kids erlaubt, den Abend im Wohnzimmer ausklingen zu lassen. Nach einer halben Stunde war Daisy eingeschlafen, die ich gleich darauf in unser Pensionszimmer brachte. Nun bette ich Kate in meinen Armen, um sie durch das Wohnzimmer in den Flur zu tragen. Die Privaträume sind mit den geschäftlichen verbunden, sodass wir zwar in den Pensionszimmern schlafen, jedoch die meiste Zeit in Leahs und Faiths Wohn- und Essküche verbringen.

»Wir haben halb zehn«, flüstert meine Freundin, die mir nacheilt, als wäre sie meine Mutter.

Ich drehe den Knauf, der nur an der Innenseite der Tür zu den Privaträumen angebracht ist. Gleich darauf eröffnet sich mir das Foyer der Pension. Ein großer Holztresen auf der rechten Seite, eine Sitzgruppe auf der anderen und dieser flauschig aussehende Teppich auf dem Boden davor. Ein Kamin rundet die süße Einrichtung ab.

Seufzend biege ich nach links, um die Treppen zu den Schlafräumen hinaufzugehen.

Es ist mir egal, wie spät es ist. Ich würde auch mitten

in der Nacht zu Summer gehen, um nur ein paar Minuten mit ihr zu verbringen.

»Wann willst du es ihr sagen?«

Kaum sind die Worte über Faiths Lippen gekommen, schließe ich die Augen. Sofort halte ich auf der Treppenstufe inne.

Es ist, als würde meine Freundin mich damit zurück in das Hier und Jetzt holen. Raus aus meiner Blase, die ich um mich herum gebaut habe. Denn eigentlich wäre ich gar nicht hier. Wenn Dr. West mich nicht angerufen hätte, wenn meine Kinder nicht in Gefahr wären, wäre ich nun in New York und Summer mit diesem Tierarzt in Toronto.

»Raphael, du kannst ihr das nicht verschweigen. Es geht nicht. Du musst ihr sagen, weshalb du hier bist. Sie hat die Wahrheit verdient. Mehr noch, als jeder andere«, schiebt Faith nach und möchte damit nur eine gute Freundin sein. Allerdings weiß sie nicht, wie es sich anfühlt, in Summers Nähe zu sein. Es zu genießen, so zu tun, als wäre alles in Ordnung. Als wäre ich nicht vor allen Problemen in New York davongelaufen.

Der heutige Tag war wunderschön. Wie sie mit Kate in den Blättern spielte und sogar Daisy, als sie wach wurde, dazu erwärmen konnte. Wie sie gemeinsam kicherten und flüsterten, als würden sie sich schon eine Ewigkeit kennen. Das alles war so wundervoll, dass ich nicht vorhabe, ihre Welt direkt wieder auf den Kopf zu stellen. Ich bin doch gerade erst angekommen, verdammt.

»Ich werde es ihr sagen.« Langsam drehe ich mich zu Faith um, die am Treppenabsatz steht und mich mustert. »Ganz sicher. In den nächsten Tagen. Zuerst möchte ich etwas Zeit mit ihr verbringen. Okay?«

Meine Freundin beißt sich auf die Lippe. Sie sieht nicht glücklich über meine Entscheidung aus. Aber was soll sie schon sagen? Es ist schließlich nicht ihr Leben, das gerade komplett aus den Fugen gerät.

Und außerdem hat sie recht. Lange werde ich es sowieso nicht für mich behalten können. Irgendwann wird *es* mich heimsuchen. Früher oder später.

Wenn es um mich ginge und ich eine Wahl hätte, dann lieber später. Aber ... ich glaube nicht daran, dass ich so viel Glück habe.

Summer denkt, wir hätten nun eine Chance. Eine echte Möglichkeit, dem Schicksal den Mittelfinger zu zeigen. Dass wir zusammen sein können als Familie. Diese Hoffnung möchte ich ihr noch nicht nehmen.

Es ist egoistisch. Weil ich mir dadurch auch die Möglichkeit auf die Zeit mit Summer nehmen würde. Würde sie alles wissen, wäre das mit uns keine Option mehr.

Kapitel 17

Summer

Es fällt mir schwer, die Augen offen zu halten. Selbst die alltägliche Fahrradfahrt zur Tierarztpraxis kann die Müdigkeit nicht vertreiben. Allerdings auch nicht das fette Grinsen, das meine Mundwinkel fast schmerzen lässt.

Wenn ich in Erinnerungen danach krame, wann ich mich in den letzten Jahren jemals so berauscht gefühlt habe, fallen mir nur wenige Momente ein. Und wenn, dann haben sie alle etwas mit Raphael zu tun.

Nach dem Spaziergang mit Kate und Daisy, der so schön war, dass es noch jetzt vor Freude in meinem Herzen zieht, ist Raphael bei mir aufgetaucht. Wir haben einen Tee getrunken, lagen auf den Lounge-Sesseln in meinem Garten, starrten auf den See und er kraulte meinen Kopf. Ab und an hauchte er Küsse auf meinen Haaransatz, die noch jetzt eine feine Gänsehaut auf meinen Körper zaubern. Die Sterne funkelten über uns.

Stille hüllte uns ein. Der Geruch nach ihm, nach meinem Zuhause, nach meinem Anker – mehr brauchte es nicht, damit dieses sehnsuchtsvolle Ziehen in meinem Inneren ruhiger wurde.

Am Sonntag haben wir gemeinsam mit Faith, Leah und den Kindern gegrillt. Es gab verschiedenes Gemüse, Salate und gegrillte Kartoffeln, etwas Wein und ellenlange, lustige Gespräche, vermischt aus alten Anekdoten wie neuen. Ich habe selten so viel gelacht. Daisy und Kate scheinen sich richtig wohlgefühlt zu haben, vor allem, als wir am Nachmittag Pancakes in den ekeligsten Variationen gemacht haben.

Ja. Ich bin hundemüde, weil Raphael gestern Abend, nachdem er die Kinder schlafen gelegt hatte, wieder hier war. Obwohl wir die Hälfte der Zeit nur schweigend nebeneinander lagen, gab mir das mehr, als mit Jake einen ganzen Tag zu quatschen.

Jake. Vielleicht ist dieser Erschöpfungszustand auch zum Teil Angst, da ich ihm heute unter die Augen treten muss? Ihm und Molly, die wahrscheinlich schon mitbekommen hat, dass es zwischen uns aus ist. Denn sind wir mal ehrlich, in der Kleinstadt etwas zu verheimlich, ist, wie die Schokocreme ohne Margarine zu essen. Schlichtweg nicht möglich.

Umso näher ich dem weißen Gartenzaun komme, desto mehr zittere ich.

Noch mal durchatmen. Ich schaffe das.

Jake und ich sind zwei erwachsene Menschen. Manchmal klappt es einfach nicht. Da können wir beide drüberstehen, oder?

Ich stelle das Fahrrad an den Apfelbaum, dessen Äste gestutzt wurden, damit sie den alten Kauz Liamerick nicht mehr stören, und gehe die Stufen zur Praxis nach oben.

»Na … hallo, Sonnenschein.« Molly sitzt mit einem breiten Lächeln hinter dem Tresen und wirft mir einen Blick zu.

»Guten Morgen.« Das Schmunzeln auf meinen Lippen besteht aus Unsicherheit. Was hat sie wohl schon alles gehört?

Ich streife den Parker von mir, ohne den es draußen kaum noch auszuhalten ist. Zwar belebt die Sonne den Lhori-Lake und dessen Umgebung, trotzdem ist der Wind bitterlich kalt. Es ist kein Vergleich zum Herbst in der Nähe von Norflok. In Downhill ist es nicht besonders kalt, aber viel stürmischer und deshalb noch unerträglicher.

»Wie geht es dir, Liebes? Wie war dein Wochenende?« Ich laufe an ihr vorbei in die Küche und lege den Parker ab. Dann schmeiße ich die Kaffeemaschine an, um mir etwas Zeit für die Antwort zu erkaufen. Aus dem Augenwinkel habe ich gesehen, dass Molly bereits einen hat, weshalb ich ihr keinen frischen anbiete.

»Ganz gut. Ein Freund aus der Kindheit ist zu Besuch«, murmle ich viel zu schnell und betont gelangweilt, als dass Molly nicht neugierig werden würde. Nahezu augenblicklich höre ich das Rattern der Rollen des Schreibtischstuhls. Sie taucht im Türrahmen auf. Ein ruhendes Lächeln umspielt ihre Lippen. Ihr Blick ist skeptisch. »Ein Freund, also?«

Ich stöhne genervt und rolle die Augen. Nicht ohne diese Situation auch amüsant zu finden. Wie schafft man es, dass eine Kleinstadt immer alles erfährt? Wie funktioniert das? Hat meine Nachbarin getratscht?

»Ja, ein Freund, für den ich das Wochenende mit Jake habe sausen lassen«, platzt es aus mir heraus. Die ältere Dame hat ein vertrauenswürdiges Gesicht, sodass man sich ihr schnell offenbart. Viel zu schnell. Verdammt.

Wissend nickt Molly. Sie winkt ab und seufzt. Verträumt schaut sie an mir vorbei. »Ach ... wir alle haben diese eine große Liebe.«

Ich beiße mir auf die Lippen und senke den Kopf.

Das ist es, was Raphael immer war, oder? Dieser eine Mensch, den man sucht und unbedingt finden will. Stattdessen hat er mich gefunden. Ohne ihn hätte ich die Zeit im Trailerpark nicht überlebt. Ich hätte nie meine Träume wahr gemacht. Ganz sicher. Es braucht jemanden, der einen ermutigt. Der einem zuhört und für einen da ist. Nichts infrage stellt, einen sein lässt, wie man ist, und einen darin bestärkt.

All das ist Raphael Fall für mich. Der schönste Herbst, in den schönsten Farben.

»Mein Richard ist damals im Krieg gefallen.«

Ich lege meine Stirn in Falten und nippe am Kaffee. Molly wendet sich zu mir und scheint die Erinnerungen an eine lang vergangene Zeit wieder zu verdrängen. »Weißt du, vor meinem Mann war ich mit einem zusammen, der ... einfach fantastisch war.« Sie schüttelt sehnsuchtsvoll den Kopf. »Leider wurde er einberufen. Und aus Hunderten Briefen wurde irgendwann ... keiner mehr. Von Fremden, zu Verliebten und wieder zu ... Fremden. Als wäre diese Liebe nur ein Hauch gewesen. Es brach mir damals das Herz. Vor allem, weil ich jedem Junggesellen, der es hören wollte oder nicht, sagte, dass ich glücklich vergeben bin!« Sie sieht mir in die Augen und ich nicke langsam.

»Er kam aber nicht wieder. Ich war mit einem Geist zusammen. Nach zwei Jahren stand ein Oberoffizier der Army vor dem Haus seiner Eltern und teilte ihnen mit, dass sie seine Leiche gefunden hatten.« Ihre Stimme bricht. Einen Moment glaube ich, dass sie anfangen wird zu weinen. Doch dann lächelt sie knapp. »Ich habe geheiratet und trotzdem bin ich bei jedem Telefonklingeln, bei jedem Ringen der Türglocke und bei jedem Erwähnen des Namens *Richard Smith* zusammengezuckt. Immer, weil ich hoffte, dass Richard es doch geschafft hatte und bei mir auftauchen würde.« Sie seufzt und winkt ab. »Glaub mir, ich war glücklich mit Henry. Bis zu seinem Tod vor ein paar Jahren. Wir hatten ein unglaubliches Leben, haben einen tollen Sohn, viele Freunde.« Angespannt atmet sie durch und ich kann sehen, wie gut es ihr tut, das alles auszusprechen. »Hätte ich aber eine Chance gehabt, es mit Richard zu versuchen, hätte ich sie genutzt. Fühl dich also nicht schlecht, Summer.«

Ihre Worte vertreiben die Müdigkeit endgültig. Alles in meinem Inneren wird wieder leichter. Gleichzeitig fühle ich aber auch ein tiefes Bedauern für ihre Liebesgeschichte, die kein gutes Ende fand. Es ist unglaublich schön, dass sie so etwas Intimes mit mir teilt.

»Schätze, was James Cameron in Titanic meinte, stimmt«, sage ich und lache zwinkernd. Fragend blickt sie mich an.

»Das Herz einer Frau ist ein tiefer Ozean voller Geheimnisse.«

Jetzt muss Molly grinsen. Sie schlägt mir leicht gegen den Oberarm und nickt zur Theke im Eingangsbereich. »Jetzt haben wir aber genug philosophiert über die alten Zeiten. Das macht mich noch ganz wuschig. Lass uns lieber mit der Arbeit beginnen.«

Der Tag verläuft ohne jegliche Vorkommnisse. Jake ist weiterhin der perfekte Traumtyp. Er spricht nicht über unser Gespräch und scheint mir auch nicht sonderlich böse zu sein, dass ich nicht mit ihm nach Toronto gegangen bin. Das erleichtert mich. Tief in meinem Inneren hatte ich unfassbare Angst, er könnte mich nun wegstoßen.

Ich brauche diesen Job. Nun mehr als alles andere. Denn in den letzten Tagen habe ich mir Gedanken darüber gemacht, was ich im Fernstudium studieren könnte. Privatschulen, die dies anbieten, sind leider nicht günstig.

Einen Abschluss in der Tasche zu haben, gehörte zwar nie auf meine dringende To-do-Liste, allerdings scheint es mir inzwischen doch nicht verkehrt. Schließlich möchte ich mich meilenweit von dem Leben meiner Mutter wegbewegen. Nicht sie sein. Die, die immer verletzt und herumgeschubst wurde und letztlich arbeitslos im Trailerpark gelandet ist. Abhängig. Stumpf. Gefühlskalt.

Als ich die Pension betrete, reist gerade ein Pärchen ab, das mich glücklich und verliebt im Vorbeigehen anlächelt. Ich kann es nur erwidern. Ob Raphael und ich genauso auf andere Menschen wirken?

Ich begrüße Leah, die hinter dem Tresen steht und steuere die Tür, mit der Aufschrift ›Privat‹ an. Als wären die Pension und das verbundene Nebenhaus mein eigenes Zuhause, krame ich den dazugehörigen Schlüssel aus meiner Hosentasche und öffne sie.

Im Hintergrund vernehme ich Leah. Sie spricht vermutlich wieder mit ein paar Gästen, die sich nach dem Wetterverlauf der nächsten Woche erkundigen.

Das Schloss gibt nach, die Tür öffnet sich und im nächsten Moment stehe ich in einem hellen Flur. Man würde nicht meinen, dass direkt nebenan eine Pension ist. Die Haupträume meiner Freundinnen wirken sporadisch und trotzdem gemütlich.

Durch den Flur gelangt man in ein Bad und in das Schlafzimmer sowie Wohnzimmer, welches ich nun betrete. Die weiße Schiebetür ist offen, deshalb erhasche ich einen Blick auf Daisy und Kate.

»Summer!« Die Große entdeckt mich als Erste. Sie sitzt mit Wachsmalstiften an einem Tisch, auf dem weiße Rosen stehen, und bekommt große Augen, als ich nähertrete. Hastig rutscht sie von ihrem Stuhl und kommt auf mich zu gerannt. Ihre Plüschhausschuhe tapsen auf dem alten Dielenboden, der die rustikale Einrichtung des Baus unterstreicht.

Im Kamin lodert ein Feuer, das knistert und einen heimischen Duft versprüht. Dazu kommt der Geruch von Kräutertee, der in der Luft liegt.

Ich öffne meine Arme, schließe Kate ein und drücke sie fest an meinen Körper. Kaum zu glauben, dass sie sich mir innerhalb weniger Tage so angenähert hat. »Schau! Schau!« Sie hebt ihr Gemälde nach oben und wedelt vor meinem Gesicht damit herum. »Das sind Papa, du, ich und Daisy!« Ihre Augen leuchten vor Stolz.

Lächelnd nehme ich das Blatt zwischen meine Finger. Sofort bildet sich ein Kloß in meinem Hals. Kate hat meine dunklen Haare gezeichnet, Raphael, der als großer Beschützer ihre Hand hält, und Daisy, die meine umklammert. Wir sehen aus wie eine Familie. Eine echte Familie.

»Das ist wunderschön.« Seufzend unterdrücke ich die aufkommenden Tränen.

Wir haben seinen Töchtern nicht gesagt, was zwischen uns läuft. Für sie bin ich Tante Summer, die sie zufälligerweise in Kanada besuchen. Nach den wenigen Tagen schien es uns nicht richtig, den Kindern sofort auf die Nase zu binden, was Raphael und mich verbindet. Schließlich sollen sie keine Angst haben müssen, dass sich etwas an ihrem bisherigen Leben verändert. Mich selbst verwirrt die Situation ebenfalls, deshalb könnte ich sie auch gar nicht erklären.

»Sie wird ein zweiter Picasso, nur in weiblich.« Mein bester Freund tritt durch die Tür zur Küche von Faith und ihrer Frau. Er lächelt schief, hat die Hände in seiner schwarzen Jeans versteckt und wirkt damit so jung wie damals, als er mir mit fünfzehn gegenüberstand und mich rettete. Augenblicklich macht mein Herz einen Purzelbaum. Wenn ich ihn so ansehe, dann frage ich mich, wie ich es jahrelang ohne ihn ausgehalten habe. Diese tiefe Verbundenheit, die ich zu ihm fühle, dieses heiße Kribbeln und das Verlangen, meine Hände an seinem Körper entlangzufahren, sorgen dafür, dass meine Wangen erhitzen.

Mich räuspernd reiche ich Kate das Bild zurück und erhebe mich. »Ja. Sie malt unfassbar schön.«

»Nicht wahr?«, wirft die Kleine ein, hat sich wieder auf ihren Platz geschoben und malt weiter. Neben ihr liegt Daisy, die seelenruhig vor sich hin schläft. Das macht sie andauernd. Wirkt so, als wäre sie die Ruhige.

Raphael schreitet durch die Küche und kommt auf mich zu. Mit seinen Augen scannt er mich. Liebevoll, bedacht und senkt dann seine Lippen an mein Ohr, kaum dass er vor mir zum Stehen gekommen ist. »Du bist wunderschön.« Seine Hand ruht auf meinem Rücken. Den Blick auf meinem gerichtet zieht er sich zurück.

Ich bebe. Alles in meinem Inneren beginnt zu flattern.

»Papa!«, unterbricht Kate diesen unheimlich sinnlichen Moment. »Papa! Jetzt komm und mal mit. Summer auch!«

Raphael lacht. »Ich glaube, wir werden erwartet.«

Schluckend nicke ich, setze mich an den Tisch und kann trotzdem an nichts anderes denken, als seine Berührung an meinem Rücken. Gott, es scheint, als würde die Stelle, an der er mich angefasst hat, in Flammen stehen.

Eine Weile sitzen wir einfach nur da, hören Kate zu, während sie zeichnet und vor sich hinplappert. Faith kommt zwischendurch vorbei, begrüßt mich, ist dann aber gleich wieder verschwunden. Es fühlt sich schön an, die Zeit so totzuschlagen.

Als Daisy wach wird, schnappen ihre kleinen Finger sogar nach mir.

»Sie will nie von anderen Menschen getragen werden.« Verwundert nimmt Raphael die Kleine hoch und reicht mir die Maus. Ich kann nicht beschreiben, welche Gefühle das in mir auslöst.

Ich habe sie noch immer auf meinem Schoß, als mein Handy vibriert. Ganz in Gedanken, weil Kate unentwegt vor sich hin quakt und ich versuche, ihr zu folgen, ziehe ich das Smartphone hervor, um einen kurzen Blick darauf zu werfen.

Das Wochenende war perfekt

Ich hebe meinen Kopf an und sehe direkt in Raphaels Gesicht. Seine hübschen Lippen umspielt ein Lächeln. Schon wieder nimmt mich seine Attraktivität gefangen. Wie kann ein Mann nur so wunderschön sein?

Ja. Danke, dass ich die beiden kennenlernen darf. Danke, dass wir diese Chance haben.

Leicht nickt er. Seine Finger umklammern einen Wachsmalstift, weil wir von Kate dazu verdonnert wurden, selbst ein paar Porträts zu malen. In der anderen Hand hält er das Smartphone, von dem ich denke, dass er es gleich wegstecken wird. Ich lege meines auf die Tischplatte und wende mich wieder Daisy zu, die ihrer Schwester nachplappert.

Da vibriert das Handy erneut. Das Display leuchtet auf und ich recke mein Kinn, um lesen zu können, was Raphael schreibt.

> Wären wir allein, würde ich dir diese verdammt enge Hose abstreifen.

Schlagartig wird mir heiß. Mein Blick trifft erneut seinen.

Dieses Dunkel in seinen Augen kenne ich.

Verdammt. Was wird das hier? Hatten wir uns nicht vor zwei Tagen darauf geeinigt, dass wir nicht miteinander schlafen, bis ... ja, bis was? Bis ich mich mit den Kindern verstehe? Kate und Daisy mögen mich. Um was geht es mir denn dann? Habe ich Angst, erneut so verletzt zu werden? Dass er wieder geht und mich zurücklässt, wie er es schon einmal getan hat? Soll ich ihm mein Herz schenken, ganz und gar? Kann ich ihm vertrauen?

Natürlich. Er ist dein bester Freund!

Eine neue SMS reißt mich aus meinen Gedanken.

> Ich würde dich auf diesen Tisch legen.

Mein Atem geht flacher. Sofort spielt meine Fantasie verrückt. Alle Härchen an meinem Körper stellen sich auf. Ein Schauer erfasst mich. Hastig umklammere ich Daisy fester, sodass ich sie nicht aus Versehen loslasse. So benebelt fühle ich mich mit einem Mal.

> Deine Schenkel küssen, meine Zunge in Kreisen über deinen wunderschönen Körper streicheln lassen ... deine Brüste berühren.

Raphael grinst. Er sitzt da, hält meinem Blick stand und schreibt mit einer Hand. Das heizt mich an. Es ist sexy, verdorben. So unfassbar böse, schließlich sitzen wir hier in der Öffentlichkeit mit seinen Kindern!

> Fuck, ich will dich hören. Meinen Namen seufzend aus deinem Mund, Summer. Das ist alles, was ich möchte.

Mein Mund ist staubtrocken. Ich blinzle, weil mein gesamter Körper vor Verlangen in Flammen steht.

»Guck dir das an!«

Erschrocken zucke ich zusammen. Kate lächelt zu mir hoch und zeigt auf das Blatt. Raphael hat tatsächlich die Ruhe und lacht. Kehlig, rau, als wüsste er, was seine Nachrichten in meinem Inneren anrichten.

»Es sieht wunderbar aus.« Meine Stimme verrät mich. Die Worte klingen belegt, atemlos.

Erneut diese Vibration, die kleine Stromschläge durch meinen Körper schickt.

Dieses blöde Handy.

Aber ich kann einfach nicht anders und ...

> Ich würde dich gerne in eine Ecke ziehen, Summer. Weil ich nichts mehr möchte, als dich zu küssen. Dir nah zu sein. Dich zu meinem machen. Sodass du nichts mehr fühlen möchtest als meinen Körper an deinem.

Okay. Das ist zu viel.

»Wir sollten ... also ... eventuell sollte ich gehen.« Besser, als hier an diesem Tisch gleich vor lauter Hitze in Ohnmacht zu fallen.

Raphael lacht und fährt sich wissend durch sein Haar. Ich werfe ihm nur einen bösen Blick zu.

»Ja, Mädels, vielleicht sollten wir Abendessen und danach geht es ins Bett.« Mein bester Freund steht auf. Er beginnt die Buntstifte einzusammeln und Kate schmollt. »Ich möchte lieber noch ein bisschen malen, Daddy.«

»Aber wir haben halb acht, Süße. Schlaf ist wichtig. Überlege dir, was du essen möchtest.«

Mann. Kann er bitte weniger Super-heißer-Daddy sein? Mein Herz flattert wie ein Kolibri und mein gesamter Körper fühlt sich von ihm angezogen, als wären wir Magneten und er mein Gegenpol.

Ich beobachte ihn halb sabbernd dabei, wie er seine Tochter hochhebt wie eine Feder. Diese kichert, während er Tausende Küsse auf ihrem Gesicht verteilt. »Oder soll ich dich abschlecken?«

»Bah!« Kate zieht ihren Kopf weg, hält ihre Arme vor das Gesicht, lacht aber trotzdem laut und schallend. Mir wird noch wärmer. Eine tiefe Liebe durchdringt mich.

»Okay, wir essen. Aber Dino-Nuggets und Summer bringt uns ins Bett!« Kate schmunzelt und zeigt auf mich. Ein schöneres Geschenk könnte es nicht geben.

Raphael

Zeit. Das ist alles, was wichtig ist. Immer wichtig war. Vor allem in ihrer Nähe. Mehr wollte ich nie. Mit Summer eins sein und vergessen, dass es eine tickende Uhr gibt, die gegen uns arbeitet.

Andauernd, wenn wir uns gesehen haben, war die Zeit gegen uns. Das Schicksal hatte ständig andere Pläne. Und nun zerreißt es mir das Herz, Summer mit Kate und Daisy zu sehen. Wie sie sich zu ihnen ins Bett kuschelt, ihnen etwas vorliest, meine Töchter dabei kichern und sie Witze machen.

Es schmerzt und zerreißt mich. Denn ich weiß, dass es einer dieser Momente ist, die ich niemals vergessen darf. Sie sind alles, was mich belebt.

Kaum zu glauben, dass wir erst seit ein paar Tagen in Kanada sind. Es fühlt sich an, als wäre alles so schon immer gewesen. Wäre da nicht Faith, die wie ein dunkler Schatten um mich herumschleicht, und mich darauf aufmerksam macht, dass alles endlich ist.

Auch ich und Summer. Auch Sommer und Herbst.

Dass ein Ablaufdatum hinter allem steht.

Und dieses wieder beweist, dass Liebe eben niemals genug sein wird.

Kapitel 18

Summer

»Endlich sind wir allein.« Die Flammen des Kamins knistern. Nachdem ich Daisy und Kate etwas vorgelesen hatte, haben wir uns von Faith und Leah verabschiedet, um in mein Haus zu gehen. Wir brauchen diese Zeit für uns. Nach all den Jahren wollen wir nichts mehr, als einfach beieinander zu sein. Und wenn ich an seine Nachrichten von vorhin denke, kann ich nicht anders, als zu glühen.

Raphael hat das Weinglas auf der Arbeitsplatte abgestellt, seine Arme beschützend um meine Taille geschwungen und küsst meinen Haaransatz. Ich schließe die Augen. Es ist wunderbar, dass ich mich bei ihm so geboren fühle. Jedes Mal aufs Neue. Als stünde nicht ein halbes Leben zwischen uns.

Er krault durch mein Haar, was mich seufzen lässt. Ob er genauso mit Jenna gekuschelt hat? Ob sie sich für ihn auch so … so vertraut angefühlt hat? Schließlich hatten sie, so bekam ich es letztlich mit, fast über zwei Jahre etwas miteinander?

»Fehlt sie dir?«, platzt es da auch schon aus mir heraus.

Raphael zieht sich leicht zurück und legt seine Hände an mein Gesicht. Er mustert mich fragend, als wüsste er nicht, wovon ich spreche.

»Vermisst du Jenna?« Die Worte dringen nun deutlicher und drängender aus mir hervor. Ich möchte kein Ersatz für sie sein. Keine Nummer zwei. Das könnte ich nicht ertragen. Da ich weiß, dass Raphael für seine Kinder immer nur das Beste will, könnte es sein, dass er dies alles nur für sie tut, oder?

Wieso fällt es dir so schwer, zu glauben, dass er dich wahrhaftig liebt?

Mein bester Freund schüttelt zaghaft den Kopf. Kaum merklich lächelt er, dann haucht er einen Kuss auf meine Lippen.

Ich ziehe seinen Duft in meine Nase. Verliebe mich Stück für Stück in diesen Augenblick. Lasse mich fallen und hoffe, dass er genauso fühlt wie ich.

»Keine Sekunde, Summer. Ich habe sie gemocht. Sie machte es erträglicher, dass du nicht an meiner Seite warst. Sie sorgte dafür, dass ich lachen konnte, obwohl ich ständig deinetwegen am Boden war. Fuck, weißt du, wie hart es war, all die Kerle in deiner Nähe kommen und gehen zu sehen?«

Sein Geständnis entlockt mir ein Kichern. Ich suche seinen Blick und halte ihn fest. Ich möchte, dass er alles sieht. Den Schmerz, den seine Hochzeit in meinem Inneren verursacht hat. Die Trauer darüber, dass er sich zwei Jahre nicht gemeldet hat. Ich möchte nackt sein. Verletzlich. Ihm am liebste meine Seele schenken, weil ich weiß, dass sie nirgends besser aufgehoben ist als bei Raphael.

»Küss mich«, murmle ich stattdessen und schließe die Augen.

Er senkt seine Lippen auf meine. Sanft und so bedacht, dass ich glaube zu schweben. Zaghaft streichelt sein Mund meinen, als wäre das Ganze verboten. Als hätten wir noch immer Angst, dass unsere Freundschaft darunter leiden könnte. Dabei war es schon immer mehr als das. Wir lieben uns. Innig.

Der Kuss wird gieriger, verlangender und bald sind meine Hände überall. Raphael krallt seine Finger in mein Haar, schiebt mich enger an sich, sodass ich seine Erektion an meinem Bauch spüren kann.

Hungrig stöhne ich auf. »Hast du ... hast du nicht etwas vom Tisch gesagt?«, stammle ich atemlos. Er lacht tief, so tief, dass es überall in meinem Inneren vibriert.

Gott. Habe ich jemals etwas so sehr gewollt, wie das? Süchtig nach ihm, fassen meine Hände unter sein Shirt.

Scharf zieht er die Luft ein. »Summer ...« Es ist ein Knurren, das mich nur noch mehr anheizt.

Schnell schiebe ich den Saum des Stoffes über seinen Oberkörper. Wir unterbrechen unseren Kontakt nur dafür, um die Kleidung loszuwerden. Es ist wie damals. Eine Naturgewalt, die man nicht aufhalten kann. Selbst, wenn um uns die verdammte Welt untergehen würde, könnte ich nicht von ihm ablassen. Ich muss ihn fühlen, ihm nah sein, alles von ihm nehmen und es nie wieder loslassen.

Als würde ich nichts wiegen, hebt er mich an. Automatisch umklammere ich mit meinen Beinen seine Hüfte, ohne unsere Küsse zu unterbrechen. Mir ist egal, wo er hinwill. Was als Nächstes passiert. Ich habe aufgehört zu denken.

Alles, was bleibt, sind die lodernden Flammen in meinem Inneren. Die zwischen meiner Mitte. Die mich unglaublich feucht werden lassen, und das obwohl wir uns nur küssen.

Unter meinem Hintern wird es kalt. Er hat mich auf die Arbeitsplatte geschoben, umklammert meinen nackten Arsch und zieht mich näher an sich heran.

Ich spüre seine Erektion durch die Boxershorts. Durch unsere Bewegungen streift sie meinen Kitzler. Quälend. So quälend, dass ich wimmere.

»Willst du mehr?« Raphael nimmt Abstand. Er sieht auf mich herab mit diesem feurigen Grinsen und den vor Lust schweren Lidern. Die Muskeln auf seinem Oberkörper wirken gespannt. Jede Sehne könnte ich mit meiner Zunge nachfahren. So klar drücken sie sich durch seine Haut.

Er ist so unglaublich heiß. Keine Ahnung, wie ich jahrelang seine beste Freundin sein konnte, ohne jemals wieder daran zu denken, mit ihm in solch einer Situation zu landen.

Ich hatte es mir verboten, ganz klar. Aber wie konnte ich nur? Wie hatte ich es geschafft zu verdrängen, dass Raphael eine glatte Zwölf ist! Von Zehn!

Schüchtern nicke ich. Das ist alles, was ich angesichts seiner mächtigen Gestalt schaffe. Eigentlich schüchtert mich mein bester Freund nicht ein. Aber in diesem Augenblick kann ich nicht akzeptieren, welches Glück ich mit ihm habe.

Ich beobachte, wie er vor mir auf die Knie geht. Raphael ist groß. So groß, dass sein Gesicht zwischen meinen Beinen landet, obwohl ich auf der Arbeitsfläche sitze.

Sein verlangender Blick liegt auf meinem. Sanft, prickelnd fahren seine Finger an meinem Schienbein entlang. Ich bebe, zittere und halte ein Wimmern zurück. Unwillkürlich hebe ich mein Becken an.

Ich brauche mehr. So viel mehr von dir.

»Sch, sch, bist du ungeduldig?« Raphaels Miene ist amüsiert.

Aber ich sehe, dass es auch ihn unheimlich viel Kraft kostet.

Er küsst die Innenseite meiner Schenkel und ich stöhne. Laut, ungehemmt, weil ich mir nichts sehnlicher wünsche, als ihn an meiner Mitte.

Seine Hände ziehen an dem dünnen Stoff meines Slips, im Rausch hebe ich meinen Hintern an, sodass er ihn besser von meinen Beinen ziehen kann.

»Du bist so verdammt schön, Summersky«, raunt er, dann spüre ich seine Zunge an meiner Mitte.

Stöhnend wölbe ich mich ihm entgegen und spreize die Beine noch etwas mehr. Ich will ihn tiefer, näher, so ...

»Oh Gott, Fall«, dringt es aus meiner Kehle, bevor ich es aufhalten kann. Raphael hat seine Finger in mich geschoben und saugt an meinem Kitzler.

Mein gesamter Körper zuckt unkontrolliert. Ich fühle eine Welle der Lust in meinem Inneren aufsteigen. Die alles mit sich reißt. Meine Gedanken. Meine Gefühle. Das Jetzt. Das Später. Das Morgen. Das Gestern. All das, was nicht war und nie sein wird. Und das uns, das uns so lange verwehrt wurde, bis jetzt. Bis heute.

»Raphael, ich ... ich ...« Bebend krallen sich meine Finger um den Rand der Arbeitsplatte.

»Ja, bitte komm für mich.« Sein Atem streift meine Nässe, ehe er sich wieder darauf sinken lässt. Die Dinge, die er mit seiner Zunge anstellen kann, die ... oh ...

Beim Sex bin ich ruhig. Ich schreie nie. Eventuell wimmere ich leise. Aber noch nie habe ich so vibriert. Es so genossen. So vergessen und einfach nur gemacht.

»Scheiße, Summer, du willst mich quälen, oder?« Raphael hört nicht auf. Er besorgt es mir weiter. Mit seiner Zunge, seinen Fingern. Mit allem, was er zu bieten hat, und ich schwinde. Ich schwebe, fliege und kann an nichts mehr denken als diese Intensität zwischen meinen Beinen.

Als ich gerade glaube, noch mal zu kommen, lässt Raphael von mir ab.

»Was ...?« Wimmernd richte ich mich auf und blinzle. Mein bester Freund lacht rau, kneift in meinen Hintern und lässt mich damit japsen. »Ich möchte beim nächsten Mal in dir sein.«

Unsere Blicke treffen sich. Atemlos, umgehauen, tot und wiederauferstanden nicke ich. Mehr kann ich nicht tun. Raphaels Lippen landen auf meinen. Ich schmecke mich selbst, was unfassbar heiß ist und mich nur noch mehr anheizt. Ich spüre seine Härte, die mir sagt, dass es ihm genauso gefällt wie mir.

»Zieh dich aus«, hauche ich zwischen den drängenden Küssen und wandere mit meinen Händen schon zu dem Saum seiner Boxershorts. Ehe ich sie hinunterschieben kann, hat Raphael es schon getan.

Sein Penis ist hart, prall und genau so, wie ich ihn in Erinnerung habe. Wunderschön. Ehrlich. Wenn man das Ding eines Mannes so bezeichnen kann. Diesmal bin ich vorbereitet und löse mich kurz aus unseren Küssen. »In der Schublade, vorn, im Couchtisch.«

Raphaels Augenbraue wandert nach oben. Sein muskulöser Körper hebt und senkt sich schnell. Das Glitzern in seinen Augen ist atemberaubend sinnlich. »Du versteckst sie in deinem Wohnzimmer? Sollte ich eifersüchtig sein, dass ich nicht der Erste bin, der dich in deiner Küche nimmt?«

Er dreht sich herum. Mein Blick fällt auf seinen hübschen Arsch und ganz kurz vergesse ich, was er gefragt hat.

»Nein«, sage ich dann schnell. »Nein, ich habe sie unseretwegen dort reingetan. Das zweite Mal auf der Couch hätte ich ungern unterbrochen. Eigentlich bewahre ich sie im Schlafzimmer auf.«

Zum Knistern des Holzes mischt sich das des Plastiks. Dann kehrt Raphael zurück. Um seinen harten Penis glänzt der Latex.

Ich werde nie genug von diesem Anblick kriegen. Nie.

Gierig greife ich nach ihm. Er schiebt sich zwischen meine Beine. »Vorbereitung ist schließlich alles.«

Nickend fahren meine Finger seine Muskeln ab. »Schließlich möchte ich keines aus deinem Geldbeutel nehmen, Mr. Ich-bin-zweifacher-Daddy, und das ist einfach so passiert.« Lachend schwinge ich meine Beine um seine Hüfte und ziehe ihn noch näher.

Er stemmt seine Hände rechts und links auf der Arbeitsplatte neben mir ab, lehnt sich vor, blickt mir tief in die Augen und lächelt. »Ich liebe dich, Summer.«

Mein Herz schmerzt. Es drückt und zieht, weil ich das Glück nicht fassen kann, das mir gerade gegenübersteht. Lustvoll krallt Raphaels eine Hand in meinen Hintern, die andere dirigiert mich mit einem festen Griff in den Haaren an seinen Mund.

Ich stöhne, öffne meine Lippen und lasse seine Zunge meine umspielen. Und im nächsten Moment dringt Raphael einfach in mich ein. Ein tiefes Seufzen dringt durch meine Kehle in seinen Mund.

Sanft stößt er in mich. In einem perfekten Winkel. Mit der perfekten Intensität, dass der Druck in meinem Inneren sich langsam und stetig intensiviert.

»Ich liebe dich, Fall«, hauche ich.

Wir lassen voneinander ab. Seine Stirn landet an meiner, während er fester und schneller in mich eindringt.

Es ist wie eine Melodie. Ein Sturm, einer von der guten Sorte. Wie fliegen und fallen. Wie lieben ohne Angst, weil ich weiß, dass Raphael mich niemals freiwillig wieder verlassen wird.

Und dann stöhnen wir beide auf, als uns der Höhepunkt gleichzeitig erreicht.

Wir sind perfekt. Das waren wir immer. Wie konnte ich jemals daran zweifeln?

Raphael

»Weißt du noch, was ich dir nach unserer ersten gemeinsamen Nacht geschrieben habe?« Der Kamin knistert und untermalt die sonstige Stille im Raum. Wir liegen zwischen den weichen Kissen, auf Summers Couch. Ich halte meine beste Freundin in meinen Armen. Meine Hand krault die Haut an ihrem Rücken, während sie sich noch enger an mich presst.

»Ich würde es niemals vergessen.« Ihr Flüstern jagt eine Gänsehaut über meinen Körper.

Kurz schweigen wir, weil ich nichts mehr möchte, als die Zeit anzuhalten. Ich möchte sie riechen. Diesen Duft nach allem, was gut ist. Will sie nicht mehr loslassen. Einerseits für immer neben ihr liegen, andererseits dem tiefen, drängenden Verlangen nachgehen, das meinen Schwanz schon wieder hart werden lässt.

Es ist, als könnte ich an nichts anderes mehr denken. Einmal von ihr gekostet und ich bin ihrem Sog erlegen.

Als wäre sie eine Scheißdroge und ich ein Abhängiger. Ihr gnadenlos verfallen.

»Ich habe mich übrigens nie bedankt, dass du mir das Schwimmen beigebracht hast, Fall.« Summer legt ihr Kinn auf meiner Brust ab und sieht zu mir hoch. Ihre blauen Augen funkeln freudig. Sie scheint nicht müde. Nicht einmal, nachdem sie dreimal gekommen ist. Wir sollten auch eigentlich schlafen. Morgen wollen zwei kleine Kinder mit uns spielen.

Sanft streichle ich ein paar verirrte Haarsträhnen aus ihrem Gesicht. »Es war mir eine Ehre.«

»Nein, wirklich. Es ist ein Privileg, dass ich heute an einem See wohnen kann. Aber es ist ein Geschenk, das du mir mit siebzehn beigebracht hast, wie man so ein Privileg überhaupt nutzt.« Ihr Kichern ist verträumt. Als würde sie sich an die alte Zeit erinnern.

»Das geht runter wie Öl. Schließlich musste ich dich ganz schön dazu drängen«, flöte ich und lache. Ich muss sie einfach noch enger an mich drücken. Ich liebe Summer so sehr, dass ich manchmal das Bedürfnis habe, sie vor lauter Liebe zu erwürgen.

»Vielleicht können wir das Bild im Amulett auch durch eines von uns vieren ersetzen?« Sie legt den Kopf leicht schief.

Mein Herz explodiert. Hat Summer das eben wirklich gesagt?

»Also, wenn es okay für dich ist? Daisy scheint sich heute ja ziemlich wohl bei mir gefühlt zu hab…«

Weiter lasse ich sie gar nicht kommen, sondern ziehe sie an den Schultern über meinen nackten Körper zu mir herauf. Die Decke rutscht von ihrem Rücken. Ihr überraschtes Kichern verstummt, als ich sie küsse.

»Für was war der denn?« Überwältigt blinzelt sie. Ihr Blick landet auf meinem und ich fürchte, dass ich dieser

Schönheit nicht gewachsen bin. Allem. Das ist ... schlichtweg zu viel. Ich spüre den Druck in meiner Brust. Das Brennen hinter meinen Augen.

»Oh Gott, Raphael, weinst du?« Summer richtet sich auf, streckt ihre zarten Finger nach meinen Wangen aus und scheint sichtlich benommen. »Habe ich etwas Falsches gesagt?«

»Nein, verdammt.« Meine Stimme klingt rauchig, belegt. Voller Rührung und Erleichterung. Als würde eine schwere Last von meinen Schultern genommen werden. »Du machst mir ein unheimlich schönes Geschenk.«

Ihre Miene wechselt von verwirrt und mitfühlend zu stolz und liebevoll. Ja, in ihrem Blick liegt nichts mehr als Liebe, als sie ihre Lippen auf meine sinken lässt.

Und dann scheißen wir drauf, dass wir in ein paar Stunden wieder aufstehen müssen. Wir kosten jede einzelne Minute aus, auch wenn wir morgen dafür umso müder sein werden.

Kapitel 19

Summer

Die Sonnenstrahlen kitzeln an meiner Nase. Zumindest fühlt es sich so an. Sie rümpfend und blinzelnd ächze ich verzückt. Ich muss nicht die Augen öffnen, um zu wissen, dass ich neben dem perfekten Mann liege. Wenn ich es abschätzen müsste, würde ich behaupten, wir haben nicht mehr als zwei Stunden geschlafen. Viel zu sehr waren wir mit uns beschäftigt. Wir haben geredet, über die Vergangenheit, das Jetzt und die Zukunft. Darüber, dass wir auch mit Kate und Daisy reisen wollen. Dass Raphael wieder Aufträge im Ausland annimmt und ich ein Wirtschaftsstudium verfolge, um seine Buchhaltung zu machen. Wir als das perfekte Team. Als Einheit. Und ich kann gar nicht beschreiben, welch unfassbares Glücksgefühl mich erfasst, wenn ich nur darüber nachdenke, dass wir nie wieder getrennt sein werden.

Weil ich dringend mal wohin muss, öffne ich nun

doch die Lider und sehe zu Raphael, auf dessen halber Körperseite ich eingeschlafen bin. Ruhig und tief atmet er. Seine Gesichtszüge sind so friedlich, dass ich erneut die Schmetterlinge in meinem Inneren flattern spüre.

Nein. Keinem anderen Menschen ist so viel Glück vorbehalten, ganz sicher. Wer kann denn schon behaupten, dass er seinen Seelenverwandten mit dreizehn kennengelernt hat? Dass man mit ihm durch dick und dünn gegangen ist? Ein eigenes Leben hatte, nur um letztlich festzustellen, dass wir zusammengehören.

Vorsichtig, um ihn nicht zu wecken, stehe ich auf und tapse über den Holzboden zum Badezimmer im Erdgeschoss. Dabei fällt mein Blick auf die alte Holzuhr, die ich von den Vorbesitzern übernommen habe. Die Zeiger verraten mir, dass es schon kurz nach fünf ist. Wahrscheinlich sollte ich Raphael wecken, schließlich werden seine Mäuse demnächst wach und ich vermute, dass er dann in der Pension sein möchte. Auch wenn sich Faith und Leah liebevoll um die beiden kümmern.

Ich tapse weiter zum Bad.

Gott, wann habe ich mich das letzte Mal so wund gefühlt? Doch dieses Gefühl sorgt nur dafür, dass ich am liebsten gleich dort weitermachen möchte, wo ich und Raphael aufgehört haben. Als wäre ich unersättlich.

Vielleicht haben wir doch noch ein paar Minuten, bis er wieder rüber muss?

Nachdem ich aus dem Bad zurückkomme, schlüpfe ich wieder unter die Decke, an seine Seite, und beginne zarte Küsse auf seinem Oberkörper zu verteilen. Mein Innerstes glüht allein beim Gedanken daran, er könnte gleich wach werden, um dort weiterzumachen, wo uns heute Nacht die Müdigkeit unterbrochen hat.

»Fall, es ist fünf Uhr und wenn wir noch ein paar Minuten nutzen wollen, dann jetzt«, murmle ich und wandere zu seinem Penis.

Meine Augenbrauen ziehen sich zusammen. Ruckartig höre ich auf und schaue zu Raphael hoch. Normalerweise lässt ihn nahezu jedes kleine Geräusch aufschrecken. Sonst hätte ich mich nach unserem ersten Mal auch rausschleichen können. Mein bester Freund ist ein Beschützer durch und durch, er ...

Erst jetzt fällt mir auf, dass seine Lippen leicht bläulich sind.

Mein Herz setzt aus. Ein tiefer, drängender Druck bringt mich dazu, Luft zu schnappen.

»Raphael«, flüstere ich und tätschle seine Wange. Nichts.

Sein Kopf fällt zur Seite.

Ein Kloß entsteht in meinem Hals. Mit einem Mal ist mir bitterkalt. Was passiert hier?

»Raphael?«, wiederhole ich und rüttle an seinem Oberkörper. Seine schlaffe Hand rutscht von seiner Brust. Panisch starre ich auf meinen leblosen besten Freund hinunter.

Übelkeit erfasst mich. Schwindel. Alles vor meinen Augen verschwimmt.

»Raphael, wach auf.« Meine Stimme klingt meilenweit entfernt.

Er ist tot, oder? Oder?

Das kann nur ein Scherz sein. Ein furchtbarer, grausamer Scherz. Irgendwo sind hier Kameras und ... Er hat doch geatmet. Da ... ich sehe es ... er ...

Wieso kriege ich ihn dann einfach nicht wach?

Die Tränen verschleiern meine Sicht. Instinktiv schnappe ich nach meiner Hose. Verdränge die tiefen Schluchzer aus meiner Kehle. Das Zittern meiner Gliedmaßen.

9113.
Ich verwähle mich.
»Gott, verdammt!«, fluche ich und atme durch.
Streng dich an!
911.
Es tutet viel zu lange.
Mein Blick huscht zurück zu Raphael.
Bitte. Bitte tu mir das nicht an!

Raphael

Zwei Wochen zuvor

Dr. West hat davon gesprochen, mir meine Kinder wegnehmen zu wollen, verdammt. Das kann ich nicht zulassen. Es geht einfach nicht. Sie haben alles Glück dieser Welt verdient, aber nicht, dass sie von einer Pflegefamilie in die nächste gesteckt werden. Ich kann das nicht zulassen.

Wahrscheinlich habe ich mich deshalb aufgerafft. Ich möchte kämpfen und stehe im Eingangsbereich seiner Praxis. Ansonsten kann ich mir nicht erklären, wieso ich nicht einfach unsere Kleider gepackt habe und losgerannt bin. Einfach weg.

Die junge Frau hinter der Theke wirkt zerknirscht. Ihr gesamtes Erscheinungsbild passt nicht in die luxuriösen Gänge. Sie wirkt als, wäre sie noch ganz neu.

»Er hat mich gestern angerufen.« Ohne dass ich es will, balle ich meine Hände zu Fäusten. Es fällt mir schwer, meine Wut zu zügeln.

»Aber ich … ich finde keinen Termin«, fiept sie und tippt hastig auf der Tastatur herum. Sie scrollt mit der Maus, scheint panischer zu werden und ihr Gesicht wird mitfühlend.

»Es … also … sie müssen ganz dringend zu ihm, aber ich habe einfach keinen Termin eingezeichnet und …«

Ganz dringend? Auf meiner Stirn bildet sich eine Falte. Ist das ihr Ernst? Meinen die etwa, die Kinder werden bei mir vernachlässigt? Verdammt, diese zwei Wesen hätten es nirgendwo besser!

Gerade fletsche ich meine Zähne und möchte, ob es nun ihre Schuld ist oder nicht, die Kleine belehren, als Dr. West mit einer Akte auftaucht.

Stirnrunzelnd sieht er von der Mappe auf. »Guten Tag, Mr. Fall.

Schön, dass sie es einrichten konnten.«

Jetzt flippe ich aus. Wie kann er so freundlich und ruhig bleiben, wenn er mich verraten hat? Dieser Bastard!

»Ich habe kein Interesse an Ihrer Heuchelei! Meine Kinder werden Sie nicht kriegen! Niemals. Sie haben es gut bei mir, verdammt.« Die Worte klingen erstickt. Allein der Gedanke, Kate und Daisy abgeben zu müssen, schnüren mir die Luft ab.

Die Falte auf der Stirn des Arztes wird tiefer. Er legt eilig die Akte beiseite und kommt um die Theke herum. »Mr. Fall, es scheint, Sie haben hier etwas falsch verstanden. Ich …«

»Nein. Das glaube ich nicht.« Knurrend schüttle ich seine Hand von meiner Schulter. Er glaubt doch nicht, dass ich mich von ihm anfassen lasse?! Ist der komplett irre! Ich habe ihm vertraut. Ihm gesagt, dass ich mich manchmal überfordert fühle. Fuck, die Kopfschmerzen, die Übelkeit, die Schlafstörungen und dieser Husten sind nicht normal. Die Erkältung hat mich die letzten Monate nieder gerafft, aber ansonsten geht es mir gut.

Ich kann für Kate und Daisy da sein!

»Wir sollten dringend in meinem Büro sprechen.« Seine grauen Augen treffen meine. Er nickt leicht, als wolle er mir sagen, hier wäre nicht der richtige Ort für diese Unterhaltung.

Erst jetzt fallen mir die Leute auf, die sich um uns herum im Eingangsbereich der Praxis befinden. Die Privilegierten der New Yorker High Society stehen um uns herum und können nicht glauben, dass ich es mir als *Migrant* herausnehme, so frech zu sein. Es braucht nur einen Blick in ihre Gesichter, um das erkennen können.

Seufzend stimme ich Dr. West zu. Was ich nun wirklich nicht auch noch gebrauchen kann, sind Zeugen, die beweisen, wie unzurechnungsfähig ich bin.

Der grauhaarige Doktor führt mich den Gang entlang, in sein Büro. Kaum hat er die Tür hinter uns geschlossen, möchte ich erneut loslegen. Ihm sagen, dass er sich seine heuchlerische Fürsorge in den Arsch schieben kann, doch er kommt mir zuvor.

»Mr. Fall, Sie haben einen Tumor«.

Vier Worte. Vier, die sich anfühlen, als würde mein gesamtes Leben in diesem Moment stehen bleiben.

»Das MRT zeigt eindeutig eine Gewebsveränderung in ihrer linken Gehirnhälfte.« Der Arzt setzt sich an seinen Schreibtisch.

Mein Gesicht ist wie eingefroren. Seine Worte klingen mit einem Mal weit, weit weg. Gedämpft sickern sie zu mir hindurch.

»Natürlich müssen wir noch einige Untersuchungen machen, um herauszufinden, ob es sich um einen malignen, also bösartigen, oder gutartigen Tumor handelt. Hierfür werden Sie nochmals in die Röhre geschoben.

Wir werden Ihnen Kontrastmittel verabreichen. Bösartige Wucherungen reagieren auf die Substanz, sodass wir klarer unterscheiden können. Danach bedarf es noch mehr Analysen. Doch wir sollten relativ zügig reagieren, um ...«

Die Stimme des Arztes verstummt.

Ich sitze einfach nur da. Gut und Böse?

Leere.

Das ist alles, was ich spüre. Leere.

Unendliche Leere.

In meinem Kopf lebt ein Leben. Eines, das ebenso wie ich gewinnen will. Ist das ein Krebs?

Ich bin fucking achtundzwanzig. Ich habe zwei kleine Kinder.

Ich bin der Boss einer gut laufenden Agentur. Ich ...

Ich bin seit Jahren verliebt. In meine beste Freundin.

Der Arzt faselt etwas über Therapie und Aussichten, doch ich bringe nur eine Sache hervor: »Wie lange? Wie lange hätte ich, wenn der Scheiß böse ist?«

Dr. West blinzelt einen Moment, dann atmet er angespannt aus.

»Mit viel Therapie?« Er atmet schwer und blickt mir mitfühlend in die Augen. »Ein Jahr oder zwei. Wir können es Ihnen so schmerzfrei wie nur möglich machen. Weiteres Fachpersonal hinzuziehen, um weitere Operationen in Betracht zu ziehen. Aber erst einmal müssen wir feststellen, was genau sich in ihrem Gehirn ...«

Ich höre nicht mehr zu. Zwei Jahre.

Dann wäre ich gerade Mal dreißig. Ich hätte nur mein halbes Leben gelebt. Nie alles gesehen, was ich mir als Jugendlicher vorgenommen hatte. Nie tief und innig geliebt, als gäbe es kein Morgen mehr.

Gott, verdammt ... Kate wäre dann erst sechs! Sie würde eingeschult werden und Daisy ihren vierten Geburtstag vielleicht ohne mich feiern. Ich würde meine Kinder zurücklassen und wäre ein noch schlimmerer Vater, als es meiner jemals gewesen war. Nie werde ich sie zum Altar führen oder sie beim Vater-Tochter-Tanz auf ihrer Hochzeit wiegen.

Ich ... ich würde die einzige beste Freundin, die ich wahrhaftig geliebt habe, niemals wiedersehen. Dabei vermisse ich ihr Lachen doch jetzt schon mehr als alles andere auf dieser Welt.

Mein gesamtes Leben ist ein verdammter Scherbenhaufen. Ich war so dämlich und habe die Zeit nicht genutzt, die ich hatte. Mit meinen Kindern, mit Summer, mit meinen Freunden. Fuck!

Und dann sinkt mein Kopf zwischen meine Hände. Ich schluchze. So tief und so bitterlich, dass ich glaube, daran zu zerbrechen.

Scheiße! Was habe ich dem Schicksal nur getan, dass es so verdammt mies zu mir ist?

Kapitel 20

Raphael

Heute

Der Himmel ist strahlend blau. Wir fangen die letzten Sonnenstrahlen ein, bevor die raue Übergangszeit in der Kleinstadt beginnt. Die Zeit, die wir gleichzeitig lieben wie hassen. Ohne sie hätten wir uns nie kennengelernt. Und auch wenn Tornados viel Unheil mit sich bringen, viel zerstören und einen daran erinnern, dass die Natur unser größter Feind sein kann, liebe ich sie auch. Jedes Mal aufs Neue kraule ich ihr Haar, wenn sie auf meiner Brust liegt, küsse ihren Haaransatz und zeige ihr damit, dass sie nicht alleine ist.

»Du würdest also einschlafen wollen? Das ist es? Kein Knall, kein Bumm? Ich meine, wenn man stirbt, dann soll es doch irgendwie ... spektakulär sein, oder?« Summers nachdenklicher Blick lässt mich lachen. Sie sitzt auf der

Decke vor mir, das Meer rauscht hinter ihr und es ist ein perfekter Tag.

Ich habe ein Bein angewinkelt, drehe das Bier zwischen meinen Fingern und fahre mit der anderen durch meine Locken. »Nein. Kein Bock auf Schmerzen. Wäre cool, wenn du dich einfach an mich kuschelst, Summersky. Und dann würde ich heroisch *sterben.«*

Das Strahlen, das sich auf ihrem Gesicht ausbreitet, würde ich gerne mit der Kamera festhalten. So schön ist es. »Echt? Nur ich und du? In den letzten Momenten?«

Ich zucke mit den Schultern. Seit Mr. Sims auf seiner Couch im Schlaf gestorben ist mit einer Kippe in der Hand und irgendeiner Trash-Sendung im Fernsehen, überlegt Summer, wie sie sterben wollen würde. Ich habe schon Tausende Variationen gehört. Anfangs meinte sie, sie wolle es ebenso friedlich haben. Dann wollte sie beim Sex gehen, was ich abartig fand, da sie dann ja noch ein Leben zerstört. Ich meine, hallo? Ich will nicht, dass jemand bei einem Fick auf mir zusammenbricht! Und inzwischen redet sie davon, dass sie eine Party will. Am besten auf einem Festival gehen.

Manchmal frage ich mich, was in dem Kopf dieses kleinen Menschen vorgeht? Als würde ihre Persönlichkeit ständig wechseln.

In den letzten drei Jahren unserer Freundschaft habe ich Summer schon in sämtlichen Momenten erlebt. Es wird verdammt schwer, aufs College zu gehen und sie nicht mehr jeden Tag um mich zu haben.

Sie rutscht über die Decke, lehnt sich an meine Schulter und seufzt. »Okay, ja. Ich würde diese Option auch jeder anderen vorziehen. Am liebsten, wenn du mein Haar kraulst, mir diese Küsse auf die Stirn gibst und mir sagst, dass alles gut wird. Wie, wenn es draußen stürmt.«

Ich stelle das Bier in den Sand. Meine Hände um-

schließen sie automatisch, ziehen sie enger an meine Brust. Sanft wiege ich uns. Der Wind streicht durch ihr Haar, trägt den Geruch von Salz und Sommer zu uns.

»Genau so?«

»Ja.« Sie nickt. Ihr Blick gleitet hinaus auf den Ozean.

Verträumt sieht sie auf die Wellen. Summer wirkt friedlich.

Nichts im Vergleich zu meiner Stimmung. Denn wenn ich sie so im Arm halte, kann ich mir ein Leben ohne sie nicht mehr vorstellen. Verdammt. Nach unserem Kuss letzte Woche ist das drängende Gefühl in meiner Brust stärker geworden. So unerträglich, dass ich sie in jedem Moment, in dem sie mir in die Augen sieht, heranziehen will. Ich möchte meine Lippen auf ihre legen, ihr zeigen, dass sie sicher ist. Bei mir. Für immer.

»Können Sie mir sagen, was los ist?« Schluchzen. Fuck, ist das Summer?

»Bitte!«

Die Verzweiflung in ihrer Stimme. Mein Herz implodiert. Nein.

So nicht.

»Entschuldigen Sie, wir müssen jetzt wirklich dringend losfahren. Sie können gerne nachkommen. Wir werden ihn in das nächstgelegene Krankenhaus bringen.«

Ich höre mein Stöhnen, aber ich schaffe es nicht, etwas zu sagen. Mein Kopf dröhnt. Als hätte ich Jahre nicht geschlafen. Drogen genommen. Zu viel gesoffen. Selbst, wenn ich die Augen öffnen will, ich kann es nicht. Etwas hindert mich daran.

Türen sind zu hören. Von einem Auto? Ist das ein Motor?

»Raphael!« Summer!

Summer, ich bin hier. Hier im irgendwo, in mir drin. Ich wollte dir das niemals antun.

Dann ist alles wieder dunkel. In der Schwärze meines Unterbewusstseins werde ich von den bunten Farben eines Traums überfallen. Anfangs ist er schön, weil Summer in ihm vorkommt, doch mit der Zeit wird er immer mehr zu einem Albtraum.

Selbst in meiner Fantasie kann sie mir nicht verzeihen, dass ich mich nach Jennas positivem Schwangerschaftstest nicht gemeldet habe.

»Können wir miteinander reden?«

»Kein Bedarf, Raphael!«

»Scheiße, Summersky. Es tut mir leid, okay?«

»Was genau? Dass du mich seit Wochen ignorierst oder dass du heiratest?!« Ihre Stimme klingt gepresst. Ich sehe den Schmerz in ihren Augen, Trauer, die sie zurückhält. Die Wut, die sie stattdessen fühlt.

Mein letztes Geld ist in dieses Ticket geflossen. Sie hat ihre Pläne umgeworfen, war nur einen Monat in Deutschland, um danach weiter nach Asien zu reisen. Ihr hinterher zu fliegen, von New York nach Bali, war nicht nur teuer, sondern auch nervenaufreibend. Aber ich würde alles für sie tun.

»Oder Moment, dir könnte ja auch leidtun, dass du mich aus deinem Apartment rausgeschmissen hast, als wir eigentlich die Feiertage zusammen verbringen wollten.« Sie steht im Bikini vor mir, hat die Sonnenbrille auf ihr Haar geschoben und wirkt so wütend, dass ich zittere. Dabei sind es fünfundzwanzig Grad mit knapp neunzig Prozent Luftfeuchtigkeit. Ich habe sie am Pool aufspüren können. Zum Glück konnte ich über Faith herausfinden, in welchem Hotel sie abgetaucht war.

»Scheiße, Fall! Du hast mir gesagt, dass du Vater wirst und mich dann am nächsten Tag einfach abserviert. Du hast dich Wochen nicht gemeldet und dann flattert diese E-Mail in mein Postfach. Von Jenna! Verdammt, was geht in deinem Kopf vor?!«

Sie ist sauer. Zu Recht. Nachdem ich erfahren habe, dass Jen schwanger ist, ist alles über mir zusammengebrochen. Ich habe nahezu jeglichen Kontakt zur Außenwelt blockiert, habe sie ausgeschlossen und stattdessen Entscheidungen getroffen. Es war dumm von mir. So verdammt dumm, doch ich bin ein Feigling, der sich nicht getraut hat, die einzige Frau zu enttäuschen, die er wahrhaftig liebt. Die alles für mich bedeutet.

»Es tut mir so verfickt leid, Mann! Wirklich!« Ich versuche, nach ihren Fingern zu fassen. Wir ziehen schon einige Blicke der Poolgesellschaft auf uns. Am liebsten würde ich das Gespräch privater fortsetzen, aber Summer sieht nicht aus, als würde sie mit mir mitkommen wollen.

»Summer, bitte«, flehe ich. Meine Worte klingen brüchig. Weil ich kurz vorm Heulen bin, Mann. Ich vermisse meine beste Freundin. So sehr, dass ich kaum atmen kann. Wir waren noch nie wütend aufeinander. Noch nie! Das ist das erste Mal.

Sie schüttelt den Kopf. »Nein. Ich kann dir das nicht verzeihen, Raphael.«

»Summer.«

»Summer.«

Piepen. Leises Schluchzen und Schniefen. Schmerzen. Es dröhnt. Es zuckt. Was ist das? Ein Stöhnen. Bin ich das?

Ich spüre ein Drücken an meiner Hand. Oder? Das sind doch meine Finger?

»Raphael?«

»Summer?« Ja, meine Stimme. Rau, aber das ist sie.

»Du Scheißkerl.« Mehr muss Summer nicht sagen. Sie muss es nicht aussprechen. Es reicht, dass ich ihren bebenden Körper fühle. Dass ich ihre Tränen förmlich auf meinem Mund schmecke und ihr Kummer mich noch mehr in die Tiefe zerrt, aus der ich gerade erwacht bin.

»Ich hätte dich damals anrufen sollen. Du hättest es von mir erfahren müssen, statt die Hochzeitseinladung von Jenna zu kriegen.« Es ist schwer, zu sprechen. Aber ich muss es ihr sagen. Ich bereue, dass ich ihr nie nach Bali nachgereist bin. Scheiße, ich habe mich dämlich benommen.

Ein tiefer Schluchzer. »Du Mistkerl, das habe ich dir verziehen! Fang damit nicht wieder an. Hier sind Tausende Geräte, die dafür sorgen, dass du atmest, wenn ich will, kann ich das ganz schnell beenden.«

Sie bringt mich zum Lachen. Gequält zucke ich zusammen.

Scheiße. Was ist das mit meinem Kopf?

»Du bist krank.« Es ist keine Frage. Sie weiß es.

Verdammt, wieso kann ich meine Augen nicht öffnen? Ich blinzle. Ja, fast. Doch die Lider sinken wieder zurück. Der Kopfschmerz ist einfach zu heftig.

Angespannt stöhne ich und versuche ihre Hand zu drücken. »Es tut mir leid.«

Dann dämmere ich wieder weg.

Kapitel 21

Summer

2020

Ein Blick auf mein Display reicht. Es reicht, um mir dieses Scheißgefühl zu bestätigen, das mich ständig heimsucht, seitdem Raphael sich nicht mehr meldet.

Seit er herausgefunden hat, dass er Vater wird, sind zwei Monate vergangen. Ich kann jetzt noch den Schock fühlen, die Hilflosigkeit in seinem Blick sehen, als er es mir erzählt hat. Wir haben fast die ganze Nacht geredet, nur damit er mich am nächsten Tag mehr oder weniger rausschmeißen konnte. Ich hatte dafür im ersten Moment echt kein Verständnis.

Ja. Ich würde gerne behaupten, dass ich noch immer wütend auf ihn bin, doch … ich kann ihn auch verstehen. Zu erfahren, dass er Vater wird, war nicht einfach für ihn.

Es gibt Momente im Leben, die wir als Menschen selbst durchstehen müssen. Und auch wenn wir uns Jahre kennen und eigentlich alles miteinander teilen sollten, gibt es eben doch Dinge, die wir lieber mit uns allein ausmachen.

Mit so einer Nachricht muss man erst einmal fertig werden. Mit der Mutter. Mit Jenna. Sie sind jetzt eine Familie und ich habe damit nichts mehr zu tun.

Also bin ich abgereist, nach Italien, habe dort Weihnachten und Silvester verbracht, um dann nach Deutschland zu gehen. Keine Nachrichten. Nicht einmal ein Emoji oder so. Nach zwei Wochen hatte ich genug und habe meine Reise nach Asien vorgezogen.

Obwohl ich weiß, dass Raphael eventuell einfach Zeit braucht, könnte ich heulen beim Gedanken daran, dass er diese für sich möchte. Wir haben doch immer alles zusammen durchgestanden.

Seufzend lasse ich mein Handy auf den Tisch sinken.

»Bist du traurig?« Der Surfer Boy vor mir sollte mir eigentlich über meinen Kummer hinweghelfen, doch auch der gute Sex mit ihm ist bei Weitem nicht das, was meine Sehnsucht stillen kann.

»Etwas«, murmle ich und ziehe an dem Röhrchen, das in einer Kokosnuss steckt. Wir sitzen in einer Sonneninsel am Meer, mein Blick geht in die Ferne. Seit zwei Wochen bin ich hier und kann mich nicht an dem türkisfarbenen Meer, der angenehmen Hitze und dem Sand zwischen meinen Zehen erfreuen. Es ist, als würde ein tiefer Splitter in meinem Herzen stecken.

»Sollen wir ficken gehen?« Ungehobelt, aber tatsächlich das, was mich an ihm angetörnt hat. Alles andere hätte ich zurzeit nicht ertragen.

Ich zucke mit den Schultern, möchte gerade einwilligen, als mein Handy fiept und vibriert.

Eilig schnappe ich danach. Beinahe rutscht es zwischen meinen Fingern hindurch. Viel zu hastig, tippe ich darauf rum und …

Raphael Fall und Jenna McDenil laden Sie
herzlich zu Ihrer Hochzeit ein.

Am 23 …

Zitternd sinkt das Smartphone zurück auf die Tischplatte. Meine Kinnlade ist nach unten geklappt. Der Surfer Boy mustert mich fragend, aber ich kann nicht antworten.

In meinem Inneren ist etwas zerbrochen. Ich höre es. Wie es splittert, donnert und mich tief in die Dunkelheit mitnimmt, der ich doch vor ein paar Jahren durch Fall entkommen bin.

Zwei Monate später stehe ich neben Raphael vor dem Altar. An der falschen Stelle. Ich lächle, habe ihm verziehen, dass er sich nicht gemeldet hat und weine.

Mein Körper bebt, während die beiden sich das Jawort geben, in dieser gottverdammten, wunderschönen Kapelle aus dem 18. Jahrhundert.

Alles ist weiß geschmückt, mit Hortensien und Luftballons. Die Gäste tragen beige, die Brautjungfern ein zartes Rosa, das mich blass aussehen lässt. Es spielt ›Halleluja‹, ein Lied, das Raphael und ich nicht mögen, weil es zu dramatisch ist und auf *jeder* Hochzeit gespielt wird.

Aber trotzdem ertönt eine Harfe, die eben dieses Lied trällert. Viele Gäste schniefen. Andere starren einfach gebannt auf das Liebespaar. Jenna hat ein kleines Bäuchlein, das in dem Meerjungfrauen-Kleid wunderschön zur Geltung kommt. Sie ist … atemberaubend. Zum Niederknien. Die Art von Frau, die ich mir immer für Raphael gewünscht habe.

Aber ich schluchze nicht, weil ich so glücklich bin. Es ist die Hölle. Die pure Hölle. Scheiße, wenn es nicht für ihn wäre, wäre ich nicht hier.

Ich hoffe, du bist glücklich, Fall. Forme ich mit meinen Lippen, weil er mir einen Blick zuwirft, der mich schlucken lässt. Er nickt leicht, dann dreht er sich wieder zu seiner Zukünftigen.

Was ist falsch gelaufen, Raphael?

Wie sind wir hierhergekommen? Du vor dem Altar, ich daneben. Wann hätte ich etwas sagen sollen? Wann hätte ich dir … dir sagen sollen, dass ich dich liebe?

Ich hoffe wirklich, dass du glücklich bist. Aber ich vermisse dich. Ich vermisse dich, so sehr, dass ich in den letzten Monaten nicht aufhören konnte, unsere Fotos anzuschauen. Ich konnte es einfach nicht.

»Wenn jemand etwas gegen diese Verbindung einzuwenden hat, dann möge er jetzt das Wort erheben oder für immer schweigen.« Hunderte Male habe ich diesen Spruch schon in irgendwelchen Soaps gehört. Jedes Mal dachte ich, welchem Depp fällt denn erst während der Trauung auf, dass er in die Braut oder den Bräutigam verliebt ist?

Jetzt habe ich meine Antwort.

Doch statt es laut zu schreien, statt Raphael davon abzuhalten, schweige ich.

Summer

Heute

Ich schrecke hoch. Automatisch greifen meine Finger nach Raphaels.

Erleichtert atme ich aus, als ich seine Umrisse im Dunkeln erkennen kann. Die vielen Bildschirme, um ihn herum flackern und piepen.

Er lebt. Raphael lebt noch.

Seit zwei Tagen schwebe ich in einem Kreislauf aus Wut, Verzweiflung, Liebe und unendlicher Trauer. Manchmal möchte ich den leblosen Körper schütteln, die Hülle, die in diesem Krankenbett auf der Intensivstation eines Krankenhauses nahe der Kleinstadt liegt. In anderen Momenten möchte ich nichts mehr, als mich zu Raphael zu legen und ihn zu küssen. Ihn halten und nie mehr loslassen.

Es ist, als würde ich zwischen diesen Gefühlen und meinen Erinnerungen verharren. Und manchmal wünsche ich mir, es gäbe das Jetzt nicht. Sondern nur den Moment, in dem ich bereute, nicht gesagt zu haben, wie sehr ich ihn liebe.

Schniefend betrachte ich meinen besten Freund. Es ist schier unerträglich, ihn so zu sehen. Als die Rettungskräfte in meinem Haus eintrafen, nicht mit mir sprachen und ihn einfach hinaustrugen, dachte ich wirklich, er würde sterben.

Hätte Leah, Faiths Frau, nicht gute Kontakte, wäre ich gar nicht hier. Es gibt Besuchszeiten. Sonderregelungen, weil auf dieser Station nur die besonderen Fälle liegen. Und ich wüsste nicht, was Raphael hat.

Wie immer, wenn ich daran erinnert werde, zittert mein Körper. Fester umfasse ich seine Hand und lege meinen Kopf neben seinen Beinen auf der Matratze ab.

Wut überkommt mich. Der Kreislauf wiederholt sich. Scheiße, wie konnte er mir das denn vorenthalten? Ein Gliom? Grad vier?

Um nicht zu laut zu schluchzen, drücke ich meine Hände vor meinen Mund. Ich kann das nicht ertragen. Dieses Gefühl von Hilflosigkeit. Von absoluter Machtlosigkeit gegenüber ... gegenüber etwas, das offenbar nicht will, dass wir zusammen sind. Als hätte sich das Universum gegen uns gewendet!

»Gosh, hast du überhaupt mal etwas getrunken?« Faith. Sie kommt mindestens einmal am Tag vorbei, öffnet die Vorhänge, die ich nach jedem Krankenpfleger oder Krankenpflegerin, die was an Raphaels Geräten macht, wieder zuziehe. Ich kann nicht ertragen, dass es Herbst ist. Kann nicht aushalten, dass es nicht da draußen stürmt, sondern hier drin!

Ihre Finger streichen über meinen Kopf. Sie will mich nur beschützen. Macht sich sorgen und natürlich bin ich ihr dankbar, dass sie sich um Daisy und Kate kümmert. Wahrscheinlich gibt es kein liebevolleres und passenderes Zuhause als ihre Pension für sie. In diesem Moment frühstücken sie sicher mit Leah. Faith meint, dass sie den Töchtern erzählt hat, dass wir beruflich verreist sind. Kate scheint dies wohl völlig anstandslos akzeptiert zu haben. Wahrscheinlich, weil Raphael oft unterwegs gewesen ist, als sie noch jünger war.

»Bitte, kannst du mich einfach in Ruhe lassen?«

Faith seufzt, mehr mitfühlend, als genervt. Aus dem

Augenwinkel nehme ich wahr, wie sie etwas auf den Tisch in der Nähe der Fenster stellt und die Vorhänge aufzieht. Augenblicklich muss ich blinzeln. Ehrlich gesagt weiß ich nicht, was für ein Tag wir haben.

Die Angestellten des Krankenhauses bringen mir zwar ab und an Kaffee, Gebäck und fragen, ob ich noch etwas benötige, allerdings kann ich daran keinen Rhythmus festmachen.

Es ist, als würde ich ebenfalls im Koma liegen. Wie Raphael.

»War er inzwischen wach?« Sie ignoriert meine Emotionen. Meine Ausbrüche, denn sie weiß, dass es einfach dazugehört. Dass dieser Kreislauf mich eingenommen hat.

Kopfschüttelnd schlucke ich den Kloß in meiner Kehle hinunter und blicke zu meinem besten Freund.

Dr. Petit hat mir erklärt, – und das auch nur, weil Leah ihn förmlich angefleht und dabei erklärt hat, dass ich Raphaels einzige Familie bin –, dass ein Koma eine Nebenwirkung des bösartigen Tumors ist, der das Hirn meines besten Freundes bevölkert.

Krebs. Besonders aggressiv. Laut Dr. Petit, inoperabel. Doch Näheres könnten nur neue MRT-Bilder zeigen. Die alten, angeforderten haben keinen Aufschluss auf Metastasen oder eine Ausweitung ins zentrale Nervensystem gezeigt. Könnte sich aber geändert haben ... Ach, was weiß ich.

Ich kann kaum glauben, dass ich darüber nachdenke. Dass ich mich damit auseinandersetzen muss, dass *du* vielleicht sterben könntest.

Nein, dass du sterben wirst.

Verdammt. Ich habe es in dem Blick des Arztes gesehen. Es war eindeutig. Er hatte keine Hoffnung mehr.

»Dr. Petit meint, dass, wenn er aufwacht, sie sofort mit der Therapie beginnen.« Faith kommt um das Bett herum. Sie zieht einen weiteren Stuhl heran, der gegenübersteht, und setzt sich neben mich. Liebevoll umfasst sie meine Finger. Ich mache Tränen in ihren Augen aus und meine Dämme brechen erneut.

»Wir werden nicht aufgeben, okay?« Ihre Stimme zittert. Ein neuer Schluchzer dringt aus meiner Kehle.

»Summer?« Die Worte klingen rau und so gedämpft, dass ich sie beinahe überhöre.

Mein Puls beschleunigt sich schlagartig.

Ich wirbele herum. Fasse nach den einzigen Händen, die mir ihre Hilfe nie verwehrt haben. Er war immer da. Raphael Fall hat mich immer gehalten und nun bin ich es, die ihn auffängt.

Kummer. Trauer. Liebe. Da bin ich im Stadium unendlicher Verzweiflung. »Raphael, du bist wach?« Seine Lider sind geschlossen und flattern nur unruhig.

Er nickt sanft, scheint nur ein Schatten seiner selbst zu sein.

»Ich sag dem Personal Bescheid«, wirft Faith ein und ist sogleich verschwunden.

»Es tut mir so leid …« Seine Stimme ist tonlos, schwach und so brüchig, dass etwas in mir zerbricht.

Meine Hände gleiten an seine Wange. »Schon okay. Alles ist gut!«

Er schüttelt zaghaft den Kopf. Blinzelnd öffnet er die Augen, scheint sie aber kaum offenhalten zu können. »Nein. Ich habe Krebs, Summersky.«

Eine neue Welle von Tränen übermannt mich. Kurz muss ich die Augen schließen, weil der Schmerz in meinem Inneren mich zu zerreißen droht. »Ich weiß, Fall.«

»Scheiße, oder?« Er grinst schief und ich kann nicht

glauben, dass der Idiot noch Späße machen kann. Doch es heilt mich für einen winzigen Moment. Ein leichtes Lachen überkommt mich, während ich heule. Dieses Gefühlschaos ist nicht zu beschreiben. Einerseits bin ich froh, dass mein bester Freund vor mir liegt und wach ist. Andererseits bin ich wütend, weil er mich angelogen hat. Und irgendwo dazwischen kann ich nicht atmen, weil die Last der Erkenntnis, ihn zu verlieren, mich zerstört.

Ich beuge mich zu seinem Gesicht. Sanft küsse ich ihn. Streife seine trockenen Lippen. »Wir werden kämpfen. So wie wir es immer getan haben. Zusammen.«

»Zusammen«, murmelt er.

Und das ist alles, was ich brauche, um in diesem Moment nicht vollends durchzudrehen.

Raphael

So weit so gut. Ich bin wach. Ich atme. Ich kann meine Kinder in meine Arme schließen. Ihren himmlischen Duft einatmen. Es geht noch. Wären da nicht die Millionen Schläuche, die in meinen Körper führen und mich mit Medikamenten versorgen.

Knapp drei Tage war mein Körper in einem komatösen Zustand. Laut Dr. Petit, dem leitenden Facharzt der Neurochirurgie des Krankenhauses, weil mein Gehirn sich *ausruhen* wollte.

Ausruhen. Pah.

Dr. West gibt mir fünf Jahre. Bei guter Führung. Wenn ich mich nicht an seinen Behandlungsvorschlag halte, nur zwei. Er hat von teuren Operationen gesprochen. Von Chemo und Bestrahlung. All das, kann ich mir nicht erlauben. Nicht als alleinerziehender Vater, der sowieso schon Angst haben muss, dass seine Kinder ins Sozialsystem geraten.

Ich bin geflüchtet. Zu der einzigen Person, die mich stets aufgefangen hat. Meinem Zuhause. Meinem Himmel. Sie wird für Daisy und Kate da sein. Sie wird es können, während ich ... ich keine Chance dafür bekomme.

Ja. Du willst es nicht wahrhaben, Summer. So warst du schon immer. Und glaube mir, ich liebe deinen unermüdlichen Sinn für die Gerechtigkeit. Dass du das Ruder herumreißen willst und mir helfen möchtest, aber ... wir müssen der Tatsache ins Auge blicken. Ich werde sterben.

»Tu das nicht!« Sie hebt warnend einen Finger nach oben und hält inne. Die ganze Zeit ist sie in meinem Zimmer auf und ab spaziert. Seit ich auf eine normale Station verlegt wurde, mich wieder bewegen kann und esse, ist Summer wütend. Selbst, wenn die Kinder hier sind, stiert sie meist nur in eine Ecke, fletscht die Zähne und schnaubt.

Kein einziges Mal weinte sie. Nein, sie ist einfach nur stinksauer und sucht nach Lösungen. Gott verdammt, wie sehr ich diese Seite an ihr liebe. Dieses sture. Unerschütterliche.

»Untersteh dich!« Sie kommt näher und ich ziehe ihren himmlischen Duft ein. *Wie sehr ich den vermissen werde.*

Summers Augen funkeln. Sie hält mir warnend den Finger unter die Nase. »Hör auf, dich zu verabschieden, Fall! Hör auf, so zu tun, als hättest du keine Chancen.«

Scheiße. Wer sagt es ihr?

Es gibt nahezu keinen Überlebensquotient. Keinen. Ich habe das gesamte Internet abgesucht, mit Dr. West jedes Szenario durchgespielt, habe mir sogar eine Zweitmeinung eingeholt. Letztlich geben mir die Ärzte höchstens fünf Jahre. Wenn ich scheiße viel Glück habe und die Engel erst höchstpersönlich einen Palast für mich im Himmel bauen müssen, vielleicht auch sechs. Aber das war's. Dazwischen würde ein Kampf liegen. Nein, ein Krieg. Denn ich muss gegen Leben in meinem Körper vorgehen. Ein Leben, das ebenso *überleben* möchte wie ich. Es wird nicht aufgeben, jede Zelle infiltrieren und mich letztlich eindämmen. Sodass ich sterbe.

Summer zittert. Sie zieht sich zurück. Energisch stampft sie auf. »Verdammt. Ich ... wieso habe ich nicht Medizin studiert? Nein, ich musste auf der halben Welt herumreisen, statt zu lernen. Jetzt verstehe ich natürlich gar nicht, was die da draußen von uns wollen! Fünf Jahre, pah! Das sagen die doch immer! Du bist nicht einmal dreißig, Mann. Ist denen das klar? Die können dich doch nicht einfach so aufgeben! *Du* kannst doch nicht einfach so aufgeben, Fall!« Atemlos blickt sie mich an.

Mir zerbricht es das Herz. Ich habe damit abgeschlossen. Es akzeptiert. Aber sie ... sie leidet.

»Ich muss hier raus«, murmelt sie.

»Summer.« Sie kann so unmöglich Auto fahren.

Bebend bleibt sie stehen. »Wage es nicht, Raphael. Wage es nicht und bitte mich zu bleiben! Ich bin gerade rasend!«

Seufzend nicke ich.

Scheiße. Dieser Kloß, der sich seit ein paar Tagen in meinem Hals festgesetzt hat, wird größer. Es ist, als schnüre er mir die Luft zum Atmen ab. Und das, obwohl ich so viele Medikamente intus habe, wie mein Vater in seinen besten Tagen.

Mein Dad. Seit über neun Jahren habe ich nichts mehr von ihm gehört. Wahrscheinlich in diesem Fall auch besser so.

Stöhnend lasse ich meinen Kopf zurück in die Kissen fallen und schließe die Augen.

Das alles ist so verfickt beschissen. So beschissen, dass ich kotzen könnte. Ich gebe dem Druck nach und heule. Schon wieder. Weil ich nicht verstehen kann, wie beschissen hässlich das verdammte Schicksal spielt.

Kapitel 22

Summer

»Seit du vom Krankenhaus gekommen bist, hast du nicht ein einziges Mal etwas getrunken oder gegessen. Ich mache mir Sorgen, Sum.« Faith betrachtet mich mit dieser undurchdringlichen Miene, die ich so hasse. Ich kann nichts anderes erwidern, als zu schnauben. Schließlich hat sie mir verheimlicht, dass Raphael krank ist. Alle Welt hat mir vorgespielt, dass alles in Ordnung ist.

Scheiße!

Energisch blättere ich in dem ausgeliehenen Buch. Auf dem Weg vom Krankenhaus in die Kleinstadt habe ich bei der Bibliothek haltgemacht und nahezu jedes Buch ausgeliehen, das mit Onkologie, Hirntumor und Krebs betitelt war. Egal, ob es homöopathische Erfolge, medizinische oder esoterische waren. Vollkommen bumms! Ich werde Raphael nicht gehen lassen. Auf keinen Fall.

Eine Hand legt sich auf meine.

Bebend, meinen Kiefer mahlend, hebe ich den Kopf. »WAS?« Ich fletsche die Zähne.

Faith atmet angespannt und nickt in die Richtung von Kate und Daisy, die am Esstisch des Privatbereiches der Pension sitzen, kichern und mit Leah backen. »Willst du, dass sie dich so sehen? Du musst dich zusammenreißen. Etwas Essen. So hilfst du Raphael nicht, Summer. Wir können nur etwas für ihn tun, wenn wir klar denken.«

Meine Muskeln zucken. Alles in mir bäumt sich auf.

»Ja?«, schreie ich und entreiße ihr meine Hand. »Ist es das, was du getan hast, während ihr mir verschwiegen habt, was los ist?« Blanker Zorn erfasst mich. Unkontrolliert fege ich mit einer Handbewegung alle Bücher vom Tisch. Sie landen scheppernd auf dem Boden.

Wahrscheinlich können die Kinder meinen Ausbruch sehen. Sie werden sich fragen, was los ist. Aber ich kann darauf gerade keine Rücksicht nehmen. Es geht nicht. Verdammt, ich verliere die einzige Familie, die ich jemals hatte! Meinen besten Freund! Den Mann, mit dem ich alles hätte haben können.

»Ich ... oh Gott, ich kann ... ich kann das nicht.« Hastig schnappe ich nach meiner Jacke, die ich über den Stuhl geworfen habe.

»Summer!« Faith geht mir nach. Sie holt mich auf der Veranda der Pension ein und wirbelt mich mit einem Griff ums Handgelenk herum. Ihr Blick trifft meinen. Der Kummer, der in ihren Augen steht, lässt mich weicher werden. Es ist offensichtlich, dass sie ebenso leidet wie ich. Tröstlich zu wissen, dass ich mit meinen Gefühlen nicht allein bin.

Eine einzelne Träne rinnt über meine Wange. Ich wische sie hastig fort. »War das sein Plan? Wollte er sich nur verabschieden? Hierherkommen und mir die Kinder übergeben und dann sterben? Ist es das Faith? Hast du ihm deshalb erlaubt zu kommen?«

Sie schluckt, als hätte ich genau das gesagt, was sie gedacht hat. Erneut bricht etwas in mir. Wie Glas zerberste ich mehr und mehr unter dem Druck.

»So ist es nicht. Ich habe ihn kommen lassen, weil ich mir es nie verziehen hätte, wenn ihr euch nicht hättet, aussprechen können.«

Einen Moment nicke ich. Ja. Ich kann ihre Entscheidung verstehen. Der rationale Teil in meinem Gehirn kann nachvollziehen, was Raphael, Faith und Leah sich dabei gedacht haben. Sie wollten mich beschützen. Mir nicht zu viel zumuten. Aber hey? Wann wollten sie mir sagen, dass er stirbt? Wenn ich an seinem Grab stehe, die Kinder in meinen Armen halte und zur fucking Witwe werde? Ja, ich war nie mit ihm verheiratet, aber unsere Verbundenheit geht doch viel tiefer als ein offizielles Dokument!

»Warte einen Moment. Ich fahre dich.«

Obwohl ich nichts mehr möchte, als zu gehen, bleibe ich auf der Veranda stehen. Wer weiß, was passiert, wenn ich in diesem Zustand in ein Auto steige.

Raphael sitzt im Bett. Er kann aufstehen, schafft es auch, allein zur Toilette zu gehen, und doch sitzt er die meiste Zeit, wenn die Kinder nicht bei ihm sind, im Bett. Ich sehe es ihm an. Mein bester Freund hat aufgegeben. Obwohl Dr. Petit einen Verfahrensplan hat, mit dem er übermorgen beginnen möchte. Operation, Chemo, Bestrahlung.

»Bist du fertig mit Schmollen?« Raphaels Mundwinkel zucken. Er wirkt müde, erschöpft. Sein Gesicht ist aschfahl und die Infusion in seinem Arm unterstreicht dieses gottverdammte Bild nur.

»Ich hasse dich dafür, dass du mich angelogen hast.« Seit er wach geworden ist, habe ich es nicht ausgesprochen. Natürlich bin ich wütend. Aber an erster Stelle möchte ich alles Mögliche tun, um das unausweichliche zu verhindern.

Mein bester Freund lacht leise. »Du weißt, dass für Hass jetzt keine Zeit mehr ist, oder?« Er hebt seine Hand. Ich schlucke und unterdrücke das drängende Gefühl, erneut weinen zu müssen.

»Komm her, wir kuscheln.« Das Grinsen auf seinem Gesicht ist so süß. So echt. So ganz der Mann, der mir vor Jahren im Trailerpark das Leben gerettet hat. Auf die eine oder andere metaphorische Art.

Seufzend gehe ich auf ihn zu. Raphael hebt die Decke an und ich schlüpfe darunter. Ich beginne zu weinen. Jeglicher Druck fällt von mir ab, sobald ich mich an seinem Nachthemd festklammere, mich an ihn kuschle und die Augen schließe.

Er streicht über mein Haar. »Mein Plan war, dir die Kinder zu überlassen, Summersky. Ich will nicht, dass du leidest, das wollte ich nie. Ich will nicht, dass sich dein Leben meinetwegen ändert. Es tut mir leid, dass ich egoistisch war. Dass ich ...«

Ich hebe meinen Kopf. Nur Zentimeter bin ich von seinen Lippen entfernt, als er mitten im Satz stoppt. »Halt einfach deine Klappe, Fall.«

Mein Mund trifft seinen. Vorsichtig küssen wir uns. Als wäre es verboten. Mein Inneres füllt sich mit Liebe, mit all dem, was zwischen uns war und ist. Es heilt. Dieser Moment gibt Kraft.

Ich schmecke Tränen. Keine Ahnung, ob es meine

sind oder seine. Seine Hand krault meinen Kopf, drängt mich enger an seinen Mund und ich seufze. Werde ich diese Sehnsucht jemals stillen können?

Wir lösen uns voneinander. Das Krankenhauszimmer liegt im Dunkeln. Es ist schon wieder Abend. Mein Zeitgefühl ist völlig im Eimer.

Ein leichtes Lächeln umspielt seine Lippen. Zart wischt er meine Tränen von der Wange. »Du bist so verdammt schön.«

»Hör auf damit! Lenke nicht vom Thema ab!« In seinen Augen liegt meine gesamte Welt. Wie soll ich es denn ohne ihn schaffen? Wie? »Es ist bald Halloween. Ich dachte, wir gehen mit den Kindern um die Häuser? Meinst du, Dr. Petit würde das zulassen?«

Auf Raphaels Stirn bildet sich eine tiefe Falte. Dann lacht er leise. »Du bist verrückt, Summer. Gerade, wenn ich denke, ich wüsste, was in deinem Köpfchen vor sich geht, gibst du etwas ganz anderes von dir.«

Ja. Es ist, weil das Leben weitergehen muss, oder? Wir werden alles tun, damit Raphael gesund wird. Nichts unversucht lassen und uns jeder Hürde stellen. Trotzdem sollten wir es auch genießen. Diese ... diese letzten Jahre. Denn niemand kann mir sagen, ob ... ob wir es schaffen.

»Du wirst nach deinem Chemo-Zyklus gesund sein, Fall. Ganz sicher!« *Hoffe ich.* »Und dann können wir Halloween genießen. Zusammen. Als Familie.«

Raphael

»Hey, du hast geschummelt!« Kate kichert. Es ist die Art von Lachen, die Kinder so draufhaben. Es erfüllt den Raum, nimmt dein Herz ein. So unverfälscht und rein, dass ich wünschte, noch einmal genauso *blind* sein zu dürfen.

Als ich in ihrem Alter war, wusste ich auch noch nichts von den Dämonen da draußen. Die Welt war rein, perfekt. Es gab nichts Böses. Und erst recht nichts Böses in mir drinnen. Wir sitzen an einem Tisch in meinem Krankenzimmer. Summer hat darauf bestanden, dass ich aufstehe und mich in einen Rollstuhl setzte. Natürlich hat sie mit ihrer Art die Krankenhausbelegschaft schon am zweiten Tag um den Finger gewickelt, sodass die Pflegerinnen und Pfleger nur nach ihren Anweisungen handeln, statt nach meiner. Das ist auch okay, denn jetzt, da wir an dem weißen Tisch im Krankenzimmer sitzen und leise Musik aus dem Radio dringt, finde ich es doch ganz nett.

»Schummelt«, plappert Daisy nach. Sie hat es sich auf Summers Schoß bequem gemacht und wirft mir einen besorgten Blick zu.

Ich muss wirklich scheiße aussehen. Seit zwei Wochen kriege ich eine Chemo. Ein Tag das Medikament, das das Leben in mir eliminieren soll. Drei Tage eine Infusion mit Spurenelementen und Elektrolyten, um mich zu stärken. Zwischendurch kotze ich. Schlafe. Habe Schmerzen und kann nicht einmal jetzt meine Augen wirklich offen halten. Es fällt mir schwer, zu lächeln und mir nichts anmerken zu lassen.

»Oh ups!« Faith grinst und dreht die Memory Karten wieder um. Keine Ahnung, ob sie wirklich geschummelt hat. Ich kriege es nicht mit. Mein Kopf dröhnt. Ich bin nicht wirklich hier. Davor hatte ich Angst. Genau vor diesem Moment.

»Mädels, ich glaube, euer Daddy ist müde«, deutet Summer richtig. Sie haucht Daisy einen Kuss an die Schläfe und sieht rüber zu Kate. Diese zieht eine Schnute. »Oh!« Ihre großen, blauen Augen landen auf mir. Wir haben ihr gesagt, dass ich krank bin. Mehr nicht. Sie denkt, es handelt sich um eine Grippe. Etwas, das man behandeln kann. Ich meine, wie soll man denn einer Vierjährigen klarmachen, dass ihr Daddy sterben wird?

Fuck.

Es kostet mich unheimlich viel Kraft, ein Lächeln aufzulegen und nach ihren dünnen Fingerchen zu greifen. »Tut mir leid, Baby.« Diese drängende Übelkeit in meinem Inneren ist kaum auszuhalten. »Vielleicht ist es besser, wenn ich etwas schlafe und wir uns morgen wiedersehen?«

Kate mustert mich zögerlich. Summer hat ihr zwei Zöpfchen geflochten, womit sie unfassbar niedlich aussieht. Letztlich rollt sie die Augen. »Okay«, stöhnt sie mehr, als dass sie es sagt. »Du hast nur Angst davor gegen mich zu verlieren. Ihr alle!«

Faith lacht. Sie sammelt die Karten ein und packt sie in den Karton. »Dann verabschiedet euch mal von eurem Daddy.«

Kate springt auf den Rollstuhl, in dem ich sitze. Anfangs konnte ich noch gehen. Inzwischen tut alles weh. Ich bin schwach. Erschöpft. Kann kaum klar denken. Da hilft es mir, zumindest keine unnötigen Bewegungen machen zu müssen.

»Bis morgen, Daddy. Ich habe dich lieb.« Küsse rieseln über mein Gesicht. Mein Herz wärmt sich. »Werd schnell wieder gesund. Bald ist Halloween und Summer und Faith nähen Kostüme für uns.«

Zaghaft nicke ich. »Ich freue ich mich sehr, diese bald zu sehen.« Meine Stimme ist brüchig. Als würde ich gar nicht wirklich sprechen.

»Papa!« Daisy schnappt mit ihren kleinen Händen nach mir. Summer setzt den kleinen Spatz ebenso auf meine Beine und dann habe ich meine ganze Welt wieder um mich. Daisy küsst mich nass, Kate schließt sich dem noch mal an, dann unterbricht Faith die Situation. »So! Es reicht. Wir müssen fahren.«

»Wie geht es dir?« Summer sieht den anderen hinterher, während sie aus dem Zimmer verschwinden. Sie wirkt ebenso müde. Kein Wunder. Seit wir mit der Therapie begonnen haben, ist sie noch keinen Moment von meiner Seite gewichen. Wenn ich nachts zittere, mich übergebe, dann wechselt sie mein Shirt, wäscht mich und streicht mir die verschwitzten Locken aus der Stirn. Sie liest mir vor, lacht für mich und mit mir, wann immer wir eine komische Sendung im Fernsehen anschauen. Ihre Anwesenheit hilft. Doch sie macht mir auch ständig klar, wie ich aussehen muss. Denn jedes Mal, wenn Summer mich ansieht, scheint sie verstört. Jake gewährt ihr einen unbezahlten Urlaub und ich weiß nicht, ob ich darüber glücklich sein soll. Einerseits bin ich sehr froh, meine beste Freundin hier zu haben. Andererseits tut es scheiße weh, sie so leiden zu sehen.

»Mir ist übel«, gebe ich zu und sacke tiefer in den Rollstuhl. Meine beste Freundin dreht sich zu mir um, hat dieses unechte Lächeln aufgelegt und packt mein Gesicht. »Noch zwei Wochen, Raphael. Dann werden wieder Aufnahmen gemacht. Er wird weg sein.« *Versucht sie mir das einzureden oder sich selbst?*

Dr. Petit hat sich gegen eine Operation entschieden. Seiner Meinung nach sitzt der Tumor zu tief. Die Wahrscheinlichkeit, dass ich danach eine massive Behinderung habe, ist zu hoch. Also kämpfen wir mit altbekannten Mitteln. Acht Zyklen Chemotherapie. Ich befinde mich im Ersten und möchte jetzt schon aufgeben.

Es ist hart. Echt hart, aber ich mache es für sie. Weil Summer darin eine Hoffnung sieht, die ich schon lange aufgegeben habe.

Da ich nicht auf ihre Worte eingehe, fährt sie mich schwungvoll zum Bett. »Soll ich uns heute Abend etwas zu essen kommen lassen?«

Ich würge.

»Okay, klingt, als hättest du wenig Appetit.« Ihr Kichern reicht, um mich zu ernähren. Schwach stemme ich mich auf das Bett. Der Schwindel, der mich förmlich umhaut, sorgt dafür, dass ich meine Augen schließe, kaum dass ich die Matratze unter mir spüre.

»Ich bin müde«, murmle ich schmatzend.

»Ich weiß«, höre ich Summer noch sagen, dann dämmere ich weg.

Kapitel 23

Raphael

Kotzen, schlafen, schwitzen.

Tränen trocknen. Summer in den Arm nehmen. Ihren Duft einatmen. Meine Kinder sehen. Sie lachen hören. Schlafen. Kotzen. Schwitzen. Und irgendwo dazwischen verschwinden. Mit jedem Atemzug mehr und mehr.

Kapitel 24

Summer

Kate steht vor dem Spiegel, dreht sich freudig und betrachtet mit glitzernden Augen das Kostüm, das Faith und ich in den letzten Wochen für sie genäht haben.

Die Kleine sieht bezaubernd aus mit dem Hexenhut und den Spinnweben, die ich ihr auf die Wange gemalt habe. Auf eine verquere Weise bin ich stolz auf Kate.

Wenn ich nicht bei Raphael im Krankenhaus bin, versuche ich für seine Töchter da zu sein. Sie haben es verdient, dass sich jemand ganz und gar um sie kümmert. Obwohl Faith und Leah sich alle Mühe geben, zwischen Kunst und dem Alltag mit ihren Gästen, hervorragende Babysitter für die beiden zu sein, merke ich ihnen die Doppelbelastung auch an.

Ich bin selten in meinem eigenen Haus, habe mich krankgemeldet und lebe daher seit knapp vier Wochen von meinem Ersparten. Lange werde ich das nicht mehr machen können, denn meine Rechnungen bezahlen sich nicht von selbst.

Heute soll es allerdings nur um Halloween gehen. Raphael hatte vor fünf Tagen seine letzte Chemo. Der erste Zyklus von sechs oder acht ist überstanden. Und ich habe keine Ahnung, wie ich die nächsten durchstehen soll. Es klingt lächerlich, denn das Zeug greift nicht meinen Körper an. Trotzdem leide ich. Meinen besten Freund so schwach zu sehen, tötet mich. Jeden einzelnen Moment etwas mehr.

Morgen werden neue MRT-Aufnahmen gemacht. Wir werden erfahren, ob der erste Zyklus geholfen hat. Ob der Tumor kleiner geworden ist.

Darüber darf ich nicht nachdenken.

Ich muss mein Lächeln aufsetzen, Kate ansehen und stolz darauf sein, dass ihr das Hexenkostüm offensichtlich gefällt.

Die Kleine dreht sich mit einem zuckersüßen Lächeln und betrachtet sich von oben bis unten in dem Spiegel, der an der Wand des Gästezimmers hängt. Inzwischen schlafen Raphaels Töchter nicht mehr in der Pension, sondern sind in die privaten Räumlichkeiten von Faith und Leah umgezogen. Ich habe mich mehr oder weniger auf der Couch breitgemacht.

Mein Blick wandert von Kate zu den Taschen, die auf dem Holzboden verteilt liegen, den Schminkutensilien, die wir auf dem Bett ausgebreitet haben, bis hin zum Badezimmer, dessen Tür ein Spalt geöffnet ist. Es sind vermutlich nur knapp dreißig Quadratmeter und doch befindet sich zurzeit mein gesamtes Leben in diesen vier Wänden. Kate und Daisy. Ein paar meiner Habseligkeiten, wie Zahnbürste, Kleidung und ein Buch, das ich bisher nur Seitenweise lesen konnte. Es fällt mir einfach schwer, mich auf etwas anderes zu konzentrieren.

Gott. Wie kriege ich die nächsten Wochen rum? Wie soll ich mich ablenken, wenn mein Hirn sich nicht ablenken lässt?

Nervös fasse ich an den Saum des Kostüms, das ich trage.

Soll ich Rezepte für Thanksgiving ausprobieren? Wird Raphael überhaupt etwas essen können? Wird er überhaupt dabei sein können?

»Ich sehe aus wie du!« Kichernd wirbelt Kate herum und legt ihre Arme um meine Hüfte. In der vergangenen Zeit sind wir sehr gute Freunde geworden. Andauernd flüchtet sie sich an meine Brust, möchte gekuschelt werden und dass ich ihr am Abend etwas vorlese.

Mein Herz wird warm. Es ist so schön, dass sie mich mag. Dass ich heute dabei sein kann, wenn wir zum ersten Mal am Lhori-Lake Süßes oder Saures spielen.

»Wir sind die Hexen von Salem«, sage ich und drehe uns noch mal zum Spiegel.

Ich trage einen alten, karierten Rock, der, zugegeben, etwas knapp ist. Aber wer sagt denn, dass ich nicht etwas Normalität in mein Leben bringen kann? Ich möchte Raphael noch immer gefallen. Ihn daran erinnern, dass wir etwas haben. Dass es nicht nur die Krankheit gibt.

Auf meinen dunklen, welligen Haaren habe ich einen spitzen Hut aufgesetzt, den auch Daisy und Kate tragen. Beiden haben wir eine Art Kleid mit Rüschen und Spinnweben gezaubert. Als Kind habe ich diese Feiertage geliebt. Deshalb ist es mir wichtig, dass er Kate und Daisy ähnlich in Erinnerung bleiben wird.

»So, jetzt gehen wir aber. Vielleicht ist dein Daddy ja schon hier.« Ich gebe der Kleinen einen Klaps auf den Po, was sie kichern lässt. Schnell wendet sie sich um und ist sogleich im Flur verschwunden.

Es schmerzt, dass ich die beiden anlügen muss. Sie

sollten wissen, dass ihr Vater krank ist. Schließlich würde ich auch nicht belogen werden wollen. Doch wenn ich nicht verstehe, wieso all das hier passiert, wie soll es dann Kinderherzen erreichen?

»Papa!«, vernehme ich Kate. Anscheinend ist Raphael tatsächlich schon mit Faith eingetroffen. Sie hat meinen besten Freund abgeholt, damit ich mich ganz um die Kinder kümmern kann. Während Daisy einschlief, nachdem ich sie angezogen hatte, verbrachten Kate und ich eine schöne Zeit beim Ankleiden. Wir haben gelacht, Musik gehört und sie erzählte mir von einem Jungen, der in ihrem Kindergarten ist. Und dass sie froh ist, da gerade nicht hinzumüssen, weil er sich ihr gegenüber offenbar blöd verhält.

Zum Glück fallen Kinder im Bundesstaat New York erst mit fünf unter eine Art Schulpflicht. Dementsprechend war es ziemlich leicht, den Erziehern zu erklären, dass Kate für einige Monate ausfällt. Vermutlich werde ich mich hier nach einem geeigneten Platz umsehen müssen. Oder?

Ich schüttle den Gedanken von mir ab und gehe in Richtung Tür, die Kate einen Spalt offen gelassen hat. Die Pension ist an den Feiertagen nahezu ausgebucht, weshalb Leah und Faith heute Abend nicht dabei sein können. Sie haben für ihre Gäste einiges vorbereitet, dafür haben die Kinder und ich gestern Abend sogar Kürbisse geschnitzt.

»Du siehst ganz fürchterlich aus, Daddy. Da hat dich Faith aber gut angemalt!« Kate hat ihren Vater nur selten gesehen, seitdem die Chemo begonnen hat. Ab und an haben wir Karten gespielt, doch umso schwächer Raphael wurde, desto weniger Lust hatte er darauf. Als würde er mehr und mehr schwinden …

Allein bei seinem abgemagerten Anblick verhärtet

sich der Kloß in meinem Hals wieder. Er sitzt im Rollstuhl, wirkt aschfahl, erschöpft und gelb. Seine Leberwerte sind schlechter geworden, wahrscheinlich durch die Medikamente. Darüber hat Dr. Petit mich unterrichtet.

Raphaels Gestalt ist beängstigend. Vor allem, da er das Nachthemd vom Krankenhaus trägt. Zur Feier des Tages. Yey! Ich bin froh, wenn ich ihm später seine graue Jogger und ein Kapuzenpulli überziehen kann. Nur für einen Abend möchte ich vergessen, was in unserem Leben alles schiefläuft.

»Ja, da hat Faith gute Arbeit geleistet«, murmelt Raphael. Er grinst schief, was unsere Freundin ihm die Zunge rausstrecken lässt. Sie musste nämlich gar nichts tun. Er ist einfach krank. Krank und inzwischen sickert auch bei mir durch, was das bedeutet.

»Hey«, begrüße ich ihn und erzwinge ein Lächeln.

Er blickt zu mir auf. Seine Augen erreichen meine. Das Strahlen, welches auf seinen Gesichtszügen entsteht, zwingt mich in die Knie. »Summersky.«

Ich gehe auf ihn zu, bringe mein Gesicht an seine Wange und küsse ihn. Die kalte Haut. »Möchtest du wirklich so gehen? Meinst du nicht, du könntest frieren?«

Er räuspert sich, wirft Kate einen Blick zu, die ihn unentwegt mustert, als würde sie sehen, dass etwas falsch ist.

»Es geht schon. Ich nehme Daisy auf die Beine und der Mantel reicht. Das wärmt.« Manchmal glaube ich, dass er die Sätze falsch spricht. Weiß er überhaupt noch, was er sagt?

Nickend hauche ich ihm noch einen Kuss auf die Wange. »Okay.« Dann greife ich nach Kates zarten Fingern. »Holen wir Daisy, ja?«

»Au ja!«

Raphael

Glück. Das ist alles, was ich verspüre. Daisy sitzt japsend auf meinem Schoß, Kate läuft beschwingt neben mir her und bietet mir alle fünf Minuten etwas aus ihrer Tüte an. Seit einer Viertelstunde laufen wir erst durch die Kleinstadt, so wie viele andere Kinder. Trotzdem bin ich schon jetzt ganz durchgefroren. Es ist, als käme die Kälte aus meinem Inneren. Da hilft auch Daisy nicht, deren Körper sehr warm ist.

»Kannst du dich noch an unser erstes gemeinsames Halloween erinnern?« Summer lacht. Wow. Wie sehr ich dieses Geräusch vermisst habe. In den vergangenen Tagen war sie stets an meiner Seite, aber selten habe ich sie so losgelöst gesehen wie heute. Vielleicht gefällt ihr, dass wir als Familie unterwegs sind? Oder vielleicht möchte sie sich von den drängenden Gedanken ablenken, dass wir morgen erfahren, ob die Chemotherapie etwas gebracht hat. Nicht die gesamte, nur der erste Zyklus.

Ich liebe ihre Hoffnung. Wenn sie früher andauernd ein kleiner Griesgram war, ist sie heute zu einer starken, lebensbejahenden Frau geworden, die in allem nur das Gute sieht. Es wäre schön, wenn sie mir von diesen Eigenschaften ein wenig übertragen könnte. Denn in meinem Inneren sieht es so fürchterlich dunkel aus, dass ich Angst habe, man kann es mir ansehen. Ich glaube nicht an ein Wunder oder eine Spontanheilung. Menschen wie mir ist so etwas einfach nicht vergönnt. Oder? Lächerlich, dass ich früher dachte, ich könnte aus der Statistik ausbrechen. Reich bin ich geworden, aber was habe ich dazwischen vergessen? Zu welchem Menschen habe ich mich verwandelt? Alles ist auf der Strecke geblieben, weil ich unbedingt ein guter Vater, ein geschätztes und gewürdigtes Mitglied in dieser Gesellschaft sein wollte. Mein gesamtes Leben wollte ich nichts mehr, als alles perfekt zu machen, und jetzt? Mann, wenn nicht jeder Atemzug schmerzen würde, würde ich nun lauthals lachen über meine eigene Dummheit.

»Klar.« Meine Erinnerungen kehren an jenes Halloween zurück, das Summer meint. Sie wollte damals partout nicht auf die Party gehen, die ein Mitschüler von mir veranstaltete. Sie weigerte sich förmlich, am sozialen Leben teilzunehmen. Letztlich konnte ich sie überreden. Und sie betrank sich so sehr, dass sie kotzte. Die halbe Nacht. Es war das erste Mal, dass sie in meinen Armen einschlief. »Wie könnte ich jemals vergessen, wie du auf dem Tisch getanzt hast.«

»Auf dem Tisch?«, fragt Kate aufmerksam. »Das hört sich nach Spaß an.« Sie wendet ihren Kopf an Summer und schaut zu ihr auf. »Das will ich auch mal machen.« Ihr Blick huscht zu mir.

»Mit dir Daddy.«

Ein kleines bisschen schmerzt es. »Okay, Baby. Sobald es mir besser geht.«

Sie nickt und schluckt meine Lüge. *Scheiße, ich bin ein Arsch!*

»Und wie du Rayn geschubst hast, weil er mir an die Wäsche wollte.« Summer kichert.

»Ich geh klingeln«, unterbricht Kate und rennt über den Gehweg, zu einem Holzhaus hinauf. Es ist beleuchtet und mit gruseligen Ornamenten dekoriert.

»Auch«, fleht Daisy und robbt sich von meinem Schoß.

»Kate!« Meine Stimme ist nicht wirklich laut, trotzdem hält meine Tochter inne und kehrt um. Summer hebt die Kleine von meinem Schoß, wodurch ich schlagartig ein wenig fröstle. Die dicke Jacke um meine Schultern reicht nicht aus, um meiner inneren Kälte entgegenzuwirken.

Kate greift nach Daisys Hand und die beiden rennen los. Stolz erfasst mich, wenn ich sie zusammen beobachte. Es wird hart, sie nicht aufwachsen zu sehen.

Irgendwann werden sie tatsächlich auf Tischen tanzen, Freundschaften schließen und zu viel trinken. Sie werden einen Kater haben, Liebeskummer, und ich werde nicht da sein, um sie zu retten.

Als würde Summer fühlen, was ich denke, spüre ich ihre Finger behütend auf meinen Schultern. Sie umarmt mich von hinten, legt ihren Kopf auf mir ab. Ihre Nase berührt meine Wange und ich schließe beruhigt die Augen. »Ich erinnere mich daran, dass du mich damals zum ersten Mal im Arm gehalten hast.«

Sexuelle Lust verliert man irgendwo zwischen den Schmerzen, dem Schlaf, dem Hunger, der Trauer und Verzweiflung. Aber ich kann nicht sagen, dass mir entgangen ist, wie scharf Summer in diesem Kostüm aussieht. Der karierte Rock umschmeichelt ihre Hüften und Beine. Die Kniestrümpfe wecken versaute Fantasien in mir.

»Bleibst du heute Nacht bei mir?« Ihre Worte sind nur ein Flüstern. »Dr. Petit hat sicher nichts dagegen. Dann fahren wir morgen gemeinsam zu deinem Termin?«

Wie könnte ich Nein sagen?

Kapitel 25

Summer

Heute

Das Kinderlachen ist noch nicht verhallt. Es war schön, Kate und Daisy dabei zuzusehen, wie sie über die Süßigkeiten förmlich hergefallen sind, kaum dass wir wieder in der Pension gewesen waren. Raphael hat in der Zwischenzeit ein wenig geschlafen, sich umgezogen und nun sitzen wir auf der Couch, vor meinem Kamin. Er streichelt mein Haar, ich atme seinen Geruch ein, der sich verändert hat, aber nicht minder nach ihm und nach zu Hause riecht.

»Können wir die Zeit anhalten?« Ich frage es frei heraus, weil es das ist, was mir auf dem Herzen liegt. Mein Blick liegt auf den Flammen des offenen Kamins. Ich beobachte das züngelnde Feuer, entspanne mich bei dem Knistern und Raphaels gleichmäßigen Atemzügen.

Wie wird es wohl sein, wenn er nicht mehr unter mir liegt?

Wenn das alles eine entfernte Erinnerung ist?

Sofort klammere ich mich noch mehr an seine Brust.

»Ich habe ’ne viel bessere Idee. Statt immer nur dafür sorgen zu wollen, dass Momente nicht vergehen, was ziemlich egoistisch wäre, weil wir dabei stets nur die Guten im Sinn haben«, flüstert mein bester Freund schwach aber bestimmt.

»Könnten wir doch lernen sie einfach mehr zu genießen?«

Die Augen rollend stemme ich mich hoch und gucke ihn an. »Und da ist er wieder. Der Kerl, der nichts romantisiert!«

Er lacht leise, was Millionen Schmetterlinge in meinem Inneren freisetzt. Sein Haar haben wir vor ein paar Wochen abrasiert, was ihn aber nicht krank aussehen lässt. Im Gegenteil. Raphael Fall ist schön. Einfach nur schön.

In der vergangenen Zeit habe ich kaum über Sex nachgedacht. Es ist lächerlich zu behaupten, dass sexuelle Intimität notwendig ist, um einem Menschen nahe zu sein. Ganz sicher nicht. Wir haben uns jahrelang nicht angefasst, okay, nein, eher *selten* und trotzdem aufrechterhalten können, was wir haben. Liebe. Pure Liebe.

Raphaels Lippen senken sich auf meine. Ich schmecke ihn, seine Krankheit und wieder entsteht dieser Druck hinter meinen Augen.

Als er bemerkt, dass ich weine, zieht er sich leicht zurück.

»Hör auf, Summersky.« Seine Finger zittern, als er mir schwach die Tränen von den Wangen wischt. »Lass uns lieber etwas Spaß haben.« Sein tiefer Bariton streichelt meine Seele und, zugegeben, auch den Teil in mir, der in letzter Zeit nicht so wichtig war.

Schlagartig wird mir heiß, während seine Hände an meinen Körper hinabgleiten.

»Geht das denn?«, frage ich zwischen sanften Küssen. Er lacht wieder, was mich nun auch ein wenig zum Kichern bringt. »Wer hätte gedacht, dass wir uns darüber mit nicht einmal dreißig Gedanken machen müssen.«

»Hey!« Er löst sich von mir, krallt seine Hand aber beschützend in mein Haar. Tief sieht er mir in die Augen, was mich beflügelt. »Es gibt Männer da draußen, die haben Probleme damit. Nimm das ernst.«

»Sorry«, murmle ich. »Tut mir leid, ich wollte keinen *da draußen* beleidigen.« Natürlich nicht. Aber es geht hier auch gar nicht um die anderen. Es geht um meinen Raphael, der, obwohl ich mit meinen Fingern über seinen Schritt fahre, keine Regung zeigt. Offenbar sind die Medikamente so stark, dass er tatsächlich nicht kann.

Nach dem ersten Chemo-Zyklus verstehe ich, wieso Raphael sich dessen verweigert hat. Wieso er lieber leben wollte, statt an ein Krankenbett gefesselt zu sein. Kaum im Leben, halb im Tod.

»Zieh dich aus, Summer.« Er haucht es an meinen Mund. Eine Gänsehaut breitet sich auf meinem Körper aus. »Bitte, ich will dich nackt sehen.«

Dieses Flehen in seiner Stimme lässt mich glühen. Ohne ihn aus den Augen zu lassen, stehe ich auf. Bedacht fasse ich nach der schwarzen Bluse, die mein Hexenkostüm abgerundet hat.

Ein leises Knurren verlässt Raphaels Kehle. »Gott, ich würde dir das Ding vom Leib reißen, wenn ich könnte.«

Lachend werfe ich den Stoff zu Boden. »In etwa so?«

»Rauer«, murmelt er. Sein Blick wandert über meine

festen Brüste, die ich nun aus dem BH befreie. Ich möchte nach dem Saum des Rocks greifen, da schüttelt Raphael den Kopf. »Lass ihn an. Ich komme an alle wichtigen Stellen.«

So verdorben er auch ist, ich liebe es. Ich liebe dieses Gefühl, von ihm begehrt zu werden. Dass er es will, obwohl er so erschöpft ist.

Er umfasst mein Handgelenk, führt mich näher an ihn heran und ich setze mich rittlings auf seinen Schoß. Selbst jetzt fühle ich durch seine Jogginghose keine Regung. Sein Oberkörper ist frei, weil ich ihm beim Kuscheln nah sein wollte.

Meine Brustwarzen werden hart, jetzt da sie an seinen feinen Muskeln entlangstreifen. Noch ist zu sehen, dass Raphael einst sportlich und trainiert war. Bald wird ihm auch das genommen werden. Schon jetzt sieht man in seinem Gesicht, dass er kaum etwas essen kann.

Scharf ziehe ich die Luft ein, als seine Finger an meinem Oberschenkel hinaufgleiten. Dieses süße, freche und heiße Grinsen entsteht auf seinem Gesicht. Seine Hand erreicht meine empfindlichste Stelle. Sofort werfe ich wimmernd den Kopf zurück.

»Sieh mich an, Summer.« Seine Stimme glüht in meinem Inneren. Zusammen mit dem Druck, den er auf meinen Kitzler ausübt, fällt es mir schwer, mich zu konzentrieren. Trotzdem senke ich meinen Blick in seinen.

Mein Herz explodiert. Die Flammen des Kamins spiegeln sich in seinen schwarzen Iriden wider. Seine Lider sind halb gesenkt, die Lippen sinnlich geöffnet. Alles an ihm wirkt friedlich und so … sexy.

Die Handbewegungen an meiner unteren Mitte, bringen mich dazu, gierig das Becken zu bewegen. »Fall …«, ist alles, was ich stöhnend herausbringe. Seine

Finger gleiten in mein Haar. Halten meinen Kopf und sorgen dafür, dass ich ihm in die Augen sehen muss.

»Bitte, komm für mich.« Er haucht die Worte so sanft und so berauschend, dass ich laut Stöhnen muss. Dieser Moment ist heilig. Himmlisch. Als würde ich fliegen.

In meinem Inneren ballt sich eine Menge an Gefühlen zusammen. Ich möchte auf keinen Fall weinen, möchte nicht daran denken, dass dieser wundervolle Augenblick bald nicht mehr sein wird. Ich genieße. Genieße, dass Raphael mich dem Höhepunkt näherbringt. Küsse auf meinen Mund haucht und wir uns dabei ansehen. So tief und eindringlich, als könnten wir in die Seele des anderen schauen.

»Wenn der nicht gleich kommt, werde ich rausgehen und denen die Hölle heiß machen!« Ich gehe in dem kleinen Arztzimmer auf und ab. Es ist ein typisch, steriler Raum, mit einer Liege, dem Schreibtisch und zwei Stühlen davor. Würde ich es nicht besser wissen, würde ich behaupten, das ist das Standardpaket für ein Besprechungszimmer im Krankenhaus. Verdammt deprimierend. Vor allem, wenn man seit über einer Viertelstunde hier drin sitzt und auf Ergebnisse wartet.

»Du machst mich nervös.« Raphael fährt sich über die Glatze und grinst schief. »Ich habe mir überlegt, unten in der Krankenhauslobby ein Toupet zu kaufen.«

Sofort halte ich inne. »Dein Ernst?« Auf meiner Stirn hat sich mit Sicherheit eine tiefe Falte gebildet.

Mein bester Freund zuckt mit den Schultern. »Hey, ich sehe mit einer Glatze gut aus, keine Frage. Aber nichts geht über diese blonden Haarteile, die ... « Er drapiert Luft auf seinem Kopf und entlockt mir ein Lachen. »Die man so ... so anrichten kann. Zumal ich noch nie blond war.« Nachdenklich blickt er an die Decke.

»Du bist ein Idiot.« Und ich bin dankbar dafür. Sein

Witz hat mich, wenn auch nur ganz kurz, auf andere Gedanken gebracht und mich entspannt. »Wenn dann solltest du etwas Rötliches ausprobieren«, steige ich mit ein und setze mich wieder neben ihn auf den Stuhl. Den einen haben wir in die Ecke geschoben, damit sein Rollstuhl daneben passt.

»Was Rötliches, ja?« Er kräuselt seine Lippen. »Ist gebongt. Wir machen später einen Termin bei der Friseurin im Erdgeschoss.«

Prustend schüttle ich den Kopf. Wenn ich mir meinen besten Freund mit einem Toupet vorstelle in Rotblond, dann kann ich nicht anders und muss lachen. »Was werden deine Kinder dazu sagen?«

»Nichts. Die werden begeistert sein.« Ganz selbstbewusst nickt Raphael.

Bevor ich etwas darauf erwidern kann, wird die Tür des Besprechungszimmers aufgerissen. Im Türrahmen erscheint der kleine, rundliche Arzt. Er hält eine Akte in der Hand, lächelt sanft und tritt mit festen Schritten in den Raum.

»Hallo, Mr. Fall. Wie geht es Ihnen?«

Mein Herz schlägt mit einem Mal schneller. Die Luft um uns herum scheint dicker geworden zu sein. Ich greife nach Raphaels Händen und verschränke sie hektisch mit meinen. Er ist die einzige Konstante. Schon immer. Ich brauche ihn.

»Sie meinen, neben der ständigen Übelkeit, der Tatsache, dass meine Haare ausgefallen sind, dem Schwitzen und dem ständigen Schwindel, sodass ich nicht mehr selbstständig gehen kann?« Mein bester Freund zuckt mit den Schultern. »Sehr gut. Ich hatte gestern einen von diesen Kohlenhydrat-Shakes und konnte ihn sogar ganz trinken, ohne die Hälfte auszuwürgen.«

Ich presse meine Lippen aufeinander, um nicht zu

lachen. Er ist manchmal so ein Idiot. Dass er es schafft, selbst jetzt, bei diesem wichtigen Termin so sarkastisch zu bleiben, wärmt mein Herz. Raphael ist hier. Irgendwo in dieser Hülle ist mein bester Freund. In den vergangenen Wochen dachte ich manchmal, die Medikamente haben ihn mir genommen.

Dr. Peitit lacht, legt die Unterlagen auf seinen Schreibtisch und setzt sich auf den Stuhl uns gegenüber. »Schön, dass ihr Humor noch vorhanden ist.«

»Den werde ich so schnell nicht hergeben.«

Der Arzt nickt. Er atmet tief ... und in diesem Moment wird mir schwindelig. Seine Gesichtszüge verändern sich. Von jetzt auf gleich wird er ernst. So ernst, dass ich zittere.

»Willst du mir die Hand brechen, Baby?« Raphael. Er grinst mich an.

Ich sehe auf die Verbindung unserer Hände. Entschuldigend lockere ich den Griff. Mann, ich bin einfach nur so aufgeregt. So verdammt, verdammt nervös, dass das MRT keine Besserung zeigt.

»Also, Mr. Fall.« Mein Herz macht einen Satz. Es klopft so wild, dass ich das Rauschen meines Blutes in den Ohren höre. Die Stimme des Arztes geht in dem Lärm unter.

Dr. Petit dreht den Bildschirm seines Computers. Schwarzweiße Bilder werden abgebildet. Oben rechts steht das heutige Datum, darunter der Name meines besten Freundes. Mein Blick wandert über die Aufnahmen.

Mein Mund wird trocken. Der Schwindel wird schlimmer und drängender. Druck hinter meinen Augen. Ich zittere. Ein Schluchzen, es ist meines.

»Es tut mir leid. Aber der Tumor ist größer geworden. Wir haben noch einige Möglichkeiten, allerdings ...«

Auch ohne die Aussage des Arztes konnte man auf den Bildern direkt ausmachen, dass der Krebs an Umfang dazu gewonnen hat. Ich kenne die alten Dokumente. Weiß, wie alles vor vier Wochen aussah.

Meine Gedanken verschwimmen ineinander. Ebenso meine Sicht. Alles wird schwarz. Nichts bleibt. Keine Hoffnung. Kein Glaube. Verzweiflung ist alles, was mich erfüllt. Diese Hilflosigkeit, weil ich mir eine Welt ohne Raphael nicht vorstellen kann.

Aber muss.

Raphael

»Wollen Sie weitermachen?« Der Arzt blickt mich eindringlich an.

»Wie stehen meine Chancen?« Ich versuche mir nicht anmerken zu lassen, dass ich innerlich vor Gefühlen bebe.

Summer ist schon aufgelöst genug. Sie sitzt neben mir, schüttelt den Kopf, wimmert, schluchzt und ich bin für sie da. Halte ihre Hand. Aber ich kann ihr den Schmerz nicht nehmen. Es braucht Zeit, es zu akzeptieren. Ich weiß. Aber das Leben wird auch ohne mich weitergehen.

Dr. Petit schluckt, das sehe ich an seinem springenden Adamsapfel. Leicht schüttelt er den Kopf. Wahrscheinlich, weil auch ihm nicht entgangen ist, dass Summer neben mir hyperventiliert.

Ich nicke. Okay. Keine Chancen.

»Wir könnten Sie verlegen. Es gibt im Land Ärzte,

die spezialisiert sind auf diese Art von Krebs. Sie haben mehr Erfahrungen und spezielle Operationstechniken. Sie könnten vollständig geheilt werden, Mr. Fall. Aber ...« Er hat die Hände auf dem Schreibtisch gefaltet. »Aber das ist ebenso wahrscheinlich wie ein Lottogewinn. Selbst, wenn die Spezialisten operieren, können Folgen auftreten. Die Tumorzellen haben sich zwischen den Hirnhälften gebildet und –«

»Es ist okay«, unterbreche ich ihn. Ganz sicher bin ich nicht das Versuchskaninchen für irgendwelche Doktoren. Ich weiß, dass sie sich ausprobieren, dafür können sie aber gerne jemanden anderen nehmen. Wenn ich gehe, dann in Würde. Mit allem, was ich habe. Und wenn ich bleibe, ebenso. Ich möchte meine Erinnerungen, mein Sprachzentrum, die Fähigkeit, zu gehen oder mit meinen Kindern zu spielen, nicht verlieren. Was wäre das für ein Leben?

Gleich nach dem ersten Termin habe ich gegoogelt. Natürlich, schließlich möchte man wissen, wie schlimm es wirklich um einen steht. Herausgefunden habe ich, dass es rund zweihundert Menschen auf der Welt gibt, die ein Gliom Grad IV überlebt haben. Nur fünf von ihnen ohne Einbußen. Das ist kein fucking Lottogewinn. Das ist ... als würde man den gesamten Reichtum dieser Welt bekommen.

Wohl oder übel ist die Reise hier vorbei. Ich werde keine weitere sieben Zyklen durchhalten. Der erste war schon unerträglich. Ich möchte die Zeit nutzen. Mit meinen Kindern. Mit Summer. Das ist alles. Keine Therapien mehr.

»Dann möchte ich aufhören«, sage ich bestimmt.

Summers Blick trifft mich. Ihre Augen sind rot verquollen. Die Wangen nass und ihre Haut aschfahl. »Was?«

Sie wirkt tief verletzt. Sauer. Es tut scheiße weh, sie so zu sehen. Aber wir müssen einsehen, dass es manchmal besser ist, aufzugeben. Ich möchte nach ihrem Gesicht fassen, doch sie weicht zurück. Hektisch schiebt sie den Stuhl über das Laminat. Bebend erhebt sie sich. Die Hände zu Fäusten geballt.

»Du willst diesen Scheiß wirklich gewinnen lassen? Das war's?«

Mein Herz bricht. Können wir bitte wieder zurück? Können wir wieder im Wohnzimmer liegen, vor ihrem Kamin. Sie in meinen Armen? Ist das möglich? Können wir wieder zurück unter den Trailer, weil draußen der Sturm wütet.

»Summersky ...« Meine Stimme bricht.

Sie schluchzt. »Mann, du bist ein verdammter Feigling.« Sie schnappt nach ihrer Tasche, wirft sich ihre Jacke über den Arm und eilt aus dem Zimmer. Mit einer Wucht fliegt hinter ihr die Tür ins Schloss.

Es ist das Schwerste, was ich in meinem Leben jemals ertragen musste. Zu akzeptieren, dass für immer, manchmal gar nicht so lange ist.

Kapitel 26

Summer

Das Wetter ist beschissen. Es regnet. Nicht nur in meinem Inneren, auch draußen. Die Tropfen peitschen an die Scheibe der Praxis. Ästen knacken, die Tiere, die zur Behandlung kommen, spielen verrückt. Als würde das Wetter alles Schlechte mit sich bringen. Es ist Herbst. *Und der Herbst fehlt nun mal in meinem Leben.*

Seit einem Monat war ich nicht mehr in der Tierarztpraxis. Ich hatte mir unbezahlten Urlaub genommen, was in der Kleinstadt schnell die Runde machte. Zuerst glaubten alle, es sei, weil Jake und ich uns getrennt hatten. Nun weiß aber jeder, dass es um meinen besten Freund und dessen Krebs geht. Deshalb rannten sie uns heute auch förmlich die Bude ein. Als mich irgendjemand vom Fenster aus gesehen hatte, trudelten sie alle mit ihren Haustieren in die Praxis, nur um mir unendlich viele Fragen stellen zu können.

Ehrlich gesagt war ich darüber aber gar nicht so unglücklich. Die Arbeit lenkte mich ab. Das Getratsche, das Mitgefühl und die lieben Worte heilen meine Seele. Einige machten mir Hoffnung, einige taten so, als wäre Raphael bereits tot. Trotzdem war der Tag einfach ... normal? Ein bisschen Normalität in all dem Scheiß, der mich gerade umgibt. Nur wenige Tage sind vergangen, seit mein bester Freund entschieden hat, den Kampf aufzugeben. Allein bei diesem Gedanken könnte ich schon wieder die Zähne aufeinanderpressen, um nicht auszuflippen.

Molly hat mir geholfen. Sie strich mir übers Haar und schenkte mir ein Lächeln, wenn ich selbst keines aufbringen konnte. Sie hörte mir zu, erzählte mir vom Verlust ihrer Männer und irgendwie brachte sie mich sogar ab und zu zum Kichern. Jake hat sich zurückgehalten. Er fragte zwar, wie es mir geht, aber schien sich nicht weiter für mich zu interessieren. Wer kann es ihm auch verübeln?

»Also, ich würde jetzt Schluss machen. Mein Sohn kommt heute mit seiner neuen Freundin zu Besuch.« Molly grinst breit. »Ich kann es kaum erwarten, sie endlich kennenzulernen.«

»Nein, natürlich. Viel Spaß«, murmle ich und tippe auf dem Computer ein paar Daten bezüglich Mimi ein, einer kleinen Bengalkatze, die heute mit Schmerzen reingekommen ist.

»Mach nicht mehr so lange. Und wenn du etwas brauchst, schau ruhig vorbei. Zu jeder Zeit.« Molly lächelt zart über den Tresen und ich nicke. »Danke.«

Sie winkt mir zu, dann ist sie verschwunden. Mein Herz zieht sich zusammen, denn die aufkommende Stille, ist unangenehm. Den Druck, den sie hinterlässt, mag ich nicht. Denn schlagartig fühle ich den Kloß in meinem

Hals. Die Tränen hinter meinen Augen und das Gefühl, völliger Hilflosigkeit.

»Hey, du bist noch da?« Jake.

Mich schüttelnd sehe ich auf. Der hübsche Tierarzt steht mit einem besorgten Gesichtsausdruck an der Theke.

Ich zeige hektisch auf den Bildschirm. »Mache noch etwas fertig.«

Er nickt, mustert mich und atmet dann tief, sodass sich seine Schultern heben. Eindringlich sieht er mich an und findet so meinen Blick. »Summer, du bist eine wunderschöne Frau, aber du wirkst müde. Möchtest du darüber sprechen?«

Oh Mann. Jetzt brechen die Dämme. Schniefend schüttle ich den Kopf. »Es tut mir leid. Du und Molly haben schon so viel gemacht. Ich meine, ich war über einen Monat nicht hier und ...«

Jake kommt um den Tresen herum. Sein Blick ist mitfühlend, während er sich mit einer Pobacke auf den Schreibtisch setzt.

»Das ist selbstverständlich!«, sagt er schnell und bestimmt.

»Du kannst dir auch weiterhin freinehmen. Bezahlt. Ich verstehe es. Molly hat tolle Arbeit geleistet und kein Problem damit, mir etwas unter die Arme zu greifen.«

Ich wische mir die Tränen von den Wangen. »Es ist lieb. Aber ... wird nicht nötig sein.« Erneut schluchze ich tief.

»Raphael hat sich dazu entschieden, die Therapie abzubrechen. Der Hirntumor wird siegen, Jake. Ganz sicher. Er wird sterben.«

»Sch, sch.« Jake erhebt sich und geht vor meinem Schreibtisch Stuhl auf die Knie. Er greift nach meinen Handgelenken. Ich kann ihn nicht einmal ansehen, so schuldig fühle ich mich, dass ich ihm etwas vorheule. Schließlich habe ich ihn sitzen lassen, nicht nur bezüglich der Tierpraxis, sondern auch so allgemein. Er wollte mit mir nach Toronto. Vor nicht einmal zwei Monaten ... Gott, wie konnte mein Leben so aus den Fugen geraten?

Was haben wir dem Schicksal getan, dass es einfach nicht will, dass wir zusammen sind? Was ist das, verdammt?

»Ein Hirntumor, also?«

Ich sehe auf und damit direkt in Jakes nachdenkliche Züge.

»Er hat ein Gliom? Grad IV. Keine Heilungschance oder so.

Keine Ahnung. Was weiß ich. Es ist schlimm«, murmle ich, weil mich diese Fachsimpelei nervt. Statt unsere Sprache zu sprechen, geben die Ärzte meist komische Begriffe von sich, die kein Mensch versteht.

Auf Jakes Stirn bilden sich Falten. Als würde er krampfhaft überlegen.

»Was ist?«, schniefe ich.

»Mein Dad ...« Er räuspert sich und wendet sich kurz ab. Es scheint ihm schwerzufallen, das zu sagen. »Mein Dad ist Neurochirurg. Spezialisiert auf Hirntumoren, Demenz und anderen neurologischen Erkrankungen. Eine lange Geschichte. Er hat ein Forschungszentrum mit Krankenhaus in Toronto.«

Was? Oh Gott, stimmt. Jake hatte mir davon erzählt. Damals als wir bei ihm auf dem Balkon saßen. Es kommt mir vor wie eine Ewigkeit und doch ist es nicht einmal acht Wochen her.

»Auch wenn ich mich nicht gut mit ihm verstehe, ich könnte ihn fragen, ob er es sich anschauen kann?«

Was? Blinzelnd sehe ich ihn an.

»Also ... keine Ahnung, ob das ein Hoffnungsschimmer ist. Aber er ist wirklich gut auf seinem Gebiet und hat viele positive Verläufe vorzuweisen. Er könnte eventuell …«

Weiter lasse ich ihn nicht kommen. Automatisch schlinge ich meine Arme um seinen Hals. »Danke!«, heule ich an seiner Halsbeuge.

Aus dem Eisklumpen, der mein Herz praktisch lahmgelegt hatte, wird nun eine warme aufgehende Sonne. Es gibt eine Chance. Ich spüre es. Es gibt etwas, das wir tun können! Ganz sicher. Es muss einfach so sein!

Raphael

»Daddy, wir haben gestern Drachen steigen lassen!« Kate strahlt über das ganze Gesicht. Sie wirkt glücklich, ausgelassen, so als ob Leah, Faith und Summer gute Arbeit leisten. Ständig hat sie mir etwas zu erzählen. Mal haben meine Töchter zusammen mit Summer gebacken, ein anderes Mal mit Faith Mandala gemalt und mit Leah gebastelt. Es ist, als hätten sie bereits ein schönes Leben ohne mich. Natürlich weiß ich, dass ich ihr Vater bin und mich niemand so schnell ersetzen kann. Trotzdem macht es mir Hoffnung, dass sie ein liebevolles Umfeld haben werden, sobald ich *weg* bin.

»Ist nicht wahr?« Die letzte Therapie ist nun schon fast eine Woche her. Deshalb geht es mir ein wenig besser. Ich kann stehen, gehen und sogar wieder essen. Auch wenn es noch lange nicht genug ist.

»Doch!« Kate springt mir auf den Schoß. Ich verziehe

das Gesicht. Sie wiegt nicht viel und trotzdem schmerzen ihre hektischen Bewegungen.

»Hey.« Summer ist sofort an meiner Seite und möchte meine Tochter von mir nehmen, was ich mit einer Handbewegung abwehre. »Alles gut«, gebe ich ihr tonlos zu verstehen. Die Kleine bekommt davon nicht wirklich etwas mit. Sie zappelt auf meinen Beinen herum und erzählt mir mit großen Augen, dass die Drachen hoch und weit geflogen sind.

Mein Herz schmerzt, weil ich nicht dabei war. Zu gerne hätte ich gesehen, wie glücklich sie war, als das Ding über ihre Köpfe geschwebt ist.

»Ich habe auch was Neues«, wirft Summer ein, sobald Kate sich beruhigt und zum Tisch herumgedreht hat. Meine beste Freundin hat Wachsmalstifte und Blätter eingepackt, sodass wir nun am Krankenhaustisch in meinem Zimmer sitzen und zeichnen.

»Hm?«, frage ich und reiche Daisy eine neue Farbe, da sie das ganze Papier mit Blau vollgekritzelt hat. »Nein«, sagt sie aber nur und schiebt meine Hand beiseite. Scheint, als hätte sie eine Lieblingsfarbe.

»Es geht um den Urlaub.«

»Ja, Daddy macht Urlaub«, plappert Kate vor sich hin und ich streiche ihr das Haar zurück.

»Genau«, murmelt Summer. Sie fixiert mich, hat die Hände vor sich gefaltet und wirkt eisern. Als würde sie mir gleich vorschlagen, mich klonen zu wollen.

»Ich weiß, dass du eigentlich ... du eigentlich keinen Urlaub mehr machen wolltest.« Sie versucht dabei zu lächeln, damit Kate und Daisy nicht merken, dass es gar nicht um einen Kurztrip, sondern die Therapie geht, die ich unterbrochen habe.

Nickend greife ich nach dem gelben Stift und beginne die Sonne im Bild von Kate auszumalen.

»Du kennst doch sicher noch Jake. Den Tierarzt?«

Ich halte inne und sehe zu ihr auf. Meine Stirn hat sich in Falten gelegt. »Sag bloß, er bietet jetzt auch *Urlaube* für Menschen und nicht nur für Tiere an?«

Meine Tochter lacht schrill. »Fliegen die Katzen dann auf eine Insel?«

»Ja genau«, sage ich voller ernst und schaue zwischen meinen Mädchen hin und her. »Sie reisen nach Jamaika, Kuba und Costa Rica. Da liegen sie dann am Strand, schlürfen Katzenmilch und bräunen sich.«

»Katzen haben Fell, Daddy. Die können sich nicht bräunen!«

Stolz überflutet mich. Das Kate so clever ist, schürt eine tiefe Sehnsucht in mir. Ich möchte sehen, wie sie das College abschließt. Als Beste, denn sie wird verdammt noch mal ein Überflieger!

»Um darauf zurückzukommen«, murmelt Summer, die unheimlich ernst bleibt. Sie hat nicht einmal gelacht oder die Lippen verzogen. Ist sie etwa aufgeregt?

»Jakes Vater ist ein ... ein spezialisierter ... *Reiseleiter*?« Offenbar hat sie nach dem richtigen Ersatz für Arzt gesucht.

»Ich möchte keinen neuen Reiseleiter«, grummle ich. Es ist vorbei. Was hilft es, wenn wir von einem zum nächsten Doktor rennen, um genau die gleichen Informationen zu erhalten? Es mindert nur die Zeit, die ich mit meinen Kindern verbringen kann.

Dr. Petit hat mir die Überweisung eines Hospizes und der Palliativmedizin gegeben. Ich habe die Wahl. Entweder ich sterbe zu Hause, vollgepumpt mit Medikamenten, um das Kopfweh erträglicher zu machen. Oder ich gehe in eine Einrichtung, um dort umsorgt zu werden, bis ich den Löffel abgebe. Alles andere ist und bleibt für mich Zeitverschwendung.

»Bitte.« Summer sucht meinen Blick und findet ihn schließlich. Flehend sieht sie mich an. Ihre Augen sind glasig. Ich bemerke, dass sie zittert.

Fuck. Nein. Es wird nur schlimmer.

Seufzend lege ich den Stift beiseite. »Ist dir klar, dass es schwerer wird? Sich jedes Mal aufs Neue Hoffnungen zu machen, diese dann aufgeben zu müssen, weil es wirklich keine Option für mich gibt! Ist dir klar, dass das ... hart ist?« Die Worte schmerzen. Wie kann sie nur so stur sein? Will sie nicht verstehen, was ich durchmache? Dass es hier um mich und um mein Leben geht? Um Monate, die mir wie Sand durch die Finger rinnen?

Ach, ich weiß doch selbst nicht, was ich möchte. Will ich wirklich kampflos aufgeben? Wenn ich meine Kinder ansehe, möchte ich einfach nur verdrängen. Es wäre mein Wunsch, mit ihnen gemeinsam das Krankenhaus zu verlassen, an den Strand zu fahren und so zu tun, als hätten wir alle Zeit dieser Welt.

Summer nickt. Nun rinnt eine einzige Träne an ihrer Wange entlang. Schnell wischt sie diese weg, damit die Kinder es nicht sehen. »Bitte, Fall. Nur noch diese eine Sache. Wenn es danach ... wenn es ...« Sie wendet den Blick ab und schaut zu Boden. »Gott, ich kann es kaum aussprechen.«

»Hey, Summer. Nicht weinen. Daddy kommt nach dem Urlaub doch wieder!« Kate hat ihre kleinen Hände nach meiner besten Freundin ausgestreckt.

Scheiße. Wie soll ich es meinen Kindern beibringen, dass ich nicht wiederkommen werde? Dass die Endlichkeit eine Einbahnstraße ist. Dass der Himmel mein neues Zuhause ist und wir dann nicht mehr telefonieren können, wie jetzt.

Eigentlich hatte ich gedacht, dass ich dieses Gespräch

spätestens in ein, zwei Wochen führen möchte. Doch nun …

»Alles ist okay, Kate. Dein Daddy und ich sind nur so gut befreundet, dass ich ihn … ihn vermisse.« Ihr Blick trifft meinen.

Gott. Dieser Frau könnte ich nicht einmal etwas abschlagen, wenn ich es wollte. Ins All reisen, weil sie Bock drauf hat? Okay. In den Knast gehen, weil ich sie beschützt habe? Ja, von mir aus.

Also verdammt. Ich werde mir die Meinung des Arztes einholen.

Wenn es das ist, was Summer will, dann mache ich das.

Kapitel 27

Summer

2020

»Wie hat dir die Hochzeit gefallen?« Raphael wirkt gehetzt. In seinem Hintergrund sehe ich zahlreiche Gänge und Menschen, die sich darin tummeln. Der Flughafen ist am Anfang des Sommers immer voll, was sich ohne Zweifel durch das Smartphone erkennen lässt.

Wobei diese Menschenmassen in New York wahrscheinlich sowieso Dauerzustand ist. Sie gehören zu der Großstadt genauso dazu, wie seine Wolkenkratzer. Wir telefonieren via Video, wie so oft in letzter Zeit.

»Sie war hübsch. Ich fand die Rede des Priesters sehr gut.« Eine glatte Lüge. Klar, die Feier war wundervoll, traumhaft, aber sie wurde überschattet. Denn mein bester Freund hat, seit er mich vor Weihnachten aus seiner

Wohnung geschmissen hat, nicht ein einziges Mal Klartext gesprochen. Sechs Monate ist es her, dass Raphael herausgefunden hat, dass er Vater wird. Er hat sich ein Apartment gekauft, mich bei den Besichtigungen fast immer angerufen, Jenna geheiratet und schickt mir Ultraschallbilder von seiner Tochter. Aber eine Entschuldigung habe ich noch nicht gehört.

Ich bin nicht nachtragend. Gar nicht. Doch es stört mich, dass er es so selbstverständlich hinnimmt, dass ich auf der Hochzeit war, obwohl die Einladung ganz unpersönlich bei mir eintrudelte. Ich hätte einfach mehr erwartet.

»Genau. Sie war wie aus einem Kitsch-Roman. Es wurde sogar Halleluja gespielt! Sie hat alles dafür ausgesucht. Jetzt bin ich an der Reihe!« Raphael ist aufgebracht. Seit Wochen diskutiert er wohl schon mit seiner Frau über den Namen des ungeborenen Babys. Es sind nur noch wenige Wochen, dann kommt es zur Welt. Und nun möchte er von mir, dass ich die Hochzeit schlecht mache, die Jenna geplant hatte, nur, damit er seinen ausgesuchten Namen vor ihr rechtfertigen kann.

»Aber Kate klingt doch hübsch«, murmle ich. Australiens heiße Sonne brennt durch die Windschutzscheibe auf meinen Körper. Vor zwei Tagen bin ich angekommen, habe mir einen Camper gemietet und fahre nun die gesamte Westküste ab. Allein. Das ist allemal besser, als in das frei gewordene Häuschen am Lhori-Lake zu ziehen, das mir Faith empfohlen hat. Es liegt wohl nur ein paar hundert Meter von ihrer Pension entfernt und es hat mir auf den Bildern auch wirklich sehr gut gefallen, doch ich könnte jetzt nirgendwo ankommen. Ich brauche noch ein paar Monate, um zu verkraften, dass ich ab jetzt allein bin und Raphael jetzt nur noch im Dreierpack zu haben ist.

»Ja, aber Verania hätte mich an den Sommer erinnert.

An dich. Kannst du das nicht als Kompliment aufnehmen und den Namen mit mir vor meiner Frau verteidigen?«

Lachend stelle ich das Smartphone auf das Armaturenbrett. Die Sonne geht unter. Ein toller Augenblick, um mit Raphael zu telefonieren.

Natürlich beflügelt es mich, dass mein bester Freund seine Tochter nach mir benennen möchte. Gleichzeitig finde ich es unangebracht. Wir haben nicht mehr die gleiche Verbundenheit, die wir einst miteinander geteilt hatten.

Sein Leben ist das Gegenteil zu meinem. Wir telefonieren, wir schreiben, aber es wird niemals mehr so eng sein, wie noch vor einem Jahr.

In meinem Innern nistet sich stets ein drängender Druck ein, wann immer Raphael und ich miteinander sprechen. Ein merkwürdiges Ziehen, weil ich ihm hätte sagen sollen, dass ich ihn ... ihn liebe. Und jetzt liegt das wie eine dunkle Wolke über uns. Eine, die sich nicht vertreiben lässt.

Und mal abgesehen von diesem widerlichen Gefühl ist da noch Jenna, die mich schon auf der Hochzeit durch ihre Blicke in die Schranken wies. Es schien, als hätte sich nach dem Jawort, das die beiden sich gegeben haben, etwas zwischen ihr und mir verändert. Zuvor mochten wir uns, doch nun ist etwas komisch. Etwas, das vielleicht auch von mir ausgeht.

»Es ist ein tolles Kompliment. Aber ich finde Kate gut.«

Raphael seufzt und rollt mit den Augen. »Okay. Die Frauen haben gewonnen.«

Nickend greife ich nach hinten, durch die Sitzreihen, und angle eine Banane von der Arbeitsplatte im Camper. »Wo geht's für dich hin?« Noch hat Raphael mir gar nicht gesagt, was er am Flughafen macht. Wegen seiner Firma ist er zwar andauernd irgendwo auf der Welt, doch selten sehe ich ihn alleine. Eigentlich ist immer sein gesamtes Team dabei.

Ein Grinsen entsteht auf seinen Lippen. »Gut, dass du endlich fragst. Da ich zwischen Sommer und Herbst nicht wegkann. Du weißt schon, meine Tochter kommt auf die Welt.« Er feixt und ich nicke amüsiert.

»Dachte ich, ich komme einfach jetzt vorbei.«

Beinahe verschlucke ich mich an dem Fruchtstück, von dem ich gerade abgebissen habe. Überrascht sehe ich in die Kamera.

»Alles in Ordnung?« Auf seinem Gesicht nistet sich augenscheinlich Sorge ein.

Mann, er sieht mir an, dass ich ... ich es nicht möchte, oder?

Er runzelt die Stirn, blickt skeptischer in die Kamera. »Ich dachte, du freust dich.«

Hastig fange ich mich wieder. »Eh ... ja klar.« Natürlich. Jetzt, da ich festgestellt habe, dass ich dich doch mehr liebe, als gewollt, verbringen wir die nächsten Tage auf engstem Raum. Yey. Es könnte nicht schöner sein.

Wobei es schön ist. Ich liebe Raphael schließlich nicht nur. Er ist mein bester Freund. Der Mann, dem ich alles, okay, nahezu alles, anvertrauen kann.

»Nein, es ist super, dass du noch vor der Geburt kommst. Wir können uns die Westküste Australiens anschauen und einfach mal etwas Zeit zusammen verbringen.«

Raphael lächelt breit. »Genau, Summersky. Vielleicht trete ich sogar in den Ring und kämpfe mit einem Känguru.« Nachdenklich legt er den Kopf schief.

Prustend rolle ich mit den Augen. »Du bist ein Idiot.«

»Immer.« Mann, dieses Grinsen zwingt mich echt in die Knie. Wieso hat es früher nie etwas in meinem Inneren ausgelöst? Warum hab ich nie kapiert, dass ich ihn liebe, Mann? Wieso erst jetzt?

Verstehe schon.

Manchmal muss es regnen, damit man die Sonne lieben kann. Manchmal muss man gehen, um die Heimat zu vermissen.

Und manchmal muss der beste Freund erst heiraten, um zu erkennen, dass er alles ist, was man im Leben braucht.

Summer

Heute

Ja, und manchmal, da muss der Tod kommen, um einen klarzumachen, wie wenig Zeit man eigentlich mit seinen Liebsten hat.

Ich bin dankbar, dass Raphael eingewilligt hat, mit mir und Jake nach Toronto zu fahren. Offenbar hat der Tierarzt schon alles in die Wege geleitet, und das innerhalb von wenigen Tagen. Er hat zwar nicht gesagt, dass ihn das alles Überwindung gekostet hat, schließlich hatte er ziemlich lange keinen Kontakt zu seinem Vater. Aber ich sehe es ihm an. Seine Finger krallen sich förmlich ums Lenkrad, den Blick hat er starr nach vorn gerichtet. Er scheint sich vor der Begegnung mit seiner Familie zu fürchten und es bedeutet mir wahnsinnig viel, dass er das alles für uns, für mich, auf sich nimmt. Das rechne ich ihm sehr hoch an.

Raphael schläft anscheinend seit ein paar Minuten

fest. Sein Oberkörper hebt und senkt sich, die Lider sind friedlich geschlossen und eigentlich könnte dies ein wundervoller Ausflug werden, in eine Stadt, die ich noch nie gesehen habe. Würde dieser blöde Krebs nicht alles überschatten. Es ist, als hätte sich, seit ich von der Diagnose weiß, unsere ganze Welt geändert. Ist es nicht seltsam, wie von heute auf morgen vieles bedeutungslos wird? Nur noch die verbliebene Zeit und Krankheit sind wichtig.

»Danke.« Ich schaue Jake ernst an und greife nach seinen Fingern. Sanft drücke ich sie. Er wirft mir ein müdes Lächeln zu und zuckt mit den Schultern. »Es ist schön, dich glücklich zu sehen, Summer.«

»Oh, wenn du denkst, dass hier ...« Ich wedle mit den Fingern vor meinem Gesicht herum. »Wäre schon glücklich, dann warte mal ab, wie ich aussehe, wenn ich eine Partie Schach gewinne.«

Dieser Moment im Wagen, mit Jake, ist ... magisch. Es ist ein Augenblick, in dem ich nicht mehr nur die Freundin eines Krebspatienten bin. Als wäre ich für einen Moment wieder *nur* Summer Sky. Summer, die vermisst. Summer, die vor Wochen noch den Tierarzt gedatet hat und irgendwie damit lebte, dass Raphael sich nicht meldete. Wow. Es schmerzt, dass ich meinen besten Freund lieber irgendwo glücklich wissen wollen würde, statt mit mir hier todkrank in einem Wagen.

Jake lacht laut und herzlich, so wie er es ständig macht. Das beflügelt mich und steckt mich an. »Schach, also? Dann fordere ich dich heraus, sobald wir im Krankenhaus angekommen sind. Die Untersuchungen werden sowieso ein wenig Zeit in Anspruch nehmen.«

»Das klingt nach genau der Ablenkung, die ich brauche.« Schmunzelnd nicke ich. »Oh.« Meine Augen werden groß. »Und der Gewinner gibt Pizza aus!«

Der Tierarzt seufzt gespielt. Er lenkt das Auto auf die Überholspur. Obwohl das Navigationsgerät sagt, dass wir es in einer halben Stunde sowieso geschafft haben, und damit schon viel zu früh sind, wirkt es so, als würde Jake noch schneller in Toronto ankommen wollen.

»Kein Krankenhausfraß?« Er zieht eine Schnute. »Dabei liebe ich das Essen dort so sehr. Die einzige Sache, die mich manchmal bereuen lässt, dass ich eine eigene Tierarztpraxis habe, statt wie mein Dad in die Forschung gegangen zu sein.«

Ich schürze die Lippen. »Oh, natürlich.«

Wir lachen wieder. Und für einen Moment habe ich glatt vergessen, dass die nächsten Tage nicht einfach werden. Ich genieße die leise Musik aus dem Radio, fühle mich wohl bei Jake und blende aus, dass all dies bald nicht mehr sein wird. Denn gerade ist Raphael noch hier. Wenn er einmal weg ist, was bleibt mir dann?

Leere.

Unendliche Leere.

Raphael

Summer Sky soll glücklich sein. Sie und meine Kinder stehen an allererster Stelle. Immer.

Wieso schmerzt es dann, dass sie sich mit diesem Tierarzt so gut versteht? Wieso kann ich es kaum ertragen, dass er die Sekunden im Wagen angenehmer macht?

Es ist, als würden zwei Kämpfe in meinem Inneren stattfinden. Einer, der unbedingt mit Summer allein sein möchte. Der, der sie für sich will. Und dann der Teil, der nichts mehr möchte, als das Strahlen auf ihrem Gesicht zu sehen, das jedes Mal einen Raum erhellt, wenn sie lacht.

So wie jetzt. Auch, wenn ich meine Augen geschlossen habe und die beiden denken, dass ich schlafe, kann ich Summers Lachen förmlich spüren. In jeder Zelle meines Körpers. Wie Messer, die meine Seele zerkratzen, weil nicht ich es bin, der sie zum Lachen bringt. Wie Medizin, weil es mich heilt, dass sie es nicht verlernt hat.

Sie muss glücklich sein, verdammt. Ohne mich. Am besten mit ihm. Jake scheint ein toller Kerl zu sein.

Ein Kloß entsteht in meinem Hals. Alles an mir wird unheimlich schwer. Ja, Summer Sky hat einen Kerl wie diesen verdient. Meine Kinder auch.

Die Privatklinik, die wir vor einer Stunde betreten haben, wirkt wie ein Prestige Hotel. Riesig, gemütlich und überall ist Personal unterwegs, das sich auch sofort um meine Taschen gekümmert hat. Das gesamte Gebäude besitzt bodentiefe Fenster, einen gläsernen Fahrstuhl und einen hervorragenden Blick auf die Skyline Torontos. Es gibt einen Privatstrand, eine Yacht zur Krankenhausnutzung und drei verschiedene Restaurants, aus denen man das Essen wählen kann.

Wow. Die Entzugskliniken, in denen mein Vater war, wirken durch diese Klinik geradezu unmenschlich. Aber mir ist klar, dass mir das hier auch nicht zuteilwerden würde, wenn Summer es nicht eingefädelt hätte.

Nachdem ich alle Dokumente unterschrieben habe – unter anderem sogar eine Verschwiegenheitserklärung, da viele Prominente in diesen heiligen Hallen versorgt werden –, beziehen wir endlich das Zimmer.

Wobei von einem *Krankenhauszimmer* nicht die Rede sein kann.

»Was ist das?« Summers Kinnlade ist heruntergefallen. »Jake, das ist ... das ... das hättest du nicht tun müssen!«, stammelt sie und ist schon zu den bodentiefen Fenstern gelaufen. »Wow«, ist alles, was sie herausbekommt. Sie klebt, wie meine Kinder es tun würden, an der Aussicht von Toronto, während Jake mich im Rollstuhl in den Raum schiebt. »Es ist wirklich sehr schön, danke«, murmle ich. Obwohl ich dankbar bin hier unterzukommen, überschattet die Autofahrt mein Gemüt. Eigentlich sollte ich verdammt froh sein, dass Summer das hier arrangiert hat. Dass der, laut Google und einigen Artikeln sowie Auszeichnungen, beste Arzt einen Blick auf meinen Tumor werfen wird. Allerdings habe ich Angst. Sehr große Angst, dass alles bald vorbei ist. Dass auch er mir die Hoffnung auf Heilung nimmt.

In Prof. Dr. Witigers Arbeiten konnte man eindeutig herauslesen, dass er Ahnung auf seinem Gebiet hat. In den vergangenen Jahren hat er einige Patienten, die weitaus schlimmer betroffen waren als ich, behandelt. Mit zweien davon geht er heute noch Essen. Mit einem Golf spielen.

Jake stellt mich neben Summer ab, die noch immer komplett aus dem Häuschen zu sein scheint.

»So sehen alle Patientenräume aus. Ein Badezimmer, eine kleine Küche, ein Wohnzimmer und das Schlafzimmer«, erklärt er und öffnet die Türen, der anderen Räumlichkeiten. Ich recke mein Kinn und werfe einen Blick hinein.

»Wow. Na ja, dann haben wir wenigstens nicht gelogen, Fall. Denn das ist Urlaub.« Summer kichert. Ihre

Augen glänzen, sie wirkt ausgeruht und nahezu glücklich. Sie hat fast Purzelbäume gemacht, als wir hierfür gepackt haben. Für sie ist das tatsächlich ein Hoffnungsschimmer. Auch Summer hat in den vergangenen Tagen nur recherchiert. Ich habe sie kaum vom Computer wegbekommen.

»Ja. Es ist schade, dass wir es den Kindern nicht zeigen können«, grummle ich.

Scheiße, meine Laune ist echt im Keller. Die Hilflosigkeit, die über mich kommt, sobald ich an meine Situation denke, ist inzwischen zu Wut geworden. Es nervt, dass es Jake gut geht. Dass er meine Kinder aufwachsen sehen wird und mit Summer viele verschiedene Dinge erleben darf. Sie werden durch die halbe Welt reisen, eine Familie sein und ich ... liege dann drei Meter unter der Erde und vergammle.

Summer kommt zu mir, beugt sich zu meinen Lippen und haucht einen Kuss darauf. »Du wirst noch lange, lange Zeit haben, um mit ihnen die halbe Welt zu bereisen.« Als hätte sie meine Gedanken gelesen ... Manchmal ist unsere Verbindung schon fast gruselig.

Meine beste Freundin will es nicht wahrhaben. Sie will einfach nicht sehen, dass es mit mir bergab geht, verdammt.

Aber ... geht es mir nicht ähnlich. Oder wieso habe ich meinen Kindern noch immer nichts gesagt? Wieso sitzen wir hier in Toronto, wo sich entscheidet, wie viele Monate ich noch habe und meine Töchter denken, ich mache einen Kurztrip?

Fuck. Was, wenn ich sterbe, während wir hier sind und ich mich so gar nicht verabschieden kann?

»Dann werde ich mal mit meinem Vater sprechen.« Eindringlich sieht Jake zu Summer. Offenbar haben sie ein Geheimnis. Ich sehe es ganz klar in ihrem stummen

Augenkontakt. Will ich es wissen? Natürlich. Es tut weh, dass meine beste Freundin etwas vor mir verbirgt. Doch ich muss mir eingestehen, dass ich gerade in den letzten Jahren unserer Freundschaft genauso verschwiegen war und nicht gerade mit Ehrlichkeit glänzte.

Es fing an mit der Hochzeit. Ich hatte sie in New York rausgeschmissen, Jenna dafür vom Flughafen abgeholt, mit ihr geredet und war nach einigen Tagen zu dem Entschluss gekommen, dass ich sie heiraten *muss*. Danach wurde alles stressiger. Die Umstrukturierung des Unternehmens, eine neue Wohnung, die zum Teil von ihren Eltern mitgetragen wurde, Kinderausstattung, mehr Geld, weniger denken ... Es war die Hölle. Bis zu dem Tag, als ich vor dem Altar stand und Summer daneben. Zu diesem Zeitpunkt war ich zum ersten Mal ruhig, weil sie da war. Und eigentlich wollte ich einfach nur die Hände von der schwangeren Jenna nehmen, Summers halten und ihr das Jawort geben.

»Okay, dann suchen wir uns einen Film aus und bestellen etwas zu essen?« Summer lächelt mich breit an.

Sie ist so schön, dass es schmerzt. Mit den dunklen Locken um ihr Gesicht. Diesen stechenden, blauen Augen und dem cremefarbenen Teint.

»Klar«, kriege ich nur heraus, weil mir auffällt, wie gut sie zu Jake passt. Verdammt. Dieses Leben könnte sie haben, wenn ich nicht vor ein paar Wochen bei ihr aufgetaucht wäre.

Kapitel 28

Summer

»Schön, dass Sie hier sind, Mr. Fall. Ich bin Carl«, stellt sich der hochgewachsene, blonde Arzt vor. Er kann mit seinem Sohn mithalten. Rein äußerlich unterscheiden sie sich nur durch leichte Falten um die Augen- und Mundregion. Zwei wunderschöne Männer und doch könnten sie Raphael nie das Wasser reichen. Selbst jetzt nicht, obwohl er schon seit gestern Abend Grumpy Cat mimt, bleibt er in meinen Augen total attraktiv.

Jake hat sich wirklich Mühe gegeben, damit mein bester Freund sich hier wohlfühlt. Er hat seinen Vater, den er hasst, kontaktiert und auch jetzt steht er schützend neben uns. Liebevoll lächle ich ihn an, was er erwidert.

»Ja, ich wurde hier her verfrachtet«, grummelt Raphael. Er hat seine Hände auf dem Schoß verschränkt und blickt nicht einmal auf. Ich fasse nach seinen Fingern, drücke sie leicht und lächle den Arzt an. »Vielen Dank, dass wir willkommen sind.«

Carl nickt und zeigt zum Whiteboard hinter sich. Das Besprechungszimmer hat eine beachtliche Größe und wirkt, wie der Rest der Klinik, sehr prunkvoll. Als wären wir in irgendeinem Luxushotel statt in einem Forschungszentrum sowie Krankenhaus.

Die beigen Möbel, die Zimmerpflanzen und das Parkett lassen den Raum wohnlich aussehen. Ein absoluter Pluspunkt. Die Klinik nahe der Kleinstadt war auch gut und Dr. Petit sowie sein Personal haben sich sehr gut um Raphael und mich gekümmert, aber das hier ist noch mal eine andere Hausnummer.

»Wir sehen hier ein Glioblastom Stadium IV, unilateral, infiltrierend in umliegendes Gewebe«, murmelt der Chefarzt vor sich hin, was für mich keinen Sinn macht. »Eine Teilresektion wäre möglich ...«, überlegt er, dann schüttelt er den Kopf. »Ich würde gerne komplett resezieren.«

»Welche Folgen hätte das? Uns wurde erklärt, dass selbst dann die Überlebensrate sehr gering ist und die Nebenwirkungen erheblich sein können.« Als wäre das hier eine Konsultation unter Doktoren, haue ich all die Informationen raus, die ich in den vergangenen Monaten aufgeschnappt habe.

Carl dreht sich um, wirft mir einen beeindruckten Blick zu und nickt. »Ja.« Damit setzt er sich wieder an den gläsernen, geordneten Schreibtisch. »Natürlich kann bei dieser Operation einiges schiefgehen.« Unsere Augen treffen sich, dann schaut er Raphael an, der teilnahmslos wirkt. Fertig mit dieser Welt.

Bitte tu das nicht. Du hast es mir versprochen.

Erneut drücke ich seine Hand, was ihn angespannt

aufatmen lässt. Zumindest habe ich jetzt wieder das Gefühl, dass er zuhört.

»Es kann sein, dass Blutungen auftreten und diese zu neurologischen Ausfällen führen, die dauerhafte Schäden im Bereich der Motorik, Sprache, Kognition oder im Hörvermögen anrichten.« Carls Worte klingen tonlos, mechanisch. Als hätte er diese Liste an Risiken schon des Öfteren heruntergerattert.

Ich verstehe, dass es für ihn sein täglich Brot ist. Aber für mich klingen diese Folgen ... krass. Mein Mund ist trocken. Schluckend versuche ich die Tränen in meinen Augen zu verdrängen. Der Druck in meiner Brust kehrt zurück. Natürlich ist es besser, wenn Raphael lebt, dafür aber wieder ein paar Dinge neu lernen muss. Der Gedanke, ihn weiter um mich zu haben, ist wesentlich besser, als der, dass er bald sterben wird. Aber ist das nicht auch egoistisch? Würde Raphael denn so leben wollen? Es ist seine Entscheidung, auch wenn mein Herz in Tausend Teile zu zerspringen droht, wenn ich nur darüber nachdenke, welchen Entschluss er fassen könnte.

Raphael regt sich neben mir. Er hebt seinen Kopf. Sein Blick landet auf meinem. Mann, ich sehe, dass er sich entschieden hat.

Schluchzend greife ich nach seiner Hand. »Was meinst du?«

Bitte. Sag einfach, dass du es versuchen willst. Bitte.

Mein bester Freund schluckt. Er scheint müde, erschöpft, als würde er einfach nur nach Hause zu seinen Kindern wollen.

»Jeder Tumor ist anders, Mr. Fall, aber ich würde ihn nie eine OP vorschlagen, wenn ich nicht daran glaube, dass sie erfolgreich sein könnte.« Carl hat sicherlich Raphaels Zögern bemerkt und versucht ihm, Hoffnung zu geben. Doch in dessen Gesicht regt sich nichts. Er seufzt.

»Bitte«, schiebe ich zitternd nach.

Er muss einfach Ja sagen. Bitte. Er muss diese eine vielleicht letzte Chance nutzen.

»Was ist, wenn ich dann sabbernd an deiner Seite hocke? Wenn ich an einen Rollstuhl gebunden bin, nie mit meinen Kindern spielen kann und wir nie mehr miteinander schlafen können …«

»Da müssen Sie sich keine Sorgen machen«, wirft Carl dazwischen, doch Raphael spricht einfach weiter. Er hat sich in Rage geredet. »Scheiße, Summer, ist dir klar, dass ich jetzt noch zwei Jahre hätte? Dass ich es gut haben könnte? Wir hätten Zeit, könnten Spaß haben! Wenn ich in diese Operation einwillige, kann es sein, dass ich sterbe.«

»Das wirst du so oder so.« Hör auf, Summer. Er will nicht mehr. Lass ihm diesen freien Willen. Es ist sein Krebs, es sind seine Schmerzen, es ist seine Zeit. Denk rational und gib ihm recht. Es stimmt. Zwei Jahre könnte er zumindest halbwegs normal leben. Er hätte noch ein wenig, um Daisy besser kennenzulernen, um noch bei einigen Schlüsselmomenten der Kinder dabei zu sein.

Raphael seufzt. Er drückt meine Finger sanft und ich spüre wieder einmal, wie wenig Kraft er noch hat. »Für dich.« Er nickt. »Für dich würde ich alles tun, das weißt du, oder?«

Ein riesiger Stein fällt von meinem Herzen und ich schluchze erneut auf.

»Aber.« Mein bester Freund hebt einen zitternden Finger.

»Wenn Sie das Gefühl haben, ich werde danach nicht wieder, stellen Sie die Geräte ab. Ich will keine lebensverlängernden Maßnahmen und auch kein Herumexperimentieren. Wenn Sie mich aufmachen und da schon erkennen, dass es keinen Sinn macht, dann lassen Sie es, klar?« Raphael blickt Carl eindringlich an.

»Natürlich, Mr. Fall. Ich werde in Ihrem Interesse handeln.« Der Arzt schmunzelt freundlich.

Für mich gibt es nur eine Sache, die noch von Bedeutung ist. Hoffnung. Denn Raphael hat eingewilligt, noch ein wenig länger zu kämpfen.

»Okay, dann werden wir nun ins Detail gehen.« Carl erhebt sich wieder. Sein Schreibtischstuhl rollt dabei an die holzvertäfelte Wand, hinter dem Whiteboard, und dann beginnt er uns, vom ersten Schritt an, alles zu erklären, was er mit meinem besten Freund vorhat.

Raphael

Schneeflocken rieseln durch die Nacht. Ich beobachte die Kristalle außen an der Fensterscheibe und seufze.

Wie schön wäre es, den Abend mit Summer zu verbringen? In einem netten, italienischen Restaurant Pizza zu essen oder Trüffelnudeln. Wir würden einen roten Wein trinken und Summer würde das Gesicht verziehen, weil sie eigentlich nur weißen mag. Danach würden wir durch die Nacht schlendern, Schneeflocken landen in ihrem Haar und ich küsse ihre kühle Haut. In einem Paralleluniversum gibt es diese Nacht. Da habe ich keinen Krebs, der zwischen uns steht. Doch hier bin ich praktisch ans Bett gefesselt.

Statt also mit Summer Toronto unsicher zu machen, ist Jake mit ihr aus. Okay, ›aus‹ kann man so nicht sagen.

Er entführte sie in eines der Krankenhausrestaurants und ich habe dankend abgelehnt, als sie um meine Begleitung baten. Ganz ehrlich? Ich kann die beiden nicht zusammen sehen. Es schmerzt zu sehr.

Also liege ich nun in diesem Zimmer, starre in die Nacht, auf die Skyline und betrachte die rieselnden Schneeflöckchen. Das Wetter hat eine unheimliche Wendung genommen. Ähnlich wie in New York, nur viel kälter und rauer. Erst vor zwei Tagen schien es vollkommen herbstlich. Nun ist es bitterkalt, eisig und es sind nahezu Minusgrade.

Auf dem Fernseher, den Summer für mich angemacht hat, läuft eine Kochsendung. Sehr treffend, wenn man bedenkt, dass mir beim Gedanken an Essen schon die Galle hochkommt. Nicht nur, weil es mich daran erinnert, wo Summer und vor allem mit *wem* Summer gerade unterwegs ist. Auch, weil ich keinen Appetit habe.

Seufzend greife ich nach der Fernbedienung und schalte um. Die Melodie von Friends flutet den Raum. Das ist um einiges besser als Tofu-Gerichte.

Mein Smartphone ringt. Erst einmal, dann zweimal. Ich drehe den Kopf in Richtung des Nachttisches, der in Reichweite steht, sodass ich nur meinen Arm nach dem Handy ausstrecken muss.

Wir vermissen dich hier:(

Okay, nein, ich vermisse dich.

Summer. Leicht schmunzle ich bei ihrer Nachricht.

Schön, dass sie mich nicht ganz vergisst, während sie mit Jake unterwegs ist.

Genieße den Abend, Baby

Ich tippe die SMS schnell, denn eigentlich will ich schreiben, dass sie auf der Stelle hierherkommen soll. Damit ich sie in meinen Armen halten kann. Aber das wäre nicht fair. Sie benötigt ab und zu etwas Abstand. Es ist wichtig, dass sie nicht immer nur die Freundin eines Krebskranken ist.

Gerade will ich das Handy zurück auf den Nachttisch legen, da klingelt es drängend. Ich spähe auf das Display.

Faith.

»Hey, Fally-Wallee«, singt meine Freundin und ich höre förmlich das Grinsen in ihrer Stimme. Diese Frau ist immer gut gelaunt. Wahrscheinlich stand sie eben noch vor einem Bild in ihrem Atelier. »Wie geht es dir? Seid ihr gut angekommen?«

»Ja.« Ich schalte die Lautstärke des Fernsehers leiser. »Die Klinik ist ein Traum.«

»Es klingt aber ganz so, als wäre nicht alles ein *Traum*?« Sie schnalzt mit der Zunge. Im Hintergrund höre ich meine Töchter plappern. Mit Sicherheit haben sie erst zu Abend gegessen.

»Na ja, ich rufe an, weil zwei Mäuse ganz versessen darauf sind, mit dir zu sprechen.«

Augenblicklich heben sich meine Mundwinkel. Kaum ist der Lautsprecher an, kann ich Kate und Daisy besser hören. Spricht meine zweite Tochter etwa schon ganze Sätze?

»Daddy!«, plärrt die ältere. »Wir haben heute versucht, Torte zu backen, dass, wenn du nach Hause kommst, wir das noch mal machen können!«

»Torte dacken!«, höre ich Daisy plappern.

Mein Herz wird warm. In meinem Inneren tummeln sich Milliarden Schmetterlinge und alles, was ich nun gerne möchte, wäre bei ihnen zu sein. Es tut scheiße weh, so viel zu verpassen. Sie anzulügen, weil man nicht weiß, wie man sie am besten vor all dem Bösen in der Welt beschützen soll.

»Das klingt wundervoll, Mädels. Mit ordentlich Sahne?«

»Daddy, ohne ahne keine Torte.« Kate kichert niedlich.

Hinter meinen Augen entsteht ein bekannter Druck.

»Du hörst also, uns geht es allen gut.«

»Hm.« Mehr kriege ich nicht raus. Der Kloß in meinem Hals ist zu dick.

»Außer Tante Leah, Daddy. Die ist heute ausgerutscht. Es hat *geschneit* draußen und deshalb ist sie hingefallen!«, verrät Kate in ihrem kindlichen Ton. Auf meiner Stirn bildet sich eine Falte.

»Kommt ihr klar?« Ich würde niemals die Freundschaft zu Faith und Leah überstrapazieren. Mir ist klar, dass sie während des Indian Summers viel in der Pension zu tun haben. Natürlich sagen sie immer, dass ihnen das Babysitten gefällt und sie sich über die Gesellschaft von Kindern freuen, dennoch möchte ich sie ihnen nicht aufdrängen.

Es ist förmlich zu hören, wie Faith ihre Augen verdreht.

»Fall, ist das dein Ernst? Du fragst uns, ob *wir* klarkommen?« Sie seufzt. »Mädels, sagt eurem Daddy gute Nacht, Leah bringt euch nach oben.«

Ehe ich etwas dagegen einwenden kann, weil ich zu gerne noch etwas länger die Stimmen meiner Kinder gehört hätte, verabschieden sich die zwei. Mit einem dicken Kuss und ganz vielen, hektischen ›Schlaf gut‹-Wünschen.

Dann ist Faith wieder am Telefon. »Es ist kein Problem. Wir haben das hier im Griff. Ich passe morgens auf die Kleinen auf, dann kommt Molly, eine gute Freundin vorbei, die jetzt, da die Tierarztpraxis geschlossen ist, uns unter die Arme greifen kann. Nachmittags bin ich bei Kate und Daisy, abends, wenn ich ins Atelier gehe, ist Leah bei ihnen. Da sind die meisten unserer Gäste sowieso essen«, erklärt sie. »Erzähl mir lieber, was der Arzt gesagt hat, wie sind deine Chancen?«

Ich reibe mir die Augen. Klingt nach einem stressigen Plan, den meine Freundinnen für mich verfolgen.

»Also ... Dr. Witiger ist der Meinung, dass er den Tumor komplett entfernen kann.«

»Meinten die anderen Ärzte nicht, das wäre unmöglich?« Ich höre Klappern im Hintergrund. Wahrscheinlich räumt sie die Spülmaschine ein oder so. Eine Tätigkeit, die ich ebenso vermisse, wie die immer gleichen Morgen, die mich vor ein paar Wochen noch so genervt haben.

»Na ja, bis jetzt meinten die bisherigen Doktoren, dass sie einfach nicht fähig dazu sind. Zu wenig Erfahrung und so weiter. Aber Jakes Vater ist seit über zwanzig Jahren in diesem Bereich tätig. Nach den ganzen Untersuchungen heute, dem vielen Gerede über Therapiemöglichkeiten, Risiken und Folgen, fühle ich mich allerdings mehr wie ein Versuchskaninchen als ein richtiger Patient. Die Prozentzahl der Überlebenden mit keinen Einschränkungen liegt bei 2,8%. Selbst wenn ich das Ding in meinem Kopf also loswerde, heißt das nicht, dass ich danach ein *normales* Leben führen kann.«

»Viele Menschen mit Beeinträchtigungen führen ein normales Leben, Raphael!« Faith schnalzt mit der Zunge, als wollte sie mich belehren. »Leahs Mom ist wegen einer degenerativen Veränderung der Netzhaut seit über zehn

Jahren blind und trotzdem meistert sie ihren Alltag selbstständig!«

Angespannt atme ich durch. »Aber ... ach, keine Ahnung. Mein Kopf platzt, Faith.«

Ihre Stimme wird ruhiger und mitfühlender. »Ich verstehe dich! Wirklich. Aber es ist wichtig, dass du kämpfst. Dass du es wenigstens versuchst, denn die beiden Mäuse haben nicht weniger als ein Leben mit ihrem Vater verdient! Schieß diesen Haufen Scheiße in deinem Kopf endlich ins Aus, verdammt. Du bist stärker als das!«

Sie bringt mich zum Lachen und vertreibt so, das schmerzende Gefühl in meiner Brust.

»Und Summer braucht dich auch. Sehr sogar«, murmelt Faith.

»Wo ist sie eigentlich? Kann ich sie kurz sprechen?«

»Nein.« Und da ist dieses Stechen wieder. Verdammt. »Sie ist mit Jake etwas essen.«

»Oh, okay.« Meine Freundin denkt das Gleiche wie ich. Ganz sicher. »Na ja, kannst du ihr ausrichten, dass eine von Carls Ablegern sehr viele braune Blätter hat? Vielleicht weiß sie, woran das liegen könnte? Ich will nicht, dass ihre Pflanzen auch noch vergehen. Das würde sie nicht aushalten.«

Sorge liegt in ihren Worten, aber auch ein wenig Belustigung. Für Summer sind alle Carls wichtig. Sie hat inzwischen so viele in ihrem Haus, dass ich nicht einmal wüsste, welche das Original ist. Erst jetzt fällt mir auf, dass der behandelnde Arzt den gleichen Namen hat wie ihre geliebte Pflanze. Ob das ein gutes Zeichen ist?

»Ich sag ihr, dass sie dich anrufen soll. Wir hören uns«, verabschiede ich mich und möchte auflegen, als Faith sagt: »Du bist stärker, Raphael.« *Bin ich das?*

»Bis dann.« In ihrer Stimme liegt ein Lächeln. Eines, das ich leider nicht erwidern kann. Denn so gerne ich ihren Worten glauben möchte, sagt mir mein Körper etwas anderes. Er leidet. Er will schlafen. Er ist müde.

Ich bin müde.

Kapitel 29

Summer

Heute

Meine Finger sind schon ganz rot vom Kneten der Haut. Ich kann aber einfach nicht damit aufhören. Da meine Fingernägel schon komplett abgenagt sind, ist es das Einzige, was mich von den quälenden Gedanken ablenkt.

Morgen ist Raphaels Operation. Schon morgen!

Sogar gestern Abend, als ich mit Jake essen war, überschattete dieser eine Gedanke alles. Wir haben sowieso ausschließlich von meinem besten Freund gesprochen. Davon, dass ich eigentlich schon immer in ihn verliebt war. Dass ich mir ein Leben ohne ihn nicht vorstellen kann und dass ich eigentlich nur wieder zu ihm ins Zimmer möchte.

Als ich zu Fall zurückkehrte, schlief dieser schon. Im Fernseher lief eine Folge Friends, vor den bodentiefen

Fenstern fiel leise der Schnee und ich habe mich umgezogen und bin zu ihm ins Bett geschlüpft. Erst dann habe ich mich entspannt. Als hätte Raphael die Fähigkeit, mich vollends zu beruhigen. Egal, ob er der Auslöser für mein Leid ist.

»Summersky, wenn du weiter so mit deinem Fuß tippelst, stemmst du noch ein Loch in den Boden.« Raphael grinst. Heute Morgen sind wir in dem neunzig Zentimeter breiten Krankenhausbett aufgewacht. Aneinander gekuschelt und uns so nah, dass ich liebend gerne für eine Ewigkeit in dieser Position verharrt hätte. Doch kaum waren wir wach, klopfte schon eine Pflegerin an das Zimmer, um das Frühstück zu bringen.

»Henkersmahlzeit«, hatte Raphael gescherzt, was ich gar nicht lustig fand.

Nun sitzen wir im Wartebereich vor der Radiologie, denn mein bester Freund soll nochmals gescannt werden. Aktuelle Bilder sind wohl wichtig, um den Tumor genau zu lokalisieren.

Ich lege meine Hände auf mein wippendes Knie. Betreten blicke ich Fall an, der im Rollstuhl sitzt. Seit Wochen habe ich ihn nun schon nicht mehr aufrecht gehen sehen. Zwar versucht er es jedes Mal aufs Neue, klagt aber dann über heftigste Kopfschmerzen und bleibt lieber sitzen.

»Mr. Fall?«

Mein Kopf wirbelt herum.

Gott, ich stehe dermaßen unter Strom, dass mich selbst dieser Aufruf aus der Bahn wirft.

Eine Dame mittleren Alters mit blondem Zopf und einem liebevollen Lächeln steht in der Tür zu den Untersuchungsräumen. Sie blickt zwischen mir und meinem besten Freund hin und her.

Sofort stehe ich auf und möchte Raphael zu ihr schieben, da hebt sie dankend die Hände. »Ich mach schon. Sie müssen leider hier draußen warten, Mrs. Fall.«

Mein Herz setzt aus. Hat Sie mich eben mit dem Nachnamen meines besten Freundes angesprochen? Und wieso klingt es in meinen Ohren wie eine entfernt bekannte und wunderschöne Melodie?

Summer Fall.

»Ja genau. Warte hier draußen, Mrs. Fall«, stimmt ihr Raphael zwinkernd und feixend zu. Ich muss grinsen, spüre aber auch den Druck hinter meinen Augen.

Mit verschwimmender Sicht sehe ich den beiden nach, sie verschwinden in den Räumlichkeiten, dann setze ich mich zurück auf meinen Platz und heule. So tief und bitter, dass ich glaube, an dem Schmerz zu vergehen.

»Summer.« Jakes tonlose Stimme lässt mich hochsehen. Er sieht mir in die verweinten Augen und nimmt augenblicklich neben mir Platz. Seine Hand landet beruhigend auf meinem Rücken.

Ich habe mich noch nie so in meinem Leben gefühlt. So verzweifelt, so hilflos, so stramm gezogen wie eine Sehne, die jeden Moment reißen könnte.

»Sei ehrlich mit mir Jake. Wird er es überleben? Gibt es Hoffnung?« Ich muss es wissen. Denn ich fühle mich so, als würde die ganze Welt mir nur etwas vorspielen.

Okay, nein. Als würde mein eigener Kopf jegliche Rationalität ausblenden. Zehn Prozent. Diese Menschen überleben einen solchen Tumor. Und von Überleben sprechen wir gerade einmal von fünf Jahren. Fünf Jahre. Wenn die Operation gut verläuft, muss Raphael trotzdem die acht Zyklen Chemotherapie durchlaufen, Bestrahlung danach inklusive. Und wenn es ganz blöd läuft, muss er währenddessen einige kognitiven und/oder motorische Fähigkeiten dazulernen.

Jakes Lippen pressen sich aufeinander. Seine Hand

auf meinem Rücken streichelt mich nicht mehr, sondern übt einen leichten Druck aus. Er schüttelt den Kopf. »Ja. Du solltest hoffen. Hoffen, dass er zu den wenigen Menschen gehört, die es schaffen. Mein Vater ist der Beste auf seinem Gebiet. Weltweit gibt es nur wenige Ärzte, die mit ihm mithalten können und es ist ein Geschenk, dass wir uns kennengelernt haben. Irgendwie schicksalhaft, auch wenn ich an diesen Quatsch nicht glaube.«

Blinzelnd starre ich Jake an. Seine Gesichtszüge sind aufrichtig. Er schmunzelt leicht und zuckt mit den Schultern.

»Die nächsten Tage wirst du nicht viel machen können. Möchtest du wirklich hierbleiben?«

Bitte? Meine Augen werden groß. »Mein bester Freund wird am Gehirn operiert und du fragst mich, ob ich nicht lieber gehen will?« Schockiert rücke ich von ihm ab. »Ich bleibe. So lange, wie Raphael mich braucht. Und auch danach weiche ich nicht von seiner Seite! Niemals!«

Jake nickt leicht und reibt die Hände aneinander, jetzt, da ich mich ihm entzogen habe. »Das verstehe ich, Summer. Nach der Operation wird er dich in Höchstform an seiner Seite brauchen. Die Schmerzen eines solchen Eingriffs sind nicht unerheblich. Noch dazu, wissen wir nicht, ob er irgendwelche Folgen davontragen wird.«

Mir wird klar, was der Tierarzt mir sagen möchte. Es könnte sein, dass Raphael danach im Koma liegt. Dass er nicht mehr sprechen, laufen oder klar denken kann. Dass mein bester Freund andere Wesenszüge hat oder gar stirbt. Er könnte ein gänzlich anderer sein, wenn er aufwacht. Bin ich dafür bereit?

Gott, keine Ahnung. Ich bin komplett durcheinander.

Raphael

MRS, MRT, CT, bla, bla, bla ... Keine Ahnung, in welche Röhren ich überall hineingesteckt werde, ich fühle mich, kaum bin ich wieder im Bett meines Zimmers, ausgelaugt. Zum Glück konnte ich Summer überreden, sich einen Tee zu holen, denn ihre Nervosität greift auf mich über, sodass ich kaum noch klar denken kann.

Dabei ist heute der letzte Tag, an dem ich eventuell überhaupt noch klar denken kann.

Es klopft an meiner Tür.

»Ja?« Die Stirn in Falten gelegt, spähe ich durch den Raum. Das Holz bewegt sich. Jake. Mit einem entspannten Lächeln, das ihn noch attraktiver macht und mich ankotzt, tritt er in den Raum. Mir ist nicht entgangen, wie ihn all die Pflegerinnen anstarren. Und sogar einige Pfleger haben ihm verliebte Blicke zugeworfen.

Mann, gibt es jemanden, der nicht auf ihn steht?

Summer Fall. Ja, so nenne ich sie jetzt, weil es mein Herz höherschlagen lässt. Ist mein Mädchen auch etwas verliebt in den Tierarzt? Würde sie ihn heiraten, wenn ich mal nicht mehr bin? Wäre er der Vater meiner Kinder?

Gott, allein der Gedanke daran zerfrisst mich augenblicklich und formt meine Hände zu Fäusten.

»Hey, mein Vater wollte, dass ich mal nach dir sehe. Wie geht es dir?« Jake kommt zu meinem Bett und zieht sich ein Stuhl heran, auf dem Summer sitzt, wenn sie nicht neben mir liegt.

»Mir geht es gut.« Scheiße, wieso schaffe ich es nicht, dabei meine Zähne zu fletschen?

Er leckt sich über die Lippen, räuspert sich und verliert kurz den Augenkontakt, bevor er ihn intensiviert. »Hör zu, ich glaube, es wäre besser, wenn du Summer nach Hause schickst. Zu deinen Kindern.«

Meine Fäuste lockern sich. Ich werde ruhiger.

»Ich verstehe, dass du sie hier brauchst. Aber eine Operation am Gehirn kann Stunden dauern. Sie ist ein Wrack, benötigt dringend Schlaf und vielleicht wäre es besser, wenn sie ein paar Tage mit deinen Kindern verbringt. So lange bin ich hier und werde dich umsorgen!« Er lächelt so liebevoll und eindringlich wie ein guter ... *Freund.*

Mann, ist es echt schon so weit, dass ich eifersüchtig auf jemanden bin, der es eigentlich nur gut mit mir meint? Er hat das alles für mich organisiert. Ganz selbstlos.

»Ich habe vorhin schon mit ihr gesprochen. Klar, sie würde niemals von deiner Seite weichen, aber sie hat, seit wir hier sind, nichts gegessen. Nicht einmal gestern Abend. Sie scheint vollkommen ausgelaugt. Und sie benötigt alle Kraft ... Für alles, was auf sie zukommen könnte.«

Nur sanft nicke ich. »Sieht nicht gut aus, hm?«

Jake atmet angestrengt aus und senkt den Blick. Er presst die Lippen aufeinander und schüttelt dann kaum merklich den Kopf.

»Es tut mir leid, Mann. Aber mein Dad meint, dass der Tumor massiv ins umliegende Gewebe vorgedrungen ist. Es kann funktionieren, aber die Risiken ... sind damit deutlich höher geworden. Du könntest aufwachen und nicht einmal mehr deinen Namen wissen, Raphael.«

Fuck. Sagt er mir gerade, dass ich Abschied nehmen sollte? Wäre es besser, ich würde meine Kinder nochmal anrufen? Oder soll ich Summer einfach fortschicken? Sie das alles übernehmen lassen.

»Melde dich bei Kate und Daisy, verabschiede dich von ... von *ihr* und dann gebe ihr die Sicherheit, dass sie nach Hause fahren kann, um dort runterzukommen.« Jake blickt mir in die Augen. Dieses Gespräch ist sachlich. Eines, das ich unter Männern schon oft geführt habe. Mit Dan beispielsweise, als wir darüber sprachen, dass Jenna schwanger ist, und er mir riet, sie zur Frau zu nehmen. Es war ebenso nüchtern. Ebenso grausam, der Wahrheit ins Gesicht zu blicken.

»Okay.« Meine Stimme klingt tonlos. Aber ich meine es ernst.

Ich werde mich verabschieden.

»Du wirst nicht glauben, wen ich auf dem Gang getroffen habe!« Summer kommt strahlend in das Zimmer. Die Tür fliegt unachtsam hinter ihr ins Schloss. Sie trägt seit Tagen eine Jogginghose, die ihrer Figur schmeichelt. Einen Schlapperpulli, den ich an ihr liebe und ihr Haar ist unordentlich hochgebunden. So war meine beste Freundin schon immer. Nie modisch, nie wie alle anderen. Einfach Summer Sky. Dafür liebe ich sie. Und werde sie immer lieben.

Sie schlappt mit ihren Hausschuhen zu mir herüber und lässt sich auf die Matratze fallen. In ihren Händen hält sie eine dampfende Tasse.

Jake ist erst vor ein paar Minuten aus dem Zimmer gegangen. Zum Glück, denn Summer hätte sicherlich Mutmaßungen angestellt, wenn sie wüsste, dass wir uns allein unterhalten haben.

»Du kennst doch noch die Serie ›Mercy Hospital‹?« Mit leuchtenden Augen schaut sie mich an. »Die Schauspielerin Megan Force?«

Ich nicke leicht, weil ich bei den Folgen ständig eingeschlafen bin. Es war ähnlich wie Greys Anatomy eine Mediziner-Serie, bei der es um Intrigen, Liebe und so ging. Nichts, was mich als Sechzehnjähriger mitreißen konnte. Trotzdem habe ich nahezu alles mit Summer geguckt. Okay, wenn ich nicht gerade dabei gepennt habe.

»Sie ist hier. Weil sie für einen Film recherchiert. Sie ist ganz schön alt geworden. Klar, sie war ja auch damals schon Mitte dreißig. Und jetzt ist sie selbst Drehbuchautorin. Wir haben uns ein wenig verquatscht.«

Ich weiß, was Summer macht. Sie überspielt ihre Nervosität, plappert und versucht von der Tatsache abzulenken, dass sie nervlich am Ende ist.

Ruckartig greife ich nach ihren Händen. Sofort hält sie inne und blickt auf die Verbindung unserer Finger. »Es wäre besser, wenn du nach Hause fährst.« Ich sage es einfach, geradeheraus, ohne drumherum zu reden.

Ihre Gesichtszüge verdunkeln sich. Erst huscht Enttäuschung und Wut über ihr wunderschönes Gesicht, dann aber nickt sie resigniert. »Du willst mich nicht hier haben?«

Ich schüttle schnell den Kopf und ziehe sie näher an mich heran. Summer folgt meiner schwachen Anweisung, versteht und legt sich neben mich.

Ihr Körper ist warm, als sie sich an mich schmiegt und den Kopf an meine Schulter legt. Ich schließe die Augen, atme ihren himmlischen Duft ein und könnte heulen, weil ich mich nicht verabschieden will. Dieser Moment soll verdammt noch mal ewig sein.

»Weißt du noch, als wir davon gesprochen haben, wie wir sterben wollen?«, nuschelt sie gegen den Pullover, den ich anhabe, weil die Klinik Alltagskleidung erlaubt.

Sie zaubert mir mit der Erinnerung ein Lächeln auf die Lippen.

»Du meinst, als du dich nicht entscheiden konntest, wie du abdankst?«

Summer grunzt amüsiert. »Ja. Und als du, ohne zu zögern, meintest, dass du mich in deinen Armen haben willst, wenn du stirbst.«

»An dieser Vorstellung hat sich nichts geändert.«

Sie hebt ihren Kopf. Eine fragende Falte auf ihren Zügen und schaut mich nachdenklich an. »Wieso willst du dann, dass ich gehe?«

Mein Herz bricht. Abermals. So oft wie es in den letzten Wochen zerstört wurde, ist es ein Wunder, dass es noch schlägt.

Summer hat verstanden. Sie hat kapiert, dass das hier meine letzte Chance ist. Und rational betrachtet, nicht einmal die beste.

Mit Tränen in den Augen streife ich eine ihrer verirrten Haarsträhnen, die aus dem Dutt gefallen sind, hinters Ohr. Ich beuge mich näher an sie, küsse sanft ihre Lippen und seufze hungrig, weil ich nie genug davon bekommen werde. »Ich kann nicht sterben, Summer. Nicht, wenn du niemals aufhörst, an mich zu denken.«

Eine einzelne Träne rinnt ihre Wange hinab. »Das ist es also? Damit soll unsere Geschichte enden?«

Ich kann meine Trauer und Enttäuschung darüber nicht mehr verbergen und heule. »Sie endet nicht, Summer.« Meine Worte klingen zittrig, aber ich lege so viel Liebe und Wahrheit hinein, dass ich hoffe, meine beste Freundin kann sie spüren. »Du schreibst sie für uns weiter.«

Sie senkt den Blick. Rutscht noch näher an meine Seite, hält meinen Hals eng umschlungen und schluchzt. »Du warst immer meine Familie. Vom ersten Augenblick an hast du mir mehr gegeben, als es jemals jemand zuvor getan hat. Du bist mein Anker gewesen, im tobenden

Meer. Der Sonnenuntergang, an jedem beschissenen Tag meines Lebens. Die schönste Melodie und wenn du ein Bild wärst, dann eines von Picasso oder Van Gogh.«

Lachend streichle ich ihren Rücken. »Baby, das ist fast die Liebeserklärung, die ich dir vor Jahren nach unserem ersten Mal gemacht habe. Und damals hast du sie nicht verstanden.«

»Damals war ich dumm. Dumm und total naiv, weil ich dachte, dass wir ewig Zeit haben«, nuschelt sie an den Kragen meines Pullovers.

Ich drücke mich an sie. »Mach es mit Kate und Daisy besser. Ja? Versprichst du mir, auf meine Mädchen aufzupassen? Dass du sie lehrst, dass jeder Augenblick zählt?«

Summer schnieft. »Wie soll ich das denn machen ohne dich, Fall? Du bist meine Welt. Die einzige, die ich kenne und liebe. Ich will nicht ohne dich sein. Nicht mal einen Tag lang. Wie soll ich das ein ganzes Leben schaffen?«

Ihr Haar kraulend, schlucke ich den dicken Kloß in meinem Hals hinunter. »Du bist nicht allein. In jedem Windhauch werde ich sein, okay? Jeder Sonnenuntergang bin ich, ja? Und in jeder Melodie, in jedem Bild, kannst du mich sehen. Ganz sicher. Das ist kein Abschied, Summer. Das ist ein ›Bis Bald‹.«

Und dann liegen wir einfach nur da. Wir schweigen, ich atme ihren Duft ein, fühle, wie sie in meinen Armen liegt, lasse mich von dieser Ruhe einlullen und schrecke erst wieder auf, als es draußen dunkel geworden ist.

Summer Sky ist fort.

Erst jetzt wird mir so richtig bewusst, dass dieser Weg eine Einbahnstraße ist, und alles bricht über mir zusammen.

Kapitel 30

Summer

»Tante Summer!« Kate rutscht von ihrem Stuhl und kommt auf mich zu gerannt. Ihre blonden Locken kringeln sich um ihr hübsches Gesicht. Das Kleid, das sie trägt, ziert ein paar Flecken. Wahrscheinlich vom Frühstück. Ihre kleinen Hände schlingen sich um meinen erschöpften Körper. Sofort sauge ich die Energie der Kleinen auf.

»Wo ist Daddy?« Sie lässt mich los und späht an mir vorbei.

Ich gehe in die Hocke und setze ein Lächeln auf. »Er ist … noch im Urlaub.«

Faith hat ihre Stirn in Falten gelegt. Sie ist ebenfalls vom Esstisch aufgestanden und mustert mich.

Kate zieht eine Schnute und zuckt mit den Schultern. »Eine Grippe kann ganz schön böse sein.« Sie wirbelt herum und eilt zurück zum Frühstückstisch, an dem Molly sitzt und versucht, Daisy zu füttern. Nur Leah fehlt. Wahrscheinlich ist sie an der Rezeption, um den normalen Tagesablauf in der Pension zu bewerkstelligen.

Ich bin allen unheimlich dankbar, dass sie sich so um uns bemühen. Keine Ahnung, wie Raphael und ich diese Situation ohne sie meistern würde.

Faith tritt näher. »Wieso bist du hier?«

»Weil Raphael meinte, ich solle mich ausruhen.« Die Erinnerung an unsere gestrige Unterhaltung sorgt dafür, dass ich augenblicklich zittere und meine Hände um mich schlinge. Wir haben noch ewig gekuschelt. Kurz bin ich sogar eingeschlafen. Doch dann packte ich meine Sachen und bin losgefahren. Einfach weg. Wir haben uns alles gesagt. Jetzt gilt meine Aufmerksamkeit den Kindern. Dem, was uns eventuell bevorsteht, sollte die Operation anders verlaufen, als erhofft.

Ich muss stark sein. Für Kate und Daisy. Für Raphael. Für mich. Er hat recht. Wir hatten ein wundervolles Leben.

Miteinander. Aber auch ohne einander. Wir lieben uns und dieses Gefühl wird ewig in meinem Herzen ruhen, auch wenn er nicht mehr ist. Resignation ist wohl die beste Medizin, oder?

»Natürlich«, murmelt Faith. »Du kannst dich ja zu Molly setzen. Ich muss die Frühschicht übernehmen, draußen streuen und unbedingt etwas schneeschippen. Wenn ihr wollt, könnt ihr später daraus einen Schneemann bauen?«

»Au ja!«, stimmen Daisy und Kate mit ein, was mich beflügelt.

»Oh, da helfe ich gerne!«

Die Kleinen nicken, als hätte man ihnen das größte Geschenk der Welt gemacht. Ich habe mir vorgenommen, noch heute eine Therapeutin zu kontaktieren. Denn ich muss stark sein. Ich muss. Aber auch für Kate. Sie wird professionelle Unterstützung brauchen, die ich ihr nicht bieten kann. Außerdem muss mir jemand sagen, wie ich den Kindern beibringen soll, dass ihr Vater ... ihr Vater todkrank ist.

»Wie geht es dir, Liebes?« Molly kämpft noch immer mit Daisy, die sich ungern von Fremden füttern lässt und mustert mich mitfühlend.

Ich schiebe mir einen Stuhl zurecht, setze mich und erzwinge ein Lächeln. »Okay.«

Sie nickt, aber auf ihren alten Zügen sieht man eindeutig die Sorge. »Wenn du möchtest, kann auch ich mit den beiden draußen spielen, damit du zu Kräften kommen kannst?«

Schnell schüttle ich den Kopf. »Nein. Nein. Ich mache das gerne.« Entschlossen darüber, greife ich nach der Teekanne und schenke mir etwas davon ein.

Ich werde stark sein.

Mein Handy piept. Hektisch grapsche ich danach. Beinahe fällt es mir dabei aus den Händen. Mein Herz schlägt wild gegen meinen Brustkorb, als ich auf die eingegangene Nachricht von Jake tippe.

Noch im OP

Melde mich, sobald es etwas Neues gibt.

Fast hätte ich laut geseufzt. Dieses Gefühl ist unerträglich. Hier, meilenweit entfernt zu sitzen, darauf zu warten, dass Jake mir schreibt, macht mich irre.

»Musst du dich übergeben?« Kate sieht mich mit hochgezogener Augenbraue an. Ich lege das Handy auf den Couchtisch vor mich und sehe Kate an.

Wir haben den gesamten Morgen mit Puzzeln verbracht, dann bauten wir einen Schneemann, aßen Kuchen, ich badete die beiden, was in einem kleinen Streit zwischen ihnen ausartete und nun sitzen wir – aber nur ausnahmsweise – mit Tee und Keksen vor dem Fernseher. Faiths und Leahs Wohnzimmer ist zu unserer Herberge geworden. Denn mein eigenes Zuhause riecht viel zu sehr nach meinem besten Freund, als dass ich dort ohne ihn sein könnte.

Deshalb liegen wir nun auf dem beigen Sofa. Die Schiebetüren zum Esszimmer sind geschlossen, weil sich Kate vor einem Schatten fürchtete, der sich auf die Wand des Esszimmers abgezeichnet hatte.

Daisy stiert auf den Flachbildschirm gegenüber. Sie ist ganz vernarrt in eine Kindersendung, die eigentlich auch Kate mitreißen sollte. Diese starrt mich aber skeptisch an. Ihre sonst glatte Stirn hat sich in Falten gelegt und ihre Lippen sind gekräuselt.

Eilige lache ich und winke ab. »Wieso sollte ich mich übergeben, Mäuschen?« Mich räuspernd streiche ihr ein paar Haarsträhnen aus dem Gesicht.

»Weil du krank aussiehst. Hat dich Daddy angesteckt?« Sie weicht ein bisschen zurück, als hätte sie Angst sich ebenfalls etwas einzufangen. »Ich will nicht krank werden! Draußen ist es totaaaal schön und ich möchte morgen Schlitten fahren.«

»Spatz, ich bin nicht krank. Ganz sicher.« Ermutigend winke ich ab, nehme meine Hände aber zurück, da ihr Blick mir sagt, dass sie meiner Aussage gegenüber skeptisch ist. »Wir werden uns morgen einen schönen Hügel suchen und hinunterschlittern.«

»Wann kommt Daddy wieder?«, platzt es aus Kate heraus, die jetzt näher an mich heranrückt. Ihr Gesichtsausdruck ist ein wenig genervt. »Schreibt er dir auf dem Handy?« Sie zieht eine Augenbraue nach oben und ihr

Blick gleitet zu meinem Smartphone, dessen Bildschirm leider weiterhin schwarz bleibt.

Ein Kribbeln breitet sich in meinen Fingern aus. Nervös sehe ich das Handy an, dann zurück zu Kate, deren Gesichtsausdruck misstrauischer geworden ist.

»Wird Daddy … ist Daddy ganz arg doll krank? Wird er tot sein?« Ihre Miene wechselt von misstrauisch und genervt, zu traurig. Aus den beiden Zöpfen, die ich ihr gemacht habe, kringeln sich ihre Haare. Wahrscheinlich, weil sie vorhin die Mütze darauf einfach von ihrem Kopf gezogen hat, ohne auf die Frisur zu achten. Jetzt müsste ich fast schon wieder ran, damit sie nicht ganz so mitgenommen aussieht. Zum Glück geht sie in keinen Kindergarten, in dem Leute die Vermutung aufstellen könnten, dass das Kind zu kurz kommt, was nicht stimmt. Eine ganze Schar an Menschen kümmert sich um Kate und Daisy. Leider aber nicht der Mann, von dem sie nun Liebe bräuchten.

Mit einem Ruck ziehe ich Kate auf meinen Schoß und sehe sie an. »Du weißt doch, dass es einen Himmel gibt, oder?«

Kate nickt energisch. »Hat mir Daddy schon erzählt. Er hat gesagt, Oma Lila ist im Himmel. Sie guckt jetzt von da auf uns runter und schickt Liebe. Sie passt auf, dass uns nichts passiert. Sie hat doch auch auf Daddy aufgepasst, oder?« Ihr kleines Gesicht wirkt so sorgenfrei, dass dieser verdammte Kloß in meinem Hals härter wird.

»Sei nicht traurig, wenn Grandma Lila nicht dauernd auf Daddy geguckt hat. Sie hat ganz schön viel zu tun mit uns allen. Wenn er so krank ist, dass er auch zu ihr kommt, dann kann er ihr helfen.« Kate legt ihre kleinen Hände um mein Gesicht und lächelt aufmunternd, als müsste *sie* mich trösten.

Moment.

Sie lächelt? Perplex starre ich sie an. Sie zuckt mit den Schultern, rutscht von meinem Stuhl und bearbeitet weiter ein Kissen, während sie zum Fernseher schaut.

Was war das denn für eine Unterhaltung? Ist es normal, dass Kinder derart auf den Tod reagieren?

Mein Blick haftet auf Kate, die unbekümmert zum Fernseher sieht, als hätten wir nicht gerade darüber gesprochen, dass ihr Vater sterben könnte. Sie ist ein schlaues Kind, das wusste ich vom ersten Moment an. Dann sollte ihr doch auch bewusst sein, welche Auswirkungen es hätte, wenn ihr Vater ... also, wenn er sterben würde. Oder?

Übelkeit steigt in mir auf. Ein dumpfer Druck verfestigt sich in meinem Magen und fühlt sich schrecklich an.

Okay ... Könnte es sein, dass ... ist Kate krank? Ich meine, müsste sie nicht weinen, oder so?

Super, jetzt hat sie ein neues Level der Furcht freigeschaltet! Wie soll ich denn mit einem Kindergartenkind umgehen, dem es offensichtlich nichts ausmacht, wenn sein Vater sterben wird?

Hast du nicht bei unserem Essen von einer Bekannten gesprochen, die Therapeutin ist? Ich benötige dringend Hilfe von ihr.

Was ist passiert?

Ich schicke dir ihren Kontakt

Übrigens, nichts Neues.

Ich habe mit Kate gesprochen und sie reagierte nahezu … soziopathisch. Das ist nicht das, was ich mir vorgestellt habe. Und um ehrlich zu sein, macht es mir Angst. Ich bin nicht bereit, Mutter zu sein, Jake! Ich habe keine Ahnung, was man da macht. Ich bin das schlechteste Vorbild und selbst bei einer total Gestörten aufgewachsen!

Zwei lachende Smileys folgen. Dann eine weitergeleitete Nummer von einer Mrs. Peters.

Du bist perfekt, Summer.

Kein Mensch wird von dir verlangen, dass du von heute auf morgen eine Mutter bist. Aber du wirst eine. Ganz sicher.

Ich melde mich, falls es etwas Neues gibt.

Seine Nachricht beruhigt mich nicht. Wenigstens habe ich jetzt die Nummer einer Frau, die eine professionellere Meinung hat als Jake.

»Ich gehe einen Moment telefonieren, ja?«

Daisy ist ganz vertieft, aber Kate nickt schmunzelnd, ehe sie sich wieder dem Kissen widmet und die Ecken davon zerknautscht.

Ein Schauer läuft über meinen Rücken. Ihre Reaktion kann doch nicht normal sein, oder?

Ich erhebe mich, klicke auf den zugesendeten Kontakt und gehe in den Flur, von dem ich einen guten Blick auf die Kinder habe, aber etwas ungestörter reden kann.

Faith und ihre Frau verbringen den Abend miteinander. Leider verstauchte Leah sich anscheinend beim Schippen der Straße den Knöchel, weshalb sich die beiden in ihr Zimmer zurückgezogen haben. Da die Pension abends sehr ruhig ist, habe ich eingewilligt, ein Ohr darauf zu haben, falls irgendetwas sehr Wichtiges ansteht. Deshalb steht die Tür zu den Räumlichkeiten auch einen Spalt offen. Doch wie erwartet, ist es da drüben ruhig. Das Wetter verleitet einen auch praktisch dazu, sich im Zimmer einzukuscheln.

»Mrs. Peters am Apparat, was kann ich für Sie tun?«

Ich räuspere mich. »Hallo, hier ist Summer ... Fall.« Es ist einfach zu schön, seinen Namen mit meinem zu hören. »Ich bin eine Freundin von Dr. Jake Witiger.«

»Aber natürlich!« Ihr Lächeln ist praktisch durch das Telefon zu vernehmen. »Sie benötigen einen Termin für sich? Und eine Weiterleitung an eine Kollegin oder einen Kollegen mit der Spezialisierung auf Kinder, nicht wahr? Er hat mir letzte Woche schon geschrieben, dass er meine Nummer an sie weiterreichen wird.«

»Genau.«

Dass die Therapeutin freundlich klingt, beruhigt mich. »Und für Sie eine Betreuung, während Ihr Partner sich einer Chemotherapie unterzieht?«

»Mhm.« Bitte. Ja. Es soll eine Stütze sein, weil meine komplette Psyche kaputt ist. Wenn Raphael stirbt, wird das noch schlimmer. Ganz sicher. Ich verliere meinen Magneten. Und was ist ein Kompass ohne?

Fünf Minuten später haben wir unsere Kalender abgeglichen und sind auf ein Datum in einer Woche gekommen.

Eine Woche. Vielleicht ist Raphael dann nicht mehr am Leben. Der Druck auf meiner Brust wird größer.

Nein. Wir denken jetzt noch nicht darüber nach.

»Eine andere Frage, Mrs. Peters.« Lieber kümmere ich mich um die Kinder meines besten Freundes.

»Natürlich.«

»Ich passe gerade auf die beiden Töchter meines

Partners auf. Die Jüngere ist zwei, weshalb sie nichts von der Krankheit ihres Vaters weiß. Sie redet nicht sonderlich viel und verhält sich allgemein noch eher kindlich, was mich nicht beunruhigt. Von Jake weiß ich, dass Kinder, die aus zerrütteten Familienverhältnissen kommen, manchmal Schwierigkeiten haben, sich zeitgemäß zu entwickeln.« Ich hole tief Luft und krächze: »Aber die Ältere …« Mein Blick fällt auf Kate, die nach ein paar Keksen greift und diese unbeeindruckt vertilgt. Als hätten wir nicht vorhin erst über den Tod gesprochen! Gott, ist das nicht komisch? »… sie wirkt sehr gelassen, jetzt, da ich angerissen habe, was mit ihrem Vater los ist.«

Die Therapeutin lacht kurz auf. »Es beunruhigt Sie?«

»Ja!«, platzt es aus mir heraus. »Ich meine, wir reden hier vom Sterben und die Kleine kichert!« Im Reden schreite ich durch die Tür in die Pension, damit die Kleinen auch wirklich nichts mitkriegen.

Nun seufzt Mrs. Peters. Ihre Stimme klingt warm, als sie endlich spricht. »So viel vorab. Kinder verarbeiten die Nachrichten des Todes ein wenig anders, als wir Erwachsene. Viele reagieren geradezu perfide auf das Sterben, so wie Ihre Kate. Andere haben Wutausbrüche, Essen tagelang nichts oder weinen viel.«

Ich lege die Stirn in Falten und warte, was die Therapeutin noch sagen wird.

»Wahrscheinlich wird sie die Erkrankung ihres Vaters in Häppchen verarbeiten. Noch dazu lebt ihr Partner. Er ist *nur* krank.« Die Therapeutin atmet tief, dann vernehme ich erneut ihr Lächeln auf den Lippen. »Machen Sie sich keine Sorgen. Mein Kollege, Mr. Illion, wird sich hervorragend um Kate kümmern. Sichern sie ihr einfach eine schöne Zeit und ein Zuhause, ein offenes Ohr und viel Liebe. Mehr benötigt sie in dieser schweren Zeit nicht.«

Es braucht einen Moment, bis die Information ihrer Worte ganz und gar zu mir hindurchgesickert ist. Bedächtig nicke ich und verarbeite, was das für mich bedeutet. Einerseits bin ich erleichtert, dass Kate nicht krank ist, andererseits steht mir die schwierige Phase laut Therapeutin noch bevor. Denn, wenn Raphael ..., wenn er wirklich sterben sollte, dann wird seine ältere Tochter eine lange Zeit benötigen, um dies zu realisieren. Oder? Habe ich das vielleicht falsch verstanden?

In meinem Kopf schwirren die Worte der Therapeutin. Sie mischen sich unter die anderen Sorgen.

Wie bin ich in dieses verdammte Schlamassel überhaupt erst hineingeraten? Was habe ich dieser verdammen Welt getan, dass ich das verdient habe?

Mein Blick gleitet zu Kate und Daisy, die auf der Couch gemeinsam Lachen. Durch den engen Türspalt sind sie klar zu erkennen und ihr süßes Gekicher beschert mir eine tiefe Freude, allerdings auch eine Furcht, die ich nicht beschreiben kann.

Einen Moment unterhalte ich mich noch mit Mrs. Peters über die sprachliche Entwicklung von Daisy und über meine eigenen Gefühle, die ich nicht in Worte fassen kann, dann legen wir auf.

Kaum habe ich den roten Knopf auf dem Display gedrückt, wende ich dem Türspalt den Rücken zu und schluchze. Die Kinder sollen nicht sehen, dass ich still und heimlich wimmere. So bitter und schmerzhaft, dass ich meine Faust an meinen Mund legen muss, um nicht laut zu schluchzen.

Kapitel 31

Raphael

2010

Beschissenes Wetter. Das ist das Erste, was ich in dieser Trailersiedlung wahrnehme.

Okay, und eben die vielen Camper, die Unordnung allgemein und den Schutt, der eine Straße darstellen soll.

»Unser neues Zuhause.« Mein Dad lächelt knapp. Er wirkt etwas glücklicher als noch vor Wochen. Wobei ich nicht sagen kann, ob er das ist oder jemals war. Ich kenne meinen Vater nicht.

Klar, ich weiß, wer er ist, was er kann und wie er heißt, aber ich kenne ihn nicht. Die Charakterzüge dieses Mannes sind ... zwischen all den Medikamenten untergegangen.

Es gab eine Zeit, da haben wir oft Baseball gespielt. Haben Footballspiele im Fernsehen angesehen und uns brüderlich in den Armen gelegen, wenn die richtige Mannschaft gewonnen hat, was jedes Mal eine andere für uns war. Dennoch habe ich meinen Vater nie gekannt. Manchmal schwingt er von einem auf den anderen Moment zu seinem zweiten Gesicht. Keine Ahnung, weshalb. Aber es ist so.

Deshalb glaube ich auch nicht, dass der Entzug sein letzter sein würde.

Allein wenn ich daran denke, wieder in dieses verkackte Waisenhaus für Schwererziehbare zu müssen, weil mein Dad in der Klinik ist, wird mir ganz flau im Magen. Nahezu jeden Tag wurde ich von miesen Arschlöchern verprügelt. Weil mein Vater aus Mexiko kommt. Meine Hautfarbe ein wenig dunkler ist und mein Akzent manchmal durchkommt. Vor allem, wenn Dad kaum noch ansprechbar auf unserer Couch liegt und es fast wieder so weit ist, dass ich den Krankenwagen rufen muss, sprechen wir ausschließlich Spanisch miteinander. Das kommt so in etwa alle drei Monate vor. Ansonsten versteht er kein Wort mehr. Dann rückt meine Muttersprache Englisch ein wenig in den Hintergrund und Schwupps, ist der Akzent da. 'ne Therapeutin meinte mal, das kann auch daran liegen, dass ich multilingual aufgewachsen bin und in meiner Kindheit oft vernachlässigt wurde. Weiß nicht, ob das so ist.

Alles, was ich weiß, ist, dass wir wieder umziehen. Wie nach jedem Entzug. Ein neues Kapitel. Eine neue Stadt. Ein neues Leben. So ist zumindest die Devise meines Vaters. Für mich bedeutet es nur, eine neue Schule, wieder keine Freunde und erneut darauf hoffen, dass dieser Idiot es gebacken kommt, die Finger von den Drogen zu lassen.

Obwohl es hier so aussieht, als könnte man die an jeder Ecke bekommen. Das erste Mal ziehen wir in eine

Trailersiedlung. Nach dem letzten Entzug hat Dad kaum noch Geld. Er meint, er müsse in der Fabrik nun ordentlich scheffeln, damit wir wieder in die Vorstadt, in eine Wohnung, ziehen können.

Scheiß drauf. Ist mir egal, wo wir unterkommen. Hauptsache, es ist mal länger als ein halbes Jahr. Inzwischen haben wir fast jeden Bundesstaat in Amerika durch und langsam habe ich genug.

Drei Jahre noch. Dann kann ich endlich aufs College.

Dad lenkt den Wagen vor einen Trailer mit einer Sitzgruppe. Es stürmt ordentlich. Der Himmel ist grau und dadurch wirkt diese ganze Kulisse noch krasser, als sie es ohnehin schon ist.

Ey, wie tief sind wir gesunken? Hatte Dad nicht mal 'nen richtigen Job? Waren wir nicht mal glücklich?

Okay, zugegeben, das ist so lange her, dass mein Gehirn es nicht einmal in Bildern abrufen kann.

Seufzend steige ich aus.

»Sieht nett aus, oder?« Dad klingt so fröhlich, dass ich ihm nur unverständlich grummelnd antworte. Ehrlich, er würde meine Antwort gar nicht hören wollen.

Nett ist schon die kleine Schwester von Scheiße, aber selbst das wäre für diesen … Trailer eine Untertreibung. Allein von außen wirkt das Ding, als würde darin ein Messie hausen. Ich will gar nicht wissen, wie es von innen aussieht.

Dennoch möchte ich nicht undankbar sein. Mein Dad könnte aufgeben. Nach jedem neuen Abrutschen in die Sucht hätte er sich einweisen und mich gänzlich in die Obhut des Staates geben können, was er aber nie getan hat. Stattdessen reißt er sich jedes Mal aufs Neue zusammen, um mir trotzdem ein Vater zu sein.

»Willst du schon mal vorgehen? Das sind die Schlüssel. Ich packe aus.« Er hält mir einen Bund hin, den ich

nur widerwillig in die Hand nehme, und gehe auf die Tür unseres schäbigen, neuen Zuhauses zu.

Sie lässt sich mit wenigen Umdrehungen öffnen. Wirklich sicher ist das nicht. Sollte man eventuell dran arbeiten. In diesen Bezirken ist da Vorsicht geboten.

Ich drücke die Tür auf und stehe damit mitten im Wohn- und Küchenbereich. Es riecht nach Verwesung, Zigarettenrauch und verpufften Träumen.

Die Nase rümpfend trete ich in den beengten Raum. Die Gardinen vor den Fenstern sind beige, oder ... wohl eher vergilbt. Die Einrichtung besteht aus einer alten, teils renovierungsbedürftigen Küche, einer schwarzen zerfledderten Ledercouch und einem Couchtisch, der auf Betonblöcken steht.

»Na, da haben wir uns sogar die Einrichtung gespart.« Dad ist hinter mir eingetreten. Er lächelt breit. Würde ich es nicht besser wissen, würde ich fast denken, er ist lieb, fürsorglich und einfach nur darauf bedacht, uns ein schönes Heim zu gestalten. Dem ist nicht so. Der Schein trügt. In seinem Inneren kämpft er sicher schon wieder mit den Gedanken an die nächste Ladung Tilidin.

»Ja, schau dir erst den Teppichboden an. Muss 'ne Spezialanfertigung sein.« Ich nicke in Richtung eines roten, großen Flecks, der unter der Couch hervorlugt. Ganz klar, ich will nicht wissen, was hier passiert ist.

Mein Vater folgt meinem Blick und seufzt. Er legt eine Hand um meine Schultern. »Wir werden spätestens in einem halben Jahr weiterziehen, versprochen. Aber die Wohnungen in der Stadt sind im Moment einfach nicht drin.« Er lächelt, dreht sich dann wieder um und schenkt seine Aufmerksamkeit unseren wenigen Kartons. »Dein Zimmer ist das linke, neben dem Bad.«

Na dann, werden wir doch mal schauen, wo ich die nächsten Monate lebe. Vorausgesetzt, ich muss nicht wieder ins Heim. Ich stecke meine Hände in die Hosentaschen, laufe den kleinen Flur hinunter und folge den Anweisungen meines Dads.

Die Tür ist aus Kunststoff. Das Schloss ist kaputt. Offenbar hat sie jemand aufgetreten. Na toll. Keine Privatsphäre.

Genervt puste ich Luft aus und trete in mein eigenes Reich. Es ist ein winziges Zimmer. Gerade mal groß genug für ein Bett und einen Schreibtisch. Vielleicht zwei mal vier Meter? Wenn überhaupt. Das kleinste, das ich bisher hatte.

Mein Blick fällt auf die Matratze, die ich sicherlich nicht benutzen werde. Eine Nacht, danach kratze ich mein restliches Erspartes zusammen und suche nach einem Ersatz.

Der Schreibtisch könnte aber ganz nützlich sein. Das hatte ich in unserem vorherigen Apartment nicht. Da habe ich ständig an unserem Esstisch gelernt, was spätestens ab den ersten Tagen von Dads Rückfällen zum Scheitern verurteilt war.

Ich ziehe den Holzstuhl zurück, der an dem Arbeitsplatz steht, und setze mich darauf.

Schön. Sogar mit Aussicht auf die Nachbarschaft.

Meinen Sarkasmus sollte ich echt lassen.

Ich lehne mich ein wenig auf dem Möbelstück zurück.

Das hier wird gut werden. Nur noch drei Jahre. Dann kann ich ausziehen. Dann bin ich sowieso weg und das alles liegt hinter mir.

»Soll ich heute Abend unsere berühmte Quesadilla machen?« Dads Stimme klingt, als würde er direkt hinter mir stehen. Doch als ich mich umsehe, stelle ich fest, dass er noch immer im Wohnbereich sein muss.

Was für eine Akustik.

»Okay.« Die mexikanische Küche liegt ihm. Das Ein-

zige, was er gut kann. Und so lange er nicht zugedröhnt ist, soll er machen, was er will.

Ich schaue hinaus, betrachte den dunkelgrauen Himmel, die schnellziehenden Wolken und ... ein Mädchen.

Mein Blick bleibt an der Dunkelhaarigen hängen. Sie sitzt auf den Stufen zu einem anderen Trailer, der noch heruntergekommener aussieht als unserer. Wenn das überhaupt möglich ist ...

Sie zieht an einer Zigarette, wobei die Glut aufleuchtet. Dann pustet sie den Rauch in Ringen aus. Sie wirkt verloren. In meinem Alter.

Die Unbekannte hebt den Kopf. Und da sehe ich die blausten Augen dieser Welt. Sie sind so strahlend, dass ich fast nicht mitbekomme, wie ein Kerl aus der Tür hinter ihr tritt und sie mit ihm zu streiten beginnt.

Augenblicklich balle ich die Hände zusammen. Mein Magen rebelliert bei diesem Szenario. Wenn ich eines hasse, dann sind es Erwachsene, die Kinder wie Dreck behandeln. Und dieser Depp da vorne hält dieses Mädchen in einem ziemlich engen Griff. Außerdem sieht sie ziemlich ängstlich aus.

Dieser verfluchte Mistkerl ...

Energisch erhebe ich mich, rausche an meinem Vater vorbei, schiebe die Hände in die Hosentaschen und gehe auf die beiden zu. Ohne zu wissen, dass genau dieser Moment mein Leben für immer verändern wird.

»Wir haben ihn wieder.«

Piepen. Rauschen. Ein schallendes Klingeln. Ein leichter Druck auf meiner Schulter.

»Na du wirst uns doch jetzt nicht wegsterben, Junge.« Eine Frau. Mittleren Alters. Wahrscheinlich eine der Pflegerinnen. Moment.

Ich bin im Krankenhaus.

»Er ist stabil.« Prof. Dr. Witiger. »Miss Norman, Sie behalten ihn im Auge. Nicht dass Raphael uns noch einmal wegnickt.«

Wie durch eine dumpfe Wand dringen die Worte zu mir hindurch. Natürlich. Ich wurde operiert. An meinem Kopf.

»Hallo?« Mein Mund öffnet sich doch, oder? »Hallo?« Wieso höre ich mich denn nicht? Was soll das?

Meine Lider bleiben geschlossen. Egal, wie oft und intensiv ich darüber nachdenke sie zu öffnen. Was ... bin ich noch unter Narkose?

Spüre ich meine Finger? Nein.

Oder?

Was verdammt noch mal ist das?

»Hey, Raphael. Alles wird gut. Ruh dich aus. Es ist besser, wenn du noch etwas schläfst.« Jake.

Hat er mich gehört? Oder was ist los?

»Du bist sicher müde. Gib dem nach.«

Seine Stimme ist sanft. Er hat recht. Ich fühle mich, als hätte ich Jahre nicht geschlafen. Dabei bin ich doch nicht einmal wach, oder? Träume ich?

Oder ... sterbe ich?

Kapitel 32

Summer

Heute

Jakes Anruf hat mich aus dem Schlaf gerissen. Auch wenn ich mich nicht so fühle. Mein gesamter Körper steht unter Strom. Ich zittere, nicht nur, weil es draußen fast Minusgrade hat. Es ist glatt, keine Frage, und ich bemühe mich langsam zu fahren, doch kaum sehe ich die Krankenhauseinfahrt direkt vor mir, kehrt eine stille Hoffnung in meinem Inneren zurück.

Ich erreiche Jake vielleicht nicht, aber dass er angerufen hat, mitten in der Nacht, könnte das nicht auch etwas Gutes bedeuten? Würde er ansonsten riskieren, dass ich in einen Wagen steige? In meinem Zustand? Bei diesem Wetter?

Oder bedeutet das, dass alles schiefgegangen ist. Wohl eher. Nervös starre ich die Ampel an. Ich tipple mit den Füßen, umklammere wartend das Lenkrad. »Mach schon.« Endlich.

In Zeitlupe schwindet das rote Licht und wechselt zu Grün. Erleichtert, übermütig, gebe ich Gas, fahre und ... ein Hupen. So laut ... es kommt näher.

Ich reiße meine Augen auf, blicke automatisch nach rechts, sehe Scheinwerfer. Metall scheppert. Mein Körper schmerzt. Ein Dröhnen in meinen Ohren. Ich schmecke Blut.

Und dann ... wird alles schwarz.

Kapitel 33

Summer

»Was wäre wenn …«

Zart klopft es an der Tür. »Darf ich reinkommen?«

Nickend wende ich mich zu Mom. Noch ehe sie mich gänzlich erblicken kann, schluchzt sie auf. »Meine Güte, du siehst … oh, Kleines!« Sie fällt mir in die Arme und ich verdränge die aufkommenden Tränen.

»Mom!«, gequält löse ich mich von ihr. »Ich habe dreihundert Doller für die Stylistin bezahlt. Ich darf jetzt nicht weinen!«

Meine Mutter nickt energisch. Sie sieht toll aus, in dem rosa Kleid, welches wir ihr ausgesucht haben. Ihr blondes Haar hat sie hochgesteckt, das Blau ihrer Augen kommt durch das Make-Up zum Vorschein und wenn ich es nicht wüsste, würde ich niemals darauf kommen, dass sie einst Drogen genommen hat. Sie sieht einfach schön aus. Schön und gesund.

Seit sie mit Liamerik dem Lehrer, zusammen ist, macht sie sogar Sport. Und das ist eine Premiere für meine Mom.

»Ich kann nicht fassen, wie schön du bist«, staunt sie, hält eine Hand fassungslos und verzückt vor ihren Mund, greift nach meinen Fingern und dreht mich im Kreis. »Er wird durchdrehen, wenn er dich so sieht.«

Wenn ich in den Spiegel blicke, weiß ich selbst nicht, wie diese Frau aus mir werden konnte. Wären nur wenige Entscheidungen in meinem Leben anders gewesen, würde es diesen Moment vielleicht gar nicht geben.

Früher dachte ich, dass Mom und ich niemals wieder zueinanderfinden könnten. Nachdem sie aber in einen Entzug eingewilligt hatte, besuchte ich das College in Virgina, begann während des Studiums zu arbeiten und besorgte uns eine Wohnung in einem Vorort.

Nach einem Jahr in der Klinik kam sie raus. Sie war ein gänzlich anderer Mensch. Eine Frau, die mir bei allem zur Seite stand. So wie auch heute, an dem schönsten Tag in meinem Leben. Und dafür bin ich unendlich dankbar.

»Seid ihr endlich so weit?« Faith hat sich nicht die Mühe gemacht anzuklopfen. Sie steht einfach im Türrahmen und lächelt. Da sie die Kreative unter uns ist, war sie für die Planung der Hochzeit zuständig.

Was ich vorhin schon in der Kapelle gesehen habe, hat mich förmlich umgehauen. Ich kann nicht glauben, dass das alles mein Leben ist.

»Das sind wir.« Meine Finger verhaken sich mit denen meiner Mom. Eine Träne läuft über ihre Wange und sie schüttelt sich. »Gott, hätte mir jemand gesagt, dass dieser Tag so emotional wird, hätte ich kein Make-Up aufgetragen.«

Ich kichere, dann hauche ich ihr einen Kuss auf die Wange.

»Danke, Mom. Dass du dich bemüht hast und heute hier sein kannst.« Sie sieht mir tief in die Augen, nickt und führt mich dann nach draußen. Faith schenkt uns ein Lächeln, doch ich sehe ihr an, dass sie gestresst ist. Eine Hochzeitsplanung ist auch nicht so ohne.

Wir hatten keinesfalls vor, groß zu feiern. Doch als das gesamte Büro davon erfuhr, war klar, dass wir nicht einfach durchbrennen können.

Nun stehe ich hier. An den Flügeltüren einer Kapelle aus dem 19. Jahrhundert. Mein Herz schlägt mir bis zum Hals. Es donnert so heftig gegen meinen Brustkorb, dass mir schwindelig wird.

Aber ich will genau das. Ich will meinen Freund endlich zu meinem Ehemann nehmen.

Die Türen schwingen auf. Ich erwarte schon ›Highway to Hell‹ zu hören, weil wir aus Spaß darüber abgestimmt hatten, doch dann ertönen auf dem Piano die Klänge von Lewis Capaldi. Pointless.

In einem Anzug steht er neben dem Priester, oben auf dem Podest. Neben ihm stehen unsere Trauzeugen Jenna und Oliver, aus denen ein Liebespaar geworden ist. Die beiden hatten den Song von ACDC vorgeschlagen. Sie hassen die Ehe und wollen zusammen Abenteuer erleben, statt ein so langweiliges Leben anzustreben, wie ich und Raphael es tun.

Mein bester Freund. Sofort muss ich lächeln.

Auch seine Mundwinkel ziehen sich nach oben. Vom ersten Moment an, war es immer er.

Keine Ahnung, wie all die Abzweigungen dazu geführt haben, dass wir nun endlich voreinander stehen werden und für immer sind, aber ich liebe es.

Ich liebe, dass wir so viel Glück hatten.

Dass das Schicksal ganz und gar auf unserer Seite war.

»Summersky.« Raphael nickt, ehe ich vor ihm zum Stehen komme. Er beugt sich in meine Richtung, dabei streifen seine Locken meine Wange. »Du bist so unfassbar schön. Wie habe ich es verdient, dich in meinem Leben zu haben? Wie soll ich mit all dem Glück umgehen?« Er haucht mir einen Kuss auf die Haut, während ich kichere, und zieht sich zurück.

Ja. Wenn ich Raphael Fall in die Augen sehe, dann weiß ich, dass alles im Leben ein bestimmtes Ziel hat. Meines war es, ihn zu treffen. Gefunden zu werden von meinem Seelenverwandten.

Und wenn wir nicht gestorben sind, leben wir noch heute.

Kapitel 34

Raphael

»Summer?« Die Worte klingen weit weg und nicht wie meine.

Rede ich? Versteht mich jemand?

Blinzeln. Geht das? Nein.

»Hey, Kumpel.« Jake. Klingt er traurig? Wütend? Was ist das für eine Nuance in seiner Stimme?

Ich möchte mich aufsetzen, die Hände bewegen und mich hochstemmen, aber … »Aah …« Ich schaffe es nicht. Der Kopfschmerz dröhnt gegen meine Schläfen.

»Alles gut?« *Wirklich Raphael. Streng dich an, verdammt!*

»Alles ist in Ordnung.«

»Wo Summer?« *Mann. Ganze Sätze gehen nicht, oder was?*

»Sie konnten den Tumor komplett resezieren. Du bist tumorfrei, Raphael.«

Okay. Aber wo ist Summer?

»Vorhin bist du uns mal kurz abhandengekommen. Du hattest Vorhofflimmern. Jetzt sind deine Werte perfekt. Es sieht sehr gut aus.« Jake rattert diese Informationen herunter, aber sie dringen nicht zu mir durch.

»*Summer*«, murmle ich drängender. Der Schmerz in meinem Kopf ist unerträglich.

Jake seufzt. Weint er? Es hört sich so an.

Eines der Geräte piept neben mir. Mein Herzschlag hat sich verdoppelt. Es braucht keinen Arzt, um mir das zu sagen. Irgendetwas ist mit meiner Summer passiert.

»Du suchst sie, nicht wahr?« Er zögert. »Sie hatte einen Unfall.« Er atmet gedehnt aus. »Gerade wird sie im Mercy behandelt. Das Krankenhaus ist keine halbe Stunde von hier. Offenbar hat ihr Fahrzeug ein Trucker erwischt, der auf dem Glatteis nicht mehr bremsen konnte. Die gesamte Hälfte des Wagens war eingedrückt.«

Keine Ahnung, was mit mir los ist. Obwohl ich meinem Körper befehle, dass er aufstehen soll, weil ich losrennen will, um bei Summer zu sein, regt er sich nicht. Ich bekomme nicht einmal meine verschissenen Augen auf!

»Ich weiß nur, dass sie mit einem Schädel-Hirn-Trauma eingeliefert wurde. Die Ärzte wollten am Telefon nicht allzu viel sagen. Faith ist bei ihr. Sie ist sofort losgefahren, als ich den Anruf erhalten habe. Ich wollte bei dir bleiben.«

Wieso schaffe ich es verdammt noch mal nicht, etwas zu tun! Warum ist Summer denn in ihrem Zustand in ein Auto gestiegen? Geht es ihr gut? Ich habe keine Ahnung, was ein solches Trauma bedeutet?!

»Du liegst im künstlichen Koma, um deinem Gehirn eine Auszeit zu gönnen.«

Ich bin was?

Kann ich mich deshalb nicht bewegen? Deshalb nicht schreien und … Oh Gott, natürlich. Künstliches Koma heißt, ich schlafe. Oder ist Schlafen das falsche Wort? Fuck!

»Ich werde dich, so oft es geht, über Summers Zustand informieren. Seit einer Studie, die ich vor Jahren gelesen habe, weiß ich, dass komatöse Patienten viel mehr mitbekommen, als man ursprünglich gedacht hat. Und vielleicht hörst du mich ja. Sei dir sicher, ich werde alles dafür tun, dass es Summer gut geht, hast du mich verstanden? Konzentriere dich auf deinen Weg. Achte darauf, dass du gesund wirst. Denn Rest regle ich.«

Eine Dankbarkeit durchflutet mich. Ich liege im Koma. Jake ist hier. Er kümmert sich um Summer. Meine Summer. Er wird ihr all das geben, was ich ihr geben wollte. Ganz sicher. Ich habe den Typen kennengelernt und neben seiner aufrichtigen Stimme und dem Ken-Lächeln, ist er ein guter Kerl!

Ich vertraue ihm. Vertraue darauf, dass es dir gut geht, Summer.

Dass wir uns bald wieder in den Armen halten.

Summer

»Raphael.«

Blinzelnd öffne ich meine Augen. Ein Dröhnen und Pochen sorgt für einen dumpfen Schmerz an meiner Schläfe. Es ist dunkel. Ich liege weich, eine Decke auf mir.

Was ist passiert?

»Hey, Süße.« Ich erkenne die Stimme sofort. Es ist Faith, die an meine Seite tritt und auf mich hinuntersieht. Ein leichtes Lächeln liegt auf ihren Lippen.

»Wo ist Raphael?« Panik steigt in meinem Inneren auf, sobald meine Erinnerungen zurückkehren.

Jake hat angerufen. Ich war auf dem Weg zu meinem besten Freund. Der eine Operation hatte. Am Gehirn.

Ächzend rapple ich mich auf, doch Faith drückt mich mit einem »Sch« zurück. »Du hattest einen Autounfall, Summer.« Ihre Worte klingen ruhig, aber ich höre eine gewisse Furcht darin. Eine, die mein Herz schlagartig schneller schlagen lässt. Die Information meines Unfalls sickert stattdessen nur langsam zu meinem Bewusstsein durch.

»Ein … ich war auf dem Weg zu Raphael …«, stammle ich verwirrt und hebe meinen Arm.

Schläuche. Eine Infusion.

Faiths Lächeln wirkt steinern. »Es ist alles gut. Du hast ein paar Rippenbrüche, ein Schädel-Hirn-Trauma, weshalb du dich nicht überanstrengen solltest.«

Das Schicksal ist ein mieses Arschloch! Gerade träume ich noch von meiner Traumhochzeit mit Raphael, mit Mom an meiner Seite und Faith als Hochzeitsplanerin, und im nächsten Moment liege ich in einem Krankenzimmer.

Heiße Tränen brennen auf meiner Wange. Ich schluchze und mein Körper tut bei jeder Vibration weh. »Wieso?«, ist alles, was ich hauchen kann. »Warum ich? Warum wir? Können wir nicht ein einziges Mal Glück haben?«

»Das hattest du. Der Laster, der dich gerammt hat, hat den Kleinwagen quasi auseinandergenommen. Du hattest einen riesigen Schutzengel«

»Und Raphael?« Schniefend sehe ich zu meiner Freundin auf. Ihr Gesichtsausdruck wechselt. Nun liegt mehr Mitgefühl in ihrem Blick als zuvor.

Bedeutet das …? »Er hat es nicht überlebt?«

Faith ist blass geworden. Die Neonröhren an der Decke meines Zimmers sorgen mit ihrer grellen Farbe dafür, dass sie noch aschfahler aussieht als sonst. Und damit habe ich meine Antwort, oder?

Mein Herz zerreißt in seine Einzelteile. Ein gequältes Stöhnen kommt über meine Lippen. So viel Schmerz kann kein Mensch ertragen, oder?

»Nein!« Faith reißt die Augen auf und schüttelt den Kopf.

»Gott, Summer. Hör auf zu weinen! Er lebt. Er liegt im künstlichen Koma. Alles ist gut verlaufen. Es ist … du … siehst wirklich schlimm aus. Und ich hätte dich niemals fahren lassen dürfen. Niemals.«

Ich halte inne.

Raphael ist am Leben? Ihm geht es gut?

»Es tut mir so unendlich leid, dass ich nicht für dich da war!« Faith hat einfach nur Schuldgefühle?

Erleichterung flutet mich und ich greife nach ihren Fingern. Meine Freundin sieht auf und blickt mich mit gequollenen, glänzenden Augen an.

»Mach dir keinen Vorwurf. Du trägst keine Schuld an dem, was passiert ist. Ich bin in den Wagen gestiegen und habe nicht nachgedacht. Das hat nichts mit dir zu tun«, krächze ich.

Faith nickt dankbar, lehnt sich zu mir nach unten und wir umarmen uns. Ich genieße diese innige Verbindung. Es hilft und setzt zum Teil wieder zusammen, was gerade fast zersprungen wäre. Meine Seele. Meine Welt.

Raphael lebt.

Das ist alles, was für mich zählt.

Kapitel 35

Summer

1 Woche später

Mein Herz schlägt wild gegen meinen Brustkorb. Mein Mund ist staubtrocken. Das Gehirn so leer, als hätte ich es nie auch mit irgendetwas gefüttert, außer Raphael.

Seit einer Woche sehne ich auf diesen Moment hin. Dass ich meinen besten Freund endlich wiedersehen kann.

Auch auf mein Gemecker hin wurde ich einfach nicht entlassen. Das Trauma des Kopfes war schlimmer, als die Ärzte zuvor angenommen hatten. Die ersten Tage schlief ich viel, was gut war. Denn die Schmerzen in meinen Rippen sorgen auch jetzt dafür, dass ich scharf die Luft einziehe. Jeder Schritt ist schwer.

»Warte. Wir holen einen Rollstuhl.« Jake nickt in

Richtung des Krankenhausflures, in dem aufgereiht ein paar von den Dingern herumstehen.

»Ich schaffe das auch so!«, informiere ich ihn und hebe eine Krücke an. Dabei unterdrücke ich den gequälten Gesichtsausdruck, denn, verdammt, die Schmerzen in meiner Brust sind kaum auszuhalten.

»Klar, Superwomen. Du kriegst alles ohne Hilfe hin. Aber …« Er schlendert zu dem rollenden Untersatz und schiebt ihn grinsend in meine Richtung. »Wenn Raphael sieht, dass du dich so abmühst, bekomme ich Ärger mit ihm.«

Lachend zucke ich mit den Schultern. »Was genau hat das mit mir zu tun?« Eine Schwester läuft an uns vorbei und grüßt Jake mit diesem auffälligen, verträumten Blick.

Gott, fällt dem Kerl eigentlich nicht auf, dass jede Frau ihm hier drin zu Füßen liegt?

»Sitzen, Sky. Keine Widerrede. Heute Abend spielen die Yankees und ich habe keinen Bock, statt mit Eis und Burger davor zu sitzen, mit deinem Freund zu diskutieren!«

Gespielt genervt stöhnend beuge ich mich eben seinem Willen.

Wahrscheinlich haben er und Raphael sowieso recht. Die Ärzte haben mich heute Morgen mit der drängenden Bitte, vorsichtig zu sein, entlassen. Schließlich sei mit den Rippenbrüchen und Prellungen an meinem Körper sowie der Kopfverletzung nicht zu spaßen.

Ich mache es mir also in dem Rollstuhl bequem, reiche Jake die Krücken weiter, der sie hinter mich klemmt, ehe er mich den Flur entlang schiebt.

Der Unterschied zwischen dieser privaten Klinik und der staatlichen, in dem ich die letzte Woche verbracht habe, ist enorm. Während ich mir dort das Zimmer mit zwei Frauen teilte, es auf den Gängen immer überfüllt war und wuselig, ist es hier ruhig. Wenig Personal ist unterwegs, die ausgewählten Patienten halten sich in ihren Apartments alias Krankenzimmern auf und die Parkanlagen treiben den Rest wahrscheinlich nach draußen in den Schnee oder in die Restaurants.

»Dir ist klar, dass dich hier alle Frauen geradezu ausziehen«, murmle ich, weil uns schon wieder eine sabbernde Pflegerin entgegenkommt.

Okay, sie sabbert nicht, aber es scheint, als würde sie gleich damit loslegen ...

Jake lacht lauthals. Ach, kann man das Lachen eines Menschen lieben? Es ist einnehmend und wie ein lauer Sommertag. Eines, das man gerne öfter hören möchte.

Aber es ist dennoch kein Vergleich zu Raphaels, das gerade zu mir hindurchdringt. Ich recke den Kopf, spähe schon jetzt in die offene Zimmertür, durch die der schallende Laut gekommen ist, doch ich kann meinen besten Freund nicht sehen.

Wir haben in den vergangenen Tagen kein einziges Mal miteinander gesprochen. Das ist das erste Mal, dass wir uns gegenüberstehen werden. Und das bringt meinen kompletten Kreislauf durcheinander.

Schwindel überfällt mich. Was, wenn er nicht mehr *mein* Raphael ist? Was, wenn er durch die begonnene Chemo die neue Chance gar nicht sehen will? Ist er noch immer so depressiv? Sein Lachen klingt nach dem Gegenteil. Aber wie oft habe ich es gehört und wusste, dass es nicht ernst gemeint war. Obwohl es meine Seele wärmte.

»Klopf, klopf.« Jake schiebt mich durch den Türrahmen. Ich halte den Atem an.

Raphael sitzt auf dem Bett, eine Infusion führt von seinem Arm zu einem Tropf, er lächelt und dabei entstehen diese süßen Fältchen um seinen Mund, die ich so liebe.

Schlagartig drängt sich ein Druck in meine Augen.

»Summersky.«

»Fall.«

Ruckartig stehe ich auf, missachte Jakes warnenden Blick und humple zu meinem besten Freund. Ohne daran zu denken, dass meine Rippen mich dafür bestrafen werden, schlinge ich meine Arme um ihn. »Oh Gott!«, heule ich auf, als unsere Körper sich endlich nahe sind. Ein stechender Schmerz überkommt mich, doch es ist mir egal. Alles, was zählt, ist Raphael, den ich endlich wieder umarmen kann.

Wir weinen. Beide. Schluchzend zieht er mich näher an seine Halsbeuge. Ich spüre Nässe, weiß aber nicht, ob sie von meinen Tränen oder seinen sind.

»Dir geht es gut, Summer!« Er umfasst mein Gesicht mit seinen Händen und ich löse mich nur widerwillig von ihm. Denn ich muss Raphael ansehen. Ich muss mich vergewissern, dass auch wirklich alles an ihm ganz ist.

Unter seinen Augen sind tiefe, dunkle Ringe. Er hat spröde Lippen, die zu einem leichten Lächeln gehoben sind, die dunklen Iriden glitzern vor Glück und seine Glatze ziert ein Babyflaum, den er seit der letzten Chemotherapie hat.

»Du bist so verdammt schön, Summersky!«, haucht er und sein Atem streift meine nassen Wangen. »Und du bist gesund.« Er wiederholt es, als könnte er nicht glauben, dass ich den Autounfall tatsächlich nahezu unversehrt überstanden habe. Da ist er nicht der Einzige. Viele nannten mich im staatlichen Krankenhaus Angel, weil ich einen massiven Schutzengel gehabt haben muss.

»Du bist tumorfrei!«, krächze ich. Diese Information ist noch immer nicht zu meinen Gehirnwindungen durchgesickert. Eventuell, weil sie noch angeschlagen sind. Vielleicht aber auch einfach nur, weil alles gegen eine Heilung gesprochen hat. »Du wirst leben, Fall!«

Raphael nickt zaghaft. Mir entgeht nicht, dass er einen Blick an mir vorbei wirft. Meine Stirn legt sich in Falten.

Verschweigt er mir etwas? Wissen Jake und er mal wieder mehr als ich?

»Ich habe auch schon mit Kate telefoniert«, lenkt mein bester Freund ab, ehe ich fragen kann, was hier los ist.

Es darf keine Geheimnisse mehr geben. Ich kann das nicht mehr. Es zerreißt mich.

»Schön«, murmle ich deshalb, obwohl ich mich sehr darüber freue, dass er seine Tochter gesprochen hat. Ich ziehe mich zurück und verschränke die Arme vor der Brust. Abwechselnd blicke ich Jake und Raphael an. »Was verschweigt ihr?«

Der Tierarzt seufzt und rollt mit den Augen. »Nichts, ich werde hier nur nervös, weil du herumstehst, als hättest du nicht gerade einen schweren Autounfall hinter dir.«

Meine Augen werden zu Schlitzen, als könnte ich damit herausfinden, was er wirklich denkt. Geht es hier wirklich nur um meine Verletzung?

Da! Jake hat gezuckt. Er lügt. Und Fall?

Mein Blick gleitet über seine erschöpften Züge. Wirkt er distanziert? Komisch? Ganz klar, ja.

Ich schnalze mit der Zunge. »Jungs, was ist los? Ich bin groß, ich verkrafte, was auch immer jetzt Neues zutage gekommen ist?«

Raphael atmet angespannt die Luft aus und murmelt etwas von Kopfschmerzen. Sofort hebe ich mahnend den

Finger. »Wage es nicht! Rede dich jetzt nicht mit Symptomen raus!«

Er verdreht die Augen wie ein kleiner Junge. Seine Nase kräuselt sich leicht. Ja. Er hat ein Geheimnis.

»Was ist es?«, frage ich noch mal. Drängender, weil der Druck in meinem Inneren mich wütend macht. Bin ich tatsächlich bereit für eine neue Hiobsbotschaft?

Wieder dieser Blickwechsel zwischen Jake und Raphael. Angst steigt in meinem Inneren auf.

»Okay, na schön. Bring mich nach Hause. Keine Minute halte ich es länger mit diesen verdammten Lügen aus.« Ich bin herumgewirbelt, habe mich zurück in den Rollstuhl gesetzt und starre Jake nun in Grund und Boden. Sollen die beiden nur so weitermachen. Soll Raphael mich von all dem Elend dieser Welt fernhalten, ich kann das nicht mehr. Es reicht. Ich bin in einen Wagen gestiegen, aus Angst, bin hierhergerast, hatte sogar einen Unfall und nun wollen sie nicht einmal Klartext mit mir sprechen? Bin ich eine Vase, die einen Riss bekommt? Oder die zerbricht?

»Summer«, fleht Raphael, doch ich schüttle nur den Kopf.

»Nein! Ich habe in den vergangenen Monaten schon zu viel ertragen. Deine Lügen, deine Geheimnistuerei! Das hört jetzt auf! Hier und jetzt!«, schreie ich wütend und zucke gleichzeitig vor Schmerz zusammen.

Jake räuspert sich. »Er hat ... er ist ...« Ein Ausdruck liegt auf seinem Gesicht, den ich nicht zuordnen kann.

Mein bester Freund wirft dem Tierarzt, der hinter mir steht, einen mahnenden Blick zu. Ich wechsle zwischen ihnen hin und her. »Pff«, stoße ich fassungslos aus. Das ist doch nicht sein Ernst? »Wirklich? Du sagst, du liebst mich, aber ...«, möchte ich schon weiter plärren, weil alles in mir vor Wut rauscht.

Wir wollten uns nicht mehr anlügen. Das muss hier ein für alle Mal zu Ende sein. Ehe ich ihm das aber an den Kopf werfen kann, senkt Raphael den Blick. Ich verharre, knirsche aber trotzdem mit den Zähnen, da sich alles in mir anspannt.

»Ich kann nicht mehr laufen, Summer.«

Raphael

Eine Woche ist der Eingriff an meinem Gehirn her. Zwei Tage lag ich im künstlichen Koma, danach holten sie mich langsam wieder zurück ins Leben. Ich war dankbar, als ich wach wurde. Prof. Dr. Witiger erklärte mir, dass ich es gut überstanden hatte und tumorfrei bin. Aber eine Welt brach für mich zusammen, als er mir sagte, dass das Taubheitsgefühl in meinen Beinen wahrscheinlich eine Folge der Resektion ist. Durch einige Tests wissen wir nun, dass ich mit viel Therapie wieder laufen lernen kann, allerdings bedeutet das Arbeit. Zusätzlich zur Chemo und Bestrahlung.

Ich gelte offiziell als tumorfrei. Aber wirklich frei bin ich nicht.

Summers Kinnlade ist nach unten gerutscht. In ihren Augen erkenne ich Mitgefühl, sorge und eine gewisse Art von Trauer. Deshalb wollte ich es ihr nicht sagen. Ich will nicht, dass sie Mitleid mit mir hat. Dass sie sich die Schuld gibt, weil ich genau so eine Situation nicht wollte.

»Oh«, murmelt sie und senkt den Blick betroffen. »Es tut mir leid …«, flüstert Summer dann und schaut wieder auf. Unsere Augen treffen sich. Ein wimmern geht durch sie hindurch. »Es tut mir leid, dass du …«

»Ich kann es wieder lernen«, füge ich schnell hinzu. Da ich zu müde und zu schwach bin, um mich nach oben zu stemmen, sitze ich auf der Matratze, des Krankenhausbettes. Es ist nicht einmal zwei Tage her, als ich die ersten Medikamente eingeflößt bekommen habe, und schon spüre ich wieder die starken Nebenwirkungen. »Vorerst werde ich den Rollstuhl brauchen. Aber die Ärzte sagen, ich bin in circa einem Jahr wieder fit und kann auf Krücken umsteigen.«

Summer scheint mitgenommen. Sie nickt teilnahmslos. »Ist das okay für dich?«

»Du fragst, ob es okay für mich ist?«, wiederhole ich und lache.

»Baby, du hast einen Invaliden als Freund! Vorerst können wir das Reisen vergessen. Heiraten möchte ich in meinem derzeitigen Zustand auch nicht. Während ich mich übergebe, sehe ich weniger heiß aus.« Ich zwinkere, was sie zum Lachen bringt.

In den vergangenen Tagen hatte ich viel Zeit, um darüber nachzudenken. Jake wäre in allen Fällen die bessere Partie. Für Summer. Für meine Kinder. Bis ich wieder auf den Beinen bin, dauert es Jahre. Ich werde eine Last für alle sein. Auch wenn ich gesund bin, bin ich es eigentlich nicht.

Diesmal erhebt sie sich langsamer, greift nach den Krücken und kommt näher. Summer beugt sich zu mir herunter, blickt tief in meine Augen und schüttelt den Kopf. Schluchzend streichelt sie meine Wange. »Du bist die Liebe meines Lebens, Raphael. Und ich weiß, was du denkst! Ich würde alles dafür geben, an deiner Stelle zu sein, damit du mit deinen Kindern durch den Garten tollen kannst! Aber das geht leider nicht, weil ich keinen

Voodoo-Zauber beherrsche.« Lachend verdrehe ich die Augen. Glücklich, weil Summer genau das sagt, von dem ich geträumt hatte, dass sie es tut.

»Aber ich kann dir meine Kraft leihen, wenn du selbst mal keine hast. Kann dich lieben, wenn du dich selbst hasst, dich zusammenhalten, wenn du dir entgleitest. Dir zuhören, wenn du dich selbst nicht hören willst. Wir werden das gemeinsam durchstehen. Ganz sicher. Mehr als das möchte ich nicht.«

»Scheiße, mit diesem Kram bringt ihr sogar mich zum Weinen.« Aus Jakes Richtung ertönt ein langer, gedehnter, fast sehnsüchtiger Seufzer. Summer und ich müssen lachen, lassen uns dabei aber nicht aus den Augen.

»Danke«, ist alles, was ich herausbekomme, bevor sich ihre Lippen auf meine legen.

Dieser Kuss ist anders. Ein Versprechen. Eine Bitte. Mehr als ein Pakt, den wir uns vor Jahren gegeben haben und trotzdem eben genau das, für die Zukunft.

Epilog

Summer

1 Jahr später

Zart klopft es hinter mir. »Darf ich reinkommen?«

Nickend wende ich mich um. Durch den Türspalt hat Faith ihren Kopf hereingesteckt. »Oh mein Gott, Summer!« Ihre Augen sind groß geworden. Sie schlüpft in das Zimmer hinein und schließt hinter sich die Tür. »Du siehst … unglaublich aus.« Kopfschüttelnd tritt sie näher an mich heran.

Ich schaue erneut in den Spiegel. Die dunklen Haare, die ich mir letztes Jahr zu einem Bob geschnitten habe, umrahmen in leichten Wellen mein Gesicht. Das Make-up ist sehr dezent und der Schleier sorgt dafür, dass die Frisur elegant wirkt. Das beige Kleid im Meerjungfrauen-Stil schmeichelt meinen Rundungen. Ich habe es mit Kate, Daisy und Leah ausgesucht, während Faith und Jake gemeinsam mit Raphael einen Anzug kaufen waren.

So schnell werde ich diesen wunderschönen Tag nicht vergessen. Nur meine Mädels und ich. In diesen Stunden habe ich erst bemerkt, wie nahe ich den beiden Töchtern geworden bin. Inzwischen geht Kate sogar in die Schule in der Kleinstadt, Daisy hat einen Kindergartenplatz. Für beide haben Jake und ich Zimmer in meinem Häuschen hergerichtet. Eines in Rosa und mit einem Märchenschloss für Daisy, das andere in Blau in einer Unterwasserwelt für Kate. Das hatte sie sich so gewünscht.

Raphael war die meiste Zeit in Rehakliniken. Gerade deshalb mussten die Kinder und ich mehr oder minder miteinander klarkommen. Und irgendwann hat sich unser Frauenhaushalt eingespielt. Ich glaube, es hat auch geholfen, dass Faith und Leah ein Baby adoptiert haben, und wir deshalb viel Zeit bei ihnen verbrachten.

»Bist du aufgeregt?« Meine gute Freundin lächelt mir im Spiegel entgegen und ich beiße mir auf die Unterlippe. Grinsend zucke ich mit den Schultern. »Gar nicht. Ich kann es kaum erwarten, Raphael nun ganz offiziell zu meinem Seelenverwandten zu machen und die Dokumente zur Adoption der Kinder zu unterschreiben.«

Faith nickt. Ihre Augen funkeln glasig. Wir sind uns im letzten Jahr noch näher gekommen. Sie hat oft auf die Kinder aufgepasst, wenn ich bei Jake in der Tierarztpraxis arbeiten war. Wobei ich dies eigentlich nicht mehr müsste. Durch Raphaels Firmenanteile sind wir weitestgehend abgesichert, auch wenn die Krankenhausrechnungen, die dank Jakes Altruismus nur zum Teil beglichen werden mussten, horrend waren.

»Na dann ... Darf ich bitten?« Sie hebt mir ihren Arm hin. Ein letztes Mal atme ich tief durch, ehe wir durch die Türen schreiten.

Wir heiraten nicht wie erwartet in einer Kapelle. Es

ist keine spezielle Hochzeit. Nichts mit viel Tüll oder so. Wir heiraten einfach und schlicht an unserem See.

Ich trete auf meine Veranda hinaus und erkenne schon von hier aus die halbe Kleinstadt, die zwischen den Bäumen Platz gefunden hat.

Faith hat sich unglaublich viel Mühe gegeben und letztlich sieht es noch schöner aus, als wir es uns hätten je erträumen können.

Der Wald, neben dem See, ist geschmückt mit hellen Lampions, Rosen, Hortensien und Tulpen. Die weißen Stühle heben sich von dem Braun-Grün der Bäume ab. Ein Gang aus hellen Blütenblättern führt zu einem hölzernen Bogen, der mit Blumen und Efeu geschmückt ist.

Eine Märchenhochzeit für eine Liebe, die nicht weiter hätte von einem Märchen entfernt sein können.

Als die Gäste mich wahrnehmen, stehen sie auf. Eine Gitarre setzt ein und spielt Lewis Capaldis Song ›Pointless‹. Denn ohne Raphael wäre für mich alles bedeutungslos. Eine Welt ohne ihn hätte für mich keinen Sinn. Ich weiß es, denn beinahe hätte ich ihn verloren.

Mein Blick gleitet zu Daisy und Kate, die grinsend in blauem und rosa Tüll neben mir stehen. Beide haben einen Korb mit Blüten in der Hand. Leah gibt ihnen einen leichten Stoß.

»Euer Einsatz.«

Daisy kichert. Sie reiht sich vor mir ein, ebenso wie Kate, die mir einen Daumen nach oben zeigt, und dann gehen wir durch die Reihen der Einwohner.

Inzwischen habe ich sie alle sehr lieb gewonnen. Diese neue Heimat in Kanada, zwischen der Natur, mit einem Arbeitsplatz, der mir Spaß macht und als Stiefmutter zweier Kindern, ist genau das, was ich mir früher immer erträumt hatte. Ruhe. Sorgenfrei. Essen, Wasser, Gesundheit, keine Katastrophen. Der *einfache* Reichtum.

Unter dem Bogen bleibe ich stehen. Faith gesellt sich mit einem breiten Grinsen neben mich und die Kinder, machen es ihr nach.

Es ist ungewöhnlich, dass die Braut vor dem Bräutigam einläuft. Aber mal ehrlich, ist mein ganzes Leben nicht generell ungewöhnlich? Ich meine, mir hätte schon bei unserer ersten Begegnung auffallen müssen, dass es Raphael ist, oder?

In diesem Moment erscheint er und ich kann nicht anders, als vor Glück zu flennen. Verdammt das gute Make-up!

Stolz überflutet mich. Nicht einmal ein Jahr hat mein bester Freund daran gearbeitet, neben den Chemo-Zyklen, deren Nebenwirkungen und anderen Sorgen. Er hat sich durchgeboxt und nun ... kann er mit Krücken den Weg zum Altar beschreiten.

Die Menge applaudiert und flippt aus. Alle wissen, wie hart er dafür gearbeitet hat. So gut wie jeder in der Kleinstadt hat mich über Raphael ausgefragt und manchmal, wenn wir bei Kicky im Café saßen, haben sich einige zu uns gesetzt und uns alles Gute gewünscht. Wir sind hier angekommen. In unserem neuen Zuhause.

Und dass sie nun alle ebenso happy sind wie wir, dass Raphael wieder laufen kann, bringt mich nur noch mehr zum Weinen. Jake und mein bester Freund sehen sich an, bevor sie endlich den Rest des Weges zu mir beschreiten. Ich kann es kaum erwarten, Raphael endlich in meine Arme zu schließen. Ab sofort wird er nun auch ganz offiziell wieder am Lhori-Lake mit uns wohnen.

»Du siehst fantastisch aus«, flüstere ich, noch ehe er vor mir zum Stehen kommt. Sein Lächeln berührt mich tief. Anfangs wirkte er oft müde und erschöpft. Inzwischen ist er wieder ... mein Raphael. Seine Locken sind zurück, der dunkle Rand unter seinen Augen fast verschwunden und die tiefen Sorgenfalten schon lange nicht mehr da.

Jake nimmt Raphael die Krücken ab, dann stehen wir uns gegenüber. Ich greife nach seinen Händen.

»Ich? Hast du dich mal angeschaut, Summersky?«

Meine Wangen erhitzen, während sein Blick über mich gleitet.

»Scheiße, kann ich die Krücken wieder haben?«, sagt er. Besorgt greife ich fester nach seinen Armen, um ihn zu stützen. Die Einwohner tuscheln und Jake eilt sofort neben ihn, um ihm zu helfen. Aber Raphael lacht. Er hebt entschuldigend eine Hand. »Nein, ich meine, weil Summer mich mit ihrem Anblick umhaut!«

Ein Lachen geht durch die Reihen. Ich rolle mit den Augen und schüttle den Kopf. »Mann, Fall. Deinen Humor möchte ich haben! Ich dachte, du kippst uns hier gleich weg.«

»Nicht, weil ich keine Kraft habe. Wenn dann nur, weil ich weiche Knie deinetwegen bekomme.«

Leicht und spielerisch boxe ich ihn.

»Ich liebe dich, Summer.« Seine Miene wird ernst und seine Worte erreichen mich mit voller Härte.

Könnte es sein, dass ich die Krücken gleich brauche?

»Danke, dass du mir die Ehre erweist, dich zu meiner Frau zu machen.«

Ein Kloß hat sich in meinem Hals gebildet.

Ist es das wirklich? Das große und ganze Happy End, von dem alle immer sprechen?

»Ich liebe dich, Raphael«, krächze ich und schniefe. »Danke, dass du an meiner Seite bist.«

Mein bester Freund haucht mir einen Kuss auf die Lippen, dann wendet er sich zu unseren Gästen. Mir ist schwindelig vor Glück und ich kann noch immer nicht glauben, was hier passiert.

Raphael

»Als ich dieser Frau in einem Trailerpark zum ersten Mal gegenüberstand, habe ich nicht geahnt, mit welcher Intensität sie mein Leben verändern wird. Und dass sie mich …« Ich räuspere mich, da sich meine Kehle verdächtig zuschnürt. »Dass sie mich zu ihrem Mann macht, ist das beste Geschenk dieser Welt. Sie hat mich während der schlimmsten Zeit meines Lebens begleitet, ist die wundervollste Stiefmutter, die ich mir für meine Kinder wünschen könnte, und alles, was ich für den Rest meines Daseins brauche.«

Ich recke meine Faust in die Höhe, weil ich gewonnen habe.

Wir haben gesiegt. Und das werden wir immer.

Wie der Herbstsommer.

Zusammen.

ENDE

Epilog 2

Summer

»Wenn Menschen von einem Happy End sprechen, dann immer vom Ende der halben Geschichte. Nie wagen wir uns, nach dem langersehnten Kuss, einer sehnsüchtig erwarteten Hochzeit, weiter zu blicken. Filme und Bücher finden einfach einen Abschluss. Ohne zu wissen, wie es danach weitergeht. Unsere Geschichte war von Anfang an etwas Besonderes. Als ich Raphael Fall zum ersten Mal begegnete, hätte ich mir nicht träumen lassen, dass wir irgendwann einmal hier stehen werden. Ich habe gar nicht an dieses Happy-End-Gedöns geglaubt. Aber nun gemeinsam, mit euch, hinter unserem Haus am See zu stehen, das ist ... Wir haben vier gesunde Kinder, auf die wir unheimlich stolz sind. Picky, die Hündin, die ebenso in unser Leben gehört, wie ihr alle auch.« Ich schlucke die aufkommenden Tränen davon. Raphael hat seinen Arm um meine Taille geschlungen und zieht mich enger an sich.

Sein Blick trifft meinen und ich sehe die unendliche Liebe, die ich auch für ihn empfinde. Und ich sehe ihm die Jahre, die wir miteinander verbracht haben nicht an. Es waren gute, wie auch schwere Zeiten dabei, doch es hat uns mehr zusammengeschweißt, als uns auseinandergebracht. Er ist meine Familie.

»Und dass Kate, unsere Älteste, heute, an unserem fünfundzwanzigsten Hochzeitstag selbst heiratet, ist …« Jetzt kann ich tatsächlich nicht mehr an mich halten. Schluchzend blinzle ich.

Wenn ich die blonde Frau anblicke, die aus der kleinen Kate geworden ist, frage ich mich, wo all die Zeit geblieben ist. Als wäre Raphaels komplette Genesung von heute auf morgen passiert. Sein Weg kostete enorme Kraft, die sich nun wie ein Windhauch anfühlt. Als hätte es nicht Jahre gebraucht, damit von der damaligen Resektion nur noch ein winziger Hauch zurückbleibt. Auch die Reisen danach fühlen sich an, als wären sie gestern gewesen. Dabei muss es mindestens ein Jahrzehnt her sein, dass wir den Kindern ganz Amerika und unsere frühere Heimat gezeigt haben.

Wenn ich heute in all die Fotoalben schaue, die wir gefüllt haben, kann ich nicht anders, als sehnsüchtig zurückzublicken. Die Erinnerungen sind wundervoll. Der Krebs hat keine tiefen Schatten hinterlassen. Nein, er hat uns nur dankbarer für das gemacht, was wir heute unser nennen können. Und dank etlichen Nachkontrollen, sind wir bestens vorbereitet, falls er doch einmal zurückkommen sollte.

»Mom, Dad.« Kates Augen sind glasig, als sie sich in diesem himmlischen Kleid von ihrem Verlobten entfernt und näher zu uns tritt. Sie dreht sich zur Menge herum. Ihre Geschwister Daisy, Lina und Mila halten sich an den Händen. Sie wirken ebenso berührt, wie wir alle.

»Ihr könnt euch nicht vorstellen, wie dankbar ich bin, dass ihr meine Eltern seid. Eure Liebe war immer ein Vorbild für mich. Eure Stärke immer etwas, an das ich mich angelehnt habe und auch *ewig* anlehnen werde.« Ihr Witz wird von einigen Lachern untermalt. Mein Herz schwillt an vor Liebe, weil ich nicht glauben kann, dass unser Mädchen nun ihr eigenes Leben beginnt.

Sie hat mich ohne Widerrede akzeptiert. Mich einfach als ihre Mutter anerkannt und es auch nie infrage gestellt. Natürlich fragte sie nach Jenna, die sich leider nie wieder meldete. Wir machten Kate und Daisy klar, dass es Moms auf dieser Welt gibt, die leider keine sein wollen. Ich aber liebend gerne stellvertretend für die beiden ein offenes Ohr habe. Das reichte aus. Es war ein Prozess über ein paar Jahre, dann war ich für Kate einfach nur Mom. Sie betrachtete Lina und Mila von Anfang an als Schwestern. Nie machte sie einen Unterschied.

»Was einige von euch wissen, meine Eltern hatten es nicht leicht. Sie haben gegen das Schicksal gekämpft und das, seit sie dreizehn Jahre alt waren. Irgendwie haben sie es geschafft, zueinanderzufinden. Mein Dad hat einen Hirntumor überlebt, meine *Mom* einen Autounfall. Verdammt, und dadurch habe ich die beste Familie bekommen, die man sich hätte wünschen können! Ich verdanke euch alles!« Sie schlingt ihre Arme um uns. Einen Moment stehen wir nur da und weinen.

Dieser Augenblick soll ewig halten.

»Hey, wir wollen auch!«, höre ich Lina schreien und gleich darauf schlingen sich weitere Arme um meinen Körper. Raphael lacht, was mein Herz warm werden lässt.

Diese kleine Einheit. Das, was wir über Jahre hinweg erschaffen haben. Das ist ein Happy End.

Raphael

Der Schaukelstuhl knarzt, aber dieses Geräusch liebe ich. Seit wir diese Dinger im letzten Sommer gekauft haben, gibt es nichts, was meinen Ruhestand mehr unterstreichen könnte.

Der Garten ist leer. Es liegen noch vereinzelt ein paar Reste von der Hochzeitsfeier herum. Ansonsten ist es ruhig. Im See spiegelt sich der Mond. Glitzernd wirft er sein Bild auf das Wasser.

»Hier dein Tee.« Summer tritt lächelnd aus der Schiebetür und stellt eine Tasse auf den Tisch, zwischen unseren Stühlen.

»Danke.« Ich beobachte ihre Bewegungen. Sie sinkt neben mich auf das Holz und atmet tief und sichtlich glücklich ein. Der Tee dampft zwischen ihren Fingern.

Kann ich wirklich glauben, dass das alles mein Leben ist? Dass ich mit knapp über fünfzig, mit Summer Sky, meiner Jugendliebe und besten Freundin, auf der Veranda sitze und wir in Schaukelstühlen Tee schlürfen?

Scheiße, ich habe so verdammt viel Glück.

»Was guckst du so, Fall?« In Summers Augen funkelt etwas feixend auf. Sie wirft mir einen kurzen Blick zu und pustet dann in ihren Tee. »Habe ich heute zu dick aufgetragen in meiner Rede?«

Nein. Ich hätte es nicht besser sagen können, Baby. Keine Ahnung, wie ich es überhaupt beschreiben würde, was für ein verdammtes Glück ich hatte.

»Hätte niemals gedacht, dass dir Grau so gut stehen würde«, lüge ich und grinse.

Ihre Miene wird ernst. Sie rollt mit den Augen und

schnalzt mit der Zunge. »Und wieder ein wunderschöner Moment, der von Raphael zerstört wird, weil er Romantik einfach nicht abkann!«

Lachend halte ich meinen Bauch. »Das Alter mag uns vielleicht einholen, aber mein Humor bleibt der Gleiche.«

Sie schmunzelt und schüttelt den Kopf. »Sag mir doch, dass ich Falten habe! Ich bin nicht mehr so schön wie früher. Ist schon okay, Casanova.«

Ich fasse nach ihrer linken Hand, die nun auf ihrem Schoß ruht. Einen Moment begutachtet sie unsere Verbindung, dann schaut sie zu mir auf.

»Du bist immer noch wunderschön, Summer Sky.« Das ist sie tatsächlich. Ihr dunkles Haar ziert graue Strähnen, die ich heiß finde. Die blauen Augen funkeln wie seltene Diamanten.

»Die süßen Fältchen und Furchen in deinem Gesicht erinnern mich an unsere gesamte, gemeinsame Zeit.« Meine Finger streichen über die Lachfalten ihrer Augen. »Daran, wie viel wir gekichert haben und uns gegenseitig den Mund zuhalten mussten, dass die Kinder nicht von unserem Geplärre wach werden.« Summer prustet. Ich streiche über die kleinen Fältchen um ihre Nase. »Oder wie du dich aufgeregt hast, weil wir beinahe den Flug nach Orlando verpasst haben.«

»Oh Gott, der erste Job nach deiner Genesung.« Sie macht große Augen und nickt energisch. »Da hatte ich gerade herausgefunden, dass ich schwanger bin, und wir haben fast das Equipment vergessen, weil ich die halbe Nacht im Bad verbrachte.«

Ich erinnere mich an diesen Tag. Gott, was würde ich dafür geben, ihn noch einmal zu erleben?

Meine Finger fahren die Linie zwischen Lippe und Nase nach.

»Diese Falte hast du bekommen, als Mila aufs College gewechselt ist.«

Summer seufzt sehnsüchtig. »Mein kleines Mädchen ...«

»Ich liebe dein Gesicht, Baby. Nie würde ich es gegen ein anderes eintauschen wollen.«

»Das war jetzt romantisch«, haucht sie und dieses niedliche Lächeln auf ihren Lippen lässt sie aussehen wie damals unter dem Trailer, als wir uns vor dem Sturm versteckt haben.

Summer kommt näher, drückt ihren Mund auf meinen und wir küssen uns. Und obwohl wir das in unserer Zeit ständig gemacht haben, lässt dieser Moment mein Herz höherschlagen.

Sie zieht sich zurück und nickt in Richtung See. »Jetzt lass uns wie alte Menschen hier sitzen, über das Leben philosophieren und unserem verheirateten Kind nachtrauern.«

»Jetzt, da du es sagst, ich glaube, Daisy wird sich auch bald verloben. Ihre Freundin ist nun bei ihr eingezogen!« Ich lehne mich zurück und greife nach meinem Tee.

Summer zieht die Strickjacke enger. »Hat sie dir das heute erzählt?«

»Ja. Scheint als würden wir noch ein Mädchen verlieren.«

»Mann! Können wir bitte noch ein einziges Mal zurück an den Tag, an dem wir geheiratet haben und diese kleinen Schätze ohne uns keinen Tag überlebt hätten?«

Ich lache. »Ach, Baby, nein. Du weißt nicht, was wir alles anstellen können, jetzt da keine Kinder mehr im Haus sind.«

Das Zwinkern bringt sie zum Kichern. Ihre Wangen erröten. »Oh, so habe ich das noch gar nicht gesehen ...«

Eilig erhebe ich mich, greife nach ihren Fingern und

ziehe sie mit mir ins Haus. Kaum habe ich die Terrassentür geschlossen, dränge ich sie dagegen.

Tief blickt sie mir in die Augen. Belustigung huscht über ihre schönen Züge. »Dann zeigen wir doch mal, was die alten Schachteln noch draufhaben.«

Anmerkungen der Autorin

Die emotionale Reise von Summer und Fall findet ein Ende. Ein glückliches und ihr wisst gar nicht, wie sehr ich dieses Happy End in diesem Buch gebraucht habe. Bücher zu schreiben, hat für mich eben genau diese Magie. Ich habe die Kontrolle, wie das hier ausgeht. Ich weiß, dass alles gut wird.

In meiner Kindheit verlor ich meinen Opa, der wie ein Vater für mich war. Er erkrankte an Lungenkrebs und hatte einen schlimmen, langen Leidensweg.

Damals durfte ich die Geschichte nicht schreiben. Ich hatte keine Macht, das Ende zu beeinflussen, und bin schier verzweifelt daran. Aber es gibt in meinem Leben viele, die mich retteten. Die mir Mut schenkten, wenn ich mich ängstlich verkroch.

Die lachten, wenn mir zum Weinen zumute war.

Die mein Licht waren, wenn ich es in meinem Leben vergeblich suchte.

Wir sind nie einsam und allein mit unseren Gefühlen. Nie kann uns niemand verstehen. Da draußen gibt es immer jemanden, der dir zuhört. Der dich gerne unterstützt und dir eine Hand reicht, wenn du in einem Sumpf zu versinken drohst. Es braucht nicht viele – nur diese eine Person. Und manchmal bist das sogar du, die sich selbst rettet.

Diese Nummern können dir weiterhelfen:

Deutschlandweit: 0800 111 0 111 (rund um die Uhr & gebührenfrei)

Oder unter: https://telefonseelsorge-berlin.de

Danksagung

Das hier wird jetzt anders als üblich. Denn zu Summers und Falls Geschichte gehören mehr Menschen und deshalb zähle ich mal kurz auf:

Für die Menschen, die mir ein Rettungsboot waren. Vielen Dank für lange Gespräche, laue Sommerabende, zu viel Alkohol und noch mehr Spaß. Für die, die davon noch in meinem Leben sind und für die, die einen anderen Weg eingeschlagen haben. Für meine Mutter, weil sie ihre Bedürfnisse stets hinter die von mir und meinen Geschwistern stellt. Da sie mutig ist und vieles von ihr in Summer steckt. Für meine Tante, deren Lachen auch meins ist und mit der ich stundenlang über alles quatschen kann – die Summers Entschlossenheit bestimmte. Für meine Oma, die mir ein Zuhause und Schutz gab. Die mir stolz erzählt, wie gerne sie meine Bücher liest und dass das am Ende mehr bedeutet, als das Schreiben selbst. Für meinen Opa, dem ich gerne aus meinen Büchern vorlesen würde. Für ein Mädchen, das ich anfangs hasste und das dann meine beste Freundin wurde. Egal, was du heute treibst – ich hoffe, dir geht es gut. Ich wünsche dir das Beste auf dieser Welt. Für meinen Partner, der seit zehn Jahren mein Raphael ist. Der dem Begriff Liebe für mich erst eine Bedeutung gab.

Für meine Testleserinnen. Nach all der Inspiration und dem Schreiben, da kommt ihr. Mit euren Ideen, mit euren Worten, dem Lachen und ja, manchmal auch dem Weinen. Ihr findet Fehler, ihr schreibt meine Sätze um, ihr perfektioniert. Keine Ahnung, wie ich euch danken soll. Der Absatz könnte zu lang werden, wenn ich es auch nur annähernd versuche, auf den Punkt zu bringen. Vielen Dank an Lisa, Vivien, Vivien L., Barbara, Jacqueline, Klaudija, Tabea, Emily, Sabrina, Tatjana, Monique und Fine. Ein ganz tiefer Dank und viel Liebe geht an Marieangela! Was würde ich ohne diese Frau nur tun? Seit dem ersten Buch begleitest du mich und auch wenn wir uns nur wenig schreiben, geht trotzdem jedes Mal die Sonne auf, wenn wir es tun.

Sarah – du Rockstar (ich weiß nicht, wie man es gendert :D). Oder vielmehr Lektorin für alle Fälle. Ey, was würde ich ohne dich machen? Es wäre ein Fantasy-Roman geworden, hättest du mich nicht davon abgehalten!

Anika – Korrektorin, meine Rettung und der Grund, weshalb ich unter chronischen Selbstzweifeln beim Schreiben leide. Orthographie ist cool, aber du steckst jetzt andauernd in meinem Kopf und tadelst mich :D Danke dafür! Und dafür, dass die Geschichte von Summer und Fall überhaupt erst durch dich lesbarer wird.

Federherz Verlag – danke, dass ihr an meine Ideen glaubt, ehe ich's tue. Danke für eure Mühe, euer Ohr, für die Gespräche und die Geduld. Einfach für alles. Natürlich auch an Esther ein Dankeschön, weil sie die Bücher auf den Social-Media-Kanälen in Szene setzt. An Nikolina, die den Büchern ein Gewand verpasst und an Eva, die meine Klappentexte auf den Kopf stellt, damit sie überhaupt eine Aussage treffen.

Ein Dank an dich! Ja. Genau du. Ohne dich wären meine Geschichten nur aneinander gereihte Buchstaben. Erst du gibst meinen Protagonisten die Möglichkeit, zum Leben zu erwachen. Erst du bist es, der mich antreibt bessere, dramatische und herzzerreißende Geschichten zu schreiben. Du, als einzige Person, bist so viel, dass es mir hilft. Ganz schön bedeutend, oder? :)

Puh. Wie in meinem ersten Buch – »I wanna thank me.« Kein Scheiß. Hätte ich auf meine Deutsch-LK-Lehrerin gehört, dann würde eine Migrantentochter wie ich niemals Journalistin oder Autorin werden. Ich zeige dir dezent den Mittelfinger, denn ich schreibe Bücher, studiere Kommunikation und Psychologie und lasse mir nie wieder, in keinem Fall, von einem anderen Menschen Grenzen aufweisen.

Mach du das auch nie!
Eure Jody

Triggerwarnung

Das Buch / die Reihe enthält folgende explizite Triggerthemen:

Tod, Drogen, schwere Krankheit, Vernachlässigung, aggressives Verhalten, sexuelle Gewalt, Rassismus.

Damals waren sie beste Freunde.
Jahre später ist es ein One-Night-Stand, der zwischen ihnen alles verändert.

Nachdem Abigail von ihrem Verlobten sitzengelassen wurde, bricht für sie eine Welt zusammen. Immerhin ist sie dem Tratsch der Kleinstadt ausgeliefert und auch die Arbeit im Café ihrer Mutter erfüllt sie nicht. Der einzige Lichtblick ist ihr ehemals bester Freund Trevor Hill, dem sie nach vielen Jahren wiederbegegnet. Und er ist nicht mehr der kleine Junge von damals. Heute ist er ein attraktiver Millionär mit ganz eigenen Problemen. Nicht nur, dass er in einer Schein-Verlobung feststeckt, um sein Unternehmen zu retten, sondern er verbringt auch mit Abigail eine unglaubliche Nacht. Schnell ist er sich sicher, dass er sie nicht mehr wieder sehen darf. Leider hat seine Verlobte ganz eigene Pläne und hat vor, die Hochzeit ausgerechnet in Abigails Café auszurichten.

Der prickelnde Friends-to-Lovers-Liebesroman von Jody White mit traumhaftem Happy End.

Ich hasse es, dass er mich in den Wahnsinn treibt.
Doch am meisten hasse ich es, dass mein Herz in seiner Nähe verrücktspielt.

Nachdem Polly Rivers ihre große Liebe verloren hat, hegt sie für ihr weiteres Leben keine großen Erwartungen mehr. Sie möchte nur noch mit ihrer Katze auf ihrer Terrasse im kleinen Darrywood sitzen, den Sonnenaufgang genießen und ihrem Literaturagenten ab und zu katastrophale Manuskripte schicken. Leider scheint ihr Nachbar, der ehemalige Footballstar Drake Dawn, aber zum Ziel zu haben, ihren Plan zunichtezumachen. Sein unmögliches Verhalten treibt Polly regelmäßig zur Weißglut. Da hilft es auch nicht, dass er unfassbar scharf ist — ganz im Gegenteil. Als beide der heißen Anziehung nicht länger widerstehen können, schließen sie einen Deal der besonderen Art. Bald muss sich Polly allerdings eingestehen, dass sie mehr für Drake empfindet, als sie es jemals wieder tun wollte. Außerdem wären da noch die schwerwiegenden Geheimnisse, die Polly und Drake voreinander haben und die alles zerstören könnten …

Nur für meine Karriere bin ich in der Stadt der Liebe.
Doch dann trifft mich ein Blick aus wunderschönen braunen Augen.
In meinem Bauch kribbelt es.
Und das war so gar nicht geplant.

Hailey freut sich wahnsinnig, als sie nach Paris geschickt wird, um dort als Concept Artist an einem Animationsfilm mitzuwirken. Sich zu verlieben, steht definitiv nicht auf ihrer Agenda, aber dann begegnet sie in der Metro immer wieder diesem gut aussehenden, in ein Buch vertieften Mann. Sobald der Blick aus seinen dunklen Augen auf ihren trifft, kann Hailey nichts dagegen tun, dass er sie in seinen Bann zieht. Mit Herzklopfen steigt sie jeden Morgen in die Metro, bis der Unbekannte endlich den ersten Schritt wagt. Während romantischer Spaziergänge durch die Stadt der Liebe und tiefgründigen Gesprächen spüren beide, dass sie sich auf eine nie gekannte Weise verstehen. Doch Will verheimlicht ihr etwas. Etwas, das ihr das Herz brechen wird, sollte sie je erfahren, welche Rolle ihre Schwester dabei spielt …

Reist mit When in Paris in die romantische französische Hauptstadt und erlebt die neue Slow-burn-Romance aus der Feder von Julia Mayer.